ullstein

Das Buch

Jonathan Kaiser ist Single, Sexredakteur bei der *Paula* und erfolgreicher Frauenheld. Er lässt garantiert nichts anbrennen. Das weibliche Geschlecht liegt ihm zu Füßen. Denn er hat etwas, was andere Männer nicht haben: Er ist ein Held der Orgasmusfindung. Nicht nur bei sich. Stolz darauf, noch jede Frau auf sensible Art zum glücklichen Höhepunkt geführt zu haben, sammelt er sie wie schöne Schmetterlinge.

Doch dann der Tiefschlag: Jonathan macht einen neuen Test, mit dem man untersuchen kann, wie viele »Schüsse« einem Mann noch zur Verfügung stehen. Das heißt: Nach dem letzten Schuss ist Schluss. Die meisten Testteilnehmer sind zufrieden, sie sind bis ins hohe Alter versorgt. Doch Jonathan trifft es hart: Voller Entsetzen muss er von seinem Bruder, der Arzt ist, erfahren, dass ihm leider nur noch sieben Schüsse bleiben! Er muss also haushalten. Doch das ist leichter gesagt als getan, denn ausgerechnet jetzt sind seine Liebhaberqualitäten enorm begehrt. Außerdem hat sich Jonathan erstmals richtig verliebt, in seine neue Vorgesetzte Lea. Wie soll er mit dieser Situation umgehen? Soll er den Schwanz einziehen und Lea beichten, wie es um ihn steht? Oder so tun, als wäre nichts? Aber was passiert, wenn sie im Bett landen? Sein durchtriebener Bruder hat da eine Idee …

Der Autor

Christoph Treutwein hat sich im Kampf um gute Quoten und eine bessere Welt aufopfernd und erfolgreich quer durch die deutsche Film- und Fernsehunterhaltung geschrieben. Nichts ist ihm fremd. *Wer zu früh kommt …* ist sein erster Roman. Christoph Treutwein lebt in München.

Besuchen Sie ihn auf www.Treutwein.de

Christoph Treutwein

Wer zu früh kommt …

Roman

Ullstein

Besuchen Sie uns im Internet:
www.ullstein-taschenbuch.de

MIX
Papier aus verantwortungsvollen Quellen
FSC® C006701

Originalausgabe im Ullstein Taschenbuch
1. Auflage September 2010
4. Auflage 2011

Umschlaggestaltung: HildenDesign, München
Titelabbildung: © Dino O./shutterstock
Satz: LVD GmbH, Berlin
Gesetzt aus der Apollo und Helvetica
Papier: Holmen Book Cream von Holmen Paper Central Europe, Hamburg GmbH
Druck und Bindearbeiten: CPI – Ebner & Spiegel, Ulm
Printed in Germany
ISBN 978-3-548-28173-5

1

»Trag munt'ren Herzens Deine Last,
und übe fleißig dich im Lachen;
wenn Du an Dir nicht Freude hast,
die Welt wird Dir nicht Freude machen.«
Sprichwort

Jonathan Kaiser betrat das Foyer der Privatklinik seines Bruders mit einem kleinen Pfeifen auf den Lippen. Ein wenig Swing, ein wenig Blues. Vom Nacken bohrte sich der Schmerz wie ein langer Dorn abwärts. In Schultern, Ellenbogen und Brust pochte es, die Leber fühlte sich geschwollen an, in der linken Niere zog es leicht. Blinddarm, Leisten und der rechte Hoden brannten, die Muskeln der Oberschenkel zuckten unkontrolliert, und in der rechten Hüfte machte sich ein unaussprechlicher Schmerz breit. Als geübter Hypochonder konnte er sich innerhalb von Sekunden in diesen Zustand versetzen. Er überflog wie immer die überdimensionalen Aktzeichnungen an den Wänden, die von manisch-depressiven Alzheimer-Patienten gemalt worden und inzwischen auf dem Kunstmarkt viel wert waren, und ließ seinen Blick dann zu der Rezeption in fröhlichem Froschgrün wandern, hinter der drei blutjunge Arzthelferinnen auf ihren Computern klimperten. Er wählte die kleine vollbusige Blondine in der Mitte aus, die mit dem Herzmund, und schlenderte so gelassen wie möglich auf sie zu.

Die unterbezahlte Sklavin strahlte ihn an, als wäre die Welt in Ordnung.

»Jonathan Kaiser«, stellte sich Jonathan vor, »ich habe einen Termin bei meinem Bruder.«

»Der Test?«, zwinkerte sie ihm zu.

»*Der* Test?«, fragte die bildhübsche Asiatin links von ihr voller Mitleid.

»Wir kommen gar nicht nach mit diesen *Tests*«, stellte die Afrikanerin rechts von ihr bedrückt fest.

»Der Test«, sagte Jonathan tonlos.

Sein Bruder hatte eine fatale Neigung zu exotischen Kindfrauen und zu Hause eine brave fromme Gattin und drei wohlerzogene Kinder. Neid und Bewunderung schossen Jonathan durch den Kopf.

»Ein wenig müssen Sie noch warten«, sagte der Herzmund mit rauchig sächselnder Stimme, »unser Doktor Kaiser hat gerade noch einen Notfall.«

Jonathan spähte auf das kleine Schild an ihrer Brust. »Sie sehen übrigens phantastisch aus, Melanie.«

»Sie können sich setzen«, erwiderte Melanie und deutete nach rechts. »Machen Sie es sich gemütlich. Es wird nicht lange dauern.«

»Solange es auch dauert«, sagte Jonathan, »wie wäre es, wenn wir beide uns bei einem Cappuccino treffen? Die Seele baumeln lassen. Danach wird nichts mehr lange dauern.«

Er musterte Melanie mit den aufreizend gesenkten Augenlidern von Robert de Niro.

Der Herzmund kritzelte seine Handynummer auf einen Rezeptblock, riss das Blatt beherzt ab und schob es ihm hin.

»Bis bald.«

In diesem Moment glaubte er an sich wie Schwarzenegger in seiner mittleren Phase. Augenblicklich schwanden seine Schmerzen, und es ging ihm besser denn je. Immerhin sagte man ihm nach, gutaussehend, charmant, witzig, berechnend und zynisch zu sein – kurz: für die Frauenwelt eine schillernde Persönlichkeit. Ein Mischling aus Til Schweiger, Johnny Depp und Michael Ballack, vielleicht eine Nummer kleiner.

Jonathan suchte in den Zeitschriften nach der einzig wichtigen und fand ein Exemplar von *Paula* aus dem letzten Jahr. *Paula – die etwas andere Frauenzeitschrift für Jung und Alt* war sein Leben. Er setzte sich, um seine Kolumne zu finden. Da waren sie ja, seine allseits beliebten Tipps für das Sexualleben der Frau: *Bei der Reiterstellung hat die Frau die maximale Kontrolle. Wie geritten wird, ist klar: Er liegt rücklings, und sie sitzt auf seinem Gemächt. Das verschafft ihr die Macht über seine Lust und ihm einen irrsinnigen Ausblick.*

Du liebe Güte, wie lange war das schon her, dass er das verfasst hatte?

Die Arzthelferin winkte ihm zu. »Es dauert noch«, rief sie, »hoffentlich haben Sie etwas Schönes zum Lesen gefunden?«

»Aber ja«, rief Jonathan zurück, »lesen Sie vielleicht auch die *Paula*?«

»Sicher«, strahlte Melanie, »*Paula* ist mein Lebenselexier!«

Wahrheit oder Heuchelei? Egal. Jonathan war hier bekannt, genoss seine Prominenz, nickte zufrieden und las weiter: *Tipp für Anfänger: Teasen Sie Ihren Schatz! Geben Sie Tempo und unterbrechen Sie dann abrupt, bis er Sie anfleht, ihn zu erlösen!*

Er sah über den oberen Rand der Zeitschrift und studierte die Arzthelferin. Bei den vollen, sinnlichen Lippen konnte man sich als Mann ziemlich sicher sein, von ihr mit ebenso vollen, aber zarten Schamlippen empfangen zu werden.

Er konnte es nicht lassen. War ja auch schließlich sein

Beruf, solche Erkenntnisse seiner zu neunzig Prozent weiblichen Leserschaft zu vermitteln. Zudem war er ein Mann der Präzision, ein Rechercheur der alten Schule und dabei fleißig wie eine Biene. Nie würde er unsaubere oder falsche Informationen in die Welt setzen. Schließlich war er geborener Schwabe, auch wenn er in den neuen Bundesländern gelandet war.

Alles, was er tat, war redlich und rein.

Tipp für Fortgeschrittene – hatte er seinerzeit geschrieben –: *Statt sich hinzuknien, gehen Sie doch einmal vorsichtig über IHM in die Hocke. Sehr intensiv! Aber geben Sie gut auf ihn Acht – ER ist ein empfindsames Organ!*

Besser könnte er es auch heute nicht formulieren! Nun, es ist mein Job, so zu denken, dachte er und pumpte sich sogleich eine gehörige Portion Glück und Potenz in seine Hoden.

Die Arzthelferin zwitscherte ihm zu. »Es ist gleich so weit. Der Doktor wird sich sofort um Sie kümmern.«

Jonathan legte die Zeitschrift weg und wandte sich einem der Zerrspiegel zu, in denen alle Patienten grau, alt und sterbenskrank aussahen. Er betastete seine Nase und seine Ohren. Sie waren in Ordnung, nicht zu kalt und nicht zu heiß. Er betrachtete sein Spiegelbild – immer noch Typ Napoleon, klein und doch so groß –, reckte sich, betastete seine grauen Tränensäcke und rückte mit einem schnellen Griff sein Glied zurecht. Er holte tief Luft und hörte einen gedämpften gregorianischen Chor, der jeden, der hier eintrat, daran erinnern sollte, wie schnell der Mensch wieder zu Asche wird. Musik, die speziell für Arztpraxen und Kliniken produziert wurde.

Die letzten Nächte waren ungewöhnlich anstrengend gewesen. Er dachte an Liliane, mit der er am Abend wieder eine lange Sitzung haben würde. Vor ein paar Stunden hatte sie ihm die Liste ihrer neuesten geheimen Wünsche in die Redaktion gesimst. Liliane, die erste Frau in seinem Leben, mit der er nun schon fast vier Monate lang zusammen war.

Jonathans jüngerer Bruder Michael führte einen schwankenden Drei-Zentner-Gigolo aus seinem Sprechzimmer.

»Das wird schon wieder«, lachte er und stützte das monumentale Bündel Elend kraftvoll bis zur Tür, »kommen Sie dreimal wöchentlich zur inneren Wellness-Körperwäsche, dann fühlen Sie sich spätestens in einem Jahr wie neugeboren.«

Er sah dem Patienten in seinem blütenweißen Ärzteoutfit nach, eilte Jonathan auf leisen Sohlen entgegen und strahlte ihn verdächtig vergnügt an.

»Alter Fettsack«, sagte er.

»Ich?«

»Nein, er.« Michael nickte zur Tür. »Der macht's nicht mehr lange.« Unter Brüdern gab es keine ärztliche Schweigepflicht. »Überall Sollbruchstellen: Halsschlagader, Prostata, Krampfadern …«

Unwillkürlich wich Jonathan zurück. Sie waren seit jeher kein ideales Brüderpaar. Nur ihr alter Vater, der bei ihnen stets von Fritz und Elmar Wepper, Uli und Dieter Hoeness und Hans-Jochen und Bernhard Vogel zu schwärmen pflegte, sorgte dafür, dass sie sich trafen und dabei die Form wahrten.

Jonathan entschlüpfte der brüderlichen Umschlingung, während er den Atem anhielt, um der herben Mischung aus Rasier- und Mundwasser und Desinfektionsmitteln zu entgehen. Er hasste Männer, die sich innig aneinanderpressten, und hatte so seine Zweifel, ob Kain und Abel das je miteinander versucht hatten.

»Wie geht's uns denn?«, fragte Michael fröhlich und zog Jonathan mit einer schlangenhaft schnellen Bewegung ein Augenlid nach unten. »Du siehst alt aus.«

»Ich *bin* älter als du. Was ist mit dem Test?«

Vor Wochen waren Jonathan erstmals Gerüchte zu Ohren gekommen, dass die moderne Medizin nun in der Lage war, eine der drängendsten Fragen eines jeden Mannes zu beantworten: Wie viele Orgasmen ihm lebenslang zur Verfügung stehen und – um ihm die mühsame Aufarbeitung der Vergangenheit und komplizierte Rechenaufgaben zu ersparen – wie viele ihm noch verbleiben. Tausende Männer konsultierten seither ihre Ärzte, um ihre Schusszahl testen zu lassen. Die meisten waren offensichtlich zufrieden. Ihre Schüsse reichten bis ins hohe Alter, ob Lehrer, Künstler, Pfarrer, Verbrecher oder Politiker, ganz unabhängig davon, ob sie Gebrauch von ihnen machten oder sie mit ins kühle Grab nahmen.

Bruderherz Michael hatte ihm persönlich eine Mail geschickt:

»Eine Forschergruppe an einer amerikanischen Universität konnte vor einiger Zeit Daten zur Dauer der männlichen Sexualreife und Potenz entwickeln. Dabei wurden an Zellproteine gebundene Testosteronderivate zur Proligenerations-Acceleranz gesetzt. Die Ergebnisse ließen hochsignifikante Aussagen über die Erektions- und Ejakulationsfrequenz zu. Auf dem Boden dieser Untersuchungsergebnisse hat jetzt das biologische Forschungsunternehmen ›Uniscience‹ einen Test entwickelt … bla bla bla.«

Kurz bevor er die Mail löschen wollte, war sein Blick auf die ungeheure Drohung im letzten Satz gefallen:

»Nach bisherigen Resultaten besteht keinerlei Korrelation zwischen momentaner Potenz und verbleibender Ejakulationszahl.«

Lieber auf Nummer sicher gehen, hatte er gedacht und sich schnell einen Termin geben lassen. Jetzt legten sich Michaels Finger fest um Jonathans Handgelenk und überprüften den Puls.

»Nicht, dass ich beunruhigt wäre«, stellte Jonathan fest, während er sich in Michaels chromblitzend sterilem Refugium umsah. Als hochaktiver Künstler in Sachen Sex glaubte er fest an sein enormes Wollust-Potential – Korrelation hin oder her. Doch eines hatte er als extrem körperbezogener Hypochonder auch gelernt: Vorsorgen war besser als Leiden. Ob Herz, Kreislauf, Lunge, Leber, Nieren, der ganze Körper war ein schnell alternder Schlitten – bei dem einen ein Porsche, bei dem anderen ein Polo. Je nach Verbrauch und Belastung konnte überall ein Auspuff durchrosten oder die Elektronik der Einspritzdüse den Geist aufgeben.

»Du musst dir sicher keine Sorgen machen, Bruderherz.«

Michaels Stimme klang nicht ehrlich, aber wann klangen die Stimmen von Ärzten schon ehrlich?

»28 986 Tage lebt der statistische Durchschnittsdeutsche«, holte Michael aus. »In dieser Zeit verbraucht er 6920 Liter Milch und 3651 Rollen Klopapier, er liest 247 Bücher, geht 51-mal wählen, verursacht 50 Tonnen Müll und gibt 39 334 Euro für Bekleidung und Schuhe aus. Er niest 3566-mal, übergibt sich 412-mal und hat 7,88 Hörstürze. Und nach jüngster Erkenntnis stehen ihm 12 412 Orgasmen zur Verfügung.«

Michael genoss es offensichtlich, seinen Bruder auf die Folter zu spannen.

»Komm zur Sache!«

»Alles klar!«, erwiderte Michael vergnügt und setzte seinen Vortrag fort: »Statistisch gesehen ist, wie wir bis jetzt wissen, nur einer von hunderttausend Patienten wirklich schwer von der sogenannten Glaser'schen Krankheit betroffen. Gestern musste ich einem alleinstehenden 67-jährigen Installateur in Rente zartfühlend erläutern, dass er nur noch knapp dreihundert Schuss zur Verfügung hat.«

»Was ist mit mir?«

Michael ließ sich nicht bedrängen. »Er leidet glücklicherweise unter schwerer Gicht in den Handgelenken«, fuhr er fort. »Auf die Art hat ihm die Natur eine Bremse mitgegeben, die ihm dabei hilft, hauszuhalten.«

Ja, so war das Leben. Traditionell an Sparsamkeit gewöhnte Schwaben traf es genauso wie haltlose Lebenskünstler aus Sachsen. Was für die einen ein sinnloser Überfluss war, brachte andere in Nöte. Mit dem letzten Tropfen würde alle Wollust versiegen. Ob sich das Leben der Mönche in den Klöstern beruhigen würde, wenn die Brüder sich testen lassen durften, war fraglich. Ob sich Swingerclubs leeren und in Gebetshäuser umgestaltet würden?

»Mutter Natur nimmt keine Rücksicht auf die Bedürfnisse der Menschen«, sagte Michael, griff nach einem großen braunen Umschlag und lächelte wie der Laudator bei der Oscar-Verleihung.

»Mal sehen«, sagte er verschwörerisch, öffnete den Umschlag, zog ein Blatt Papier hervor, wandte sich ab und las den Befund.

Jonathan spürte die Angst in jeder Zelle seines Körpers.

Michael setzte sich neben ihn, streichelte seine Hand und sah ihm tief in die Augen.

»Nicht aufregen«, sagte er brüderlich.

»Nein!?«, flüsterte Jonathan.

»Doch, leider.«

»Wie viele habe ich noch? Hundert?«

Michael schüttelte den Kopf.

»Mehr?«

»Kannst du dir vorstellen, wie schwer es mir fällt, dir die ganze Wahrheit zu sagen?«

»Achtzig?«

»Du liegst schwer unterm Schnitt. Bei dir sind es leider nur noch sieben Schuss.« Er zögerte kurz und fügte hinzu: »Aber es gibt Schlimmeres als das.«

»Was?«, japste Jonathan. »Was kann denn noch schlimmer sein?«

»Nun ja, du könntest zum Beispiel an Diabetes oder Prostatakrebs erkrankt sein …«

»Ich fasse es nicht!«

»Oder an multipler Sklerose, Alzheimer, Epilepsie.«

»Warum gerade ich?« Jonathan sprang auf. »Das ist ein Irrtum, ein Missverständnis!«

Jonathan riss Michael das Papier aus der Hand, starrte es an und verstand kein Wort. Er erinnerte sich an all die tragischen Geschichten über vertauschte Befunde.

»Eine Verwechslung!«

Der kritische Patient erwachte in ihm. Auch Ärzte waren nicht fehlerfrei. Hunderte von gesunden Beinen, die versehentlich amputiert wurden, zeugten davon.

»Na, na, na«, rügte ihn Michael mit der Kompetenz eines Geistlichen der Inquisition, der einem einreden will, dass die Erde eine Scheibe sei. »Glaubst du, dein eigener Bruder würde dich belügen? Du musst der Wahrheit ins Auge blicken. Ab jetzt wird für dich alles anders. Sobald du es akzeptiert hast, geht es dir wieder gut, ansonsten bleibt immer noch der Selbstmord. Der Gedanke an Selbstmord ist übrigens ein starkes Trostmittel, zumindest wird er dich ablenken.«

»Selbstmord?«, schrie Jonathan auf, aber Michael ließ sich nicht unterbrechen: »Wie sagen wir Mediziner so gerne? Bei starken Kopfschmerzen hauen wir uns den Hammer auf den Daumen, und schon sind die Kopfschmerzen wie weggeblasen.«

Er grinste seinen Bruder an. »War nur ein Spaß«, sagte er dann und legte Jonathan die Hand auf den Kopf, als wollte er ihn segnen. Sie schauten sich in die Augen.

»Es ist sicher nicht leicht, zu wissen, wann die Wollust flöten geht. Vor allem, wenn es schon so bald ist. Fast so schlimm, wie seinen Todestag zu kennen – eine Woche, bevor es so weit ist. Aber in der Trauer liegt eine große Kraft, sich neuen Aufgaben zu stellen.«

Jonathan winkte ab. »Wie viele Schüsse hast du eigentlich noch, Bruderherz?«

»Das kann und will ich dir lieber nicht sagen.«

»Es macht mir nichts aus, ich will nur der Wahrheit ins Gesicht sehen.«

Ein selbstgefälliges Lächeln huschte über Michaels Gesicht, wich dann aber wieder eilig der ärztlichen Trauermiene.

»Ich habe noch 27 000 Schüsse, aber ich denke nicht, dass ich die alle verpulvern kann. Die Arbeit, verstehst du? Und ich bin verheiratet. Ich würde dir ja gerne etwas davon abgeben, aber das ist medizinisch leider noch nicht möglich …«

»Nett von dir, aber von dir würde ich sowieso keine Schüsse annehmen.«

»Manchmal kann die Strafe für Selbstgerechtigkeit hart sein, und manchmal bekommt man nicht einmal die Chance, seine Lektion zu lernen«, erwiderte Michael.

Jonathan sah ihn verständnislos an. »Und was rätst du mir als Arzt?«

»Es wird Jahrzehnte dauern, bis ein Gegenmittel entdeckt wird. In der Zwischenzeit viel Bewegung, vitaminreiche Kost …«

Jonathan winkte ab. »Soll ich mehr Austern essen oder Spargel?«

»Kann nicht schaden.«

Jonathan beschloss, sich alle weiteren Ausführungen seines Bruders zu sparen, und ging, gebückt vom Gewicht der Welt auf seinen Schultern, zum Ausgang der Klinik.

Die wunderschönen Arzthelferinnen winkten ihm fröhlich zu.

2

»Zur rechten Zeit blind, taub und stumm,
bringt Dich um manche Klipp' herum.«
Sprichwort

Die Meldungen auf seinem Anrufbeantworter stammten aus einer vergangenen Welt. Muntere weibliche Stimmen forderten ihn zu absurden Vergnügungen auf.

»Vergiss nicht, dass wir verabredet sind«, sagte Liliane, »sei endlich mal pünktlich. Und vergiss nicht das Du-weißt-schon-was. Bis dann.« Piep-piep. »Wir wollten heute einen Termin ausmachen«, hörte er eine seiner Kolleginnen, »du weißt schon. Ich habe eine Überraschung für dich.« Piep-piep. »Kennst du mich überhaupt noch? Ich will dich wiedersehen, verdammt noch mal!« Piep-piep. Dann sein Vater: »Dein Bruder hat mich angerufen. Wir müssen unbedingt reden.«

Jonathan drückte auf die Löschtaste, zog sich aus und widmete sich einer Selbstbetrachtung im Badezimmer. Äußerlich war ihm nichts anzumerken. Noch nicht. Er studierte sein Gesicht und seinen unnütz gewordenen Körper im Spiegel und sah sich mit den Blicken seiner Frauen als Robert de Niro oder Kai Pflaume, je nach Vorliebe und Einbildungskraft der jeweiligen Geliebten. In seinem Inneren spürte er eine unendliche Leere, als er auf den Balkon trat und den Regen auf seiner Haut spürte.

»Machen wir's kurz«, sagte er zu den Topfpflanzen, die er zur Erinnerung an gemeinsame Orgasmen von einigen seiner Frauen geschenkt bekommen hatte. Auf der

Straße, fünf Stockwerke weiter unten, winkte ihm ein Kind zu. Er winkte zurück, hob ein Bein und versuchte, über das Geländer zu steigen. Im Altbau gegenüber gingen die Lichter an. Ein Schatten schob den Vorhang zur Seite.

Außerhalb der Betten ließ seine Gelenkigkeit zu wünschen übrig. Sein Fuß verklemmte sich zwischen zwei Blumenkästen. Er verlor das Gleichgewicht und fiel nach hinten, während er seine Geranien aushebelte. Ein Blumenkasten löste sich aus der Halterung und schlug einen Augenblick später mit einem Knall auf der Straße auf. Vorsichtig erhob sich Jonathan und spähte nach unten. Nein, er hatte niemanden erschlagen. Eine Gruppe abendlicher Fußgänger versammelte sich um Blumen und Erde und starrte nach oben.

Der türkische Hausmeister kam dazu und gestikulierte. Jonathan zog sich eilig in seine Wohnung zurück. Das Leben hatte ihn wieder, und Heißhunger überfiel ihn. Er knackte sich eine eiskalte Bierdose und studierte die Vorräte im Kühlschrank, als es klingelte. Jonathan öffnete. Der Hausmeister drückte ihm einen Blumenstrauß in die Hand.

»Danke«, sagte Jonathan.

»Kommt Ihnen das bekannt vor?«, fragte der Hausmeister und musterte ihn missmutig.

Jonathan nickte betreten.

»Wie kann so etwas nur passieren?«

Jonathan zögerte. Ob er ihm von seinem missglückten Selbstmord erzählen sollte? Lieber nicht.

»Besser, als wenn Sie selber runtergefallen wären«, sagte der Hausmeister, »das wäre erst eine Sauerei gewesen.«

Das klang vernünftig.

»Reden wir nicht darüber«, sagte der Hausmeister, bevor Jonathan zu Wort kam, und zupfte an seinem Ohrring.

»Tolle Tätowierungen haben Sie«, rief Jonathan ihm nach, als er ging.

Jonathan löffelte den Rest Ravioli in Tomatensoße kalt aus der Dose und fragte sich, warum er seit Ewigkeiten keinen Kontakt zu einfachen Menschen von der Straße gehabt hatte. Mit einem Kaminkehrer vielleicht, einem Straßenbahnfahrer, Postzusteller, Installateur oder dem Leiter einer Supermarkt-Filiale. Schlichte Gemüter, die sein Leben positiv beeinflussen konnten.

Einsam wie noch nie studierte er, der sonst nie zur Flasche griff, seine gutbestückte kleine Bar, die einen Fundus auserwählter Alkoholika barg, mit denen er schüchterne Frauen zu erweichen pflegte. Natürlich nur in Maßen. Nichts irritierte ihn mehr als betrunkene Frauen, die nach einem Drink zu viel voller Weltschmerz die Weltlage besprechen wollten. Jedes Mal war es schwer, angesichts des Jammers von Hunger und Kinderarbeit wieder auf das Wesentliche zurückzukommen. Und beinahe unmöglich, wenn der kleine Schluck zu viel dazu führte, dass die Liebste in Selbstzweifel verfiel oder zu der Erkenntnis gelangte, dass er ein Schwein war, das sie schon längst durchschaut hatte. Er hasste es, wenn sie sich urplötzlich übergaben, um anschließend in tiefe Ohnmacht zu fallen. Natürlich hielt er sich selbst immer vornehm zurück, wenn es ums Trinken ging. Er fühlte sich in der Pflicht, seine Erektion nicht zu gefährden. Anders als zahllose Geschlechtsgenossen ließ er sich niemals gehen, Versagen kam nicht in Frage. Aber diese Zeiten waren vorbei. Nun war alles egal. Jonathan entschied, sich quer durch sein

Getränkelager zu saufen, und nahm als Erstes einen großen Schluck aus der teuersten Flasche.

Der Himmel mogelte sich gegen Jonathans Stimmungslage eine Zeitlang mit etwas Sonnenschein durch den frühen Tag. Schlaftrunken setzte Jonathan sich auf die Bettkante.

Endlich begann es zu regnen, und der trübe Morgen trat pflichtgemäß seinen Dienst an. So sollte die Welt für ehemalige Männer sein.

Jonathan duschte und rasierte sich, ließ das morgendliche Bauchmuskeltraining aus und wählte ein passendes Outfit. Auf keinen Fall Trauerschwarz. Leonard Cohen hören und einen schwarzen Hut aufsetzen wäre vielleicht zu naheliegend und verräterisch. Eher optimistische Farben, etwas in Richtung Jürgen von der Lippe mit einem Tick Lagerfeld. Und die original texanischen senfgelben Cowboystiefel.

Seine italienische Dreitausend-Euro-Espressomaschine gab Zeichen. Er goss sich Tomatensaft ein wegen der Vitamine, verzichtete auf das Bio-Müsli und auf all die Cerealien und Mineralstoffe, die ihn sonst über den Tag brachten. Ihm war schlecht. An Trauerarbeit in eigener Sache musste er sich erst gewöhnen.

Das Telefon klingelte.

»Na?«, hörte er Lilianes Stimme. »Wie ist der Befund?«

»Noch nicht da«, log Jonathan.

»Ruf mich an, wenn du Bescheid weißt.«

»Wir sehen uns, ich muss weg.«

Es war viel zu spät, um pünktlich in der Redaktion aufzutauchen. Jonathan gurgelte mit seinem Cappuccino und nahm sich vor, im Job so zu tun, als wäre nichts passiert.

Das Telefon klingelte.

»Spreche ich mit Herrn Jonathan Kaiser?«

»Ja, aber …«

»Gut, dass ich Sie erreiche. Sie erinnern sich sicher an mich. Haben Sie drei Minuten Zeit? Wir machen gerade eine Umfrage über Potenzprobleme von Männern zwischen siebzehn und siebenundsiebzig. Darf ich Sie fragen, wie alt Sie sind?«

»Nein!«

Jonathan ging zur Tür. Das Telefon klingelte, er kehrte zurück und hob ab.

»Ich bin es, Michael.«

»Nein!«

»Es ist meine christliche Pflicht, mich um dich zu kümmern.«

»Nein!«

»Es ist deine Pflicht, mir zuzuhören, wenn ich meiner christlichen Pflicht nachkomme.«

»Nein!«

Jonathan ging zur Tür. Das Telefon klingelte.

»Wo bleiben Sie denn?«, fragte Großhaupt, sein Chef. »Wir haben schon angefangen.«

»Falsch verbunden«, sagte Jonathan, schloss die Wohnungstür hinter sich ab und hörte es schon wieder klingeln. Er rannte das Treppenhaus hinunter. Der zerschmetterte Blumenkasten vor seinem Haus, Zeichen seiner vorabendlichen Schande, war verschwunden. Wie immer hatte er die Wahl. Er konnte mit seinem Rennrad in die Redaktion fahren, um regennass und verschwitzt dort anzukommen – wenn er überhaupt ankam, ohne dass er überfahren wurde. Vielleicht sollte er den Tod herausfordern? Oder mit U-Bahn und Straßenbahn, um, wenn es abends länger dauern sollte, bei der Heimfahrt überfallen oder ermordet zu werden? Auch nicht schlecht. Oder seinen Wagen suchen, der zwanzig Minuten von der Wohnung entfernt irgendwo im Halteverbot geparkt war.

Er riskierte es, suchte seinen Wagen, zerriss das Knöllchen und machte sich auf den Weg in die große weite Welt des Zeitungswesens. Drüben der Sendemast, der ihm elektrische Ströme durch den Kopf schoss. Vorbei am verrotteten Freizeitzentrum, in dem sich Hase, Igel und Ratten guten Morgen sagten.

Stau auf dem Ring. Übermächtige Plakatwände zogen im Schneckentempo vorbei: *Jetzt brauch ich was Leichtes. Happy Hippo von Professor Lol, der flüssige Schwuppdiwupp-Snack. Besonders mild und sahnig und erfrischend natürlich.*

Jonathan dachte an seine restlichen sieben Schuss. Plötzlich sah er die Welt mit neuen Augen. Er lauschte mit halbem Ohr der Werbung im Regionalsender, während er den Nachbarn auf der Nebenspur beobachtete. Wie viele Schüsse der Typ wohl noch im Depot hatte?

»Elend, Hunger, Krankheit und Bildungsnot in aller Welt. Helfen Sie mit, kaufen Sie Wasserbetten bei *Betten-Heiner.*«

Die Stadt, in der er lebte, zeigte kein Zeichen von Rührung. Alles war wie immer, und so sollte es wohl auch sein. Wer kümmerte sich denn noch um seinen Nächsten? Nachbarn entdeckten die Leichen ihrer Mitbewohner erst nach Jahren der Verwesung. Das war früher sicher anders gewesen.

Jonathan hing merkwürdig verwegenen Gedanken nach, die von Neid erfüllt waren, als er im stockenden Verkehr durch die Stadt fuhr: Wie viele Leute sich gerade in diesen anständigen Häusern wohl den Wonnen der Liebe hingaben? Ob es hundert waren oder tausend? Und nicht nur hier in diesem maroden Ort mit über zwölf Prozent Arbeitslosigkeit. Wie stand es mit ganz Sachsen-Anhalt? Dort müssten gerade zumindest hunderttausend Geschlechtsgenossen ihre feuchten Körperhöhlungen und ausgefahrenen Stiele betasten und ineinander eindringen lassen. Nun nehmen wir Deutschland, natürlich samt alten und neuen Bundesländern. Jonathan fieberte, während er rechnete. Man konnte es natürlich nur über den Daumen peilen. Europa – heißblütige Italiener und Italienerinnen. Kühle Engländer, die ihre Gattinnen begatteten. Die Holländer und Dänen. Und – o, là, là! – nicht zu vergessen die charmanten kleinen Französinnen. Jonathan grollte. In China wälzten sich ganz bestimmt eine halbe Milliarde heißer kleiner gelber Körper in ihren Strohhütten. Es musste eine Billion Menschen draußen geben – junge und alte, dicke und dünne, arme und reiche, kluge und dumme, nette und widerwärtige –, die genau in diesem Moment zum Orgasmus kamen. Es war eine deprimierend faszinierende Vorstellung. Das Gemeinschaftsgefühl sexueller Erregung verschaffte Jonathan das sichere Gefühl, dass sein Drama mit der plötzlich ausgebremsten Begierde völlig unwichtig war. Wir alle auf dieser gesamten schönen Mutter Erde sind doch nur ein Tropfen Sperma im Ozean aus Sex.

Ein Auffahrunfall, keine brennenden Autos, keine Leichen, nur ein paar traurige Gestalten neben ihren verbeulten Karren, mürrische Gesichter im Regen, trübe Augen, die die vorbeiziehende Autoschlange neidisch betrachteten.

»Was ist der Sinn des Lebens?«, fragte die Werbung. »Für Ihren Körper brauchen Sie mehr als nur zwei Beine. Tanken Sie Leistung. Wenn Ihre Freundin ein Moppel ist, schicken Sie sie ins Fitnessstudio *Be cool.*«

Jonathan wechselte die Spur und gab Gas.

»Die Nachrichten. Im Spanner-Prozess wurde nun das Urteil gefällt. Wir schalten um zu unserer Außenreporterin Sonja Kleinschmidt …«

Jonathan hörte weg und sank in sich zusammen. Wer bin ich? Woher komme ich? Wohin gehe ich? Diese Fragen hatte sich Jonathan vor der bitteren Antwort auf die Frage aller Fragen noch nie gestellt. Sieben Schuss? In seinem Kopf ratterte die Rechenmaschine. Er war knapp vierzig Jahre alt. Wenn er sich bis ins Alter von fünfundsiebzig an seiner Wollust erfreuen wollte, musste er sie auf fünfunddreißig Jahre verteilen. Nach Jonathan Riese wäre das ein Orgasmus alle fünf Jahre. Das hieß sparsam sein und haushalten, nicht gerade seine Stärke. Und selbst dann wäre sein nächster Schuss erst in fünf Jahren dran.

»Männer sind einsam«, grölte Grönemeyer, »Männer nehmen in den Arm, Männer geben Geborgenheit, Männer weinen heimlich, Männer brauchen viel Zärtlichkeit, oh, Männer sind so verletzlich, Männer sind auf dieser Welt einfach unersetzlich.«

Andererseits, überlegte Jonathan, konnte er sich mit seinem kleinen Vorrat von sieben Schüsschen auch ein schönes Wochenende machen und alles verschleudern, um dann ins Kloster zu gehen. Allerdings, befürchtete er sogleich, konnte er als gänzlich Schussloser unter durchschnittlich bestückten Mönchen zum Opferlamm ihres Standesdünkels werden. Schließlich bestand die Hauptaufgabe der Klosterbrüder darin, sich mühsam vor Schamlosigkeit und irdischen Gelüsten zu hüten, um ihr Keuschheitsgelübde einzuhalten.

3

»Achtung verdient, wer erfüllt, was er vermag.«
Sophokles

Der Verlag war in einem großen abbröckelnden Altbau zwischen ehemaligen Kasernen, Schrottplätzen und Schrebergärten im Osten der Stadt untergebracht. Es gab ein halbleeres Einkaufszentrum und ein Garten-Center in der Nähe. Verrostete Bahngleise an einem verfallenen Bahnhof. Hundert Meter weiter ein Swingerclub, oder eine *Weight-Watchers*-Filiale, keiner wusste es genau, denn die Belegschaft wollte dort weder bumsen noch abnehmen. So oder so ein guter Platz für *Paula – die etwas andere Frauenzeitschrift,* mit der der Herausgeber und Chefredakteur Großhaupt immer noch mittelgute Auflagen im Westen und vermehrt im Osten machte.

Jonathan bog auf den Firmenparkplatz ein. Auf seinem angestammten Platz stand ein kleiner hässlicher Bastard von Auto. Das brachte das Fass zum Überlaufen. Jonathan schlug mit den Händen aufs Lenkrad und hupte, dann stieg er aus und gab dem Wagen einen Tritt an den Reifen. Anschließend nahm er seinen Schlüssel und kratzte der Karre ein Zorro-Zett auf die Motorhaube.

Die Empfangsdame, das Rückgrat des Verlags, schwarzes Kostüm, schwarze Strümpfe, schwarze Schuhe, musterte ihn mit Grabesmiene. Aber das tat sie immer. Wie Jonathan vermutete, hatte sie nur zweimal im Jahr ein bisschen Spaß. Vor einem guten Jahr auch mit ihm, und das nur ein halbes Mal. Wenn sie unter Druck geriet, zerbröckelte ihre angelernte arrogante Höflichkeit, und sie war wieder das kleine Vorstadtmäuschen, das sich zu schnell betrank, sich ausweinen wollte, hysterisch wurde, um sich anschließend über der Kloschüssel zu übergeben. Knapp daneben, wie Jonathan wusste.

»Welcher Idiot steht da auf meinem Parkplatz, Julia?«, fragte er wütend. »Das ist mein rechtmäßiger Platz.«

Julia hob die Schultern.

»Es gibt Schlimmeres.« Sie sah auf die Uhr und schüttelte den Kopf. »Arbeitest du eigentlich noch für uns, Jojo?«

Jonathan starrte sie an, dann lachte er sein offizielles offenherziges Lachen.

»Wovon zum Teufel sprichst du?«

»Wir sind ein Team! Einer für alle, alle für einen.«

»Sei nett zu mir, Julia.«

Jonathan spürte, wie ihm die Mischung seines nächtlichen Getränketests vom Kopf in den Magen fuhr, zwickte seinen Schließmuskel zusammen und schlenderte auf seinen Kreuzweg durch das fröhlich lärmende Großraumbüro.

»Hallo, Jojo.«

»Hallo, Charlotte.«

»Jojo, wie geht's denn so?«

»Prima, Cornelia, alles bestens.«

»Schön, dich zu sehen, Jonathan!«

Und so ging es weiter, bis er seinen Arbeitsplatz erreichte. Der war hinten in der kleinen Kammer untergebracht, wo er seine Ruhe hatte.

Wussten die Kolleginnen inzwischen, wie es um ihn stand? Ein einziger Hinweis, von wem auch immer, und alle waren informiert. Versuchten sie ihn zu täuschen? Warum bekam er keine Ratschläge ins Ohr geflüstert, mit großem Aufseufzen und in innigen Umarmungen, oder gar in stillen Ecken Ratgeberbücher in die Hand gedrückt?

Er zog sich in sein kleines Reich zurück, setzte sich traurig hinter seinen Schreibtisch und versuchte sich vorzustellen, dass er in einer Gefängniszelle in Isolierhaft eingesperrt war. Ein Graf von Monte Christo, die Glastür seines Büros fest geschlossen. Nichts hören, nichts sehen, nichts fühlen.

Sein eingebildeter Energieschub verflog sofort, als er bemerkte, dass er nicht wusste, worüber er schreiben sollte. Dabei war er der zuständige Sexexperte im Haus und schrieb unter einer Reihe weiblicher Pseudonyme erfolgreiche Kolumnen, die ihm zugestandenermaßen sensibler aus der Feder flossen als jeder Frau. Er las die konkurrierenden Frauenzeitschriften und stellte fest, dass sie ihre Sexstrecken noch länger, abstruser und monströser durchzogen als er. Neiderfüllt und ergriffen von der Phantasie der Kollegen und Kolleginnen trank er einen Liter Kaffee und drei Flaschen stilles Mineralwasser und fand immer noch kein Thema, bei dem er sicher war, dass er in seinem neuen Zustand die Kraft hatte, sich ihm bis zum Ende zu widmen, ohne unterwegs einen Heulkrampf zu erleiden.

Er ließ seinen Blick in die Fenster des Fitness-Centers schweifen und begutachtete eine Frauengruppe beim Dehnen. Ein neueingerichtetes Angebot, stellte er mit einem Blick auf die Uhr fest. Um diese Zeit war drüben noch nie gedehnt worden.

Ein genialer Einfall durchschoss ihn, woraufhin er sofort die Stoffsammlungsdatei im Rechner öffnete. Da stand es wie vermutet: *Die Stabschrecke gehört mit zu den unermüdlichsten Liebhabern der Welt. Hier wird gerne mal zehn Wochen lang durchkopuliert.*

Alles klar! Damit konnte er etwas anfangen und die Antwort auf die interessante Gewissensfrage einer 77-jährigen Bildhauerin aus Friesland geben, die er nur noch ein wenig umformulieren musste, damit alles rund und schön übereinstimmte.

»Doch dabei spielt die große Liebe keine wesentliche Rolle«, las er vergnügt weiter, »vielmehr geht es hier um Eifersucht – das Männchen will verhindern, dass sich ein anderer Mann nähert.« Genial! Er war wieder ganz wach und kreativ, so als wäre nichts passiert. Die Arbeit war doch das beste Gegenmittel gegen alles Leid auf dieser Welt.

Sein Telefon klingelte. Der Eigner und Chefredakteur höchstpersönlich.

»Wir haben Sie heute früh bei der Morgenkonferenz vermisst«, sagte Sebastian Großhaupt. »Sie wissen doch, dass wir Sie brauchen. Ohne Ihre Unterstützung und Ihr Talent fühle ich mich von all diesen Frauenzimmern hier erdrückt.«

»Ich hatte da ein kleines Problem«, sagte Jonathan.

»Hatten oder haben?«, fragte der Chef mit dem Gurren eines alten Truthahns. »Kommen Sie bei mir vorbei. Wir können über alles reden.«

Jonathan legte den Hörer auf. Der einzige Mann in der Redaktion außer Valentin und ihm verlangte also nach ihm.

Es klingelte noch einmal.

»Und bringen Sie Ihre Kolumne mit«, sagte der Chef diesmal unwirsch, »wir müssen sie gegenlesen. Ihre letzten Seiten waren mehr als missverständlich. Das können Sie besser.«

Jonathan las weiter: »Auch die Wasserwanzen der Spezies *Abedus herberti* leiden unter Sexsucht: Innerhalb von sechsunddreißig Stunden haben sie mehr als hundertmal Sex. Und wenn sich Präriewühlmäuse als Paar zusammentun, besiegeln sie den Bund, indem sie in den ersten vierundzwanzig Stunden zwischen fünfzehn- und dreißigmal miteinander verkehren.«

»Ja, ja, ja!«, murmelte Jonathan in einem jener innigen Selbstgespräche, die kreative Menschen immer führen. Das hatte er im Griff. Darüber musste ihm in einer knappen Stunde eine ganze Seite aus den Fingern fließen. Und einmal im Stoff, würde er der 19-jährigen Alzheimer-Nymphomanin eine elegante Lösung anbieten, abgeleitet aus *Und täglich grüßt das Murmeltier*.

Jonathan rieb sich die Hände. Er war da und bei Sinnen.

»Noch sieben Schuss!«, rief er sich zu. Mit diesem seinem außerordentlichen Schicksalsschlag konnte ihn Weisheit beflügeln. Da klingelte es noch einmal, und dieses Mal klang es anders. Bedeutend und bedrohlich. Jonathan hob den Hörer ab.

»Ja? Bist du es, Michael?«

»Gedankenübertragung«, freute sich dieser.

»Was willst du von mir?«

»Es gibt vielleicht eine Lösung.«

Jonathan hielt den Atem an.

»Ich muss deinen Körper durchchecken. Es ist ungeheuer wichtig. Am besten, du kommst sofort!«

»Ich kann nicht weg.«

»Wenn du jetzt nicht kannst«, sagte Michael, »kann ich dir einen Termin in drei Wochen machen. Wie wäre es am 17. Juli um 15 Uhr 30? Oder dann erst im Oktober.«

»Ich komme sofort!«, rief Jonathan. Vielleicht konnte die Medizin ja alles wieder rückgängig machen? Blutgerinnsel, Krebs, Wahnsinn, Zucker, all die längst schon operierbaren Kleinigkeiten, die sich über den menschlichen Organismus lustig machten.

Er rannte los.

»Ich bin kurz mal weg«, rief er Julia, der Rezeptionsdame, zu.

4

»Es nimmt der Augenblick, was Jahre geben.«
Johann Wolfgang von Goethe

Vorbei an den apokalyptischen Aktbildern, vorbei an den lächelnden Arzthelferinnen.

Michael umarmte Jonathan lange, unterdrückte ein Schluchzen und führte ihn in seine glitzernde Kammer, in der er über Leben und Tod entschied.

»Zieh dich aus«, wurde er sachlich und stülpte sich Gummihandschuhe über die Finger, während Jonathan seine Unterwäsche präsentierte. Einen lachsfarbenen Tangaslip, der sein Geschlecht zart umschmiegte und hervorragend ins Bild setzte. Für alle Fälle, praktisch für einen Quickie in der Besenkammer und seiner sicheren Einschätzung nach der Traum aller Frauen, die auf den Puls der Zeit hörten. Die alte Gewohnheit. Er bereute, sich für diesen Arztbesuch nicht seriöser gewandet zu haben. Irgendwo in seinen Schränken musste doch noch eine Doppelrippunterhose mit Eingriff ihr trauriges Dasein fristen? Zu spät.

Seit jeher war es seine moralische Familienpflicht, keinen anderen Arzt aufzusuchen als den Bruder. Schon als Medizinstudent hatte Michael ihn in die Mangel genommen: Die erste Blutabnahme, der erste Einlauf, Jonathan stand immer als Übungsopfer zur Verfügung, und nun war er seit vielen Jahren Dauerpatient dieses überaus erfolgreichen Mediziners, angeblich kostengünstiger, aber stets unter Aufsicht.

»Zieh dich komplett aus«, sagte Michael. »Wie fühlst du dich?«

»Kann nicht klagen.« Jonathan versuchte ein optimistisches Lächeln und legte sich nackt auf die weiße Liege. »Allerdings träume ich schlecht!«

»Erzähl mir einen typischen Alptraum! Träumst du von Ziegen oder von anderen Tieren?«

Jonathan starrte ihn verständnislos an. Er träumte pornographische Versionen von Peter Pan, Pinocchio und Heidi und dass er als Superschlumpf die Biene Maja vögelte. Sein schlechtes Gewissen ließ ihn oft stundenlang nicht einschlafen, wusste er doch, dass seine Träume nicht mit den gesellschaftlichen Normen übereinstimmten.

»Alpträume?«, überlegte er. »Ich träume von Frauen mit Silikonbrüsten. Kaum dass ich sie anfasse, explodieren sie. Oder von gepiercten Schamlippen. Meine Zunge verheddert sich, und ich komm da nicht mehr raus. Mein Kopf muss ewig zwischen den Schenkeln bleiben.«

»Ich verstehe«, sagte Michael, wälzte ihn herum und drückte seine kräftigen Tennis- und Golffäuste tief in Jonathans rechte Seite unterhalb der Rippen.

»Und was träumst du?«, fragte Jonathan zurück.

»Ich lebe gesund und vernünftig, ich brauche keine Alpträume. Übrigens solltest du gesündere Unterwäsche tragen, es ist deiner Manneskraft nicht zuträglich, so eingequetscht zu sein. Das unterbindet die Durchblutung. Wie viel trinkst du so am Tag?«

»Meinst du Alkohol?«

»Stell dich nicht blöder, als du bist. Ich kenne euch doch. Acht von zehn Journalisten sind schwere Alkoholiker.«

Er legte Jonathans Bein zur Seite, klopfte es ab.

»Spürst du Schmerzen?«

»Nein.«

»Und jetzt?«

»Ja«, stöhnte Jonathan auf.

»Das stinkt nach Raucherbein.«

»Ich höre seit sieben Jahren auf damit«, fuhr Jonathan hoch, »ich weiß, dass Rauchen Gift ist.«

»Lieg gefälligst ruhig«, bellte der brüderliche Arzt und bohrte ihm den Zeigefinger in die Leiste.

»Hast du immer noch so viel Geschlechtsverkehr? Blumenbeete statt einer schönen Rose?«

Jonathans Puls jagte.

»Gott!«, keuchte er auf und nahm sich vor, nur unter Folter dritten Grades zu gestehen, dass er mit dem Teufel im Bunde war und häufig wechselnden Geschlechtsverkehr bevorzugte. Bevorzugt hatte, schoss es ihm durch den Kopf.

»Schwierigkeiten beim Pinkeln?«

»Nicht, dass ich wüsste.«

Michael zerrte an seinen Gummihandschuhen. »Dreh dich auf die Seite. Ich werde deine Prostata abtasten.«

Jonathan reckte seinem Bruder den Hintern hin. Nun ja, es war ein bisschen wie früher in der Knabenzeit, nur umgekehrt. Michael rammte ihm den Finger in den Darm.

»Ursula hat sich inzwischen übrigens wieder beruhigt«, sagte er etwas verkniffen.

Jonathan warf ihm einen beunruhigten Blick zu.

»Worüber?«

»Du weißt schon.«

»Keine Ahnung.«

»Bleistifttest.«

»Bleistifttest?«

Plötzlich erinnerte sich Jonathan wieder an die Sonntagnachmittagseinladung bei der Familie seines Bruders. Fair gehandelter Kaffee mit Milch vom Bauern des Vertrauens und selbstgebackener Biozwetschgenkuchen auf der sonnigen Terrasse. Als Gäste eine arme Familie aus der Kirchengemeinde, sieben Köpfe, die sich satt essen durften und später von den Arztkindern mit Geschenken beglückt werden sollten.

Die Kinder schlangen hastig und stumm. Michaels Frau, die von Besuch zu Besuch an Fülle gewann, lächelte dem misslungenen Bruder überglücklich zu.

»Er ist ein ganz Süßer, unser Onkel Jonathan«, zwitscherte sie und zeichnete Kreuze in die Luft. Jonathans Steißbein juckte, als er eine Zwetschge zwischen den Zähnen zermalmte. Die qualvolle Stunde wollte kein Ende nehmen, da erhob der elfjährige David seine Stimme.

»Was ist eigentlich ein Bleistifttest?«, fragte das Kind und ließ den Blick von einem zum anderen wandern, bis er beim Onkel hängenblieb. Jonathan lehnte sich zurück und unterdrückte das Zittern, das in ihm hochstieg. Bei allem Verständnis für das Interesse dieses hochbegabten, schon so früh an Naturwissenschaften interessierten Knaben – hier stand er kurz davor, gefährliches Terrain zu betreten in dieser urchristlichen Familie, der der gemeinsame Gottesdienst vom Vormittag noch in den Knochen steckte. Warum gerade er? Wo sollte er anfangen? Er suchte Blickkontakt zum Bruder, doch der grinste schadenfroh in sein Kuchenstück.

»Zunächst einmal brauchen wir einen Bleistift«, begann Jonathan zögernd.

Die fünfzehnjährige Tochter Regina räusperte sich. Michaels Frau wälzte ihre im Korbstuhl eingeklemmte Masse herum und versuchte, das Schlimmste zu verhindern.

»Und Möpse«, sagte Regina herausfordernd und ließ ihren Armschmuck klingeln. Momentan trug sie vom Handgelenk bis zum Ellenbogen ihres rechten Armes etwa zehn Kilo indischer Fruchtbarkeitsketten.

Florian, der Älteste, starrte verständnislos vor sich hin. Für diesen Weiberkram hatte er weder Sinn noch Verständnis. Jonathan nickte Michaels Gattin mit einem auffordernden Lächeln zu, als sie den Mund öffnete. Erleichtert stellte er fest, dass er gerade noch die letzte Ausfahrt vor Brooklyn erwischt hatte.

»Man nimmt ihn hochkant und hält ihn sich zwischen die Brüste. Es kommt darauf an, wie weit sie voneinander entfernt sind«, sagte Ursula belehrend. »Man kann also ganz normal große Brüste haben, und der Bleistift fällt trotzdem durch.«

Michaels Finger war jetzt bis zum Anschlag in Jonathans Darm vorgedrungen. Das war noch Hochleistungsmedizin im alten Sinne.

Na gut, er hätte danach nicht dermaßen auftrumpfen müssen, um seinem Bruder zu erläutern, wie es um den Bildungsnotstand der deutschen Hausfrau in Sachen Sexualität stand. Irgendwie hatte sich seine Schwägerin dadurch wohl bloßgestellt gefühlt, und ihre natürliche Autorität als liebende Mutter, Gattin und Helferin in allen Lebensfragen war für lange Zeit dahin gewesen.

Und wer war der Verursacher all dieses Elends?

Jonathan begann sich unruhig auf der harten Streckbank zu bewegen.

Ursulas Erkenntnis über die Gesetze der Schwerkraft hatte sie schließlich im tiefsten Inneren erschüttert. Beinahe ihr ganzes Leben hatte sie den Bleistifttest so vollzogen, wie sie es von ihrer Mutter gelernt hatte. Und diese wieder von ihrer Mutter und so weiter. Seit Generationen hatten die Frauen in ihrer Familie den Bleistift zwischen die Brüste gelegt, und noch jede Frau ihres Geschlechts hatte den Test mit lässigem Stolz bestanden. Und jetzt hatte der widerwärtige Bruder ihres Mannes sie in aller Öffentlichkeit auf eine lebenslange Selbsttäuschung aufmerksam gemacht, die sie tausendmal heimlich hatte aufjubeln lassen. Bei der neuen Testmethode hingegen blieb der Stift stecken, sosehr sie die Arme auch gen Himmel reckte. Die Schutzengel kannten kein Erbarmen. Und Ursula stellte mit Entsetzen fest, dass sie und wohl auch alle ihre weiblichen Vorfahren das besaßen, was man landläufig Hängebrüste nannte.

Und wer war der Verursacher dieser Katastrophe?

Unwillkürlich verkrampfte sich Jonathan. Nie hätte er sich absichtlich über die körperlichen Mängel einer Frau lustig gemacht, vor allem nicht, wenn sie dabei war.

Michaels Finger begann in seiner Körperöffnung zu kreisen.

»Was spürst du? Fühlst du dich erregt?«

»Eher hundemüde.«

»Ich vermute, du bist heterosexuell«, lächelte Michael stochernd. »Halte dich an deine Freundin. Liliane liebt dich und leidet darunter, dass du ihr nicht treu bist.«

»Manchmal kann ich einfach nicht widerstehen«, sagte Jonathan bescheiden.

Michael schleuderte den Handschuh von sich.

»Mach Nägel mit Köpfen, sie ist eine gute Frau, ich kenne sie besser, als du denkst. Gründe eine Familie, mach es wie ich. Es wird dir gefallen. Oder willst du wie unser Vater enden?«

»Ich will auf jedem Fall nicht enden wie du.«

Michael sah ihn kopfschüttelnd an.

»Wie du willst. Du kannst dich wieder anziehen. Der

fehlende Spermazufluss als basische Grundkontrolle, die mangelnden Glückshormone …«

Jonathan sammelte seine Kleidungsstücke auf.

Michael schrieb ein Rezept. »Dein Zustand birgt folgende körperliche Gefahren: zu hohe Insulinausschüttungen, zu hohe Blutfettwerte, zu viel Harnsäure, erhöhter Cholesterinspiegel …«

Jonathan zog den Reißverschluss seiner Hose hoch und horchte vorsichtig in seinen Körper hinein.

»Herzinfarkt, Hirnschlag, Amputationen …«

»Ich weiß«, sagte Jonathan, »Schilddrüse, Karies und all das.«

Michael reichte Jonathan das Rezept. »Angesichts deiner Krankheit musst du ab jetzt unter ständiger ärztlicher Kontrolle stehen. Du wirst zweimal wöchentlich von mir untersucht. So lange, bis die Forschung ein Mittel gefunden hat, deinem Elend ein Ende zu bereiten.«

»Und wie lange wird das dauern?«

»Wie lange hat Edison dafür gebraucht, die Glühbirne zu erfinden?«

»Zehn Jahre?«

»Länger. Und warum wollte er sie erfinden?«

»Um mehr Licht ins Dunkel zu bringen?«

»Quatsch! Weil sein Bruder eines Nachts die finstere Kellertreppe hinuntergefallen ist und sich das Genick gebrochen hat.«

5

»Hohl ist der Boden unter den Tyrannen,
die Tage ihrer Herrschaft sind gezählt,
und bald ist ihre Spur nicht mehr zu finden.«
Friedrich von Schiller

Noch immer stand die Karre auf seinem Parkplatz. Jonathan sah sich nach einem Stein um, aber es gab keine Steine mehr in dieser Gegend.

»Herr im Himmel, wo bleibst du denn?«, fauchte ihn Julia, die Empfangsdame an. »Wir sind in der Deadline!«

Jonathans Mund wurde trocken. Deadline? Was wusste dieses oberflächliche Ding von Todeslinien? Ohne einen Blick auf die Kolleginnen hinter ihren Schreibtischen zu werfen, marschierte er auf Großhaupts Büro zu. Wiltraud von Grimm, die Chefsekretärin, musterte Jonathan mit trübem Hundeblick.

»Irgendein verdammter Idiot steht auf meinem Parkplatz«, sagte Jonathan zur Begrüßung.

»Gibt Schlimmeres.« Sie klang wie ein verstimmtes Bar-Piano und sah aus wie eine russische Dreikampfolympionikin aus den 60er Jahren. Wiltraud hob ihre grauen Backsteinbacken und sträubte die inzwischen weiß gewordenen Härchen auf ihrer Oberlippe. Sie hatte schon immer zu enge Hosenanzüge in Altrosa, Senfgelb und Feuchtlila getragen und sprengte dann und wann einen Knopf. Sie war die Einzige im Betrieb, die an ihrem Schreibtisch noch rauchen durfte, und zugleich das göttliche Wesen, das entschied, was für diesen Betrieb gut oder böse war.

Diese Frau wusste Bescheid. Sie hatte sich einst ihren Posten erobert, als sie noch eine Figur wie Ingrid Steeger vorzeigen konnte. Damals, als ihr Chef noch »Moppeltittchen« zu ihr gesagt hatte, wenn sie ihn nach anstrengenden Überstunden vom Überdruck befreite, und er sich vierzehn Jahre lang ihretwegen von seiner Frau scheiden lassen wollte.

Sie rauchte ihr Zigarillo zu Ende und drückte es in einem überfüllten Aschenbecher aus, den sie in den Papierkorb leerte. Anschließend goss sie sicherheitshalber ihren Milchkaffee hinterher, in dem sich ein guter Schuss Wodka befand.

Jonathan stand stumm vor ihr, senkte den Kopf und betrachtete seine Schuhspitzen.

»Warten Sie noch einen Moment, Jonathan«, sagte sie endlich. »Der Chef telefoniert noch.«

Jonathan setzte sich auf den Stuhl vor ihrem Schreibtisch. Wiltraud von Grimm war die einzige Frau in diesem Laden, mit der er nie im Bett gelandet war. Mittlerweile war sie siebzig Jahre alt, bewies den Jüngeren aber täglich ihre Überlegenheit. Sie war sich ihrer Macht bewusst als Sprachrohr, Putzfrauentest und Stützstrumpfträgerin: Nur, was sie liebte, wurde anerkannt.

»Es wird personelle Änderungen bei uns geben, Jonathan, die möglicherweise auch Sie betreffen. Passen Sie auf sich auf«, sagte sie schließlich.

»Ich tue mein Bestes. Aber jeder hat mal einen schlechten Tag.«

»Ach, Jonathan, bitte!« Wiltraud wedelte mit der Hand vor ihrer Nase, als wolle sie einen unangenehmen Geruch verscheuchen. »Ihre sexistischen Orgasmus- und Ejakulationsstorys gelten mittlerweile als überholt. Alte Fürze. Es weht ein neuer Wind. Sie sollten sich vielleicht etwas anderes einfallen lassen.«

Zum zweiten Mal innerhalb von vierundzwanzig Stunden eine schmerzhafte Attacke auf sein Leben. Wollten sie ihn abservieren? Stand ihm sein Makel auf die Stirn geschrieben?

Jonathan starrte zum Fenster hinaus. Es regnete in Strömen. Seit Tagen war der Himmel dunkel und traurig.

»Die neue Keuschheit«, schlug die Chefsekretärin leise vor, »Prüderie, sich aufheben. Das ist der neue Trend.«

»Der Tag ist viel zu schön für solche trüben Gedanken«, sagte er. »Mein Gott, ich liebe diese Jahreszeit.«

»Wir sind im Hochsommer«, entgegnete Wiltraud, »es sollte heiß sein. Was haben wir früher geschwitzt in diesen Räumen. Vierzig Grad ohne Klimaanlage. Der Betriebsrat hatte durchgesetzt, dass wir aus gesundheitlichen Gründen ohne Büstenhalter und Höschen arbeiten durften.«

»Das war vor meiner Zeit! Schade, dass ich das nicht miterleben konnte.«

»Aber es gab keinen leichtfertigen Sex«, stellte Wiltraud klar, »wir haben uns alle zusammengerissen. Es war schwer, aber wir hatten damals noch Respekt voreinander.«

Jonathan verkniff sich jeden Kommentar. Kurz darauf schwenkte Wiltraud ihren Daumen zur Tür der Chefredaktion. »Seine Exzellenz, der seit Jahren nur über die alten Zeiten redet und wie gut es damals war, hat einen neuen Liebling entdeckt.«

Eine Betriebsverjüngung? Gehörte er jetzt schon zum alten Eisen?

»Ihnen wird eine neue Vorgesetzte vor die Nase gesetzt, ob Sie wollen oder nicht. Und sie mag Ihre Sachen nicht. Nicht nur das, sie hat unsere Majestät überzeugt, dass nichts aus Ihrer Feder veröffentlicht werden darf, was ihr nicht gefällt.«

Diese Frauenzeitschrift druckte Woche für Woche Rezepte asiatischer Pilzgerichte und Basteltipps. Wie man seine Babywiege oder den Rollstuhl repariert, Flöte spielen in der Schwangerschaft, Frauenliteratur zum Vorlesen, die auch Männer interessiert. Schinken oder Käse vor oder nach dem Fensterputzen. Schottenröcke oder Jeans. Und er war nun mal der Spezialist für die körperliche Liebe. Du meine Güte, er war der raffinierte Briefkastenonkel für die intimsten Frauenfragen. Seine Leserinnen liebten ihn, er sorgte für Auflage. Mit ihm lagen sie richtig. Mit seinen Ratschlägen war ihr Liebesleben glücklicher als das anderer Frauen. Ohne ihn wären ihre Lustbarkeiten nur halb so schön. Er war zuständig für Sex mit Staubsaugern oder Turnschuhen, exotische erotische Sitten bei den Amazonasindianern und bei Krokodilen. Das hatte er sich im Lauf der Jahre hart erarbeitet.

»Und wer ist sie?«, fragte Jonathan.

»Darf ich Ihnen noch nicht sagen, aber Sie werden sie schon noch kennenlernen.«

Jonathan stand auf.

»Und Finger weg!«

»Kein Interesse!«

»Es ist eine politische Besetzung«, sagte Wiltraud, »ihr Vater und der Chef regeln damit ein uraltes Problem. Was will man da machen?«

Trotz rauchte aus Jonathans Ohren. Vielleicht sollte er seine letzten raren Schüsse auf diesen neuen Feind abfeuern?

»Übrigens, wenn es stimmt, dass Sie nur noch sieben Schüsse haben …«, sagte Wiltraud verschwörerisch.

Jonathan fuhr in die Höhe. »Woher …?«

Sie legte den Zeigefinger an die Lippen, schüttelte den Kopf und lehnte sich zufrieden zurück.

»Kopf hoch, und halten Sie wenigstens die Ohren steif.

Sie werden schon noch merken, welche Bürde von Ihren schmalen Schultern fällt, wenn Sie sich nicht mehr mit Sex herumschlagen müssen. Ich weiß, wovon ich rede. Diese Spielchen habe ich nach sieben Abtreibungen schon vor fünfunddreißig Jahren abgebrochen. Man fühlt sich wie im Himmel.«

»Ihr Wort in Gottes Ohr«, sagte Jonathan leise.

Wiltraud von Grimm beugte sich weit nach vorne. Ihr Schreibtisch ächzte.

»Wenn ich dir einen Tipp geben darf, mein Junge«, raunte sie, griff nach ihm und zog ihn zu sich. »Mach dir eine Liste.«

Das vertrauliche Du, ein wichtiges Thema, oft besprochen in der Redaktion. Nun war er ein Duzfreund der Chefsekretärin, ob er wollte oder nicht.

»Sieben Schuss – sieben Frauen, verstehst du? Du hast nichts zu verschenken«, sagte Wiltraud.

Jonathan schüttelte erst den Kopf, dann nickte er. Wiltraud streichelte seine Hand. Alle seine Härchen stellten sich auf.

»Jeder Mann träumt von seinen Lieblingsfrauen, die er wenigstens einmal im Leben durchvögeln will, oder?«

Jonathan atmete schneller. Er war fasziniert von dieser Idee. Promis, Stars, Adlige, Sportlerinnen, Politikerinnen, Wissenschaftlerinnen, vielleicht sogar Massenmörderinnen? Sie hatte recht. Davon träumte er ohnehin regelmäßig. Jetzt war die Gelegenheit, den Traum in die Praxis umzusetzen.

»Claudia Schiffer«, flüsterte er, »Katarina Witt, Julia Roberts, Heidi Klum, Penelope Cruz?«

»Nicht schlecht«, flüsterte die Chefsekretärin zurück, »aber denk nach, denk an dich! Sind das wirklich deine geheimen Träume?«

»Bundeskanzlerin Angela Merkel?«, flüsterte er errötend.

»Schon besser.«

»Ruth Westheimer, 80, Sexualtherapeutin, mein großes Vorbild.«

»Sehr gut«, lächelte Wiltraud zufrieden. »Ich kann dich bei der Auswahl unterstützen. Wir gehen gemeinsam deine Liste und den Zeitplan durch. Jeder Schuss muss wasserdicht angelegt sein.«

»Danke«, sagte Jonathan aufrichtig, erfreut über diese ungeahnte Zukunftsperspektive.

»Der wegweisende Rat war nicht umsonst«, hauchte die Chefsekretärin vergnügt. »Ein Schuss gehört mir, du kleiner Schlingel.«

Als Jonathan sich auf seinen Warteplatz zurückzog, betrachtete er Wiltraud von Grimm mit ganz neuen Augen. Was bedeutete die leibliche Hülle bei so viel Lebenswillen? Ihm war, als hätte sie ihm neue Kraft eingehaucht.

6

»Es liegt mir nicht, Nummer zwei zu sein!«
Nelson Aldrich Rockefeller

Die Chefsekretärin warf Jonathan einen warnenden Blick zu, denn in diesem Moment wurde die Tür zur Chefredaktion geöffnet, und Jonathan sah eine Frau herausstolzieren, die ungefähr in seinem Alter war. Ihre Gesichtszüge strengten sich an, nicht vor Stolz zu platzen, und das Bemühen, unauffällig, bescheiden und kollegial zu wirken, verursachte merkwürdige Zuckungen um ihren Mund. Das Hüftschwenken und Stolzieren brach ab, als sie mit dem Knie gegen einen Bürostuhl stieß. Sie stöhnte auf und ließ ihre Akten fallen, die sie an die Brust gepresst gehalten hatte. Warum drückten Frauen immer alles an ihre Brust?

Jonathan klaubte den Papierkram auf, und nach einem routinierten Blick unter ihren Rock richtete er sich hastig auf. Unterwäsche aus vollelastischer Baumwolle mit Bauch-weg-Effekt. Die Füße in flachen Schuhen ungewöhnlich groß. Kräftige Waden.

Sie kam ihm seltsam bekannt vor. Aber in seinem Archiv war sie sicher nicht verzeichnet. Aus Jonathans Sicht war sie nicht unbedingt das Ideal für seine erotische Best-of-Liste. Ein Kostüm wie aus dem Otto-Versand, aschblonde Haare, kühle graue Augen unter ungezupften Augenbrauen, blass, Sommersprossen, kein Make-up, keine Sonnenstudio-Bräune, kein Schmuck – ein Fremdkörper in diesem schicken Laden voller aufgeputzter Frauen.

Dazu eine Peter-Maffay-Warze oben am Mundwinkel, haselnussbraun, reif wie zum Abpflücken. Ein paar Kilo zu viel auf den Rippen, ein eingequetschter Busen, Speckröllchen und ein Rock, dessen Bund sicher Spuren auf ihrer Haut hinterließ. Aber doch knackig und gut im Fleisch.

Eine Gänsehaut überlief ihn. Eine Frau wie frisch vom Land. Völlig ungewohnt. Er roch Heu und Milch von der Kuh, und ganz unwillkürlich roch er noch vaginale Säfte darunter. Faszinierend, dass es so etwas noch gab. Mit einem vollen, sinnlichen Mund, einer Oberlippe wie Julia Roberts, einem leichten Überbiss und einer Unterlippe, die leicht nach unten hing und die sie gerade nach vorne schob. Alles ungeschminkt. Nackte Tatsachen. Jonathan begann zu vibrieren. Solche Lippen umschlossen jedes Glied sanft, aber fest. Dass ein großer Mund mit dicken Lippen für die Fellatio geradezu ideal war, konnte sich jeder – egal ob Mann oder Frau – gewiss auch ohne einschlägige Erfahrung leicht vorstellen. Erst vor ein paar Wochen hatte er darüber geschrieben, was die Auflage von *Paula* leicht gesteigert hatte.

Andererseits war sie die Frau, die man ihm ab jetzt vor die Nase setzen wollte. Sie würde ihm all die Freiheiten nehmen, die er sich in vielen Jahren erkämpft hatte.

»Ich bin Jonathan Kaiser«, sagte er, »schön, dass Sie da sind.«

Sie musterte ihn verächtlich. Lügen haben kurze Beine.

»Lea Liebermann«, sagte sie. »Ich denke, wir sehen uns noch.«

Und dann verschwand sie wie ein Wesen aus einer anderen Welt. Die Chefsekretärin sah Jonathan an und hob die Schultern.

Die Redakteurin für Kochen, Magersucht, Fettleibigkeit und Diäten hielt Lea Liebermann vor dem Chefsekretariat auf und schüttelte ihr die Hand.

»Ich bin Olivia Faust«, strahlte sie. »Sie sind neu hier? Willkommen in unserer hübschen kleinen Familie.«

»Irgendein Blödmann hat mir ein Zorro-Zett aufs Auto gekratzt«, sagte Lea finster. »Wenn ich rauskriege, wer das war, schneide ich ihm die Eier mit einem stumpfen Messer ab.«

»Wie wäre es mit einem Sparschäler?«, riet Olivia. Das war ihr Gebiet.

Sie strahlten sich verständnisinnig an.

»Ich bin Lea«, sagte die Neue vergnügt. »Kann ich hier irgendwo einen Kaffee kriegen?«

»Aber ja. Bei uns gibt es den besten Kaffee auf der Welt. Dafür bin ich zuständig.«

»Was für ein Glück, dass wir uns getroffen haben. Ich bin mir sicher, dass es mir hier gefallen wird.«

Jonathan blickte den beiden hinterher. Er, der Hahn im Revier, sah sich mit einem Problem konfrontiert, das er noch vor kurzem leicht geknackt hätte. Jonathan, der schon im Kindergarten sein Praktikum als Frauenarzt absolviert hatte. Der heranwachsende Jonathan, der seinen älteren Bruder wie eine strenge Mutter versorgt hatte. Der Gymnasiast Jonathan, der bei dem Versuch scheiterte, seine Biologielehrerin zu entführen. Der Student Jonathan, die Inkarnation Dr. Grzimeks, dessen Doktorarbeit über den Geschlechtstrieb der Hängebauchschweinchen abgelehnt wurde. Der Staatsbürger Jonathan, der nur Frauen wählte, deren Brüste ihm gefielen, weil er der Ansicht war, dass die Welt so besser regiert würde. Der philosophische Jonathan, der Hegel, Marx und Kant nach geilen Stellen durchblätterte. Der Feinschmecker Jonathan, der mit der längsten Praline der Welt und Mann-ist-der-dick-Mann liebäugelte. Und schließlich der Single Jonathan Kaiser, erfolgreicher Frauenheld, der garantiert nichts anbrennen ließ, ein Mann, dem die Frauen zu Füßen lagen, weil er etwas hatte, was andere Männer nicht hatten: Er war ein Held der Orgasmusfindung. Nicht nur bei sich. Stolz darauf, noch jede Frau auf seine sensible Art zum glücklichen Höhepunkt geführt zu haben. Einer, der sie sammelte wie schöne Schmetterlinge, ohne sich an sie binden zu wollen. Sammeln, ordnen, sichten, eine keusche deutsche Tugend, die ihm Erfüllung brachte.

Jonathan wurde klar, dass das Leben, wie er es kannte, vorüber war. Und sein neues würde ihn vor ungeahnte Probleme stellen, gegen die es sich zu wappnen galt. Also musste er als Erstes die ultimative Liste der sieben Frauen erstellen, die er noch beglücken wollte. Jeanette Biedermann, Heidi Klum, Nena, Anne-Sophie Mutter, Katja Flint, Anne Will, Christine Neubauer, Anke Engelke und nicht zuletzt Charlotte Roche. Schwer zu entscheiden, in welcher Reihenfolge, und in jedem Falle aufwendig, an sie heranzukommen. Lady Chatterley und Madame Bovary waren ja nicht mehr unter ihnen. Blieb eine, mit der er in die große Runde einsteigen konnte, zum Üben sozusagen.

»Lea Liebermann«, schrieb er auf seinen Notizblock und unterstrich den Namen.

7

»Macht ist die einzige Lust,
derer man nicht müde wird.«
Oscar Wilde

»Jetzt!«

Jonathan folgte dem Wink der Chefsekretärin und betrat das Büro seines langjährigen Vorgesetzten, der ihm in diesem Moment den Rücken zudrehte, weil er aus dem Fenster sah. Jonathan stellte sich neben ihn. Die Aussicht aus dem Chefbüro ging auf einen Swingerclub. Oder war es doch eine Weight-Watchers-Filiale? Egal. Eine Reihe teurer Autos parkte davor.

»Schöne Aussicht«, stellte Jonathan fest.

»Die Finanzkrise zieht ihre Kreise«, stellte Großhaupt fest. »Da war früher mehr los. Überall Flaute, keine Nachfrage mehr seitens der Verbraucher. Der Mittelstand geht in die Binsen, Arbeitsplätze fallen weg. Wir hängen alle am Tropf der Banken.«

»Sind wir gerüstet?«, fragte Jonathan voller Sorge. »Ich meine, es geht mich ja nichts an, aber hat unser Verlag eine sichere Finanzdecke?«

»Die Zeiten sind schwerer als früher.«

Ja, früher. Früher war für jeden alles besser. Auch Jonathan konnte ein Liedchen davon singen. Für die einen sackten die faulen Gelder in den Keller, ihm ging der Lebenssaft zur Neige.

Der Herausgeber, Geschäftsführer und Chefredakteur in Personalunion platzierte sich in seiner ganzen Breite hinter seinem Schreibtisch. Wie seine Chefsekretärin hatte er in seiner Zeit beim Frauenmagazin zwanzig Kilo zugenommen. Seine Haare hingegen waren weniger und grau geworden, immerhin baumelte hinten ein dezentes Lagerfeld-Schwänzchen. Sein Markenzeichen waren Kappen aller Art, die er nie abnahm. Er besaß über dreihundert solcher Kopfbedeckungen, die er täglich wechselte, um seinen Mitarbeitern ohne viele Worte klarzulegen, wie es um ihn und um die Welt stand. Heute hatte er eine schwarze Baseballkappe auf, die er mit dem Schild nach hinten trug.

»Wir müssen miteinander reden«, sagte er, »als alte Freunde.«

Jonathan nahm eine Tasse lauwarmen Pulverkaffee aus der Thermoskanne. Sparmaßnahme.

»Es tut mir leid für Sie, Jonathan«, sagte Großhaupt. »Wie viele Schüsse haben Sie gleich noch mal?«

Jonathan starrte ihn entsetzt an.

»Es spricht sich eben herum. Gehört sozusagen zu meinem Beruf. Man hat so seine Quellen«, sagte sein Chef. »Ich weiß über alles Bescheid. Schließlich bin ich Journalist.« Großhaupt blinzelte kumpelhaft. »Nicht dass ich mich einmischen will … Wie viele Schüsse?«

»Genau sieben«, sagte Jonathan. »Noch.«

»Sieben ist eine gute Zahl. Die sieben Zwerge, die sieben Gebote …«

»Zehn«, verbesserte Jonathan.

»Alles klar, zehn. Da müssen Sie wohl abstinent bleiben, oder? Ich könnte das nicht durchstehen. Ich kann nicht einmal mein Gewicht halten. Wissen Sie, dass ich genau zehn Kilo zu viel wiege? Ist das nicht witzig? Da haben wir ja etwas gemeinsam.«

»Sieben. Es sind sieben!«

»Ich liebe Ihre Präzision.«

Jonathan bemerkte, dass Großhaupts Trauermienenspiel verflog, und fragte sich, ob das nun ein gutes oder schlechtes Zeichen war.

»Bis vor ein paar Jahren habe ich keinen mehr hochgebracht, aber jetzt kann ich immer«, sagte sein Chef. »Dreimal hintereinander. Gar kein Problem. Die Frauen können das jederzeit bestätigen.«

»Nicht nötig«, sagte Jonathan, »ich glaube Ihnen auch so.«

»Und das ohne Viagra. Alles reine Nervensache.«

»Ich beneide Sie.«

»Ich werde Ihnen das Geheimnis verraten.«

Großhaupt lächelte ihm wohlwollend zu und begann damit, seine heroischen Leistungen im Bett ausführlich aufzuzählen, darunter war auch ein Vierstundenritt, bei dem er »drei Stuten gleichzeitig gezähmt und befriedigt« hatte. Zahllose Dankesschreiben könne er zeigen. Disziplin, Zärtlichkeit, Know-how und Bestimmtheit führten zum Ziel. Wichtig war mindestens *in der Woche zwier,* wie Luther schon sagte, besser mehr. Großhaupt empfand eine gewisse vornehme Genugtuung über seine Leistung.

Jonathan wartete auf das versprochene Geheimnis, während sein Chef mit seinen Erläuterungen fortfuhr, wie man zwischen den allseits befriedigenden Nummern erholsame Nickerchen einschieben sollte, frische Luft schnappen, heiße Bäder nehmen, Burger essen, Ärger, Stress und Trübsal wegblasen, Dampf ablassen und Lebensglück säen sollte, um schnell wieder bereit zu sein.

»Wenn ich Ihnen da ein paar ganz spezielle Tipps geben darf?«

Jonathan spitzte die Ohren. »Aber immer.«

Der Chefredakteur zog eine Schreibtischschublade auf und wühlte darin herum.

»Früher nahm man zur Aufmöbelung der Manneskraft Extrakte aus Stechapfel, Bilsenkraut, Alraune oder aus einem Gebräu, in dem zerstoßene Stierhoden, Katzenhirn, Menstruationsblut und allerlei Pilze verrührt wurden.«

Er stellte eine Reihe kleiner Dosen und Fläschchen vor sich auf. Pulver aus Rhinozeroshörnern und Yohimbin aus der Rinde eines afrikanischen Baumes. Dazu Spargel- und Austernextrakt und so weiter.

»Marquis de Sade bediente sich der Spanischen Fliegen. Filmstar Errol Flynn, der angeblich 13 000 Frauen beglückte, bestäubte sein Glied mit Kokain.«

Jonathan winkte ab.

»Am besten ist es natürlich, wenn Sie Ihr Geschlechtsteil die nächsten vier Wochen dreimal täglich eine halbe Stunde lang in Klosterfrau Melissengeist tauchen«, verriet Großhaupt. »Ich habe eine Mischung mit einem Toilettenreiniger angesetzt. Brennt wie verrückt, aber es härtet ab und ist gesund.«

Er reichte Jonathan eine kleine Flasche. Offensichtlich hatte der egomanische Chef sein Problem nicht so richtig verstanden.

»Wir könnten eine Titelgeschichte draus machen. Eine Serie – sieben Schüsse, sieben Folgen«, schlug Großhaupt vor. »Die Auflage würde sich verdoppeln.«

Jonathan schüttelte den Kopf. Hunderttausende von Frauen würden ihn bemitleiden und verachten. Für zwei Euro pro Heft.

»Ein Vollblutjournalist wie Sie müsste da sofort in den Startlöchern stehen.«

Jonathan blieb stumm.

»Dann ein Buch. Das könnte ein internationaler Bestseller werden«, lockte Großhaupt.

»Vielleicht in dreißig Jahren«, murmelte Jonathan.

Großhaupt stöhnte. »Das Eisen schmieden, solange es heiß ist! Vielleicht sollten Sie sich zwei Tage freinehmen?«

Sie sahen sich eine lange Weile schweigend an.

»Sie könnten in den Vorruhestand treten«, sagte Großhaupt schließlich.

»Was?« Jonathan zuckte zusammen.

»Frührente.«

»Ich bin fünfunddreißig.«

»Sie sind neununddreißig.«

Wollten sie ihn jetzt schon loswerden? War das eine erste Vorwarnung für eine fristlose Entlassung?

»Wir werden auf jeden Fall Freunde bleiben«, sagte der Chefredakteur und erhob sich mit einem schweren Seufzer. Er drehte seine Kappe um. »Satans Sohn« stand da über dem verblichenen Schild.

8

»Die Selbstsucht ist die Wurzel aller Verderbtheit.«
Johann Gottlieb Fichte

Am zweiten Abend nach der schrecklichen Nachricht spürte Jonathan seine neue Körperlichkeit wie ein Science-Fiction-Held, den man soeben darüber aufgeklärt hatte, dass er noch nie ein richtiger Mensch gewesen war, sondern ein Roboter. Er fürchtete sich vor dem Treffen mit Liliane, ging ins Bad und wühlte in den vielen Schachteln mit Tabletten, die ihm sein Bruder verschrieben hatte. Er schluckte genau vierzehn Stück und spülte sie mit einem Piccolo hinunter, pisste im Sitzen neben die Kloschüssel und duschte eilig.

Sein Telefon klingelte.

»Bist du so weit? Ich habe eine Riesenüberraschung für dich«, verkündete Liliane.

»Ich will ehrlich zu dir sein«, sagte Jonathan bedächtig. »Ich habe heute nicht so richtig Lust.«

»Ach, komm schon!«

»Mir geht's nicht gut, ich gehe früh ins Bett.«

»Ich sorge dafür, dass es dir bessergeht«, versprach Liliane, »wir reden, wenn du gekommen bist.«

Jonathan wusste, dass Liliane nicht besonders scharfsinnig war, wenn es um das Gefühlsleben der Männer ging. Liliane, Kettenraucherin, als Alkoholikerin und heimliche Lesbierin verdächtigt – bissig, launisch, extravagant, provokant, schräg, witzig, aber ehrlich, selbständig, vernünftig, egomanisch.

»Ich hab's dir doch gesagt, Liliane, ich bleibe zu Hause.«

»Tu mir das nicht an!«

Liliane, die unter schwersten Orgasmusschwierigkeiten litt, und keiner außer Jonathan kannte ihr Geheimnis. Abgesehen natürlich von seinen ganzen Vorgängern, die sich an ihr die Zähne ausgebissen hatten. Jonathan war es, der sie fachkundig und feinfühlig aus ihrem Dornröschentraum erweckt hatte. Inzwischen hatte sich das Dornröschen in eine Löwin verwandelt.

»Du hörst mir nicht zu«, sagte Jonathan kurz angebunden. »Ich bin total erledigt. Ich hatte einen Scheißtag, und jetzt tschüs, meine Liebe, bis auf ein andermal.«

»Fick dich«, hörte er Liliane noch, dann war die Leitung tot. Er sank auf seine Couch und spürte, wie in seinem Inneren die Tabletten zu wirken begannen.

In seinem Kopf pochte es anders als in seinem Herzen, seinem Bauch und vor allem in seinem …

»O mein Gott!«

Er fühlte seinen unregelmäßigen Puls und suchte nach einem Fieberthermometer.

Das Telefon.

»Bist du es, Liliane?«

»Gibt's was Neues, Junge?«, vernahm er die Stimme seines Bruders.

»Nein, Michael.«

»Wie hältst du dich?«

»An manchen Tagen besser als an anderen«, antwortete Jonathan kummervoll.

»Gib die Hoffnung noch nicht auf.«

»Ich fühle mich körperlich etwas durcheinander.«

»Denk positiv«, riet Michael.

»Ich habe alle deine Tabletten eingenommen.«

»Brav. Hast du jemals die *Schwarzwaldklinik* gesehen?«

Jonathan saugte an seiner Unterlippe. Seit seinem Teenageralter war die Beziehung zwischen ihm und seinem Vater zwiespältig, und das nicht so sehr wegen dessen Unart, das alte Familienunternehmen zu verjubeln. Seinem Vater dämmerte damals, dass es seinem Sohn nicht gelang, anders zu werden als er selbst. Sprunghaftigkeit samt periodischer Weinerlichkeit, mangelhaftes Verantwortungsbewusstsein und eine tiefverwurzelte Neigung, faul und unehrlich zu sein.

Als sich sein Bruder Michael schon in frühen Jahren vom Saulus zum Paulus wandelte und als vorbildhafter Arzt, Gatte und Vater im Kirchenchor seiner Kirchengemeinde zu singen begann, übernahm er die erzieherische Verantwortung für Jonathan. Und als Erstes versuchte er ihm seinen reflexartigen Hang zur Selbstbefriedigung auszutreiben. Jonathan dachte nicht daran, sich mit Belehrungen des älteren Bruders auch nur zu befassen, und setzte ihn davon in Kenntnis, dass er keine Lust hatte, sich von einem Mann, der sich gegen die Empfängnisverhütung stellte, hinsichtlich seines Lebenslaufs bekehren zu lassen. Nachdem er nach Jahren der Irrungen und Wirrungen seine Berufung als Festangestellter bei einer Frauenillustrierten gefunden hatte, entschuldigte sich sein Vater unter Tränen, je an ihm gezweifelt zu haben, und Jonathan verzieh ihm. Der Bruder allerdings misstraute ihm noch immer und blieb hartnäckig.

»Wunder gibt es immer wieder«, sagte Michael jetzt in seinem priesterlichen Singsang. »Meine Frau und die Kinder beten jeden Abend für dich.«

»Deine Kinder kannst du dir sonst wohin stecken.« Er knallte den Hörer auf die Gabel.

»Blöder Hund«, knurrte er. Das Telefon klingelte nach wenigen Sekunden erneut.

»Ist schon gut«, versicherte ihm Michael. »Wir verstehen das doch. Du stehst sehr unter Stress.«

»Du machst dir gar keinen Begriff.«

»Ich habe eine geniale Idee, wie ich dir helfen kann.«

»Ich danke dir, Michael. Mach's gut.«

Jonathan starrte hungrig in seinen leeren Kühlschrank. Der Verzicht auf Sex weckte offenbar ähnliche Ersatzgelüste wie der Versuch, mit dem Rauchen aufzuhören. Wahrscheinlich würde er auch bald ähnlich fett. Er wühlte in seinem Vorratsschrank und fand eine Dose Hering in Senfsoße, die er lüstern im Stehen verschlang. Es war beinahe wie Sex. Er griff nach einer Dose Katzenfutter, als es an der Tür klingelte. Nicht einmal, sondern in einem Morsecode, den er nicht entziffern konnte.

»Alles halb so schlimm«, sagte Michael, als Jonathan ihm die Tür öffnete, »alles nur eine Frage des Umgangs.« Er schwenkte eine Schachtel, ging an ihm vorbei und ließ sich im Wohnzimmer auf einem Sessel nieder.

»Hast du ein paar Minuten Zeit?«

»Ich habe eine Verabredung«, sagte Jonathan, ohne sich zu setzen, »die kann ich nicht mehr absagen.«

Michael klopfte ein Kissen zurecht.

»Geh mit ihr schön essen, gib ihr einen Abschiedskuss und leg dich endlich mal allein in dein Bett.« Schwang da nicht so etwas wie Neid oder Eifersucht in der Stimme des Bruders?

»Es ist Liliane.«

»Das ist gut«, sagte Michael. »Liliane und du, ihr beide seid füreinander bestimmt.«

Jonathan sah ihn misstrauisch an.

»Ich weiß, wie es um euch steht.«

Liliane war seit über drei Monaten Jonathans Hauptdauergeliebte. Eine der längsten Beziehungen, die er je gehabt hatte, vielleicht weil sie sich nicht beschwerte, wenn er mit anderen Frauen ins Bett ging, oder wenigstens so tat, als würde es ihr nichts ausmachen. Sicher weil sie für Jonathan wie eine dominante Mutter war – oder eine mütterliche Domina –, die ihn pflegte, versorgte und sich um ihn kümmerte. Zu viel mittlerweile, wie er jetzt missmutig feststellte. Dabei bevorzugte Jonathan sonst Kindfrauen, die er als ambitionierter Pädagoge pflichtbewusst und dabei leidenschaftlich gerne in die Geheimnisse seines Kunsthandwerks einwies. Jonathan suchte gerne den sicheren Schutz Lilianes und ließ dabei die Seele baumeln, während sie ihm mit Fesselspielen einen dreifachen Orgasmus bescherte. Sie war genau wie er, stoppte seine Ejakulationszeit und verglich sie in Tabellen mit ihren Spasmen.

»Lass dir Zeit«, sagte Michael in das gemeinsame Schweigen hinein, »setz dich zu mir. Gehe es langsam an.«

Er nahm vorsichtig auf der Couchkante Platz. Bettkantengespräche dieser Art mit seinem Bruder konnte er nicht ausstehen. Von zehn Ratschlägen waren ihm neun zuwider, und den zehnten kannte er schon.

»Ich weiß, dass du jemanden brauchst, der dir in deiner Situation Rat gibt.«

»Du kennst Liliane nicht«, murrte Jonathan.

»Ein wenig schon«, lächelte Michael, »und du weißt ja, dass ich ein großer Menschenkenner bin. Ihr habt so viel gemeinsam.«

Ja sicher, auch abgesehen vom Sex verfügten Jonathan und Liliane über viele Gemeinsamkeiten: Sie bumsten zu

Ravels Bolero, teilten die gleichen Ideale und hegten dieselbe Verachtung gegen alles, was ihnen fremd war: Rassismus, Frauenfeindlichkeit, Kinderarbeit. Man konnte also ohne Übertreibung sagen, sie waren wie aus demselben Holz geschnitzt. Allerdings war Liliane eine momentan arbeitslose Psychotherapeutin, die sich als schlechtbezahlte Beraterin für die neue Vox-Serie *Abenteuer Liebe – Die ultimative Partnerrettung* herumschlug. Und Jonathan hatte das Gefühl, dass sie ihn zu sehr an sich binden wollte.

»Liliane ist ungeheuer vielseitig«, erklärte Michael seinem Bruder und schnüffelte mit angeekelter Miene an einem hauchzarten Slip, den er zwischen Polsterteilen des Sessels hervorgezerrt hatte. »Aber auch sehr sensibel. Ich an deiner Stelle würde sie anrufen und euer Treffen verschieben.«

»Wegen Migräne?«

»Grippe«, schlug Michael vor. »Verdacht auf Magen-Darm-Grippe. Ansteckungsgefahr. Eine kleine Auszeit wird dir guttun. Kommt Zeit, kommt Rat.«

»Liliane kann ich so nicht abservieren. Nicht mit sieben Schuss«, sagte Jonathan tonlos. Er nahm Michael den Slip aus der Hand und schnüffelte selber daran. Von wem war der nur?

»Sie braucht Sex«, erläuterte er. »Körpersäfte sind ihr Ein und Alles.«

»Wirst du ihr gestehen, wie es um dich steht?«

»Was würdest du tun?«

»Ich würde es ihr erst später sagen, nicht gleich jetzt.«

Jonathan ging in sich, soweit er nur konnte, und verspürte unangenehm seine allererste Phase der Entsagung. Sollte er auf die Knie fallen, sein Haar zerwühlen? Vielleicht konnte er tatsächlich ein Buch schreiben, wenn sich das alles gesetzt hatte. Eine Abrechnung mit der billigen Welt. Zahllose feinsinnig erzählte Episoden über sein sensibles Verhältnis zu Frauen.

Michael weckte Jonathan aus seiner verdrossenen Kreativität, während er die Schachtel öffnete, die er mitgebracht hatte.

»Hör mir zu. In deiner Lage musst du wissen, wie man einen Orgasmus vortäuscht.«

»Als Mann?« Jonathan schüttelte den Kopf. »Wie stellst du dir das vor?«

»Ich hab da etwas für Fälle wie dich vorbereitet.«

Er zeigte Jonathan eine kleine durchsichtige Ampulle, gefüllt mit weißlich sämiger Flüssigkeit.

Jonathan erinnerte sich. Schon als sie klein gewesen waren, hatte sich der ältere Bruder Hunderte von Stunden mit seinem »kleinen Elektromann« beschäftigt und mittels Batterien und Drähten nicht nur Lämpchen und Klingeln zum Leben erweckt, sondern auch seinen weißen Mäusen Stromschläge verpasst. Er hatte mit seinem Chemiebaukasten wie Jung-Frankenstein die Hauskatze enthaart, während Jonathan selber durch Museen geschlichen war, um die Brüste marmorner Statuen ohne Arme zu studieren.

»Ist das Sperma?«, fragte Jonathan unsicher.

»Kein richtiges, aber besser als nichts«, sagte sein Bruder. »Es ist ganz einfach. Wenn es so weit ist, drückst du hier hinten auf die Ampulle.«

Michael drückte zu. Aus der Spitze der Ampulle spritzte milchiger Saft.

»Sie spürt etwas Klebriges und weiß, dass du gekommen bist.«

»Und ich?«

»Du hältst dich zurück. Du schlüpfst unter die Zudecke, machst das Schlafzimmerlicht aus, dann einmal rein und einmal raus …«

»Ich bin ein sehr oral geprägter Mensch.« Jonathan schwenkte eine der Ampullen vor seinem Gesicht hin und her. »Wenn du verstehst, was ich meine.«

»Du musst ihr klarmachen«, fuhr der Bruder fort, »dass du deine Sexgewohnheiten ändern möchtest. Mach sie ihr als neue interessante Varianten schmackhaft. Du musst sie dazu bringen, mit dir zu schlafen, ohne dass du dich ausziehst. Und sieh immer zu, dass es dunkel ist. Lass dir was einfallen. Ich rate dir, bring es *a tergo* hinter dich.«

»Ich weiß nicht«, jammerte Jonathan, »das ist so gar nicht meine Art. Das sieht nicht gut aus. Das hemmt irgendwie …«

Michael führte den Mechanismus noch einmal vor. »Hast du alles verstanden?«

Jonathan nickte stumm und zählte die Ampullen.

»Es ist eine Zwanzigerpackung«, klärte ihn der Bruder auf. »Ich gebe sie dir umsonst. Wenn du sie verbraucht hast, wende dich vertrauensvoll an mich. Du bist ja in einer guten Kasse. Das kriegen wir schon hin.«

Michael sprang auf und ging zur Tür.

»Ehrlich gesagt«, rief er Jonathan zu, »ich glaube auch nicht wirklich, dass es funktioniert, aber ich drück dir die Daumen. Halt die Ohren steif. Ich habe einen Patienten, der sehr gut damit leben kann. Es ist besser als gar nichts.«

Jonathan schloss die Tür hinter ihm.

»Und du musst die Ampulle anwärmen«, hörte er Michaels Stimme aus dem Treppenhaus.

Die Schachtel mit dem falschen Sperma in der Hand, setzte sich Jonathan einsam auf seine Couch und saugte an dem Slip. Plötzlich fiel ihm ein, wer ihn hier vor vielen

Jahren vergessen hatte. Es war das Höschen der Frau seines Chefs, verloren damals, als sie noch nicht unter den schweren Gallenkoliken gelitten hatte. Als Single räumte man ja nie so gut auf.

Michaels Medikamente flossen durch seine Adern – und in seiner Unterhose erwachte mit leisem Zittern die Mutter aller Erektionen: Die Schlange, die Adam und Eva dazu verführt hatte, am Apfel zu naschen. Jonathan untersuchte beunruhigt die Pillenmischung seines Bruders und stellte fest, dass er neben Aufputschern und Beruhigern zwei blaue Pillen namens Viagra eingenommen hatte.

»Du Schwein«, sagte er und las den Waschzettel: *Wirkung innerhalb 30–60 Minuten, bis zu ca. 4 Stunden. Dosierungen: 25, 50 und 100 mg, Standard 50 mg.*

Zweihundert Gramm vergifteten sein Blut.

Es wurden bereits Fälle von nicht-arteriitischer anteriorer ischämischer Optikusneuropathie beobachtet. Dies führt in seltenen Fällen zu Einbußen der Sehfähigkeit oder zur Erblindung, las er weiter. Ob es ein Gegenmittel dafür gab?

Er rief seinen Bruder an, während sich die Dinge um ihn herum in blaue Schleier hüllten.

Niemand hob ab, nur der Anrufbeantworter. Michaels sonore Stimme, die jeder Hysterie vorzubeugen versuchte.

»Bist du wahnsinnig geworden, du Idiot?«, schrie Jonathan. »Wieso verschreibst du mir Viagra?«

Verzweifelt stieg er unter die Dusche und brauste sich zehn Minuten eiskalt ab. Erbarmungslos stand sein Geschlechtsteil wie eine Eins. Noch nie hatte er sich Potenzverstärker eingeworfen, stolz darauf, seine männlichen Gaben stets aus eigenen natürlichen Kräften abzusondern. Nun hatte er das Gefühl, zu platzen. Alles in ihm schrie danach, von diesem Zustand befreit zu werden. Eine Selbstreinigung.

Vielleicht floss das erregende Gift mit seinem Sperma ab? Auch wenn es dann nur noch sechs Schüsse waren, die ihm blieben.

Er holte sein Adressbuch hervor und blätterte verzweifelt: Charlotte, Franziska, Friederike, Isabelle, Julia, Olivia, Regina, Vera … Alle mit seinem Geheimzeichen als willige Kollegin markiert. Aber während sein Penis tickte wie eine Eieruhr, stellte er fest, dass die alten Gespielinnen für solche Notfälle nicht mehr in Frage kamen. Es blieb nur Liliane.

Sie meldete sich schon nach dem zweiten Piepton.

»Verzeih mir«, sagte Jonathan. »Ich will mich mit dir treffen, wenn du mich noch haben willst.«

»Ruf mich am Wochenende wieder an«, erwiderte Liliane, »ich bin nicht dein Spielzeugpüppchen.«

Liebesentzug war ihre Spezialität.

»Ach, komm schon«, drängte Jonathan, »wir vermissen dich!«

Sein Schwanz stimmte zu. Während Jonathan ihn in seine Hose zwängte, konzentrierte er sich darauf, sämtliche Kontonummern und Passwörter aufzuzählen, um ihn zu beruhigen. Er griff nach der Sperma-Ampulle und versteckte sie in seinem Sonnenbrillenetui.

9

»Harmlos flog manch Wörtlein aus,
böse ist es angekommen.
Sagst Du etwas gradheraus,
wird's gewöhnlich krummgenommen.«
Sprichwort

»Wir treffen uns also in der St.-Kilian-Kirche«, sagte Liliane in ihr Handy.

Jonathan seufzte auf. »Es ist so kalt draußen.«

»Ausgemacht ist ausgemacht«, sagte Liliane. »Es war deine Idee, Liebling.«

»Können wir nicht ins Heizkraftwerk fahren?«

»Nur ein Quickie, alter Mann, und vergiss deine Kamera nicht.«

Sex im Beichtstuhl? Sicher war das ursprünglich seine Idee gewesen, aber die Zeiten hatten sich nun einmal schlagartig geändert.

»Also bis gleich«, sagte Liliane forsch und legte auf.

Jonathan fröstelte. Lilianes Stimme war dünn und hoch. Minnie Maus.

Bei seiner Ankunft waren die Tore der St.-Kilian-Kirche geschlossen, und Liliane stand davor.

»Ich warte schon seit zehn Minuten«, sagte sie säuerlich.

Jonathan tastete nach seinem Brillenetui. Vielleicht sollte er ihr auf der Stelle gestehen, was mit ihm passiert war? Zu spät. Sie griff zwischen seine Beine.

»O, là, là«, stieß sie hervor, »das ist doch nicht normal.«

Wesentliche Voraussetzungen für ein Gespräch über

sexuelle Probleme sind Sachkenntnis, Klarheit über die persönlichen Bedürfnisse und die Überzeugung, dass eine Lösung möglich ist – wie oft hatte Jonathan das schon in seiner Sexkolumne geschrieben.

»Ich muss mit dir reden«, sagte er jetzt hilflos.

»Ich beschwere mich doch gar nicht!« Liliane, dünnes spitzbusiges Nordgewächs mit Hüftknochen wie Pflugscharen, äußerlich kühle Schönheit, Glaskinn, schmale blasse Lippen. Psychologin auf dem zweiten Bildungsweg, immer im Job. Kaltblütig wie ein Fisch und sofort geistesabwesend beim Sex, wenn es nicht nach ihrem Geschmack ging.

»Es ist nur so: Ich hab ihn nicht dermaßen stark in Erinnerung.«

Jonathan spürte erste leichte Nebenwirkungen: Magenbeschwerden, Rücken-, Kopf- und Muskelschmerzen. Seine Nase trocknete aus und verstopfte. Sein Glied fühlte sich leicht pelzig an.

Werden Sie sich über den Stellenwert der Sexualität in Ihrem Leben und in der Beziehung zu Ihrem Partner klar. Wie wichtig ist Ihnen die Sexualität? Ja, das musste klargestellt werden.

Liliane knetete seinen Pimmel durch die Hose.

»Wir müssen mehr miteinander sprechen«, sagte er. »Miteinander reden ist wichtig. Was ist uns in der Sexualität wichtig, welche Erwartungen, Wünsche und Bedürfnisse haben wir?«

»Halt die Klappe, Schatz.«

Sie öffnete ihren Mantel. Darunter war sie nackter als nackt. Und er hatte einen Weltklasseständer, der sich inzwischen beinahe taub anfühlte.

»Ist für uns der Geschlechtsverkehr unverzichtbarer Bestandteil der Sexualität, oder können wir auch ganz oder zumindest teilweise mit Spielarten der Sexualität leben, die keine Erektion voraussetzen?«, flüsterte Jonathan ihr ins Ohr.

»Herrgott, was haben wir denn da?«, rief Liliane, während sie an seinem Reißverschluss herumriss. Jonathan berührte den heiligen Behälter, in dem seine Spermaspritze untergebracht war.

»Kannst du dir vorstellen, mit mir neue Wege innerhalb der Sexualität auszuprobieren?«

»Was meinst du, was wir gerade tun?«

Jonathans Puls erhöhte sich. Ein immer schrilleres Pfeifen in seinen Ohren. »Lass uns zu mir fahren«, bat er. »Gehen wir miteinander ins Bett. Lass uns kuscheln und plaudern.«

Liliane musterte ihn wie einen Perversen.

»Willst du mich verarschen?«

Jonathan hob beide Hände und ergab sich.

Wie viele andere Frauen war auch Liliane ihm zunächst mit einer gewissen Zurückhaltung begegnet, als sie sich kennenlernten. Ihre Züge verrieten wenig Sinnlichkeit, und sie hatte, wie Jonathan in seinem Archiv dokumentiert hatte, eine extrem stoppelige Behaarung über schmalen, hoch angesetzten Schamlippen, die dem Partner wenig Freude versprachen. Das war natürlich eine irrtümliche Annahme gewesen und hatte sich als bisher heftigste Fehleinschätzung seines Lebens erwiesen. Sie war unersättlich und dauernd auf sexuelle Experimente aus. Küche, Keller, Fahrstuhl, U-Bahn, Parkplatz, Restaurant, Friedhof, Kuhstall. Nun stand sie eben auf Kirchen. Und er hatte sie drei Monate lang begehrt.

»Wir suchen eine andere Kirche«, besänftigte er sie. »Aber lassen wir es nicht zu, dass wichtige Gespräche auf den Sankt-Nimmerleins-Tag verschoben werden.«

»Reden ist Silber, Sex ist Gold«, gurrte Liliane.

Nach langem Herumirren fanden sie endlich ein Gotteshaus, das nicht abgesperrt war. Jonathan kannte es von seinem Bruder, der ihn regelmäßig dazu zwang, zusammen mit ihm und seiner Familie am Sonntag die Hochmesse zu besuchen, in der er im Kirchenchor als wohltönender Bariton brillierte. Sie zogen die schwere Tür auf, atmeten den heiligen Geruch von Weihrauch und Schimmel ein, tasteten sich die knarrenden Stufen hoch auf die Empore und setzten sich nebeneinander auf die Bank vor der Orgel. Liliane atmete schneller, als sie den Knopf für das elektrische Gebläse zog, ihre Hände über die Manuale legte und mit ihren Fußspitzen die Pedale berührte. Zaghaft spielte sie den Anfang der Pastorale. Das trübe Oberlicht legte sich in schrägen vergitterten Strahlen über sie. Jetzt teilten sie ein Geheimnis. Jonathan fand sie nervtötend attraktiv und erstickte beinahe an ihrem Duft. Ihr Mantel öffnete sich, die Reizwäsche darunter war in päpstlichem Purpur gehalten. Die Muskeln ihrer Oberschenkel bewegten sich.

Nein, jetzt ist nicht die Zeit für Bedenken, dachte Jonathan. Diese grandiosen Momente, in denen sich Geilheit mit tiefer Religiosität paarte, waren einzigartig.

Liliane schwang sich herum, setzte sich auf die Klaviaturen und klemmte sich Jonathan zwischen die gespreizten Schenkel. Die Orgelpfeifen gaben dröhnende Laute von sich, während die beiden an die verschiedenen Register stießen und die Klangfarben änderten. Atonale Musik, erzeugt von einem wippenden, kreisenden Frauenhintern und dem Rhythmus, in den Jonathan allmählich fand. Dazu sang Liliane wie ein böser Engel, dass ihre spitzen Schreie die Kirchenkuppel erfüllten. Und die Glocken läuteten zur vollen Stunde.

»Großer Gott, du bringst mich um«, quietschte Liliane,

während Jonathan verbissen ihren schnellen Rhythmus abzubremsen versuchte. Liliane überfiel Jonathan mit wilder, ausgehungerter Gier. Bäuche und Hüftknochen rieben sich lustvoll, Schenkel und Knie stießen gegeneinander auf den Manualen dieser Orgel aus dem 18. Jahrhundert. Ihr Hinterteil wippte auf den Tasten, und ihre Fersen trommelten auf die Pedale.

Plötzlich füllte sich die Kirche. Zwanzig Uhr, der Kirchenchor versammelte sich wie immer an diesem Tag zur Abendprobe, lauschte fassungslos und betete zu Gott. Was für eine gewagte Komposition. Dort oben spielte ein Prophet des Glaubens. Noch nie im Leben hatten sie so viel empathische Frömmigkeit empfunden.

Erschöpft trat Jonathan den strategischen Rückzug aus Lilianes Schoß an. Kurz bevor er einen seiner kostbaren Schüsse riskiert hatte, war sie endlich gekommen. Jetzt glitt ihr Hintern von der Tastatur. Atemlose Stille, und aus dem Kirchenraum erklangen rasender Beifall, Jubel und Halleluja.

»Und du?«, flüsterte Liliane. Sie war eine Frau mit Sinn für Gerechtigkeit. »Ich will hier raus.«

Liliane zog den Mantel zusammen. Sie gingen ein paar Stufen nach unten und brachten sofort die Treppe zum Knarren. Der Chor sang das Ave-Maria. Jonathan hob den Kopf und lauschte.

»Da singt mein Bruder mit«, stellte er nach einer Weile leise fest.

»Dein Bruder?«

Sie kauerten auf dem obersten Absatz der Treppe zur Empore.

»Du kennst ihn doch.«

»Nein.«

»Er spricht mit mir über dich.«

»Ja, ich kenne ihn, aber nur ein wenig.«

Sie fröstelten in der feuchten Luft. Liliane kicherte.

»Wir kommen hier nicht raus, bevor sie aufhören.«

»Wir haben Zeit.«

»Wozu?«

»Keiner kann uns stören, wenn wir leise miteinander reden.«

»Worüber?«

Der Chor stimmte *Segne, du Maria* an.

»Zum Beispiel über uns.«

Maria durch ein Dornwald ging.

»Ich könnte dir einen runterholen.«

Sie warteten zwei Stunden, bis die Chorprobe zu Ende war, und konnten gerade noch aus der Kirche fliehen, bevor sie zugesperrt wurde.

»Jetzt bist du dran. Was sein muss, muss sein. Zu mir oder zu dir?«

Der Fernseher lief stumm, als sie seine Wohnung betraten, und zeigte Schlägereien mit Neonazis. Jonathan griff nach der Fernbedienung und zappte sich durch die Kanäle. Eine Wiederholung von *Menschen, Tiere & Doktoren* erschien auf dem Bildschirm. Ein Rauhaardackel lag auf dem Operationstisch. Ihm wurde ein Bypass gelegt.

Jonathan schenkte Liliane und sich ein Glas Wein ein.

»Hast du eigentlich manchmal Selbstzweifel und Ängste?«, fragte er, nachdem sie angestoßen hatten. »Zum Beispiel, nicht mehr attraktiv genug zu sein, um wirklich geliebt zu werden?«

Liliane schüttelte den Kopf. »Ich hab ja dich! Was will man mehr?«

»Ich mache mir manchmal Sorgen um meine Gesundheit«, murmelte Jonathan.

»Das ist nicht so schlimm, wir lieben uns doch, oder?«

Sie leerte ihr Glas und schenkte sich erneut ein.

»Vielleicht sollten wir mal eine kleine Sexpause einlegen«, schlug Jonathan vor.

Liane stand auf, schälte sich aus Mantel und Reizwäsche und eilte splitternackt ins Badezimmer.

»Wollen wir es wieder mal im Bett machen?«, rief sie ihm zu.

Jonathan lag schon schlafend im Bett, als sie sich ihm näherte. Sicher täuschte er das nur vor, um sie aufzureizen. Sie deckte ihn auf, kraulte ihm den Schwanz, bemerkte dann eine merkwürdige Ampulle, die in seiner Hand versteckt war, und nahm sie an sich.

Jonathan seufzte im Schlaf, während sie die Spitze abbrach und sich die milchige Flüssigkeit in die Hand spritzte. Dann zwickte sie ihn in die Arschbacke.

Jonathan setzte sich jäh auf. Die Nebenwirkungen von Viagra griffen verstärkt nach ihm, gleichzeitig verschaffte sich die angedrohte Herabsetzung des Reaktionsvermögens Geltung. Als er sich aufbäumen wollte, war es schon zu spät. Liliane ließ sich breitbeinig auf seinem Kopf nieder und senkte dabei ihre Muschi auf seine Nase. Abnorme visuelle Wahrnehmungen überwältigten ihn. Vor seinen Augen schwebte ein großer weißer Arsch, wippend wie ein gestrandeter Zeppelin im Sturm der Gezeiten, und sein Mund wurde von einer feuchten, klebrigen Monsterkrake verschlungen. Tausend Meter unter dem Meeresspiegel wehrte er sich gegen den Angriff und stieß mit seiner einzigen Waffe, seiner Zunge, zu, um das Ungeheuer zu bekämpfen.

Liliane griff beglückt nach seinem Penis, um ihn mit einer kameradschaftlich kräftigen Massage in ihr persönliches Kriegsspielzeug zu verwandeln.

Schwindelgefühle, Hitzeschübe und hohes Fieber durchwallten Jonathan. Er schnappte nach Luft. Wo war seine Sperma-Ampulle?

»Ich habe ein unerträgliches Stechen im Schwanz!«, schrie er in die Vagina.

»Ja, das ist gut«, keuchte Liliane zurück, »hör nicht auf. Ich bin bald so weit.«

»Wer bist du?«, schrie Jonathan. »Weiche von mir, böser Geist!«

»Ja, komm mit mir!« Liliane schrie aus voller Brust. Gläser zerschellten. Die Spülmaschine schaltete sich ein. Fenster sprangen auf. Jonathan warf Liliane von sich, bildete mit seinen Zeigefingern ein Kreuz und hauchte sie an. Zwei Tage zuvor hatte er Knoblauchspaghetti gegessen, soweit er sich erinnerte.

»Versuche mich nicht, Teufelin!«

»Herrgott noch mal«, Liliane klang allmählich verärgert, »reiß dich gefälligst zusammen.«

»Wenn Ihr Partner auf das, was Sie gesagt haben, momentan nicht reagieren kann«, sagte Jonathan, nachdem er zu sich gekommen war, *»dann lassen Sie ihm Zeit, es zu verdauen. Drängen Sie ihn nicht zu einer Stellungnahme, vereinbaren Sie stattdessen einen neuen Termin!«*

Liliane kratzte sich unter ihrer linken Brust. Sie holte die Sperma-Spritze hervor und drückte sie an seine Stirn. »Was ist das?«

Sofort stand Panik in seinen von Viagra getrübten Augen.

»Ich kann es dir erklären«, sagte Jonathan. Was blieb ihm anderes übrig? Also gestand er ihr, wie es um ihn stand, kniete sich vor sie hin und weinte und flehte.

Gespräche können natürlich auch missglücken, sagte er sich später. *Das zeigt sich zum Beispiel darin, dass die Diskussion in gegenseitigen Vorwürfen und Schuldzuweisungen endet, ein Partner beleidigt schweigt und kein Fortschritt erkennbar wird.*

Liliane machte es kurz.

»Sieben Schuss?«, fauchte sie ihn an. »Weißt du eigentlich, was du mir da antust?«

»Wir können natürlich immer noch Sex haben«, schlug Jonathan vor, »dreimal täglich, dreimal hintereinander, immer wenn du möchtest.«

»Und du?«

»Ich muss da ein wenig vorsichtig sein. Einen Orgasmus kann ich mir leider nur noch in jedem siebten Jahr erlauben.«

»Das kann nicht dein Ernst sein!«

»Je nach Lebenserwartung«, fügte er schnell hinzu.

»Und wo bleibt das Gemeinsame?«

»Aber ich liebe dich doch«, sagte Jonathan in der Hoffnung, dass sie doch zu den Frauen gehörte, die mit Sex ohne Liebe wenig anfangen konnten.

»Ich dich auch, aber was soll ich mit dir anstellen? Was kannst du eigentlich sonst noch?«

Jonathan überlegte eine Weile. Sie hatte recht.

»Starkwindsurfen? Drachenfliegen? Tiefseetauchen?«, bohrte sie nach. »Nicht einmal Tennis kannst du spielen.«

»Das kannst du ja selber nicht.«

»Egal.«

»Wir könnten es gemeinsam lernen.«

»Dafür gibt es Bessere als dich.«

»Wir könnten zusammensitzen und fernsehen, bei einem Glas Wein?«

Liliane schnaubte.

»Wir könnten uns unterhalten.«

»Worüber?« Liliane schwieg. »Hör zu, ich muss gehen«, sagte sie dann abrupt.

»Nein, lass es uns noch mal versuchen!«

»Bei aller Liebe«, schüttelte sie den Kopf, »Behindertenbetreuung ist nicht mein Ding.«

»Moment. Warte doch mal. Bitte!« Jonathans Verzweiflung war zum ersten Mal in seinem Leben echt. »Du kannst jetzt nicht gehen. Sieh mich doch an.« Schon wieder kamen ihm die Tränen. Das wurde langsam peinlich.

»Ich habe nein gesagt.«

»Komm schon. Sei doch nicht so.«

Jonathan wühlte hastig in den Schätzen der untersten Schublade seiner Schlafzimmerkommode.

»Moment«, rief er Liane nach, »das schenke ich dir.«

Er drückte ihr einen kleinen Goldfisch in die Hand. »Zur Erinnerung an drei Monate inniger Liebe«, lächelte er müde.

»Wird da einer sarkastisch?«, sagte Liliane. Sie musterte das goldene Stück und brachte es zum Summen. »Ein goldener Muschikribbler? Wie sinnig. Den kannst du dir sonst wo reinschieben.«

»Nein, nein, er ist nur für dich.«

Liliane steckte ihn ein. »Mal sehen, wozu er sonst noch gut ist«, sagte sie.

Er stieß einen gutturalen Laut aus, der zu einem langsamen, freudlosen Stöhnen wurde.

»Jetzt komm mir nicht mit der Weichei-Nummer!«

»Ich bitte dich. Ich flehe dich an.«

Liliane zog ihren Mantel an.

»Dann geh halt«, sagte Jonathan, um deutlich zu machen, dass er sie verließ und nicht sie ihn. Das festzustellen war für die Selbstachtung allemal wichtig.

»Ich gehe nicht, weil du es willst, sondern weil ich es will«, hielt Liliane dagegen, während sie ihre Requisiten aus dem Badezimmer räumte.

»Und tschüs «, sagte sie dann und stolzierte zur Wohnungstür.

»Darf ich dich anrufen, wenn es mir bessergeht?«, rief Jonathan ihr nach.

»Du kannst mich mal. Ich gehe jetzt. Und wenn du dein Ding noch einmal in meine Richtung wedelst, kriegst du eins in die Eier, dass dir schwindlig wird!«

Jonathan wurde es jetzt schon ganz blümerant. »Ich garantiere dir, dass du nie mehr in deinem Leben ein sexuelles Erlebnis haben wirst, nicht einmal mit dir selbst.«

Es war zu Ende und vollbracht. Die Tür schlug zu.

Als er allein war, öffnete Jonathan noch einmal seine Schublade und zählte die batteriebetriebenen Muschikribbler, die er vor Jahren als Sonderposten angeschafft und seitdem seinen Freundinnen als liebenswert augenzwinkerndes Standardabschiedsgeschenk in die Hand gedrückt hatte. Von den fünfzig funkelnden Exemplaren waren noch neun übrig. Ob er sie noch jemals loswurde?

Eine Stunde später wanderte Jonathan immer noch einsam durch seine Wohnung und versuchte sich sinnvoll abzulenken. Abschied nehmen und eine vernünftige Trauerarbeit, das war leichter gesagt als getan. Seit Jahren wollte er den Staubsaugerbeutel auswechseln. Nun war es an der Zeit, sich diesen nützlichen Dingen zuzuwenden. Eifrig untersuchte er das Gerät und erinnerte sich daran, dass er schon immer seine CD-Sammlung alphabetisch umsortieren wollte. Jetzt wurde ihm blitzartig klar, dass er kaum CDs besaß. Ravels Bolero, den er dann und wann als schlichte rhythmische Vorlage benutzte. Ein paar entsprechende Verdi-Ouvertüren, wenn es kapriziöser zugehen sollte. Für Leidenschaftliche James Brown, James Last für Schwerfällige. Etwas arabische Musik für Ethno-

Liebhaberinnen. Für schlichte Frauen Pur und Peter Maffay. Für gerade Volljährige einen Hip-Hop-Sampler, für Reifere Peter Alexander. Das war's dann schon.

Seine Versuche, das Thema zu wechseln, scheiterten, als er den Kühlschrank abtaute. Er spürte, dass das Verlassenwerden ganz offensichtlich zu den menschlichen Urängsten gehörte. Diese Angst traf ihn endlich wie eine Bombe, die das komplette Fundament seines Lebens erschütterte, als er alle weiblichen Utensilien aus dem Badezimmer auszuräumen versuchte, um alles zu vergessen, was er geliebt hatte. Er entdeckte längst vergessene Schätze: eine uralte Enthaarungscreme, einen verdreckten Ladyshaver, eine Hunderterschachtel vor Ewigkeiten abgelaufener Kondome, drei Spiralen, ein Diaphragma, eine Kontaktlinse, eine Zahnspange, ein Pfefferspray und ein Springmesser.

Als er seine Vergangenheit um sich herum ausgebreitet sah, bekam er einen Weinkrampf. Das Leben war völlig aus den Fugen geraten. Er riss sich zusammen, sortierte die Utensilien in einen großen Pappkarton und beschloss, diese Kostbarkeiten den Bedürftigen der Stadt zukommen zu lassen. Vielleicht sollte er sein Leben ohnehin künftig karitativen Zwecken widmen.

Wie magnetisch fühlte er sich von der Kammer angezogen, in der sein Lebenswerk versteckt war. Er griff unter die Amor-Statue, die als Fernsehleuchte diente, und fand den Schlüssel. Jonathan fühlte sich um Jahre gealtert, als er seine Geheimkammer betrat, einen großen begehbaren Kleiderschrank im Schlafzimmer, den er sich für seine Zwecke umgebaut hatte. Als sexomanischer Weiberheld und gleichermaßen ordentlicher Deutscher war er stolzer Besitzer der sicher weltweit größten Sammlung sexueller Obsessionen. Ereignisse und Ergebnisse versammelt an einem sakralen Ort der Andacht. Katalogisiert, um Verwechslungen zu vermeiden. Wer erinnerte sich schon nach längerer Zeit genau an den Körperbau einer alten Liebschaft, die inzwischen zwanzig Jahre älter und zwanzig Kilo schwerer geworden war? Ob die rechte oder die linke Brust größer oder empfindlicher gewesen war? Wie stark Nippel, Warzenhöfe, Schamlippen und Klitoris ausgeprägt waren? Und ob sie ihre Erregung laut oder leise mit einem Hauchen, Summen, Zwitschern, Quietschen, Kreischen oder völlig stumm zum Ausdruck gebracht und ob sie nach Zitrone oder Honig gerochen hatte?

Und natürlich war jede einzelne seiner Ejakulationen sauber aufgelistet. Jonathan begann zu zählen. Wie verschwenderisch er sich doch hingegeben hatte.

Nun stand er zwischen den Trümmern seiner Existenz.

Jonathan wandte sich von seinem überwältigenden Gesamtwerk ab und suchte mit fliegenden Fingern nach der prallvollen Mappe, in der Lilianes Daten gesichert waren. Keine Frau nahm so viel Platz ein wie sie.

Er setzte sich an den Küchentisch und breitete das Material vor sich aus. Er spürte, wie die Konzentration der Glückshormone rapide zunahm, während er es ordnete und sichtete: ein Slip, ein Büstenhalter, ein Zehennagel, Fotos und kurze Videos, aufgezeichnet mit seinem Handy. Diverse Kopulationen und Nahaufnahmen. Saubere Notizen über Lilianes Maße: außer den primären und sekundären Geschlechtsmerkmalen noch Mund, Nabel, Zehen, Achselhöhlen. Sinnliche Eindrücke – Hören, Riechen, Spüren, reinlich geordnet in Tastsinn usw. Schließlich: Wann? Wie? Wo? Warum? Wie oft? Wie lange? Orte, Stellungen, diverse Lautgebungsunterschiede, ausgewertet mit dem Statistikprogramm in seinem Computer. Der Geilheits-Quotient – wie ein Lehrer einen Schüler beurteilt. Von sehr gut bis ungenügend. Notizen dazu: *Liliane bemühte sich beim Blasen sehr. Fachlich zwar kompetent und gut vorbereitet, fehlten ihr die Kooperationsbereitschaft und die Teamfähigkeit. Bei der unangekündigten Stegreifaufgabe entsprach ihre Leistung nicht ihrem Talent. Liliane neigt zur Faulheit. Trotzdem: Liliane weist Mängel auf, die in absehbarer Zeit behoben werden können.*

War er zu streng gewesen?, fragte sich Jonathan und blätterte weiter.

Lilianes Grundkenntnisse beim Analverkehr sind lückenhaft. Ihr Sinn für Hilfsbereitschaft bei Erektionsschwierigkeiten, Zivilcourage beim Geschlechtsverkehr im öffentlichrechtlichen Bereich, die Fähigkeit zur Selbsteinschätzung sowie die Verantwortungsbereitschaft und Pünktlichkeit bei der gemeinsamen Orgasmusbildung sind nur schwach ausgeprägt. Mit etwas Fleiß kann das sicher besser werden.

Ja, er war zu streng gewesen! In späteren Beurteilungen steigerte sie sich zur Musterschülerin, eine Eins nach der anderen.

Jonathan sichtete die Fotos. Seine Vernunft sagte ihm, dass er alles, was ihn noch an sie erinnern konnte, vernichten musste, um seinen Leidensweg zu verkürzen. Er kramte nach einer Mülltüte, um Lianes Vermächtnis zu entsorgen.

Aber was war, wenn einer der neugierigen Hausbewohner auf die Idee kam, im Müllcontainer herumzuwühlen? Vielleicht nur, um nach seinem letzten Kontoauszug zu suchen?

Wie oft wurden weggeworfene geheime Akten für Erpressungen benutzt oder tauchten zumindest in den Schlagzeilen der *Bild* auf.

Verbrennen? Oder in einem einsamen Waldstück vergraben? Er hatte keinen Spaten und kannte kein geeignetes Waldstück. Er kam ins Grübeln. Abschied nehmen und eine vernünftige Trauerarbeit, das dauerte manchmal eine ganze lange Nacht.

Kein Wunder, dass er am nächsten Morgen nach beunruhigenden Träumen wie gerädert aufwachte.

10

»Herzlichkeit und froher Sinn
bringen Freunde und Gewinn.«
Sprichwort

Auch an diesem Morgen parkte auf Jonathans Stammplatz vor dem Verlagsgebäude wieder die kleine Karre vom Vortag. Das war kein Zufall mehr. Er unterdrückte die Versuchung, den Seitenspiegel abzubrechen, und kreiste auf der Suche nach einer Parklücke durch die Straßen der tristen Umgebung. Vor dem Swingerclub stellte er sein Auto unter dem Schild *Nur für Privatkunden* ab.

Der Rückzug in die heile Welt. Das *Paula*-Logo führte Jonathan ins alte Paradies.

Julia, die Empfangsdame, trank stilles Wasser. Tag und Nacht viel Wasser trinken, um Schwangerschaftsstreifen vorzubeugen. Das war momentan der Trend. Ein Bein wippend über das andere geschlagen, nahm sie gutgelaunt Anrufe entgegen, während sie gleichzeitig in einem Konkurrenzblatt blätterte.

»Alle gehen inzwischen damit hausieren«, sagte Julia ins Telefon und winkte Jonathan zu. »Unlängst hat mir einer sogar sein ärztliches Attest gezeigt. Siebentausend Schuss. Ist das viel?«

Jonathan blieb stehen.

»Nur noch vierzig?« Julia brach in Gelächter aus. »Nein, kein falsches Mitleid mit diesen Typen«, sagte sie und gab ihm Zeichen, dass sie gleich für ihn da war. »Wir Frauen können doch nur froh sein, dass wenigstens ein paar von ihnen aus dem Verkehr gezogen sind …«

Jonathan versuchte vergeblich, seine Ohren auf Durchzug zu stellen, und wippte stattdessen unruhig – und synchron mit Julias Beingewippe – auf den Füßen, bis sie endlich aufgelegt hatte.

»Wie sieht's aus, Jojo?«, trällerte sie los und lächelte ihr breitestes Empfangsdamen-Lächeln. »Was, glaubst du, bist du für ein Männertyp? Eher Latin Lover, Macho oder Schönling?«

Schroff attackierte er Julias gute Laune. »Wer von euch Weibern steht seit gestern auf meinem Parkplatz?«

»Ich weiß es«, sagte Julia. »Aber nicht in diesem Ton.«

»Ich will meinen Platz wiederhaben!«

»Wenn du dich so feindselig benimmst, dann bist du ein Machotyp, der sich als Latin Lover verstellt. Und das ist noch schlimmer, als schwul zu sein, ohne es zuzugeben!«

Und diese junge Frau hatte er noch vor einem Vierteljahr als ungeheuer witzig und schlagfertig klassifiziert. Jonathan musste unbedingt die Notizen in seinem Archiv korrigieren.

Valentin, sein einziger männlicher Kollege, steuerte zielstrebig auf ihn zu und verschwand, kaum dass er die Situation erfasst hatte, wieder im Flur.

»Moment«, rief Jonathan ihn um Hilfe.

»Und was bietet der Macho uns Frauen an?«

Er ließ Julia einfach reden und verdrückte sich.

Sein Freund war weg, und so machte er sich auf den Weg zum Kaffeeautomaten. Zwei Kolleginnen waren in ihr Gespräch vertieft, während er nach seiner kübelgroßen Tasse suchte, auf der sein Name stand: *Jojo*! So wurde er hier genannt.

»Wo ist meine Tasse?«, zischte er. Hier fanden systematische Enteignungen statt. Symbolische Kastrationen, die ihn foltern und erniedrigen sollten.

»Du bist jetzt ruhig, Jojo«, sagte Vera Hübner, Redakteurin für Haushalt und Verbraucherschutz, kühl – Tests, Tipps und Tricks für den Alltag, Sex mit batteriebetriebenen Handstaubsaugern – und hob ihre Kaffeetasse an die Lippen.

»Wenn ich mal einen Tag keinen Sport mache, bin ich einfach kein Mensch mehr!«, wandte sie sich dann wieder Friederike Roll zu.

Friederike Roll, Redakteurin für Besser Wohnen, Haus und Garten – Phantasien mit Resten, so zaubern Sie schnell eine gemütliche Kuschelatmosphäre, wie man seinen Mann im Bett mit altem Blechspielzeug betören kann.

»Ehrlich gesagt, ich brauch das nicht unbedingt«, sagte sie mit unschuldigem Blick. »Ich kann essen, was ich will, ich nehme einfach nicht zu!«

»Nett«, entgegnete Vera zuckersüß, während sie Friederikes Rock befingerte. »Den wollte ich mir auch kaufen, fand ihn dann aber doch zu billig.«

Jonathan griff nach einer der weniger verdreckten Tassen und schnüffelte daran. Er unterdrückte seine Cupulaphobie, die Angst vor fremden Tassen, und starrte den beiden Frauen nach, die sich plappernd ihren Arbeitsplätzen näherten. An ihren Hinterteilen war wirklich nichts auszusetzen.

Jonathan beschloss, sein Verhältnis zu den Kolleginnen neu zu bewerten, unter Hinzuziehung seines heimlichen neuen Maßstabs. Diese Idee baute ihn auf. Mit dem Kaffeebecher mit Aufschrift *Olivia – Finger weg!* in der Hand drehte er auf dem Weg in seinen Büroverschlag die gewohnte Runde.

»Einen wunderschönen Tag, Jojo«, lächelte Jasmin ihm zu. »Du hast rote Flecken im Gesicht.«

Jasmin Bachstein, verantwortlich für Mode, trug einen Nadelstreifenanzug im Herrenschnitt. Ihr nussbraunes Haar zu einem lockeren Zopf gebunden, war sie ein Anblick wie das Titelbild eines Hochglanzmodemagazins, einfach perfekt.

»Hast du eine wilde Nacht gehabt?«, fragte sie.

Jonathan wusste, dass sich hinter der seriösen Verkleidung eine alte Partylöwin verbarg. Am Wochenende trieb sie sich immer in zweifelhaften Discos mit zweifelhaften Typen herum. Zumindest redeten ihre Kolleginnen so über sie.

»Das kannst du laut sagen«, sagte er mit einem frivolen Zwinkern.

»Du kannst es einfach nicht lassen, was? Wann wirst du endlich erwachsen?«

»Ich arbeite daran. Und wann werdet ihr Mädels hier in diesem Betrieb endlich richtige Frauen?«

»Was willst du damit sagen?« Sie musterte ihn so ablehnend wie einen Zeugen Jehovas.

»Wann gibt es hier endlich schwangere Frauen mit Doppelnamen, Ehemännern und Eigenheimen?«

Sie musterte ihn missbilligend. »Hausfrau und Mutter?«

Seit sieben Monaten trafen Jasmin und Jonathan sich an jedem dritten Samstagnachmittag bei ihr, um miteinander Doktor- und Erziehungsspiele zu spielen. Sie besaß ein altes Puppenhaus und einen Medizinkasten für Kinder von drei bis sieben Jahren, mit dem sie sich als Vater und Mutter vergnügten. Das machte sie nur mit ihm.

Jasmin sah ihm mit einem tiefen Seufzer in die Augen. »Irgendetwas ist mit dir passiert, Jojo. Man hört, dass dich deine Lebensgefährtin im Stich gelassen hat.«

»Ich war nur drei Monate mit ihr zusammen«, winkte Jonathan ab.

»Das ist viel für deine Verhältnisse.«

»Und übrigens war ich es, der sie verlassen hat.«

Jasmin schüttelte den Kopf. »Müssen es immer die Männer sein, die uns Frauen verlassen?«

Jonathan errötete. »Natürlich nicht, aber in diesem Fall …«

»Heute gibt es drüben im Griechen-Bistro übrigens Lammnieren mit Kartoffelpüree und Bohnen als Mittagstisch«, beendete Jasmin das Gespräch, »und für Vegetarier Tofu auf Lammnierenart mit Kartoffelpüree und Bohnen. Kommst du mit?«

11

»Überhaupt ist Bedürfnis nach Einsamkeit ein Zeichen dafür,
dass in einem Menschen Geist ist,
und der Maßstab dafür, was an Geist da ist.«
Kierkegaard

Jonathans einziger männlicher Kollege klopfte an seine Tür und streckte den Kopf hinein. »Wir müssen reden. In einer Stunde? Du gehst vor.«

»Du gehst vor«, sagte Jonathan zu Valentin, »ich komme nach.«

Er legte den Kopf in die Hände. Woher komme ich? Wo bin ich? Wohin will ich?

Beinahe fünfzehn Jahre war er nun schon hier in diesem Haus, nachdem er zuerst sein kurzes Theologiestudium wegen Glaubenszweifeln und dann das Biologiestudium nach drei Semestern abbrechen musste, das er sich als leidenschaftlicher Tierpfleger im städtischen Zoo finanziert hatte. Seine Hängebauchschweinchenhaarallergie war damals der Grund gewesen, sich nach einer sitzenden Stellung unter Menschen umzusehen. Und so kam er als klassischer Quereinsteiger – learning by doing – in den Verlag. Seine Vorbildung erwies sich als nützlich, und so stieg er schnell aus den Gewölben des Archivs auf und wurde schließlich Assistent der damals zuständigen Redakteurin für Sex, Liebe und Partnerschaft. Er bewährte sich in den Rubriken *Erotische Träume* und *Ihr Sex-Horoskop* und übernahm dieses Traumressort, als seine Vorgesetzte nach einer Geschlechtsumwandlung zu einer Auto-, Motor- und

Sport-Illustrierten wechselte. Er entdeckte in sich das Weib im Manne und ein Talent, sich besser in Frauenseelen hineinzuversetzen, als sie selbst es konnten. Er war das Zugpferd von *Paula*. Wenigstens bis jetzt.

Das Telefon klingelte.

»Du meine Güte, was muss ich hören?«, erklang die besorgte Stimme seines Vaters.

»Können wir nicht später …«, sagte Jonathan. Er spürte seine volle Blase, lechzte nach Nikotin und nach einem Gespräch mit seinem einzigen Freund in diesem Haus.

»Ich bin dein Vater. Muss ich das von deinem Bruder hören? Hast du zu wenig Vertrauen zu mir, um dich an mich zu wenden?«

»Tut mir leid, ich musste erst mal Luft holen.«

»Das kann ich verstehen. Ich habe noch 7000 Schüsse. In meinem Alter müsste das genügen.«

Konrad Kaiser war gerade siebzig geworden. Er hatte vier Ehen hinter sich und verlebte seine Zeit in Saus und Braus mit wechselnden Geliebten, die gerade nicht mehr unter das Jugendschutzgesetz fielen.

»Wie hat eigentlich Liliane reagiert?«, fragte er.

»Sie hat mich sofort verlassen, weil sie keine Lust hat, ihr gesamtes Leben mit einem Versager zu verbringen.«

»Du hättest ihr sagen müssen, dass du sie auch ohne Erektion befriedigen kannst.«

»Habe ich ihr zu erklären versucht. Sie hat mich nur ausgelacht.«

»Das Bett ist übrigens kein idealer Ort für solche Gespräche …«

»Wir waren nicht im Bett, wir haben es auf einer Kirchenorgel gemacht.«

Jonathan lauschte geduldig dem schweren Atem seines Vaters.

»Ich habe es – warte mal – 1981 auf einem Kinderkarussell getan.« Er war mal wieder auf der Suche nach Gemeinsamkeiten.

»Aber erzähl das nicht Michael«, bat Jonathan, »er könnte es missverstehen.«

»Nein, es war eine Schiffschaukel! Im Stehen.«

»Manchmal habe ich das Gefühl, dass wir aneinander vorbeireden.«

»Weißt du, viele Missverständnisse lassen sich vermeiden, wenn du deine Liebste das, was du ihr gerade erläutert hast, mit ihren eigenen Worten zusammenfassen lässt. Ich jedenfalls habe damit sehr viel Erfolg.«

»Deine Frauen sind siebzehn, Papa! Liliane könnte ihre Mutter sein.«

»Such dir eine Neue«, sagte der alte Kaiser, »schau dich um. Verlass dich auf deinen Instinkt. Wahrscheinlich sitzt sie genau vor deiner Nase.«

»Das ist gar nicht so einfach, schätze ich.« Lea Liebermann schoss ihm durch den Kopf. Vielleicht hatte sein Vater recht?

Die Schachtel mit den Sperma-Ampullen und die Tabletten, die sein Bruder ihm verschrieben hatte, hatte Jonathan im untersten Schubfach seines Schreibtisches säuberlich neben den Kondomen und seinem Flachmann mit Wodka untergebracht. Das hier war sein Revier. Wenn überhaupt noch ein Wunder geschehen konnte, dann hier. Jonathan holte das Tablettensortiment hervor.

»Du musst dich der Aufgabe stellen«, drängte der Vater. »Egal, wen du dir aussuchst, bezirze sie.«

Und wieder dachte Jonathan an Lea Liebermann.

»Vielleicht hast du recht, Papa«, sagte er.

Jonathan wählte die Nummer seines Bruders. Die helle Stimme einer der medizinisch-technischen Assistentinnen meldete sich. »Der Doktor ist gerade mit einer komplizierten Operation beschäftigt. Er wird zurückrufen, sobald er eine Minute Zeit hat. Hier ist der Teufel los. Wir haben heute schon unseren dritten Scheidenkrampf.«

Nun gut, sagte sich Jonathan, auch Frauen haben ihre Probleme.

Eine Minute später klingelte das Telefon, aber es war nur die Chefsekretärin. »Wir warten auf Ihre Artikel«, mahnte sie ihn mit sanfter Strenge, »die sollten eigentlich schon vorgestern vorliegen. Wir müssen Ihre Texte ja noch gegenlesen.«

»Nur noch einen Augenblick«, sagte er und legte grußlos auf. Früher hatte er tun und lassen können, was er wollte. Nun zog plötzlich ein eisiger Wind durch die Hallen. Wer war überhaupt »wir«? Als wäre sein Schusselend nicht schlimm genug, bestimmte jetzt auch noch eine gewisse Lea Liebermann, was er schreiben durfte und was nicht.

Jonathan wühlte in den Materialien, die sich im Rechner häuften, und suchte einen Stoff, der seiner aktuellen Befindlichkeit entsprach. Nach kurzer Durchsicht fand er einen gescannten Zeitungsausschnitt, den ihm die Kollegin, die für das Ressort Haus- und anderes Getier zuständig war, unlängst gemailt hatte: *Spinnenmänner legen Weibchen »Keuschheitsgürtel« an.* Vielleicht konnte er damit seine zweiseitige Ratgeberseite *Gewissensfragen* wenigstens zum Teil füllen.

Männchen der Wespenspinne, sprich: Argiope bruennichi, las er stumm, *legen Weibchen nach dem Sex eine Art Keuschheitsgürtel an. Damit wollen die Tiere ihren Erfolg bei der Vermehrung sichern, berichtete die Universität Bonn.*

Ja, damit konnte er als einsam leidender Siebenschüssler etwas anfangen.

»Demnach verstopfen sie im Zuge der Begattung die Geschlechtsöffnung ihrer Partnerin«, las er laut. Das wäre leicht auf die menschlichen Leidenschaften zu übertragen. Aber natürlich durfte er nicht allzu deutlich werden. Nicht, dass er damit noch die Gerüchteküche zum Brodeln brachte.

Olivia betrat ohne zu klopfen sein Zimmer. Olivia Faust – Gesundheit und Ernährung.

»Ich will meine verdammte Tasse wiederhaben!«, blaffte sie.

Jonathan schlug sich auf die Stirn. »Entschuldige«, stieß er hervor, »ich habe sie irgendwo stehenlassen. Es wird nie wieder vorkommen.«

»Ich verzeihe dir«, sagte Olivia. »Heute gibt es drüben beim Chinesen als Mittagstisch Nummer 211 und für Vegetarier Nummer 353. Kommst du mit?«

So war es also: Alle für alle, keiner für keinen. Jonathans Wunsch, sich der Welt zu öffnen, steigerte sich ins Unermessliche: Ja, ich habe nur noch eine Handvoll Schüsse! Habt Mitleid mit einem armen Mann! Verachtet ihn nicht! Verstoßt ihn nicht! Er ist auch nur ein Mensch wie ihr. Jonathan, der immer zu wissen geglaubt hatte, dass es im Leben nichts Wichtigeres gab, als ununterbrochen schussbereit zu sein, fühlte sich wie ein Soldat an der Front, der seine Aufgabe nicht erfüllen konnte. Ein Deserteur, ein Feigling, ein Versager. Nun musste er seinen Lümmel im Zaum halten. Zurückhaltung machte ab jetzt den echten Mann aus. Fortan sollte er sich also mit den schlichten Freuden des Lebens zufriedengeben. Dem Zischen beim Öffnen einer Flasche Bier, dem tiefen Aufstoßen nach dem

Verzehr einer fetten Schweinshaxe oder der Verzückung, wenn die rote Sonne auf Capri untergeht.

Das Telefon schrillte ihn aus seinen Gedanken.

»Hast du das schon gehört, Jojo?«, sprudelte Charlotte Scheele – Job und Karriere – ihm ins Ohr. »Es gibt plötzlich eine stellvertretende Redaktionschefin. Ich kann es nicht fassen. Und sie hat sich schon in unserem Entspannungsraum breitgemacht.«

Der Entspannungsraum war vor vielen Jahren vom Betriebsrat durchgesetzt worden. Er sollte nach japanischem Vorbild Mitarbeitern bei übergroßer Ermüdung die Gelegenheit für ein Kurzzeitschläfchen bieten. Wozu es nie kam, weil Chef Großhaupt dort seine elektrische Eisenbahn untergebracht hatte.

»Heißt sie vielleicht Lea Liebermann?«, fragte Jonathan.

»Woher weißt du das?«

»Das sind meine männlichen Instinkte.«

»Was sollen wir tun?«

»Ich schau mal, was ich machen kann.«

»Du bist ja so ein Schatz, Jojo.«

Er setzte sich vor seinen Computer und begann mit einem befreienden Seufzer eine Mail, um Liliane eine Antwort auf all die Fragen zu schreiben, die sie sich und ihm vielleicht noch stellen könnte.

Hallo, schrieb er, *wenn Partner nicht zu Gesprächen bereit sind oder wenn diese unbefriedigend enden, hilft oft ein Brief, weil man darin in aller Ruhe darlegen kann, was einem auf dem Herzen liegt. Ich möchte mit unseren gemeinsamen Gefühlen beginnen …*

Er lehnte sich zurück und gab sich sentimentalen Erinnerungen daran hin, wie sie sich vor vier Monaten auf einer Party beim regionalen Verschrottungskönig kennengelernt hatten. Sie war ihm sofort aufgefallen. Typ Wild Woman – auch bekannt als Raubkatze außer Kontrolle.

Locker beginnen, hinter ihr tanzen und sie gelegentlich leicht berühren. Ein bewährter Trick, der stets funktionierte: mal Po an Po, mal sanft ihren Arm streifen. Bestimmt wird sie sich umdrehen, um zu sehen, mit wem sie es zu tun hat. Jonathan richtete sich streng nach den Regeln, und sie würde ihm direkt in die Falle gehen.

Jonathan berührte kurz ihre Brüste.

»Dafür könnte ich dich schlagen«, überschrie Liliane die Musik, »oder die Polizei holen!«

»Entschuldigung, ich konnte einfach nicht anders.«

»Und was starrst du so in meinen Ausschnitt?«, fragte Liliane und ließ dessen Inhalt wippen.

»Muss auch sein!«

»Da hast du recht!«

Es war wie ein abgekartetes Spiel. Sie verstanden sich vom ersten Augenblick an.

»Bist du kompliziert oder ein Genussmensch?«, fragte sie, als er sie an der Bar zu einem prickelnden Prosecco einlud.

»Ich bin nur ein einfacher Mann«, sagte Jonathan bescheiden.

»Das ist gut«, flüsterte sie ihm ins Ohr, und dann kam zum ersten Mal ein Vorschlag, der typisch war für das, was in den nächsten Monaten folgen sollte: »Lass uns austrinken und es auf dem Rasen vor der Tür treiben.«

»Wirklich?«

Einen Moment war er irritiert, normalerweise war er der Aktive.

»Was dagegen?« Liliane biss in sein Ohrläppchen.

»Es gibt vor der Tür keinen Rasen.«

»Ist doch egal.«

Draußen rauschte ein ständiger Verkehrsstrom vorbei. Liliane übernahm sofort das Kommando.

»Da drüben ist ein kleiner Park«, sagte sie und zerrte ihn mit sich. »Oder wir gehen in die Tiefgarage.«

Jonathan musste zugeben, anfangs hatte er mit Liliane mehr Spaß gehabt als mit einer ganzen Horde Affen.

Leider verwandelte sie sich in kurzer Zeit in einen kindfraulichen Mutter-Vampir. Sie war sein Folterknecht – auch bekannt als die Unbezwingbare, die Gnadenlose, die sowohl Ruder als auch Rute gern in die Hand nahm. Sie wusste genau, was sie wollte, zu welcher Zeit, an welchem Ort, und ihr Performance-Level war der rücksichtslose Maßstab, mit dem sie ihn gepeinigt hatte. Sie hatte auf dem zweiten Bildungsweg studiert, sprach mindestens drei Sprachen perfekt und sieben einigermaßen, wie sie regelmäßig bewies, wenn sie auf Portugiesisch, Arabisch oder Koreanisch »Ich komme!!!« rief und sich anschließend auf Plattdeutsch für ihre vorschnelle Äußerung entschuldigte. Aber sie konnte auch: »Komm her, geh weg! Steh gerade! Nimm eine andere Krawatte! Geh zum Friseur!«

Jonathan tippte weiter: *Offensichtlich verwechselst du deinen Partner mit einem kleinen Hündchen. Und das nur, weil deine Eltern dir nie einen gekauft haben. Du musst auch deine Eltern verstehen. Wie verzweifelt sie gewesen sein müssen, als du deinen Hamster aus Liebe zu Tode gedrückt hast. Oder die Geschichte mit dem Fisch, die du mir erzählt hast.*

Jonathan hielt inne. Das mit dem Fisch musste er wirklich nicht noch einmal aufleben lassen.

Er fuhr fort.

Du hältst dich für einen starken, dynamischen Charak-

ter. Handeln und Aktivität bestimmen dein Sein. Oft ungeplant, preschst du drauflos und suchst immer wieder das Neue. Nichts gegen Spontaneität und unkonventionelle Ideen, aber erinnerst du dich noch daran, dass ich bei unserer Orgie in den Osterfeiertagen mit einem 98-jährigen Mann Analsex haben musste, um meine Scheu vor Alterssex aufzubrechen?

Jonathan schrieb sich langsam warm.

Das Schlimmste aber ist: Du bist die Hauptschuldige an meinem aktuellen Problem. Zusammengezählt hatte ich mit dir mindestens dreihundert, wenn nicht gar vierhundert Ejakulationen. Ich habe mich sozusagen aufgeopfert. Also ist es mehr als ungerecht, wenn du mir jetzt vorwirfst, ich wäre ein Versager und körperlicher Krüppel.

Nein, das war zu weinerlich. Lieber wieder sachlich werden.

Im nächsten Schritt möchte ich dir meine und deine Wünsche, Hoffnungen und auch Sorgen vergegenwärtigen, wie sie aus unserer momentan ungeklärten Situation erwachsen sind, bevor ich abschließend meiner Zuversicht Ausdruck verleihe, dass wir zusammen eine für beide zufriedenstellende Lösung finden können.

Arbeiten gehört zu deiner Leidenschaft und bestimmt deine Seinsberechtigung. Der Blick nach vorne ist das, was dich inspiriert. Es ist die Zukunft, die dich ruft. Auch ich bin aus diesem Holz geschnitzt. Vielleicht können wir bei einem kleinen Glas Wein …«

Jonathan beschloss, sein Schreiben abzubrechen. Valentin wartete schon in der Toilette. Er konnte die Mail hinterher fertigschreiben. Hauptsache, nichts überstürzen.

Halb im Gehen tippte er auf der Tastatur herum, um den Entwurf zu speichern. Und sah nicht mehr, was der Bildschirm ihm mitzuteilen versuchte.

12

»Die Freundschaft besteht darin,
dass man alles tun kann,
was einem anderen nicht schadet.«
Arthur Schopenhauer

Jonathan verließ seinen Platz und machte sich auf den Weg zum Herrenklo. Natürlich rauchte er wie alle anderen offiziell nicht mehr, aber es gab da ein Versteck, in dem Zigaretten und Feuerzeug untergebracht waren. Nur in den meist überfüllten Männer- und Frauentoiletten des Verlags wurde das streng reglementierte Rauchverbot systematisch desavouiert. Unterhalb dieser Räume türmten sich inzwischen Tausende aus dem Fenster geworfene Kippen. Manch einer oder eine, die sich tatsächlich erleichtern wollte, bekam Schwierigkeiten, sich durch die Massen zu drängen, die miteinander rauchten, lachten und diskutierten. Dann und wann gesellten sich sogar Nichtraucher hinzu, weil in dieser konspirativen Runde wichtige Intrigen verabredet und Entscheidungen getroffen wurden.

Doch momentan befand sich niemand außer ihm in diesem Reich der Freiheit.

Jonathan zündete sich eine an, musterte sich im Spiegel und wunderte sich über das erschöpfte Gesicht, das er da vor sich erblickte. Wenigstens verblassten die roten Flecken allmählich.

Er betrachtete sich einen Moment lang mit den Augen all der Frauen um ihn herum. Was gefiel ihnen an ihm?

Sein Schopf war lichter geworden, und an den Schläfen zeigten sich erste graue Haare.

Valentin kam herein, zündete sich eine Zigarette an und stellte sich neben Jonathan.

»Bin ein bisschen spät dran«, entschuldigte er sich, »hab noch mit meiner Frau telefoniert.« Er stöhnte. »Amelie will, dass wir ein neues Leben in Australien anfangen. Sie will Kängurus züchten.«

»Vielleicht ist das die große Chance«, sagte Jonathan freudlos.

»Aber meine Leberwerte sind im roten Bereich«, seufzte Valentin, »und ich kann kaum mehr atmen, wenn ich Treppen gehe.«

»Dann nimm doch den Fahrstuhl.«

»Der Cholesterinspiegel, eine Katastrophe. Altersgicht, Krampfadern, die Wirbelsäule, obwohl ich seit Monaten Nordic Walking betreibe.«

»Wo denn?«

»Im Wohnzimmer.«

Jonathan hatte das Gefühl, dass sein Freund ihn trösten wollte. Das war so seine Art. Sein Job, andere zu überzeugen, indem er erfinderisch um den Brei herumredete, war ihm in Fleisch und Blut übergegangen. Als Reisespezialist von *Paula* hatte er früher autobiographische Reiseberichte geschrieben – Karl May war ein Waisenknabe gegen ihn –, ohne jemals einen Fuß über die Landesgrenze gesetzt zu haben: *Abenteuer Namibia – der brutale Sex der wilden Tiere. Mit dem Kajak durch Alaska – die erotischen Eskapaden der Eskimos.* Diese Zeiten waren längst vorbei. Nach seinem zweiten Bandscheibenvorfall weigerte er sich, weiterhin so gefährliche Reisen zu unternehmen, wenn auch nur in der Phantasie.

Jonathan studierte Valentin im Spiegel. Er sah einen Mann in der Blüte seiner Jahre, einen Mann zum Knuddeln und zum Liebhaben. Er bewunderte seinen rotblonden Bart, der sein Kinn germanisch verschönte, und seine gebogene Nase. Der typische Bilderbuchintellektuelle. Randlose Brille, offensive Glatzenbildung, ungemein intelligenter Gesichtsausdruck. Er sah genauso aus, wie ein typischer Redakteur aussehen muss, der fleißig das tut, was er nicht will.

»Früher, als ich noch jung war, wollte ich Faultiere in Südamerika züchten«, gestand Jonathan, »um sie als Haustiere in Europa einzuführen.«

Valentin zwinkerte sich selber zu.

»Ein großer Plan. Das kann mit ein bisschen Glück Millionen einbringen. Ich wollte auch mal ein Anti-Erektionsmittel erfinden, aber der Markt war nicht interessiert.«

Jonathans bester Freund trat ans Pissoir und strullte wie ein Pferd, während Jonathan keinen Tropfen herausbrachte. Das Verhältnis zwischen Körper- und Gliedgröße aber fiel mit den Nachwirkungen der Überdosis Viagra noch vorteilhafter aus als sonst.

»Ich hab von deinem Pech gehört«, sagte Valentin endlich. »Einfach schrecklich.«

»Von wem?«, fragte Jonathan bedrückt. »Eigentlich wollte ich dich gerade ganz im Vertrauen informieren. Von Freund zu Freund …«

»Zu spät«, sagte Valentin, »die Frau, die dich verlassen hat, hat mich angerufen. Ihr tut es sehr leid, sie liebt dich immer noch, aber sie ist außer sich darüber, wie du dich verhalten hast.«

»Ich habe nur getan, was ich tun musste.«

»Du hast ihr irgendeine Spritze in den Nabel gejagt.«

»Das tut mir leid. Sie bewegt sich manchmal sehr heftig.«

Valentin zog den Reißverschluss seiner Hose hoch und zündete sich eine weitere Zigarette an. Jonathan tat es ihm gleich.

»Du hast ihr alles gestanden?«

»Ja.«

»Das hättest du vielleicht nicht tun sollen.«

»Wissen denn alle davon?«, fragte Jonathan verlegen.

»Wer weiß? Nicht von mir jedenfalls.«

Sie standen am Fenster und schnippten ihre Asche ins Freie.

Vera Hübner, die Redakteurin für Haushalts- und Verbraucherfragen, ein elegisch engelhaftes Wesen, das Angst vor Staubsaugern hatte, schwebte an ihnen vorbei und verschwand in einer Kabine.

In einem Betrieb, in dem sich mehrere Dutzend Frauen eine Toilette teilten, während drei Männer eine beinahe doppelt so große für sich in Anspruch nahmen, konnte es vorkommen, dass die Damen die Herrentoilette aufsuchten.

Jonathan und Valentin seufzten, schwiegen eine Weile, versuchten das Plätschern und Rascheln zu überhören und flüsterten.

»Ich hab ja immer schon gewusst, dass deine Liliane eine sexsüchtige, oberflächliche Tussi ist.«

»So kann man das nicht sagen. Es ist etwas komplizierter«, widersprach Jonathan.

»Glaub mir, du wärst dein ganzes Leben nur unglücklich mit ihr gewesen«, entgegnete Valentin ungerührt. »Und was machst du jetzt?«

Vera entkam ein kleiner zwitschernder Furz, aber da sie nach längeren Debatten mit ihrer Kollegin von der Mode Charlotte Roches *Feuchtgebiete* als gut und aufklärend empfunden hatte, war für sie inzwischen nichts mehr dabei.

Jonathan senkte die Stimme, so weit es ging.

»Mal überlegen«, antwortete er mit Bedacht. »Um sich das mal richtig vor Augen zu führen: Unsere Stadt hat 77 700 Einwohner. Die Hälfte davon Männer, also rund 40 000, davon bestimmt drei Viertel geschlechtsreif und orgasmusfähig, sagen wir mal 35 000. Nehmen wir nun einmal an, sie alle lassen ihren Lüsten einmal am Tag freien Lauf. Nun ja, der eine mehr, der andere weniger. Halten wir uns an Luthers *In der Woche zwier,* dazu noch dreimal Masturbation. Das ergibt Pi mal Daumen fünf Orgasmen pro Woche, zusammengerechnet zwanzig im Monat und tausendvierzig pro Jahr. Runden wir der Einfachheit halber ab auf tausend.«

»Jetzt reicht es aber«, rief die Kollegin empört aus ihrer Zelle, »kann man hier nicht in Ruhe sein Wasser abschlagen?«

Jonathan und Valentin verdrehten die Augen. Natürlich hatten sie akzeptiert, dass die Kolleginnen das Männerklo mitbenutzen durften. Toleranz und Liberalität prägten schließlich das Verlagsteam. Ein gewisser Voyeurismus spielte sicher ebenfalls eine Rolle. Vereinbart war, dass die Frauen sich ruhig verhielten, sich nicht auf die Klobrillen hockten und keine Zeitungen und Romane lasen, während sie sich erleichterten. Die meisten hielten sich daran. Vera erwies sich als Ausnahme. Sie war vor ihrem Einstieg in die *Paula*-Redaktion eine Weile in der Raumfahrtforschung beschäftigt gewesen. Dort hatte sie ganz im Sinne der Teflonpfanne, die bekanntlich ein Abfallprodukt dieser Technologie war, die Urinella erfunden und patentieren lassen. Ein Hilfsmittel, das Frauen das Urinieren im Stehen ermöglichte. Es hatte die Form einer Tüte mit abgeschnittener Spitze.

Jonathan und Valentin zündeten sich neue Zigaretten an.

»Ruhe auf den billigen Plätzen«, sagte Valentin, und zu Jonathan: »Sprich weiter.«

»Sechzigtausend mal tausend«, sagte der, »das ergibt sechzig Millionen Ejakulationen. Hättest du das gedacht? Bei zwei Kubikzentimeter Sperma pro Erguss macht das nun sage und schreibe zwölf Millionen Kubikzentimeter oder umgerechnet 120 000 Liter, wenn ich richtig gerechnet habe. Wenn wir das jetzt in Bierflaschen umfüllen würden, rate mal, wie viele Bierkästen das ergeben würde?«

In der Kabine löste die Kollegin die Spülung aus. »Das ist ja ekelhaft«, stöhnte sie.

Vera war Betriebsratsvorsitzende im Verlag und versuchte bei den Versammlungen, die sie regelmäßig einberief, als immerwährenden Tagesordnungspunkt die Benutzung der Urinella durchzusetzen, scheiterte aber stets bei den Abstimmungen.

»Halt die Klappe!«, rief Valentin. »Wir arbeiten.«

»Von wegen! Und außerdem, rein rechnerisch stimmt das von hinten bis vorne nicht.«

»Doch, doch«, erwiderte Jonathan selbstsicher. »Das wären rund zwölftausend Bierkästen. Ist das nicht beeindruckend?«

»Was für eine Verschwendung von Körpersäften.«

Vera erschien und schloss die Tür hinter sich.

»Rauchen auf den Toiletten ist verboten«, sagte sie hüstelnd. »Alles andere will ich nicht gehört haben.«

»Das ist ein Männerklo, da reden Männer«, sagte Valentin. »Ich habe nicht gehört, dass ordentlich gespült wurde. Wir dulden hier keine Sauereien.«

Er warf seinen glühenden Stummel aus dem Fenster, Jonathan machte es ihm nach, dann zündeten sie sich noch eine allerallerletzte Zigarette an.

»Und außerdem hängt dir Klopapier aus dem Rock«, fügte Jonathan hinzu und hustete.

Die Spezialistin für effektive Haushaltsführung in Bad und Küche griff nach hinten an den Saum ihres Rocks, atmete erleichtert auf und warf den beiden Männern einen giftigen Blick aus froschgrünen Augen zu.

»Dafür werde ich mich rächen«, sagte sie düster. Die Tür knallte hinter ihr zu. Ihre Stöckelschuhschritte tickten auf dem Flur, dann verstummten sie.

»Hast du sie schon mal gebumst?«, fragte Valentin ganz im Vertrauen.

»Du?«

»Ein bisschen.«

»Ich auch, im Kopierraum.«

»Ich auch im Kopierraum.«

»Sie kopiert ununterbrochen.«

Die Tür ging wieder auf.

»Das habe ich gehört«, rief Vera ihnen wütend zu. Ihr Blick aber war sanft und vielversprechend, denn sie kopierte wirklich gerne.

Kurz nach ihr verließen sie ebenfalls die Toilette.

Im Großraumbüro spürten sie die Blicke der Frauen in ihrem Rücken. Sie flüchteten in die verlassene Teeküche. Dort suchten sie nach ihren Tassen, um sich halbwarmen bitteren Kaffee und saure H-Milch einzuschenken.

»Da!«, rief Valentin und schwenkte einen Porzellankübel mit Kuhmotiv, doppelt so groß wie alle anderen Tassen. *Diese Tasse gehört Lea Liebermann* stand da mit kindlich runden Buchstaben geschrieben.

»Sie macht es sich schon gemütlich«, stellte Valentin fest.

»Am liebsten würde ich ihr das Schafsgehirn aus ihrem Leib ficken!«, knirschte Jonathan, nahm die Tasse und warf sie an die Wand. Und noch einmal. Die Tasse war unzerstörbar.

»Jetzt nicht mehr«, beruhigte ihn Valentin. »Du musst dich ablenken. Sex ist nicht alles. Heutzutage muss man mobil sein. Ansonsten ist ja alles in Ordnung. Du hast jedenfalls immer noch einen guten Job und gute Freunde. Du kannst jederzeit zu uns kommen. Meine Liebste macht die knusprigsten Chicken Wings, wie du weißt.«

Beim Verlassen der Teeküche fiel ihr Blick auf einen angepinnten Zettel: *Bitte die Küche sauber halten! – Das gilt auch für Männer!*

Wie immer riss Valentin ihn ab, zerknüllte ihn und warf ihn in die Kaffeemaschine.

Jonathan erinnerte sich an diese Abende. Amelie war das Ideal einer guten Ehefrau. Allerdings wollte sie ständig Beutel-, Faul- oder Maultiere in Alaska, Brasilien oder Neuseeland züchten.

»Andererseits«, sagte Valentin, »ohne Sex kannst du dich endlich auf das Wichtige im Leben konzentrieren.«

»Und was soll das sein?«

»Was schon? Geld und Ruhm und Macht. Du bist ein Draufgänger. Einer wie du, der durch die Hölle gegangen ist, könnte in Politik, Sport oder an der Börse Karriere machen. Oder vielleicht im kirchlichen Bereich?«

»Darauf trinken wir einen«, sagte Jonathan entmutigt, ging in sein Büro, stellte sich an sein Fenster und sah, wie sein Auto auf dem Kundenparkplatz des Swingerclubs abgeschleppt wurde.

13

»In diesem Scheißverein kann man nicht einmal richtig feiern.«

Paul Breitner in seiner
Anfangszeit beim FC Bayern

Chefredakteur Großhaupt eilte, eine goldbestickte schwarze Kappe – *Ich bin Gott!* – auf dem Haupt, durch die Räume und jagte seinen Hühnerstall zusammen. Er liebte seine Feste, und sie wurden von allen geliebt, die geladen waren. Ein Kontaktzentrum für geistige Prostitution. Viel Prominenz aus der Gegend und einige aus der Ferne.

Die Betriebsfeier war Pflicht für alle. Natürlich fand sie nach Feierabend statt. Das Catering war aufgebaut. Frisch geschminkte Redakteurinnen, die gerne den Service machten, eilten händeringend durch die Flure.

»Ich will nach Hause«, sagte Jonathan zu Valentin, der hinter dem Schreibtisch saß, aus ausgedruckten Manuskriptseiten des Kollegen Papierbälle machte und versuchte, den Papierkorb zu treffen. Vorne tobte das Leben. Jonathan klappte seinen abgewetzten Schlangenlederkoffer zu.

»Sieben Schuss hin oder her«, sagte Valentin, »das Leben geht weiter. Du kannst nicht verlangen, dass die Welt stillsteht, nur weil es dir schlechtgeht.«

»Warum eigentlich nicht?«, sagte Jonathan trotzig.

»Damit kommst du nicht durch. Zieh einen Schlussstrich und fang ein neues Leben an.«

»Morgen vielleicht.«

»Schreib eine Biographie. Die Leser werden weinen. Vor allem die Leserinnen werden dich lieben.«

»Wofür?«

»Du wirst berühmt und reich.«

Jonathan winkte ab.

»Idealismus?«, schlug Valentin ratlos vor.

Jonathan ging zur Tür. Valentin stellte sich ihm in den Weg.

»Bleib doch«, drängte Valentin, »ich pass schon auf dich auf. Du weißt, für wen der Chef diese Feier veranstaltet. Du darfst ihr nicht aus dem Weg gehen. Spring über deinen Schatten, komm mit in den Käfig und schau der Löwin direkt in die Augen, bis sie den Schwanz einzieht.«

Jonathan spürte so etwas wie Erregung. »Lass mich nicht allein!«

Valentin nahm seinen Freund an der Hand.

»Ich schwöre dir, ich bleibe die ganze Zeit an deiner Seite«, versprach er und schob ihn vor sich her. »Spürst du es?«, murmelte er ihm ins Ohr. »Du bist ganz gelassen. Du bist der Held des Abends!«

»Kannst du mir mal kurz helfen, Valentin?«, erklang die Stimme Olivias über ein paar Köpfe hinweg. »Ab jetzt bist du fürs Bier zuständig.«

»Entschuldige«, sagte Valentin, »die Pflicht ruft. Das schaffst du schon!«

Und weg war er.

Jonathans Herzrasen verstärkte sich, während er sich die Wand entlang an den verschiedenen Gruppen vorbeischlich.

Endlich sah er die Ausgangstür vor sich, die ihn in die Freiheit entlassen würde. Er sehnte sich nach seinem Bett und einem schönen Buch. Morgen würde er sich ein paar Bücher mehr kaufen. Vielleicht etwas von Balzac, Dostojewski, Tolstoi, Pilcher oder etwas von Mankell. Man sollte mehr lesen. Etwas Anspruchsvolles auf jeden Fall. Zeit genug hatte er ja jetzt.

Am Fahrstuhl beruhigten sich Puls und Atem allmählich. Als die Tür sich öffnete, kam der Chefredakteur heraus.

»Schon müde?«, fragte Großhaupt scheinheilig und zog Jonathan mit sich. »Sie wollen doch sicher Ihre neue Ansprechpartnerin kennenlernen, nicht wahr? Sie werden sie lieben.«

Jonathan spürte den harten Griff um sein Handgelenk.

»Übrigens ist sie meine Nichte, und sie ist ganz aus meinem Holz geschnitzt. Trinken Sie was!«

Solchermaßen neu motiviert, marschierte Jonathan durch die vollbesetzten Flure und Räume, nahm sich ein Glas und registrierte mit frischem Blick all die guten alten sexuellen Belästigungen, deren er sich inzwischen so weit wie möglich enthielt. Anstarren, taxierende Blicke, scheinbar zufällige Berührungen, anzügliche Witze und Bemerkungen über Figur und sexuelles Verhalten im Privatleben, scheinheilig aufgedrängte Küsse. Das ganze Programm halt.

Ein letztes Mal, schwor sich Jonathan, und das auch nur, um mich daran zu erinnern, wie hohl und leer alles war.

»Fast jeder dritte Deutsche hatte schon mal Sex am Arbeitsplatz«, sagte die Redakteurin für Haus und Hof und blinzelte Jonathan zu. »Und du?«

»Nur wenn es sein musste«, antwortete Jonathan. Friederikes Blick erfasste ihn, sog ihn auf, als wollte sie ihn verschlucken.

»Neun Prozent aller Männer haben schon mal mit der Freundin ihrer Mutter geschlafen«, sagte Christine, Haut- und Haarexpertin, eifrig.

»Meine Mutter ist bei meiner Geburt gestorben«, log Jonathan.

»Du Armer!«

»Entschuldigt mich, ich muss mal eben ...«

»Klo oder Kopierraum?« Die Mädels kicherten.

In diesem Augenblick öffnete sich die Tür zum Großraumbüro. Auf der Schwelle stand ein wenig zögernd Lea Liebermann. Sie trat ein paar Schritte in den Raum hinein, nahm ein Glas Sherry und hob es ans Gesicht, als wäre es eine Blume. Sie öffnete den Mund, nahm einen kleinen Schluck. Lea verschluckte sich, keuchte los und spuckte. Sie verlor das Gleichgewicht, ließ ihr Glas fallen und ging hustend in die Knie.

Die Kolleginnen eilten zu ihr, halfen ihr wieder auf, wischten den Sherry ab und stützten sie in mütterlicher Fürsorge.

»Das kann doch jedem mal passieren«, sagte Isabelle tröstend.

Jonathan betrachtete die Szene und schüttelte stumm den Kopf.

Ein wenig später stand Lea Liebermann einsam in einer plappernden Runde, knabberte an einer muffigen Garnele und musterte ihre neuen Kolleginnen. Sie sah auf die Armbanduhr. Irgendwann in nächster Zeit würde ihr großer Mentor und Onkel sie hier als das neue Genie vorstellen, das alle zurück ins Paradies führen würde. In Gedanken repetierte sie ihre kurze, möglichst bescheidene Dankesrede und übte die Betonungen, das kleine Kichern und die Stelle mit dem Selbstbewusstsein.

Jonathan stand mit dem Rücken an die Wand gelehnt und stocherte lustlos auf seinem Teller herum. Die Kolleginnen schwirrten vorbei. Manche versuchten ihn aufzumuntern mit Stegreifvorträgen über die Öko-Katastrophe, die Finanzkrise, die Überfischung der Meere oder den Unterschied zwischen rheinischem und schwäbischem Sauerbraten.

Er konzentrierte seine Betrachtung auf Lea Liebermann. Sie bewegte die Lippen, ohne etwas zu sagen, gestikulierte stumm und trat dabei auf der Stelle. Das war sie also, sie, der er vor Stunden visuell an die Baumwollunterwäsche gegangen war. Das war also die Neue, die ab jetzt bestimmen sollte, wie es mit ihm weiterging. Irgendwie kam sie ihm seltsam bekannt vor.

Sie wirkte komplett falsch besetzt und überfordert, denn im Gegensatz zu ihren Kolleginnen beherrschte sie so gar nicht die relevanten Techniken hinsichtlich Schönheit, Charme und Cleverness. Sie war die Sensation des Fehlerhaften.

Als Lea seinen Blick entdeckte, lachte sie hinter vorgehaltener Hand. Noch nie hatte Jonathan etwas so Schönes gesehen. Unglaublich, aber Jonathan stellte fest, dass er sich gerade in seltsamer Weise unsterblich verliebte. Beim letzten Mal, als er sich so gefühlt hatte, war er sechzehn gewesen. Damals hatte er die Nachbarin von gegenüber vier Stunden lang auf ihr Trimmgerät gefesselt und ihr die Fußsohlen gekitzelt. Glücklicherweise hatte sie keinen Skandal daraus gemacht, weil sie ein Verhältnis mit seinem Vater gehabt hatte.

Über den Glasrand hinweg sah Lea Jonathan direkt in die Augen, hob das Glas, prostete ihm zu und führte es an die feuchtroten Lippen. Dann legte sie den Kopf zurück und kippte die Flüssigkeit mit einem kurzen Schwung in ihren Mund. Jonathan sah das Spiel der Halsmuskeln unter ihrer Haut, während sie trank.

»O Gott«, flüsterte er.

Alles an ihr stand in voller Blüte. Ihr Mund ist sinnlich, dachte Jonathan und zog einen sachlichen Schluss auf ihre Schamlippen.

Zu seinem Ärger drängte sich ihr ein hochgewachsener grauer Dreitagebart auf, der ihm bekannt vorkam.

Gleichzeitig tauchte Valentin neben ihm auf. »Hast du Spaß?«, fragte er vorsichtig und folgte Jonathans Blick.

»Das ist Waldemar Reichenbach«, sagte er, »stellvertretender Leiter der örtlichen Volkshochschule. Er gibt Lyrik für Anfänger und dergleichen.«

Jonathan erwachte aus seiner Trance.

»Wer?«

»Der Typ, der unsere neue Kollegin anmacht. Es scheint ihr zu gefallen.«

Tatsächlich, der Mann starrte Lea Liebermann unverhohlen ins Dekolleté, und sie schien es zu genießen.

»Gute Titten«, stellte Valentin fachkundig fest und zwickte Jonathan kameradschaftlich in den Oberarm. Jonathan errötete, spürte Eifersucht und straffte sich im ritterlichen Drang, diese Frau vor Belästigungen zu bewahren. »Hast du sie nicht alle?«, fuhr er Valentin an.

Valentin wich ein Stück zurück und hob die Hände. »Entschuldige«, sagte er, »ich muss mich erst daran gewöhnen. Nichts für ungut, aber ich besorge mir noch einen Drink.« Und schon drängelte sich Valentin beleidigt durch die Reihen und ließ Jonathan allein mit sich selbst und dem Studium des Objekts seiner Begierde.

»Das ist doch das Ärgerliche an diesen Partys«, sagte Waldemar Reichenbach, »alles bleibt an der Oberfläche. Es gibt keinen Tiefgang. Jeder sagt sein Sprüchlein auf. Ich schreibe übrigens Gedichte.«

Lea unterdrückte ein Gähnen.

»Was für welche?«

Sie ertappte Jonathan dabei, wie er ihr einen unverschämt desinteressierten, flüchtigen Blick zuwarf.

»Kurze und lange. Hauptsächlich Liebesgedichte.«

Jonathan schien feucht-begehrliche Augen in die Kollegin Beauty zu bohren. Aha, dachte sie, diese gespreizten bunten Tussis sind also sein Typ.

»Ich gebe Kurse an der Volkshochschule«, sagte Reichenbach, »dort lese ich auch aus meinen eigenen Werken. Sie sind herzlich eingeladen.«

»Schön«, sagte Lea, »ich freu mich schon.«

Nun warf Jonathan den gleichen Blick auf Mode und Styling, danach auf Job und Karriere, dann auf die Praktikantin. Schließlich wieder auf Mode und Styling und nacheinander auf alle in seiner Umgebung, die naturgemäß alle weiblich waren. Dieser Blick, erkannte Lea jetzt, war eher lauernd als lüstern. Als überprüfte er die überaus weibliche Belegschaft daraufhin, welches der Hühner die größten Eier legen konnte.

»Sie schreiben sicher auch Gedichte?«, fragte Reichenbach. »Ich glaube, in Ihnen steckt ein Talent, das nur entdeckt werden muss.«

Lea war noch immer mit Jonathan beschäftigt. Er hatte eine gewisse Ähnlichkeit mit Napoleon, klein, bestimmend, aber auch einsam und auf der Suche nach Zärtlichkeit, wenn sie sich nicht täuschte.

Dann sahen sie sich zufällig in die Augen und senkten den Blick diesmal nicht. Wie von einer nur für sie verständlichen Anziehungskraft angezogen, näherten sie sich einander.

»Wir sehen uns doch noch?«, rief ihr Reichenbach verzweifelt nach.

Endlich standen sie sich gegenüber.

»Hallo.«

»Hallo.«

Lea und Jonathan starrten sich an.

»Wir kennen uns doch von früher?«, sagte Lea endlich bedächtig und drehte ihr Glas in den Händen.

»Ja?«

»Du bist inzwischen bestimmt glücklich verheiratet, drei Kinder, Reihenhaus im Vorort, die ganzen Sachen?«

»Na ja.«

In diesem Augenblick dröhnte ein Gong. Chefredakteur Großhaupt stieg auf einen Stuhl, während ein dienstbarer Geist *We Are The Champions* erschallen ließ.

14

»Nur die Weisesten und die Dümmsten können sich nicht ändern.«
Konfuzius

»Ich bitte um Aufmerksamkeit für diese junge Dame hier«, rief der Chef der Zeitschrift, lüpfte seine Kappe und ließ ein breites Lächeln über das verstummende Publikum strahlen. »Komm her, mein Schatz!«

Lea warf Jonathan einen flehenden Blick zu. Sie bewegte sich verunsichert. Der Beifall war mäßig, ihr Puls viel zu hoch.

»Sie sehen hier eine junge Dame, deren Karriere als Journalistin schon im Gymnasium begann«, sagte Großhaupt und legte den Arm um Leas Hüfte. Sie schnitt eine Grimasse und schüttelte den Kopf.

»Ich will das nicht«, flüsterte sie.

»Du sollst dein Licht nicht unter den Scheffel stellen«, lachte Großhaupt. »Die tapfere Lea Liebermann bekam wegen eines provokanten Artikels in der Schülerzeitung größte Schwierigkeiten. Ihr Thema: *Schönheitsoperationen – nein danke!*«

Christine Mohnberg, Abteilung Beauty, prustete los. Lea errötete. Ihr neuer Chef ließ sich nicht unterbrechen. »Als polyglottes Multitalent studierte sie zunächst drei Semester Archäologie, verletzte sich bei Ausgrabungen in Dubai und wechselte zu Slawistik und Neuerer Deutscher Literatur. Nach dem schrecklichen Unfalltod ihrer Eltern kümmerte sie sich zunächst um ihre kleinen Geschwister …«

Lea schüttelte ungläubig den Kopf. Ihre Eltern lebten putzmunter am Bodensee.

Jonathan starrte sie fasziniert an. Ihre Blicke begegneten sich kurz. Großhaupt sah derweil auf den kleinen Zettel, den er vorbereitet hatte. »Danach wandte sich Lea der Sozialpädagogik und der Pharmazie zu. Spezialisiert auf die Erforschung verhaltensgestörter Haustiere, erhielt sie das Stipendium der Stiftung Warentest und eine Begabtenförderung des Verbandes deutscher Hundezüchter.«

Jonathan sah sich suchend um. Wo war Valentin? Mode-Jasmin rammte ihm ihren Ellenbogen in die Seite. »Die bringt uns in die Hölle«, flüsterte sie.

»… mit summa cum laude das drittbeste Examen mit der Doktorarbeit *Plüschtiere im Blickwinkel soziopsychologischer Mechanismen*. Hospitanz in der Redaktion *Strom und Energie Düsseldorf* und beim Kanal *Bibel-TV*, Praktikum bei *Mein schöner Balkon* und bei *Mystery Stories*. Schließlich Redaktionsassistentin beim *Bayernkurier* …«

Großhaupt atmete durch, machte eine Pause und ließ sein breites Lächeln wirken. »Eine talentierte junge Dame mit Erfahrung also, frisches Blut, das frischen Wind in unser hervorragendes Team bringen wird, und eine junge Dame, die nicht zuletzt ganz nebenbei die Tochter meines Schwagers ist.«

Jonathan bemerkte, wie die Kiefer seiner Kolleginnen mahlten.

»Lea Liebermann wird ab jetzt als meine persönliche Assistentin dafür sorgen, dass sich die Auflage unseres geliebten Blatts in einem Quartal verdoppelt. In diesem Sinne begrüßen wir sie mit großer Vorfreude.«

Großhaupt nickte ein paarmal mit geschlossenen Augen – keine Angst, das schaffst du schon! – und schob sie nach vorne. Sie stolperte.

Der Beifall war kläglich. Nur Großhaupt klatschte wuchtig auffordernd und mechanisch einsam weiter. Und Jonathan, wenn auch etwas verhaltener. Die giftigen Blicke seiner Kolleginnen ließen ihn abbrechen.

Lea fühlte sich aufgeregt und unsicher, als sie vortrat. Sie lächelte in die Runde. Eisiges Schweigen empfing sie. Sie sollte eine sympathische kleine Rede halten, in der sie zugleich souverän, witzig und sympathisch wirken musste. Nur eines nicht: nervös!

»Hallo«, sagte sie. Ihre Stimme klang ruhig, wenn auch eine halbe Oktave höher als sonst.

»Ich freue mich ja so, mit euch allen zusammenarbeiten zu dürfen«, sagte sie, »und ich bin mir sicher, dass wir alle miteinander sehr viel voneinander lernen können.«

Die Gesellschaft lauschte ihr verdächtig andächtig. Lea hatte sich ihre Rede tausendmal vor dem Spiegel vorgetragen. Einen Moment lang verlor sie den Faden.

»Ich habe nicht das Gelbe vom Ei gefressen« – munter bleiben, nicht zappeln! –, »aber dennoch möchte ich mit ein paar Worten meine Vorstellungen erörtern, die ich während der vergangenen Jahre selber in einem schweren Arbeitsprozess entwickelt habe ...«

Hüsteln.

Ein wenig zuversichtlicher fuhr sie fort: »Natürlich haben wir alle gelernt, dass man mit kollegialer Kooperation, damit, dass alle an einem Strang ziehen, so viel mehr erreicht als im Alleingang ...«

Drei Kolleginnen gähnten synchron. Zorn kam in ihr auf.

»Nur eine von uns wird den Berg erklimmen und große Dinge tun. Ihr anderen dürft in euren Tälern bleiben und euch verheizen lassen.«

Der Chefredakteur hob beide Hände und verließ den Raum.

»Wie Alice Schwarzer schon so klug sagt: Es ging und geht mir um einen Journalismus, der seine politische Funktion transparent macht und bewusst erfüllt.«

Erwartungsvolles Schweigen.

»Was ich damit sagen wollte«, sagte Lea – und zögerte. Die Pointe. Wo war die wohlüberlegte Pointe geblieben? Etwas zum Kichern. Sie war weg.

»Ich glaube nicht«, fuhr sie fort, »dass Männer von Natur aus aggressiv sind. Was sie aggressiv werden lässt, ist Macht, zu viel Macht. Diese Macht ist es, die korrumpiert, nicht das Geschlecht.«

Fassungsloses Schweigen.

»Wir und unsere Frauenzeitschrift *Paula«,* sagte Lea, »befinden uns nicht mehr im 19. Jahrhundert. Wir müssen uns nicht immerdar für die Männer zurechtmachen, um ihnen zu gefallen. Wir sind nicht mehr die Hennen, die die Hähne über die Straße tragen.«

Sie machte eine kleine Pause, wie geplant, um ihrem Publikum die Gelegenheit zu geben, auf ihren witzigen Einfall zu reagieren.

Die Damen reagierten ebenso gutmütig wie verständnislos.

»Das war ein Witz«, erläuterte Lea geduldig. »Besteigt ein Hahn eine Henne. Das Kind fragt die Mutter: ›Was treiben die denn da?‹ Sagt die Mutter: ›Sie trägt ihn über die Straße.‹« Sie kicherte zur Verdeutlichung, dass dies die Pointe war.

»Über die Straße?«, fragte Isabelle, zuständig für Haustiere und Tierliebe. »Frei laufende Hühner sollten keine Straßen überqueren.«

Witz missglückt. Lea dämmerte, dass sie ihr Konzept spontan ändern musste.

»Zurück zu den Wurzeln«, rief sie, »die neue Innerlichkeit. Rilke, Mozart, Rubens für Frauen – wir wollen Niveau! Handarbeit für die Seele und intensive sexuelle Gefühle. Ausgewählte Schlichtheit im fraulich vaginalen Selbstgefühl.«

Ihre Worte spulten sich ab, ihre Gedanken machten sich selbständig. Es hörte sich hochtrabend an. Oder doch souverän?

Nein, sie hingen nicht voller Bewunderung und Wissensdurst an ihren Lippen. Aber was kümmerte es sie, was diese durchgeschminkten, einfältigen, oberflächlichen Geschlechtsgenossinnen über sie dachten?! Sie warf Jonathan, der sie mit offenem Mund ansah, einen selbstbewussten Blick zu.

Diese Frau, dachte er voller Staunen, war wie für ihn geschaffen in seiner entsetzlichen Lage. Er arbeitete ebenfalls mit neuer Schlichtheit an seinen männlichen Triebbedürfnissen.

»Denn wie schreibt schon unser großes Vorbild Karl Kraus?«, rief Lea in die Runde. »Ein Journalist ist einer, der nachher alles vorher gewusst hat.«

Gelächter.

»Oder, wie es Mark Twain schon gesagt hat: ›Man muss die Tatsachen kennen, bevor man sie verdrehen kann.‹« Lea straffte sich. »Und wir Frauen wissen immer noch am besten Bescheid über unsere Brustwarzen und unsere Schamlippen.«

Jonathan zog den Kopf ein. Ein großer Teil seiner Arbeit handelte genau davon.

»Also«, erhob Lea die Stimme, »lassen wir uns nicht unterbuttern von ahnungslosen Pfadfindern, die an unseren Kitzlern herummeckern, weil sie sie nicht finden können.«

Lea im Rausch der Sinne. Jonathan war begeistert.

Die weibliche Mannschaft atmete schwer durch. Lea war am Ende ihrer Kräfte.

»Was ist der Unterschied zwischen Hühnern und Frauen?«, fragte sie schließlich leise.

In die verlegene Stille hinein sagte sie: »Okay, wenn es keiner weiß: Hühner sitzen ruhig auf den Eiern!«

Slow burn. Die Zündschnur knisterte. Dann sprangen die Frauen in die Höhe und kreischten. Der neue Stil!

Lea genoss den nicht enden wollenden brausenden Beifall.

»Das war's, was ich euch sagen wollte«, hauchte sie und fiel in eine schmerzlose Ohnmacht.

»Lass die Finger von ihr«, sagte Valentin zu Jonathan, »sie ist hühnerfixiert.«

15

»Der Preis der Größe heißt Verantwortung.«
Winston Churchill

Am nächsten Tag hing ein Hauch resignativer Irritation in den Räumen, gegen den auch die Parfüms der Redaktionsdamen nicht ankamen. Jonathans Problem trat in den Hintergrund. Der Alltag holte ihn endgültig ein: Termin bei Lea Liebermann.

Lea blätterte die ausgedruckten Seiten durch, auf jeder ein Topthema der Woche – Modernes Leben, Wohnen, Haushalt, Mode und all das, aufgeschrieben von aufgeweckten jungen Frauen –, und griff dann mit spitzen Fingern nach dem Sex. Ihre neue Aufgabe, in die sie sich gedanklich begeistert hineingesteigert hatte, wurde ihr immer unklarer und schließlich fremder als je zuvor. Frischen Wind ins verkrustete Getriebe dieses Zickenmagazins bringen? Das war leichter gesagt als getan. Ihr eigenes Profil bestand bis jetzt aus einer Reihe erniedrigender Tätigkeiten, von denen niemand etwas erfahren durfte. Zuletzt hatte sie als freie Mitarbeiterin mehrere Kirchenblätter mit unterhaltsamen Geschichten aus der Bibel bestückt. Nun begann der Ernst eines neuen Lebens, und die Thematik musste sie sich erst erarbeiten. Misstrauisch beugte sie sich über Jonathan Kaisers Ratgeber-Kolumne *Keine Angst vor Sex:*

Die aktiven Kontraktionen des rektalen Schließmuskels während des Orgasmus können Sie nicht verhindern, warum sollten Sie auch? Die Vagina zieht sich während des Höhe-

pünkts vier- bis vierzehnmal zusammen. Messungen ergaben aber auch schon über neunzig Kontraktionen. Das ist noch lange kein Grund, zum Arzt zu gehen …

Lea seufzte auf und bemühte sich, neutral und objektiv zu bleiben.

Regina Mohnberg, zuständig für Beauty – aktuelles Thema: *Welke Achselhaut* –, hatte gerade auf beeindruckend langen Beinen ihr Büro verlassen. Zuvor hatte sie Lea nach kurzem Zögern ein paar Dinge über Jonathan berichtet. Dann kam noch eine Kollegin und noch eine, die sie jeweils unter vier Augen informierte, und sie wusste inzwischen nur eines: Dieser Mann war ein oberflächlicher Aufreißer, der sich unter dem Deckmantel des Frauenfreunds und Frauenkenners alles nahm, was sich ihm anbot.

Sie knirschte mit den Zähnen und sah auf die Uhr. Jeden Augenblick würde der Kollege bei ihr auftauchen. Ihr graute davor, aber sie hatte sich gut vorbereitet.

Jonathan betrat Leas Zimmer und lächelte höflich. Bis jetzt hatte er seine Texte, wenn überhaupt, mit seinem Chef Großhaupt besprochen, von Mann zu Mann sozusagen. Mit einer Frau sah das anders aus. Die delikate Seite seines Spezialgebiets bereitete ihm Unbehagen.

Lea stellte sich ziemlich breitbeinig vor Jonathan auf und schüttelte ihm die Hand. »Das ist mein neues Reich!« Jonathan sah sich um.

»Wo habe ich dich nur kennengelernt?«, fragte er. »Es geht mir schon die ganze Zeit im Kopf herum, aber ich komme nicht darauf. Kannst du mir weiterhelfen?«

»Wir sollten Klartext reden«, sagte Lea kühl. »Ich bin ab jetzt für die Qualität der Zeitschrift verantwortlich, deshalb halte ich es für besser, dass wir uns siezen.«

Jonathan verstand. »Kein Problem.«

»Ich habe eine neue Aufgabe zu erfüllen, bei der Sie für mich ein klitzekleines Problem darstellen«, fuhr sie fort. »Vielleicht können wir das sofort gemeinsam aus dem Weg schaffen?«

»Ganz sicher«, sagte Jonathan.

»Wie ich von verschiedenen Seiten informiert wurde, nehmen Sie Ihre Aufgabe nicht allzu ernst, und vor allem: Sie nehmen sich Dinge heraus, die es abzuschaffen gilt.«

Jonathan hob die Schultern.

»Ich lese vor«, sagte Lea, nahm Jonathans Manuskript, setzte sich ihre Lesebrille auf und räusperte sich.

»Bitte nicht«, sagte Jonathan, der sich kaum mehr erinnerte, was er da aus seinen Vorräten abgesondert hatte.

»Dieser Text soll im nächsten Heft veröffentlicht werden«, sagte Lea. »Hören Sie zu.«

Jonathan suchte nach einem Lachen, aber es kam nur ein kläglicher Laut heraus.

»Frauen dieses Typs«, las Lea freudlos, *»haben häufig einen vollen, sinnlichen Mund, von dem man sich gar nicht genug versprechen kann. Wobei natürlich davon ausgegangen wird, dass die Lippen nicht künstlich überschminkt wurden und darum groß erscheinen. Entsprechend sinnlich sind auch ihre unteren Lippen, die häufig von Liebessaft geradezu überquellen.«*

Jonathans Gedanken schweiften ab zu seinen engagierten Besinnungsaufsätzen im Gymnasium in der Oberstufe, die seine Deutschlehrerin, in die er unsterblich verliebt gewesen war, regelmäßig vorgelesen hatte – als abschreckendes Beispiel. Die Klasse hatte sich jedes Mal vor Lachen gekrümmt.

Lea Liebermann sah ihn fragend an. Er hielt ihrem Blick stumm stand. Also las sie mit ausholenden Gesten weiter: *»Als Zeichen großer Sinnlichkeit gilt bei Frauen*

– übrigens nicht nur bei diesen – eine dicke, runde Unterlippe. Ja, man spricht sogar von einer sinnlichen Unterlippe und stellt sich insgeheim vor, wie sich genüsslich daran kauen ließe.«

Jonathan verbarg sein Haupt in beiden Händen. Sie schob ihren Stuhl zurück, las weiter vor und behielt Jonathan im Auge, damit er nicht das Weite suchte.

Aber er fühlte sich in dieser Situation, die er schon einmal exakt so erlebt, gesehen oder geträumt hatte, seltsam wohl. Jetzt wusste er, wann er sie kennengelernt hatte.

»Ich hab's!«, rief er.

Jonathan rieb sich die Schläfen. Es geschah …

»Einen Moment noch!« Lea hob die Hände wie ein Dirigent, der ein Orchester kurz vor dem nächsten Taktschlag kurz aufhält.

… während seines Studiums. Sie war die Freundin des Objekts seiner Begierde gewesen, das hässliche kleine Entlein, das alles tat, um zu verhindern, dass er sich mit der schönen *Schwänin* paaren konnte. Die Klette las bis ins Morgengrauen hinein die *Amores* von Ovid in lateinischer Sprache vor: *Hic ego qui iaceo tenerorum lusor amorum …*

Und nun las sie wieder, und zwar seine eigenen amourösen Texte. Sie las und las, und sie las voll bitterer Ablehnung: *»Zu kauen gibt es in diesem Fall auch unterwärts etwas. Denn Frauen mit ausgeprägter Unterlippe verfügen meist über dicke, stark anschwellende äußere Schamlippen. Die inneren werden davon überdeckt und lassen sich kaum hervorlocken.«*

Lea schnaubte.

»Das ist viel zu kompliziert«, stellte sie fest, »schlichter bleiben. Zurück zu den Wurzeln!«

»Ich bekomme mindestens dreihundert Rückmeldungen

in der Woche von Frauen aus aller Welt«, begann Jonathan sich widerwillig zu wehren, »denen ist das wichtig. Und das Heft verkauft sich darüber. Ich bin das Zugpferd.«

»Was halten Sie von meiner Unterlippe? Ist sie Ihnen zu dünn?«

Jonathan überlegte.

»Sie haben einen schönen Mund«, antwortete er. »Das ist natürlich nicht persönlich gemeint.«

Lea zerknüllte Jonathans Manuskript zu einer großen Kugel und warf sie knapp neben ihren Papierkorb.

»Das ist völlig haltlos«, sagte sie entschlossen. »Was denken Sie sich dabei? So etwas will ich nicht lesen. Das geht nicht über meinen Schreibtisch. Wenn Sie hier noch eine Zukunft haben wollen, muss das anders werden, sonst können Sie Ihren Schreibtisch räumen und Ihren Mist in eine kleine Schachtel packen.«

Sie hatte es geschafft und glühte innerlich vor Stolz. Weg mit dem widerlichen Macho-Kram. Zu kapriziös, zu kompliziert. Nie mehr Ausführungen über Analverkehr, Gruppensex und Natursekt-Experimente. Mit diesen weltfremden Manierismen war nun Schluss.

Jonathan stand auf.

»Einen Augenblick noch.«

Jonathan stoppte an der Tür. Lea winkte ihn zurück und griff nach einer Mail, die sie gerade ausgedruckt hatte.

»Hallo«, las sie vor, *»wenn Partner nicht zu Gesprächen bereit sind oder wenn diese unbefriedigend enden …«*

Seine Mail an Liliane! Fassungslos spürte Jonathan, wie ihm das Blut in den Kopf stieg und sich seine Pulsfrequenz innerhalb von Sekunden verdoppelte.

»Woher …?«

»Haben Sie mir geschickt«, sagte Lea mit einem schiefen Lächeln. »Wollen wir darüber reden?«

16

»Der Empfindsame ist der
Waffenlose unter lauter Bewaffneten.«
Berthold Auerbach

Als Jonathan mit seinem kleinen Einkauf aus dem Supermarkt kam, sah er Lea Liebermann mit einer edel glänzenden Tragetasche und zwei prall gefüllten Plastiktüten auf sich zukommen. Auch sie sah ihn, drehte sich blitzschnell um, als ob sie etwas vergessen hätte, zögerte und ging schließlich angestrengt lächelnd auf ihn zu.

»Sie sollten Ihre Warze nie wegmachen lassen«, sagte Jonathan, »sie steht Ihnen gut. Sie macht Sie unverwechselbar.«

Lea musterte ihn misstrauisch.

»Wohnen Sie auch hier in der Gegend?«, fragte sie.

»Tut mir leid«, nickte Jonathan, »gleich da drüben.«

Er deutete über die Kreuzung nach oben. »Da im fünften Stock. Sehen Sie die Balkonkästen?«

»Ich bin erst vor zwei Wochen eingezogen«, sagte Lea und deutete in die andere Richtung. »Ich wohne auch ganz oben, kein Balkon, kein Fahrstuhl, gewöhnungsbedürftig.«

»Wir können uns sehen und zuwinken, von Haus zu Haus«, stellte Jonathan fest und sah sein Viertel mit ganz neuen Augen. »Vielleicht müssten wir uns etwas vorbeugen.«

»Ich glaube, ich habe keine Zeit zum Vorbeugen und Winken.«

Sie setzte aufseufzend ihre schweren Plastiktüten und die Edeltasche ab, dass es klirrte. Dann ließ ein platzendes Geräusch sie auf die Knie sinken.

»Ach du liebe Scheiße«, sagte sie niedergeschlagen. »Ich glaube, ich habe da ein kleines Problem. Bis morgen dann.«

»Kommt nicht in Frage«, sagte Jonathan in der begehrlichen Höflichkeit eines Kavaliers aus dem 19. Jahrhundert und ging neben ihr in die Hocke. Gemeinsam griffen sie in die Tüte. Sie hatte Gebirgsblütenhonig gekauft, der jetzt sämig über Obst, Magerjoghurt, Wurstsalat mit Mayonnaise und eine Salatgurke tropfte. Eine Gurke? Jonathan riss sich zusammen. Nein, keine erotischen Phantasien in dieser Not.

Gemeinsam packten sie die Einkaufstasche aus. Ihre Hände waren klebrig verschmiert. Dann und wann berührten sie sich, während sie gebückt Erdnusstüten, Schokodrinks und Gummibärchen sauber auf den Bürgersteig legten, wo sie von den nervösen Füßen dahineilender Fußgänger um ein Haar zertreten wurden. Eine Tiefkühlpackung Schlemmerfilet Kabeljau mit Brokkoli. Jonathan hasste Brokkoli. Die Lebensmitteleinkäufe einer fremden Frau zu studieren war ein erregender Eingriff in die Privatsphäre. Kein Wunder, dass diese Frau zu dick ist, dachte Jonathan.

Lea strich sich mit den honigverschmierten Fingern durchs regennasse Haar.

»Ich will Sie nicht länger aufhalten«, sagte sie.

Ein Notarztwagen mit Blaulicht behinderte den Verkehr. Ein endgültig Schussloser, der nach seiner letzten lustvollen Ejakulation das Weite im Himmel gesucht hatte? Es begann zu nieseln. Der strichweise Regen verstärkte sich, und plötzlich goss es wie aus Kübeln. Ein rasierklingenscharfer Wind peitschte ihnen böig das

Wasser ins Gesicht. Um sie herum hatten alle vorgesorgt und spannten ihre Regenschirme auf.

Lea sah auf ihre Armbanduhr. »Jetzt haben wir lange miteinander geredet«, sagte sie, »viel zu lange vielleicht. Ich muss nach Hause.«

Mit einem Ächzen hob Lea ihre Tüten.

»Und ich muss da rüber«, sagte Jonathan und griff nach seiner eigenen Einkaufstasche. »Darf ich Ihnen die Sachen nach Hause tragen?«

»Kommt gar nicht in Frage«, sagte Lea. Ihre zweite Plastiktüte riss, als sie zwei Schritte gegangen war. Die Ampel schaltete auf Grün, und die Fußgänger trampelten hastig über die Kostbarkeiten. Jonathan kroch ihnen nach. Eine Flasche Rotwein, wie Jonathan bemerkte, während er neben ihr auf dem Bürgersteig kniete. Ein Sixpack Jägermeister. Schokolade mit Nüssen. Kartoffelchips. Ein giftgrünes Duschgel mit Limonengeschmack oder -geruch. Eine Zeitschrift: *Christ & Leben*.

»Das ist mir noch nie passiert«, murmelte Lea mit hochrotem Kopf.

Jonathan, der das bezweifelte, brachte ihre Sachen in seiner Einkaufstasche unter.

»Das ist wirklich nicht nötig«, sagte Lea.

»Soll ich Sie hier etwa allein stehenlassen?«

»Ich bin keine hilflose Frau!«

Jonathan entschied, diese Aussage nicht zu kommentieren.

»Wollen wir zusammen essen gehen?«, fragte er auf dem Weg zu ihrem Haus.

Lea starrte ihn von der Seite an und presste ihre Edeltasche an sich, während er die Lebensmittel schleppte.

»Wir?«

»Wer denn sonst?«

»Beruflich oder privat?«, fragte Lea leise. »Man sollte Berufs- und Privatleben trennen.«

»Oder auf ein Glas Wein …?«

Lea schüttelte den Kopf: »Ich trinke nicht.«

»Ein Kaffee? Oder gemeinsam ins Kino …«

Was für ein Teufel ritt ihn da? Vielleicht war er zu lange daran gewöhnt gewesen, dass die Frauen auf ihn flogen, kaum dass er mit den Fingern schnippte.

»Ich überleg's mir.«

Er ließ sich seine Enttäuschung nicht anmerken.

»Was gibt's denn da zu überlegen?«

Der Regen ließ etwas nach. Sie waren beide nass bis auf die Knochen. Eigentlich musste sie ihn in ihre Wohnung einladen, damit er sich kurz aufwärmen konnte. Und eigentlich war es völlig klar, dass sie sich die nassen Kleidungsstücke ausziehen mussten, um sich nicht zu erkälten. Vielleicht bot sie ihm einen Bademantel an und einen heißen Tee. Mit nassen Klamotten hatte er immer gute Erfahrungen gemacht.

»Ich muss mich erst einleben«, sagte Lea.

»Ich will mich wirklich nicht aufdrängen«, seufzte Jonathan. Vielleicht hatte er ja Glück im Unglück. Schließlich musste er haushalten. Er sollte die Finger vom anderen Geschlecht lassen. Sex war nicht alles auf der Welt. Er dachte an die wichtigen Dinge des Lebens: Geld, Ruhm, Macht, Hobbys, innere Werte. Und er dachte daran, dass Lea Liebermann seine Vorgesetzte war, die ein paar Stunden zuvor seine Berufskompetenz angezweifelt hatte. Er dachte an seine Mail an Liliane, die bei ihr gelandet war, und er dachte an die Liste der Frauen, an die er seine sieben Schüsse noch verteilen wollte. Vielleicht war es klug, einen dafür einzusetzen, dass diese Frau ihm künftig geneigt war.

Vor dem Altbau, in dem Lea wohnte, stand das mit seinem Zorro-Zett verzierte Auto. Lea öffnete die Haustür und hielt sie ihm auf.

»So«, sagte sie, »das war's. Danke.«

»Ich trage Ihnen die Sachen noch hoch. Das ist doch selbstverständlich.«

Lea schüttelte sich so heftig, dass er regelrecht besprüht wurde. Die Bluse klebte ihr an den Brüsten.

»Es macht mir nichts aus«, sagte Jonathan.

Sie ging vor, und Jonathan betrachtete fünf Stockwerke lang ihren Hintern unter dem klatschnassen Rock. Er ging sichtbar aus den Fugen und war nicht vergleichbar mit den knackigen Popos der Kolleginnen. Aber warum sollte er Äpfel mit Birnen vergleichen? Jonathan, großer Ästhet in Sachen Frauenkörper, hätte sich früher sofort abgewandt, doch er hatte umgedacht. Jeder hatte so seine Handicaps, auch er in seiner Existenz als Doppelagent zwischen Sein und Schein. Eine Gratwanderung zwischen Wahrheit und Lüge. Lea wusste sicher noch nicht, dass es um ihn schlimmer stand als um sie.

»Wie wäre es heute an einem neutralen Ort so gegen halb acht?«, keuchte Jonathan, ansonsten voll durchtrainiert, am Absatz zum vierten Stockwerk. »In ein Restaurant Ihrer Wahl. Bitte!«

»Nein, glaube ich kaum!«, sagte Lea tropfend und im wahrsten Sinn des Wortes von oben herab.

Jonathan war verzaubert. Zwei Außenseiter gingen ihren einsamen Weg.

»Morgen?«

Sie stapfte weiter.

»Am Wochenende?«

Sie schnaubte ungehalten.

»In einem Jahr?«

Sie blieb stehen.

»Da muss ich erst in meinem Terminkalender nachsehen«, sagte sie.

In diesem Moment überkam Jonathan süße Einsicht. Mit ihr, das wurde ihm klar, konnte er ein neues harmonisches Leben beginnen. Mit großer Ehrfurcht betrachtete er seine neue Göttin und wusste: Es kann nur eine geben – Lea Liebermann!

Vor ihrer Wohnungstür unter dem Dach setzte Jonathan die Einkaufstüten ab.

»Danke«, sagte sie, »das wäre nicht nötig gewesen.«

»Ich kann Ihnen das in die Küche tragen.«

»Das kann ich selber.«

»Ja«, stimmte Jonathan zu und gab ihr seine Telefonnummer. »Rufen Sie mich an, wenn Sie Lust haben.«

»Lust?« Lea runzelte die Stirn.

Sie reichten sich zum Abschied die honigverschmierten nassen Hände.

Als die Tür zuschlug, spürte Jonathan die Erhabenheit des Moments: Da trat eine neue Frau in sein Leben, eine, in die er sich gerade – zum ersten Mal in seinem Leben – ganz anders und wahrhaftig verliebte.

17

»Wenn man anders ist als die anderen Menschen, muss man einsam bleiben.«
Aldous Huxley

Lea schlug die Tür hinter sich zu, horchte in den Flur hinaus und spürte immer noch seinen Blick auf ihrem Hintern. Vielleicht war ihr neuer Nachbar und Kollege ja so aufdringlich, noch einmal bei ihr zu klingeln. Schließlich standen seine Lebensmittel vor ihren Füßen. Natürlich würde sie ihm seine Sachen kühl und wortlos überreichen, sonst nichts.

Wahrscheinlich würde er die Gelegenheit nutzen, sie erneut anzumachen. Sie würde ihm hart, aber herzlich zu verstehen geben, dass sie …

Dass sie was? Dass sie kein Naschwerk für eine Nacht war?

Sie hörte seine Schritte, die sich im Treppenhaus schnell entfernten. Dann eben nicht. Trotzdem öffnete sie die Tür, schlich sich zum Geländer am Treppenabsatz und zählte bis zehn. Hustete. Keine Reaktion. Die Schritte verhallten. Dann knallte die Haustür ins Schloss.

Seit wann rannte sie fremden Männern hinterher? Was für eine Blamage. Sie verstieß gegen einen ihrer strengsten Vorsätze.

Lea kehrte in ihre Wohnung zurück, stieg im Flur über die halbgeleerten Umzugskisten und vierzig sauber an die Wand gelehnte Plüschtiere und ging in die Küche.

Zwischen weiteren zehn Plüschtieren räumte sie ihre

eigenen Tüten aus. Den honigverklebten Wurstsalat, Gurke, Äpfel, Schlemmerfilet Kabeljau mit Brokkoli. Rotwein, Jägermeister, Schokolade mit Nüssen, Kartoffelchips, Duschgel. Dann nahm sie Jonathan Kaisers bescheidenen Einkauf in Augenschein: Magerquark, fettarme Milch, Diätkäse, Karotten, Müsli, ein Steak vom Biorind.

Ein Single wie ich, sagte sich Lea, ein gesundheitsbewusster Single. Kein Wunder, dass er kein Gramm Fett zu viel auf den Knochen hatte. Dann ein widersprüchliches Geheimnis: ein wunderbar duftendes großes Stück fetthaltiger Landleberwurst.

»Jetzt habe ich ihn erwischt«, erzählte sie ihrer Mikrowelle, ärgerte sich sofort, dass sie den Bedürfnissen des mailschreibenden Sexomanen so viel Aufmerksamkeit widmete, und beschloss, ihm am nächsten Tag die Sachen ins Büro mitzunehmen. Oder vielleicht doch lieber nicht? Das Redaktionsteam würde sich das Maul zerreißen. Apropos Maul, dachte sie, wickelte die Leberwurst aus, biss voller Heißhunger zu und verschlang sie schwer atmend in weniger als einer Minute. Dann versteckte sie den Sechserpack Jägermeister vor sich selber hinter einem ihrer Stofftiere, ging in ihr fensterloses Badezimmer, riss sich die nassen Sachen vom Leib und stellte sich unter die Dusche. Anschließend frottierte sie sich ab, schlüpfte in den Bademantel und flüchtete aus diesem unerfreulich riechenden Raum ins Schlafzimmer.

Auch hier herrschte seit Wochen Chaos. Sie bahnte sich ihren Weg durch halb ausgepackte Umzugskisten und halb aufgebaute Schrankteile. Viele einsame Stunden hatte sie damit verbracht, den Anleitungen zu folgen, kleine Metallstücke mit Holzplatten zu verbinden, und sich dabei die Fingernägel eingerissen. Hier, aber nur hier, fehlte die starke Hand eines geübten Mannes. Die Zeiten waren längst vorbei, als sie ihren Ex-Lebensgefährten noch nach der hässlichen Trennung dazu bringen konnte, ihr beizustehen. Der Preis bestand darin, dass er nach dem gelungenen Aufstellen eines Regals darauf bestand, sie in altbewährter Manier noch einmal im Bett zu beglücken. Leider war er nicht nur ein miserabler Liebhaber, sondern auch ein Bastelversager gewesen.

Jetzt kannte sie keine Männer mehr, die Freude daran hatten, ihr aus reiner Nächstenliebe kameradschaftlich zur Seite zu stehen.

Jonathan Kaiser? Auch wenn er ihr die Einkaufstüten bis unters Dach schleppte – sie fürchtete sich vor ihm. Seit Tausenden von Jahren machten solche Männer Frauen unglücklich.

Jonathan tigerte durch seine schöne aufgeräumte Wohnung, besuchte seine Luxusküche, warf einen Blick ins Badezimmer, machte es sich zwölf Sekunden im Wohnzimmer bequem, durchwanderte sein Schlafzimmer und bemerkte, dass es keine Frau darin gab. Er schloss seine Geheimkammer auf, um sein Archiv auf den neuesten Stand zu bringen, aber es war alles in bester Ordnung. Er griff in die alphabetisierten Mappen, um in alten Erinnerungen zu schwelgen. Er las sich durch Barbara, Birgit und Brigitte, aber auch das brachte ihm nicht die übliche Erfüllung. Trauer erfüllte ihn.

Während er ausgiebig den Schirmständer im Flur betrachtete, machte er sich klar, dass auch dieser kein Ersatz für ein lebendes weibliches Wesen war, dem er einen Drink anbieten oder den BH aufknöpfen konnte.

Hilflos bei all diesem Elend und Entsetzen vergriff er sich am Restbestand seines Waffenarsenals, mit dem er seinen Opfern dann und wann die letzte Ölung gab, bevor es zur Sache ging – Mokka-Sahne, Nuss- und Eierlikörchen.

»Magerquark, fettarme Milch, Diätkäse, Karotten, Müsli, ein Steak, ein wunderbar duftendes großes Stück Landleberwurst«, rief er dem zwei mal drei Meter großen umstrittenen Sado-Maso-Motiv in neokubistischem Acryl zu, das den Raum dominierte. Er prostete sich zu und griff nun sonderbar vergnügt zum Telefon. Mit Frau Liebermann gab es sehr wohl noch ein paar Worte zu reden, wenn nicht gar ein Hühnchen zu rupfen.

Das Telefon schrillte. Lea nahm nicht ab.

»Sie haben mir mein Essen weggenommen«, erklang Jonathans Stimme etwas verschwommen auf dem Anrufbeantworter. »Ich habe Hunger. Ich komme jetzt rüber und hole mir die Sachen.«

»Tut mir leid«, sagte Lea zum Anrufbeantworter, »ich habe sie aufgegessen.«

»Hallo?«

»Hallo, Arschloch«, antwortete Lea, ging aber trotzdem nicht ans Telefon.

»Wir könnten das Zeug auch gemeinsam essen.«

Stille. Lea lauschte.

»Ich würde Ihnen gerne das mit der Mail erklären«, sagte Jonathan Kaiser, »es liegt mir am Herzen, Missverständnisse auszuräumen.«

Stille. Klick. Aufgelegt.

Lea schob sich Tina Turner in ihre Musikkiste. Tina mit siebzig, gnadenlos lebensnah. Zu der Musik probierte sie die Selbstbelohnungsmethode und zog mit spitzen Fingern das teure Kleid aus der edlen Tragetasche, das sie sich in einem Anfall von Konsumwut gekauft hatte. Ein sündhaftes Trägerkleid. Dazu die neuen Schuhe und den

Stringtanga. Dreifach verpackt in Schachteln und seidigen Umhüllungen. Ein Frustkauf, wie sie sehr wohl wusste, aber man gönnt sich ja sonst nichts. Sie ließ den Bademantel fallen und schlüpfte in den Tanga. Ungewohnt, aber bequem, wie die blutjunge Verkäuferin mütterlich betont hatte, und Lea konnte ihr nur beipflichten. Das Kleid war gewagt mit seinem Ausschnitt dicht über den Nippeln. Eng um Hintern, Hüften und Schenkel, weitete es sich glockig über den Knien. Es wirbelte hoch, als sie eine Pirouette drehte und sich dabei im Spiegel betrachtete. Eine scharfe Tänzerin mit gutgeformten Beinen. Vielleicht sollte sie ein paar Pfund abnehmen. Dieses Kleid würde sie dazu zwingen, jedenfalls wenn sie darin atmen wollte. Ein geschickter Schachzug.

Lea griff nach den Schätzen aus der Kosmetikabteilung, die sie nach Vorgabe der neuesten Ausgabe von *Paula* eingekauft hatte, und stolzierte auf den ungewohnt hohen Absätzen ihrer etwas zu knappen neuen Schuhe kippelig in ihr kleines Bad, in dem die Klospülung nicht funktionierte.

Sie machte sich ans Werk und fühlte sich ungeahnt gut: Sie sah wirklich toll aus, so geschminkt. Vielleicht ein wenig dick aufgetragen und wie ein Clown, aber sie hatte etwas geschafft, was sie bis jetzt verachtet hatte.

Die Wirklichkeit verschaffte sich mit Nachdruck wieder Geltung, als sie von einer Hungerwelle überspült wurde. In ihrem Magen gurgelte es. Die Därme zwickten. Vielleicht hätte sie sich doch spontan von Jonathan zum Essen einladen lassen sollen.

Sie bückte sich in den geöffneten Kühlschrank und griff hinter die Joghurts zu den versteckten Köstlichkeiten: ein angebrochenes Glas Wiener Würstchen, die sie in dieser Stellung schnell und unauffällig verschlingen konnte. Bevor sie das erste vertilgt hatte, zersprang das Kleid mit einem hässlichen Zischen, die Nähte trennten sich, und der anschmiegsame Stoff entblößte ihren Hintern.

Lea setzte sich auf den Boden, steckte sich die restlichen Würstchen in den Mund – nur nicht auf falsche Gedanken kommen –, knackte einen Piccolo, trank ihn aus der Flasche, wie es heutzutage jeder machte, und fühlte sich sofort betrunken.

Sie richtete sich mühsam auf, schleuderte die hochhackigen Schuhe von sich und streifte das zerrissene Kleid ab. Ob sie es umtauschen konnte? Sie stieg aus ihrem Stringtanga. Das Experiment war gescheitert.

Lea zog kein Nachthemd an, auch wenn sie äußerst empfindliche Bronchien hatte, und glitt zwischen die frischen Laken. Mit einem Blick auf die Uhr beschloss sie zu masturbieren, nicht so sehr wegen der Lust, sondern um sich müde zu machen. Im Bemühen um den ersehnten Orgasmus schlief sie meistens selig ein und träumte kleinere sanfte Phantasien über Pu den Bären und den Superschlumpf.

Sie griff sich zwischen die Beine und wählte eine gewohnte Phantasie, die ihr immer wieder entglitt, weil sie an Jonathan denken musste.

Leas Orgasmus hielt sich in Grenzen, stattdessen glühte ihr Handgelenk voller Schmerzen, und ihre Finger fühlten sich pelzig an.

Das kam davon, wenn einem die Phantasien einen Streich spielten. Beruflich und privat, Lea konnte sich einfach nicht auf eine Sache konzentrieren.

Sie knipste das Licht aus und betete darum, nicht auch noch zu beten, und betete dann doch, dass sie eines Tages so gelassen und cool spontan sein möge, wie sie es sich so sehr wünschte. Beim nächsten Mal Männern wie Jonathan nicht sofort eine Abfuhr zu erteilen. Und die Dinge auf der Welt zu akzeptieren, weil sie ohnehin nicht zu ändern waren. Aber auch den Mut zu haben, Dinge zu ändern, die wirklich zu ändern waren. Und vor allem, endlich den Unterschied zu erkennen, welche Dinge tatsächlich zu ändern waren und welche nicht. Und schließlich, welche Dinge, die eigentlich geändert werden mussten, besser so blieben, wie sie waren. Wenn Jonathan ihr nachstieg, dann war es ein Wink des Schicksals, dem sie sich fügen musste.

Lea griff nach ihrem Handy und rief ihn an.

Seine sanfte Telefonstimme sagte ihr, dass sie auf Band sprechen sollte.

»Wir reden aneinander vorbei«, antwortete Lea und lauschte in die Leere. Dann legte sie auf und spürte, dass tief in ihrem Innersten etwas berührt wurde, ein Teil von ihr, den man besser in Ruhe ließ.

Nun saß sie auf der Bettkante, nahm eines ihrer Glücksbärchen, starrte es an und ärgerte sich inzwischen mehr über sich selber als über Jonathan.

Lea beugte sich aus dem Fenster und sah Jonathan auf dem Balkon stehen. Er starrte zu ihr herüber wie zu einem Himmelskörper, dann war er weg. Das Licht hinter seinem Fenster erlosch.

Drei Minuten später klingelte es an ihrer Wohnungstür.

18

»Der Mensch ist nicht für sich alleine geschaffen, sondern zugleich für sein Vaterland und seine Mitmenschen.«

Platon

Jonathan hatte sich das erste gemeinsame Essen mit Lea anders vorgestellt, aber sie hatte seinen Vorschlag, den kleinen teuren Italiener mit hohem Niveau und intimer Stimmung zu besuchen, strikt abgelehnt. Erstes vertrauliches Abtasten und Auflockern während eines schönen Gesprächs. Ein paar heitere Anekdoten aus alten Zeiten, ein kleiner Gang durch den Lebenslauf, Reminiszenzen über Lust und Leid, schließlich vielleicht ein Abschnitt Wünsche und Träume. Die Möglichkeit, dass sich nebenbei ihre Hände berührten. So war es Jonathan gewöhnt, aber vielleicht wollte Lea gerade das vermeiden.

»Es wird Ihnen gefallen«, sagte Lea hoffnungsvoll, als sie sich dem zwischen Schrottplätzen und Fabrikhallen gelegenen Betonblock näherten. Und nun betraten sie das *Karl der Große – Der XXXL-Ritter-Fresstempel,* wie ihnen die Neonbuchstaben zwischen stilisierten Burgzinnen zublinkten.

»Sie müssen sich nur fallen lassen!«, forderte ihn Lea auf.

Jonathan kannte eine Menge Zeitgenossen, die sich verführungstechnisch nicht mehr auf sich selbst verließen, sondern auf sinnliche Ess-Events. Magic Food, Ethic Food, inszenierte Zelebrationen, Socializing, Distinction. Bauchtanz, Schlangentanz, Kellner als Clowns und

Opernsänger. Er dagegen ließ sich das geplante Vergnügen ungern aus der Hand nehmen. Aber andererseits: Endlich! Er hatte es geschafft, seine Kollegin zum Essen einzuladen.

»Und was ist mit uns beiden?«

Lea überhörte seinen bangen Einspruch. Beim Eintreten tastete er nach der Spermaspritze seines Bruders.

Die mittelalterliche Burg war das reinste Disneyland: Authentizität pur, bei der jede Kerkerwand, jeder unterirdische Brunnen, aus dem Wasser oder Blut sprudeln konnte, digital gesteuert wurde.

Eine mittelalterlich verkleidete Frau mit Schildpattbrille begrüßte Jonathan und Lea überschwänglich.

»Seid empfangen von mir. Gestattet! Ich bin Burggräfin Mandolina von Adlerstein.«

Sie führte sie durch düstere Gänge. Ritterrüstungen, Waffen, aus unsichtbaren Lautsprechern erklangen ferne gregorianische Choräle und das Stöhnen der Gefangenen in den unterirdischen Kerkern.

»Wie gehen die Geschäfte?«, fragte Lea. »Ihr habt umgebaut, sehr schön.«

»Da waren die Kochprofis von RTL 2 zugange. Gott verfluche sie. Meine gesamte weibliche Stammmannschaft ist schwanger.«

»In der Sendung haben sie aber nichts davon gesagt.«

»Lassen wir das«, sagte die Burggräfin ungnädig, »kommen wir zur Sache.« Sie verneigte sich erneut. »Nochmals willkommen, Maria-Antonella, und auch dein neuer Freund soll sich laben.«

»Maria-Antonella?« Jonathan blieb stehen. »Was geht hier vor?«

»Ich bin hier die uneheliche spanische Königstochter, die nach vielen Jahren Kerker und Folterqualen im Deutschen Reich nach Rache sinnt, um meine böse Schwiegermutter …«

»Möget Ihr, Bursche und Mägdelein«, unterbrach Mandolina, »lieber in einer Schießscharte im Turmzimmer mit Aussicht speisen, an der großen Rittertafel im Saal oder im vollklimatisierten Folterkammer-Stüberl?«

Sie führte sie an einem Lehmofen vorbei, in dem drei missmutige Studenten in historischer Gewandung industrielle Rohlinge zu mittelalterlichem Brot aufbackten.

»Ihr müsset Bares gegen Silberlinge, Taler und Groschen tauschen. Wir tauschen 1 zu 3,046 in unserer garantiert wertsicheren Ritterwährung. Kreditkarten nehmen wir nicht an.«

Mandolinas Handy gab Laut. Das Heulen eines Werwolfs. Sie wandte sich ab.

»Gefällt es Ihnen hier?«, fragte Jonathan Lea vorsichtig.

»Ihnen nicht?«

»Es ist gewöhnungsbedürftig.«

»Entspannen Sie sich.«

Die Gräfin wandte sich ihnen wieder zu. »Habet Ihr Euch entschieden?«

»Ich zahle«, sagte Jonathan und zückte seine Geldbörse.

»Kommt nicht in Frage«, sagte Lea und wühlte in ihrer Handtasche. Er schob sie weg. »Was muss ich anlegen?«

»Kommet darauf an, was Ihr ausgeben wollet. Gebt 500 Euro, und Ihr bekommt ein Beutelein mit klimpernden Münzen für ein Landsknechtmahl für mannigfache Süppeleyen, Fleysch von wilden Sauen, kleingehacktes Wildgetier, Spießbraten mit Mostard, Federviech, wechselweise zahmem Borstentier, inklusive zum Willkommen eyn Horn mit Met, zur Füllung des hungrigen Magens.«

»Ich glaube, wir sollten gehen«, sagte Jonathan.

»Seien Sie kein Spielverderber.«

Die Chefin des Hauses zählte Jonathan und Lea ein gutes Kilo Münzen ab und füllte sie in einen Beutel.

»Auf dem Beutel sind fünf Euro Pfand«, erläuterte sie, während zwei eifrige Mägdelein ihm eine ärmellose Jacke aus verschmutztem Schaffell überstülpten und eine Pelzmütze aufsetzten.

Jonathan fühlte sich unwohl.

»Sie sind ein in Ungnade gefallener Königssohn, verstehen Sie?«, erklärte Lea ungeduldig, während sie in ein zeltartiges Prunkgewand gehüllt wurde.

»Authentizität. Wir versetzen uns in die alten Zeiten.« Sie rückte die kleine Krone auf ihrem Haupt zurecht.

Ein bärtiger Ober in Kutte schob beide mit hartem Griff vor sich her. »Gott zum Gruße, edle Freunde! Tretet ein zum Ritteressen auf der fürstlichen Waldburg! Womit kann ein armer alter Mönch Euch dienen? Darf ich Euch unser Ritteressen empfehlen, oder wünscht Ihr lieber à la carte zu speisen? Und passen Sie auf Ihre Taler auf. Wir haften nicht bei Diebstahl.«

Sie drängten an Gauklern vorbei – Feuer- und Schwertschlucker, Fanfarenbläser. Auf der Empore des Rittersaals ein Schwertkampf, mittelalterliche Musik. Lärm wie auf dem Oktoberfest.

Jonathan hätte sich eine deutlich intimere Begegnung gewünscht. Wollte sie ihm ausweichen? Wollte sie ihm etwas deutlich machen?

Sie setzten sich im Rittersaal an eine lange Tafel. Links eine chinesische Unternehmensbelegschaft, rechts zwanzig Gymnasiallehrer, die ihnen mit Krügen voller Met zuprosteten. Lea beugte sich über den Tisch und den exotischen Kaktus aus dem Morgenland, der ihr beinahe die Kehle durchstachelte.

»Hier gibt es das beste Hexenmenü«, flüsterte sie. »Hexenschmalz mit gerösteter Teufelssaat, Kräutertopf zur Abwehr der bösen Geister und Erhaltung der Lebenskraft. Kann ich nur empfehlen. Und auch der Satansbraten mit Schwefel, Stinkmorcheln und Gewürm ist ausgezeichnet. Gibt es auch vegetarisch.«

Der schaurige Mönch brachte ihnen große Becher selbstgebrauten Trauben-Ingwer-Met nach einem Rezept von Alfons Schuhbeck als Willkommensgruß, von blonden Jungfrauen eingespeichelt und drei Jahre gelagert in uralten Weihwasser-Containern aus dem 7. Jahrhundert nach Christus. Gab es auch alkoholfrei.

»Das wird teuer«, stellte Jonathan mit einem Blick in die Speisekarte fest.

»Hören Sie«, sagte der Mönch leise, »ich bestimme die Preise nicht. Ich habe hier nichts zu sagen. Mir gefällt das alles selber nicht.«

Er setzte sich mit einer halben Arschbacke neben Jonathan auf die Bank mit den künstlich verdreckten Schaffellen, die jede Nacht gereinigt und wieder ökologisch verschmutzt wurden.

»Ich habe vierzehn Jahre studiert, ich hatte dreißig Jahre ein Unternehmen mir vierzig Angestellten. Ich …«

»Ich, ich, ich«, ging Lea unwillig dazwischen, »immer nur ich. Die Gier nach dem Selbst. Sie zerstören die Stimmung des Ambientes. Sie sollten sich hier als Angestellter dem widmen, was Sache ist. Jeder tut das. Und jetzt zurück ins Mittelalter.«

Jonathan sah sie an. Sicher, sie hatte ja so recht. Und das galt auch für ihn, man sollte sich wenigstens ein wenig anpassen und seine Rolle spielen, genau wie im richtigen Leben.

»Ich könnte es mir nicht leisten, hier essen zu gehen«, sagte der Mönch.

Jonathan studierte die Speisekarte: *Nach dem alten Zauberfett folgt ein schauriges Gebräu mit Fleischklumpen. Stechapfel, Fingerhut, Bilsenkraut, Alraun und Belladonna in wilder Mischung, schauriges Gebräu der Druiden im Roggenbrocken. Stinkmorcheln in wilder Mischung. Gerupftes Opfer, Teile der Unholde und ihrer Begleiter, unterirdische Wurzel der dunklen Mächte und dampfende Erdknollen. Creme der kalten Finsternis, verflucht mit Dornen.*

»Die untergebenen Diener der Burggeister bereiten alles unter Androhung von Auspeitschungen frisch für ihre werten Gäste zu«, sagte der Mönch. »Der Mundschenk bittet vor dem Festmahl zur zeremoniellen Händewaschung in Rosenwasser und verkündet die Tischregularien.«

Jonathan betrachtete Lea mit beinahe feierlichen Blicken. Nicht dass sie Maria-Antonella auszogen, eher zupften sie sozusagen in würdevoller Art an ihrem BH und Schlüpfer. Liliane, seine letzte längerfristige Lebensabschnittspartnerin, hatte ihn nun schon vor drei Tagen verlassen, eine kleine Ewigkeit, wie ihm erschien. Das hieß, die offizielle Trauerzeit sollte jetzt wirklich beendet sein, die neue Jagdsaison war eröffnet. Aber war er noch der Jäger, der mit seiner Flinte im Anschlag Frauen auflauerte, um sie niederzustrecken?

Ein buckliger Narr lärmte mit seinem Schellenbaum.

»Die Mägde binden Euch nun baldigst das Mundtuch um, unsere Knechte und Mägde umsorgen Euch bei Fackellicht und Kerzenschein. Lauschet andächtig dem Tischgebet, übersteht die Giftprobe, bevor dann reichlich und köstlich Speis aufgetragen wird. Beachtet die Tischsitten, sonst droht gar die Schandgeige«, rief er ihnen zu.

Mit einem mädchenhaften Griff ins Haar warf Lea Jonathan einen kurzen prüfenden Blick zu.

Als Jonathan am Vorabend atemlos an ihrer Wohnungstür geklingelt hatte, war Lea gerade dabei gewesen, ihren Schluckauf zu bekämpfen. Sie reichte ihm sein Bio-Steak durch einen Spalt der Wohnungstür.

»Die Leberwurst habe ich aus Versehen aufgegessen«, sagte sie kläglich.

»Die Leberwurst?« Jonathan kicherte verwirrt. »Ach, die Leberwurst! Sie müssen wissen, dass ich seit meiner frühesten Kindheit eine verhängnisvolle Hassliebe für Leberwurst empfinde. Mein Vater war der drittgrößte Leber- und Blutwurst-Dosenfabrikant in Nordrhein-Westfalen.«

Lea sah ihn irritiert an. Hatte sie sich doch schon ganz auf ihre Lieblingsbefürchtung eingerichtet, dass er sie als reines Sexualobjekt sehen und sofort anbaggern würde.

»Sie mögen also Leberwurst?«, fragte Jonathan. Wenigstens warf er einen sehnsuchtsvollen Blick in ihre Wohnung.

»Mein Vater war eher ein skeptischer Anarchist«, sagte sie, »ein intellektueller Avantgardist …« Sie verlor den Faden.

»Wollen Sie mit mir ausgehen?«, schlug Jonathan vor.

Lea schob die Unterlippe nach vorne und musterte ihn missmutig.

»… aber ich glaube, bei uns gab es auch Leberwurst, wenn ich mich recht erinnere.«

»Essen gehen?« Jonathan schob sich in die Tür wie ein Wurstwaren-Vertreter.

»Liebend gerne«, sagte Lea und drängte ihn zurück, »aber ich kann leider nicht.«

»Haben Sie schon eine andere Verabredung?«

Wundersam, wie intim das Hin- und Hergeschiebe an einer Wohnungstür sein konnte.

Die Wand, das Tor, die Spalte, das Loch. Olli Kahn, Pink Floyd, Pyramus und Thisbe oder Philemon und Baucis. Ein Paar, das in so tiefer Liebe verbunden war, dass die Götter ihnen den Wunsch, sich nie trennen zu müssen, gewährten und sie gnädig in zwei Bäume verwandelten: Philemon in eine Eiche und Baucis in eine Linde.

»Ehrlich gesagt, ja!«, unterbrach ihn Lea in seinen Sommernachtsträumen.

»Was ja?«

»Ich habe schon eine andere Verabredung.«

Jonathan wiegte seinen Kopf und versuchte seine Enttäuschung zu verbergen. »Wer zuerst kommt, mahlt zuerst«, sagte er, »der Klügere gibt nach. Kommt Zeit, kommt Rat.«

»Tut mir leid«, sagte Lea und berührte seine Hand.

Jonathan stand mit ihr Körper an Körper, Hüfte an Hüfte und seufzte wie ein entwurzelter Baum, als sie ihm ein trockenes Küsschen an die Wange hauchte.

Und so hatte sie sich schließlich doch zu einem Treffen mit Jonathan überreden lassen. Sonst war nichts passiert, auch tagsüber im Büro nicht. Außer der Tatsache, dass sie ihm per Mail das Restaurant ihrer Wahl mitteilte. Bis zu dieser gemeinsamen Stunde auf einer Pseudoburg hatten sie eine Art stillschweigendes Waffenstillstandsabkommen eingehalten und waren sich aus dem Weg gegangen.

Jetzt band der mönchische Mundschenk Lea und Jonathan die grobgewebten Mundtücher um den Hals und vollzog die zeremonielle Händewaschung. »Fußwaschungen nur auf Vorbestellung ab vier Gästen«, erwähnte er nebenbei.

»Das sind Putzlappen«, stellte Jonathan fest.

»Wir sind hier im Mittelalter«, wies ihn Lea zurecht.

Das erste gemeinsame Essen in mittelalterlichem Gepränge. Ob ein exotisches gemeinsames Erlebnis zu binden vermochte oder eine Bindung eher sabotierte? Einfinden in alte Sitten und Gebräuche, neue Gefühle und Einsichten entdecken. Das könnte ihr Verhältnis intensivieren. Oder suchte die experimentiersüchtige Lea hier nur Schutz vor allzu großer Intimität?

Lea klappte ihre Speisekarte zu und setzte sich gerade hin.

»Den Hexensalat hätte ich gerne ohne Alraun, dafür mit einer doppelten Portion Stechapfel, aber nur, wenn er ganz frisch und ungespritzt ist, oder mit Fingerhut. Und dazu extra das wilde Bilsenkraut, aber nicht das glatte, sondern das krause, wenn es geht.«

Der Mundschenk holte eine Schiefertafel und ein Stück Kreide aus seinem Mantelsack.

»Dann das gerupfte Druidenopfer«, fuhr Lea kundig fort, »aber bitte nur mit Unholdteilen ohne Haut.«

Der als Mönch verkleidete Kellner zögerte.

»Ist was?«, fragte Lea ihn ungeduldig. »Ist die Kapaunensoße mit oder óhne Stinkmorcheln zubereitet? Wenn ja, hätte ich stattdessen gerne Zwerg Nases Erdknollen mit Bibergeil, nein, lieber saure Teufelsschwänze. Wenn nicht, keine Dracheneier und keine Natternzungen.«

»Ohne Unholdteile«, notierte der Mönch.

»Und wenn ich etwas vom Satansbraten haben könnte und ein paar unterirdische Wurzeln? Danach die Creme der kalten Finsternis ohne Fluch«, fuhr Lea fort, »aber nur frisch, oder stattdessen ein paar Satansbeeren. Wenn nicht, gar nichts, und lassen Sie die Karte da. Vielleicht möchte ich mich neu entscheiden.«

Jonathan betrachtete Lea mit neuen Augen. Was hatte sie vor? Wollte sie ihn mit ihrem überwältigenden Sachwissen beeindrucken oder sich nur zu Tode spachteln?

Das Mönchlein wandte sich Jonathan zu und sah ihn flehend an.

»Ich nehme das, was die Dame bestellt hat«, sagte Jonathan höflich und spürte dessen erleichtertes Aufatmen. »Aber bitte ohne Senf, Koriander und Bibergeil.«

Angesichts seiner körperlichen Lage hatte er vor, so wenig Aphrodisiaka wie möglich zu sich zu nehmen, ohne dass es Lea auffiel.

»Sind Sie Aphrodisiakum-Allergiker?«, fragte ihn Lea unvermittelt.

»Nein, warum?«

»Weil Senf scharfmacht.«

»War's das?«, fragte der Mönch, steckte seine Tafel ein und eilte davon. Das gerupfte Druidenopfer mit Unholdteilen bestand seit jeher aus einem ganz normalen Grillteller, *serviert mit geronnenem Leichenblut* hieß: mit einem Schuss Ketchup. Bei diesen Speisen konnte man einfach nichts verkehrt machen. Der Chefkoch hatte in einer Uni-Mensa gearbeitet, bevor er sich mit der genialen Idee selbständig gemacht hatte, sein Speisenrepertoire leicht zu erweitern, umzubenennen und als mittelalterlich auszugeben. Genial, zerkochte Bandnudeln als Natterngewürm zu verkaufen.

Immerhin, der Gast wurde von original Schankmägden mit großen Brüsten in freizügigen Ausschnitten bewirtet, die sie bei entsprechendem Trinkgeld auch entblößten. Eine erschöpfte Magd eilte mit einem geylen Liebesknochen für die Dame und einer feuchten Lustvotze für den Herrn zu Jonathan und Lea. »Ein Gruß aus der Küche.«

Jonathan mied das Angebot, betrachtete die Jakobsmuschel mit sämiger Senfsoße, während Lea an ihrem knusprigen Taubenbein knabberte. Es gab kein Besteck außer einem schwertgroßen Messer.

»Und haben Sie sich schon eingelebt in unserer schönen Stadt?«, begann Jonathan die Tischkonversation, während er vorsichtig an der senfgetränkten Vagina vor sich zupfte.

»Oh, ich war nur kurze Zeit weg von hier«, sagte Lea mit vollem Mund, »ich bin in einem Hundertseelenkaff ganz in der Nähe aufgewachsen. Dann habe ich den Mann meines Lebens kennengelernt.«

»Ach, Sie sind gebunden?«

»Die Beziehung ist gerade zu Ende gegangen.«

»Da ist der Trennungsschmerz wohl noch frisch?«

»Vor drei Jahren, genauer gesagt.«

»Wie die Zeit vergeht.«

»Er war Steuerberater.«

»Das tut mir aber leid«, sagte Jonathan. »Ich meine die Trennung.«

»Es muss Ihnen nicht leidtun.«

»Warum nicht?«

»Weil es mir auch nicht leidtut.«

»Und wie lange hat das Verhältnis gedauert?«

»Zu lange.«

Jonathan stieß einen aufrichtigen Seufzer aus. »Manchmal dauert es Jahre, bis man sich voneinander lösen kann.«

»Wir waren gerade mal vierzig Tage lang verheiratetet.« Lea leckte an ihrem Liebesknochen. »Sie haben mich gar nicht gefragt, warum ich mich von ihm getrennt habe.«

»Warum haben Sie sich denn von ihm getrennt?«

Lea errötete. »Darüber möchte ich lieber nicht reden.«

»Sie müssen es nicht sagen«, ließ Jonathan ihr die Wahl.

»Es ging um ein Buch.«

Lea stahl sich die feuchte Lustvotze und schlürfte sie lustvoll.

»Und jetzt sind Sie wieder zu haben?«

»Und Sie?«

»Ich auch.«

Lea paarte verspielt stochernd den Liebesknochen mit der Jakobsmuschel. »Ich habe nicht gesagt, dass ich zu haben bin.«

»So habe ich das auch nicht gemeint.« Jonathan hatte das Gefühl, dass ihr Vorhaben, Berufs- und Privatleben streng voneinander zu trennen, nicht ganz so erfolgreich war wie erwartet.

»Wieso? Sind Sie beziehungsgestört? Bindungsunfähig?« Süßsaure Schärfe verstellte ihre Stimme.

»Warum fragen Sie das?« Jonathan seufzte. Die Kolleginnen aus der *Paula*-Redaktion hatten Lea wohl ein paar Fehlinformationen über ihn zugesteckt.

»Nicht einmal Josef Stalin und Adolf Hitler waren bindungsunfähig«, sagte Lea.

Das war zwar ein bisschen hart, aber gut ausgeteilt. Lea saugte und schleckte immer noch unbefangen an dem Taubenbeinchen.

»Drum prüfe, wer sich ewig bindet«, zitierte Jonathan friedensstiftend und prostete ihr mit dem lauwarmen Trauben-Ingwer-Met nach Schuhbeck-Art zu.

»Ich muss mal Pipi für brave Jungfrauen«, erklärte Lea. »Passen Sie auf meine Handtasche auf?«

»Ich denke, Frauen gehen nie ohne ihr Handtäschchen auf die Toilette?«

»Ich schon!« Lea setzte sich ein Sphinx-Lächeln ins Gesicht und raunte: »Haben Sie noch nicht gemerkt, dass ich anders bin als die anderen?«

Sie drängte sich an den Gymnasiallehrern und Chinesen vorbei, mit denen sie den Tisch teilten, und strebte dem Ort der Erleichterung zu, der, wie sie wusste, eine stinkende Kloake war, ein sich selbst reinigendes Plumpsklo wie aus dem 15. Jahrhundert.

Jonathan wimmelte zwei chinesische Unternehmer ab, die ihn höflich mit graugrünem Matsch füttern wollten. Ein lärmender Tusch erklang. Eine kleine Kapelle zog in die Räume ein, verteilte sich, blies und geigte und schrammelte vergnügt ungarische Melodien aus der Zeit der großen Türkenbedrohung. Freude kam auf.

Jonathan fühlte sich einsam und sehnte sich nach Genüssen, nach denen er sich noch nie gesehnt hatte: einem Hörbuch mit Werken von Thomas Mann zu lauschen, dabei Modellschiffe zu bauen oder Tiere auszustopfen. Oder vielleicht auch nur wieder einmal sein Frauenarchiv neu zu ordnen.

Der Gymnasiallehrer neben ihm wandte sich ihm zu. »Ich glaube, wir beide haben etwas gemeinsam«, sagte er, »Sie sind sicher auch Historiker.«

19

»Liebe Ordnung, übe sie,
denn sie spart dir Zeit und Müh'.«
Sprichwort

Große Sterne leuchteten am tintenblauen Nachthimmel, sicher etwas undeutlicher als am Mittelmeer, aber für diese Stadt war es hervorragend. Die Mondsichel war fleißig gewesen und hatte die vergangene Stunde dazu genutzt, ein Stück weiterzuwandern.

»Wollen wir noch irgendwo einkehren?«, fragte Jonathan, als sie in der Nähe ihrer Wohnungen aus dem Auto stiegen. »Drüben um die Ecke gibt es ein altes Tanzlokal: *Zum Ball der einsamen Herzen*.«

Sie gingen stumm über die Kreuzung und wussten beide, dass sie sich auf der anderen Straßenseite verabschieden mussten.

»Ich habe keine Lust auf Tanzen«, sagte Lea endlich.

»Ich auch nicht, obwohl ...«

»Obwohl?«

»So viel, wie wir heute Abend verschlungen haben, wäre es gesund, sich noch ein wenig zu bewegen.«

Lea schürzte die Lippen. »Da könnte ich mir aber etwas Aufregenderes vorstellen als Tanzen.«

Sie blieben stehen. Jonathan warf ihr einen vorsichtigen Seitenblick zu und scharrte mit den Füßen.

»Was zum Beispiel?«

»Oh, mir ist nie etwas Aufregendes passiert«, seufzte Lea, »außer dass ich dreimal bei der Fahrschulprüfung durchgefallen bin. Das Schlimme dabei war, dass ich danach nicht mal anständig traumatisiert war. Ein ganzes Jahr lang habe ich vergeblich daran gearbeitet. Ein halbes Dutzend Therapeuten konnten mir nicht helfen.«

Sie schlenderten unentschlossen den Bürgersteig entlang, am Supermarkt vorbei, vor dem Jonathan auf Knien Leas aufgeplatzte Lebensmitteltüten zusammengeräumt hatte.

»Und was ist mit Ihnen?«, fragte Lea. »Haben Sie irgendwelche abenteuerlichen Geheimnisse?«

Jonathan zögerte. War das die Gelegenheit, sich zu outen? Nein, warum sollte er Lea-Maria-Antonella um diese Zeit in sein entsetzliches Problem einweihen? Noch nicht. Schritt für Schritt näherten sie sich seinem Haus.

»In der Redaktion erzählt man von den düsteren Abgründen Ihres Charakters«, sagte Lea.

»Wer?«

»Isabelle, Jasmin, Christine – eigentlich alle.«

»Haben Sie etwas gegen Abgründe?«

»Nein, nein, ich habe genauso viele Abgründe wie jeder andere Mensch.«

»Zum Beispiel?«

»Androphobie, aber darüber bin ich inzwischen auch hinweg. Wenigstens im Moment, hoffentlich kriege ich keinen Rückfall.«

Jonathan winkte ab. »Davor müssen Sie doch keine Angst haben.«

»Sie haben doch keine Ahnung, worüber ich rede, Sie Schlaumeier!«

»Anthroposophie: Rudolf Steiner, Waldorfpädagogik, Esoterik …«

»Androphobie, mein Lieber«, belehrte ihn Lea geduldig, »ist die Angst vor Männern.«

»Diese Angst müssen Sie bei mir nicht haben – Sie wissen schon, was ich meine.«

»Keine Ahnung.«

Jonathan seufzte. »Ich will Ihnen wirklich nicht an die Wäsche gehen.«

»Wieso nicht?«

»Sie sind doch anders als die anderen!«

»Wie kommen Sie denn darauf?«

»Haben Sie selber gesagt.«

Lea überlegte. Natürlich hatte sie das gesagt, aber so war das nicht gemeint gewesen.

»Ich darf doch bitten«, sagte sie. »Eine Frau bin ich immerhin noch.«

»Das ist nicht zu übersehen.«

»Was wollen Sie damit sagen?«

»Nichts Falsches, hoffe ich doch.«

Sie versuchte ihn auszuhorchen, spürte Jonathan zufrieden, aber sie war so selbstbezogen, dass sie im nächsten Moment wieder ganz bei sich war, was ihm im Moment durchaus entgegenkam.

Jonathan legte den Kopf in den Nacken und suchte nach dem Mond, der sich hinter dem Neubau gegenüber versteckt hielt. Man konnte diesen Abend bislang insgesamt als Enttäuschung betrachten, andererseits wusste er bis jetzt auch nicht genau, was er eigentlich wollte. In Leas Bett landen? Keineswegs, nicht in seinem Zustand. Das *interessante Gespräch bei einem guten Abendessen* war mehr als eigenartig gewesen und bei der Rückfahrt teilweise ganz zum Erliegen gekommen.

»Ich bin stolzer Besitzer einer italienischen Espressomaschine, einer DeLonghi ESAM 6700 Prima Donna Avant …«, sagte er.

»Tut mir leid, um diese Zeit trinke ich keinen Espresso

mehr. Sonst mache ich die ganze Nacht kein Auge mehr zu.«

»Ich habe einen köstlichen leichten trockenen Wein, der nur darauf wartet, endlich getrunken zu werden, einen Bark Hut Road 2003 Cabernet Sauvignon – Shiraz-Viognier …«

»Sie wollen mich noch betrunkener machen, als ich schon bin?«

»Ich könnte Ihnen auch einfach meine inneren Werte zeigen«, seufzte Jonathan.

Lea atmete durch die Nase ein und aus. Dann sah sie Jonathan an, sog die Luft ein – und ließ sie wieder raus. »Lieber schau ich in meinen Mülleimer«, sagte sie. »Ich muss nach Hause.«

Sie spitzte den Mund und gab ihm ein trockenes Küsschen auf die Wange. Das musste vorerst genügen.

»Ich begleite Sie bis zur Haustür, nicht dass Ihnen etwas passiert«, fügte Jonathan sich in sein Schicksal, folgte ihr auf dem Fuß und überholte sie. Ihr Blick war geradeaus gerichtet. Sie biss sich auf die Unterlippe und war in Gedanken versunken, die Jonathan nicht ergründen konnte. Sag noch einer, Frauen seien kein Rätsel, dachte er.

Viel zu schnell standen sie vor ihrer Haustür.

»Also doch noch auf einen kleinen Absacker?«, fragte Jonathan ohne Hoffnung, während sie nach ihrem Schlüssel suchte. Lea wartete darauf, so ungeduldig zu werden, bis ihr der Kragen schließlich wie von alleine platzte. Nichts. Sie seufzte. Sie setzte an. Sie stockte. Vielleicht war er ja doch der Richtige? Auf ihre glatterdings erfundene Sperma-Allergie, von der sie ihm während des Essens erzählt hatte, hatte er sanftmütig reagiert. Sollte sie ihn vor den Kopf stoßen? Ob zwei einsame Loser-Singles wirklich so auseinandergehen sollten?

»Ich hab nicht viel zu bieten«, sagte Lea, »aber vielleicht könnten wir zusammen ein Glas Leitungswasser trinken. Das Wasser hier ist ja sehr gut.«

Aber ohne jeden Sex!, stand in ihren Augen geschrieben. Zum zweiten Mal stiegen sie die Stockwerke hoch. Diesmal ging Jonathan, bis zum Platzen gefüllt mit fetten mittelalterlichen Speisen und Getränken, atemlos voraus.

»Aber wirklich nur für zehn Minuten!«, sagte Lea und schloss – Sesam, öffne Dich! – ihre Wohnungstür auf.

Jonathan erschnupperte den Geruch des weiblichen Refugiums, während er hinter ihr durch den Flur über kreuz und quer ungeordnete, halb ausgepackte Umzugskisten stolperte.

»Ich bin gerade erst eingezogen«, entschuldigte sich Lea, »meine Sachen sind noch nicht ganz ausgepackt.«

Jonathan ging vorsichtig an einer Reihe bedrohlicher Stofftiere vorbei und warf einen schnellen Blick ins Schlafzimmer. Ein Chaos.

Die kleine Zweizimmerwohnung unter dem Dach war stickig und heiß. Ein Fernseher gab undeutliche Töne von sich. Lea schaltete das Licht des Wohnraums an. Küchenzeile, Essecke, Couchecke, der Klassiker gemütlichen Single-Wohnens, aber kein Esstisch, keine Couch, stattdessen Kartons und noch mehr Kartons. Zwei halbfertig zusammengebaute Möbelstücke reckten sich verzweifelt in steilen Winkeln.

»Da gibt es noch viel zu tun, bis das alles untergebracht ist«, stellte Jonathan fest und beschloss, auf keinen Fall der Helfer in der Not sein zu wollen.

»Das werde ich alles wegwerfen, wenn ich endlich dazu komme«, sagte Lea wegwerfend. »Ich mag keine Sachen mehr. Vielleicht eine DVD, ein Buch, eine CD. Eine

Tasse, ein Teller, ein Glas. Mehr brauche ich nicht. All der zusammengeraffte Besitz ist doch das Ende jeder Hoffnung auf die Zukunft.«

Sie suchte nach Gläsern. Während sie sich bückte, beobachtete Jonathan fasziniert, wie ihre Bluse aus dem Rocksaum rutschte und ihn die beiden Grübchen über ihren Hinterbacken anblinzelten.

»*Zwei* Gläser«, korrigierte sich Lea, »oder vielleicht vier«, und richtete sich mit zwei bunt bedruckten Senfgläsern in der Hand auf, »oder doch fünf?«

Sie füllte die Gläser an der Spüle mit Leitungswasser.

»Wollen Sie das Glas mit den Bärchen oder das mit den Hühnchen?«, fragte sie.

Im Fernsehen zeigten sie Schlägereien mit Neonazis. Lea griff nach der Fernbedienung und zappte sich durch die Kanäle. *Blickpunkt Sport. Mit Rat und Tat. Fit und fesch*. Nein, auch nicht. *Mit dem Zug durch die Wachau, Oper entdecken, Mitten im Leben, Wege zum Glück*. Eine Wiederholung von *Menschen, Tiere & Doktoren* tauchte auf dem Bildschirm auf. Ein Rauhaardackel lag auf dem Operationstisch. Ihm wurde ein Bypass gelegt. Lea blieb wie gebannt stehen und stellte den Ton lauter.

Jonathan wuchtete zwei Kisten von zwei klapprigen Klappstühlen.

»Der Tisch steht im Keller«, sagte Lea. »Ich schaffe es nicht, ihn so ganz allein hier heraufzutragen.«

Jonathan mied ihren herausfordernden Blick. Sie prosteten sich zu und tranken einen Schluck.

»Bei Leitungswasser muss man in Ballungsgebieten aufpassen, in denen es viele Erdbestattungen gibt«, sagte Lea. »Da kommen all die Medikamente und Hormone der verstorbenen Menschen in die Leitungen. Aber hier gibt es ja keinen Friedhof.«

»Doch«, sagte Jonathan, »gleich um die Ecke.«

Lea schnupperte an ihrem Glas, spülte das tödliche Wasser hinunter und holte eine angebrochene Flasche Rotwein aus ihrem Chaos.

»Für Trinkwasser aus dem Wasserhahn gibt es lustige umgangssprachliche Bezeichnungen«, plauderte Jonathan los, bevor er sich bremsen konnte. »Hahnwasser, Gänsewein, Beamtensekt, Leitungsheimer Spätlese …«

Jonathan holte ein Warzenschwein-Stofftier aus einer Kiste neben ihm und knuddelte es. Zack, bekam er einen Schlag. Verdutzt sah er Lea an.

»Auch Stofftiere können sehr gut zwischen guten und bösen Menschen unterscheiden«, sagte sie. Er legte das Warzenschwein vorsichtig zurück und entdeckte einen Hasen, ein Lämmchen, einen Waschbären. Darunter einen Uhu. Er stand auf, wanderte ein wenig umher und entdeckte Frösche, Nasenbären, Gürteltiere, Warzenschweine, Nilpferde. Überall glitzerten ihn Glasaugen zwischen lauter Plüsch an.

Da waren sie nun, und obwohl – vielleicht besser gesagt: weil – es ihm so schlechtging, überkam Jonathan das Gefühl, dass Lea das wunderbarste Geschöpf war, das ihm jemals begegnet war, eine verwirrte Fee, eine unsichere Madonna, vielleicht ein gefallener Engel, sein ganz persönliches Glück.

Sie war also auch eine Sammlerin!

»Das müssen Hunderte Stofftiere sein«, staunte er.

»Ich habe mit drei Jahren zu sammeln begonnen«, sagte Lea verlegen, »da kommt schon was zusammen mit der Zeit.«

»Eine richtige Arche Noah«, stellte Jonathan fest. »Wie behalten Sie da den Überblick?«

Lea lächelte und stellte ihm einen übergroßen Karteikasten vor die Füße. Er nahm ihn auf die Knie und blätterte in den Karten.

»Peterle«, las er vor, »schwarzgefleckter kleiner Kater …«

»Bitte machen Sie sich nicht lustig über mich«, forderte ihn Lea auf.

Sie hatte also alle ihre Plüschtiere auf Karteikarten geordnet: ein Foto, Geburt, Name, Aussehen, Krankheiten, Werdegang, gemeinsame Erlebnisse. Es erinnerte ihn an sein Frauenarchiv, das er ähnlich systematisch gestaltet hatte.

»Ich habe noch nie in meinem Leben so etwas Schönes gesehen«, sagte er. »Als Kind hatte ich nur einen kleinen Stoffesel. Mein Bruder hat ihn mit Tinte vergiftet.«

»Sie finden das also nicht abartig?«

»Nein, im Gegenteil. Unser Leben besteht aus Erinnerungen. Sie sind das Kostbarste, was wir haben.«

»Ich will die meisten wegwerfen. Außer ein paar wenigen, die mir am liebsten sind.«

»Wie soll das gehen?«

»Man kann nicht alles haben.«

»Anita, das Bienchen«, las Jonathan von einer weiteren Karte ab, »summ herum! Erich, die Stoffhummel, hat sich einen Flügel gebrochen.«

Er konnte gar nicht aufhören: Pandabär Adam, Rolf, der Mops, Eisbär Rudi, Waschbär Heinrich, Esel Alberich. Und immer so weiter. Jonathan las sich atemlos durch die Liste der Plüschtiere: Langhaarmeerschweinchen Clarissa, Delphin Hans-Peter, Sigmar, der Tiger, Löwe Richard, Timm, die Maus, Carmen, das hässliche Entchen, Schildkröte Brummel, Brummbär Klaus, Cäsar, das Äffchen, Dachs Alfred, Dackel Willi, Hugo, der Dinosaurier, Drache Dietmar.

»Eichhörnchen Jonathan«, sagte Jonathan interessiert. »Finden Sie, dass der Name zu einem Eichhörnchen passt?«

»Als ich das Eichhörnchen getauft habe, kannte ich Sie noch nicht.«

»Und passt er?«

Sie musterte ihn kurz. »Ich denke schon.«

Bodo, der Eisbär, Klaus, der Fuchs, Fledermaus Hildegard, Fritz, das Flusspferd, Frettchen Manfred, Frosch Reinhold, Gänserich Rainer, Geier Werner, Toni, die Gämse …

»Jetzt ist es aber genug«, schritt Lea ein.

»Und wer sind wir?« Nun war es Zeit, auf sie beide zurückzukommen. *Deine Augen sind so blau,* oder: *Wenn du all diese Tiere liebst, hab ich da noch ein kleines Plätzchen in deinem Herzchen*? Eher nicht.

Vielleicht: *Als ich ganz klein war, hat mich eine Giraffe gebissen, als meine Mutter nicht auf mich aufgepasst hat …*

»Mein Lieblingstier ist der Skorpion«, sagte er schließlich, »obwohl mein Sternzeichen das Lamm ist.«

»Nein, nicht jetzt«, sagte Lea mit klarer Stimme.

»Oder umgekehrt.« Jonathan schlug sich auf den Kopf. Dann also weiter: Giraffe Luise, Goldhamster Lukas, Henne Agnes, Hamster Johannes, Lämmchen Gunter, Igel Ingolf, Iltis Adolf, Kater Joschka, Maikäfer Hannelore, Kakadu Johnny, Kamel Gustav …

»Was ist dem Kamel passiert?«, fragte Jonathan und betrachtete das Foto.

»Es hat sich die Höcker verbrannt.«

Bernadette, das Kaninchen, Känguru Wolfgang, Poldi, das Schwein, Nasenbär Ignaz, Nilpferd Regina, Fischotter Lotte, Papagei Adsche …

»Mein Bruder hat auch einen Papagei«, sagte Jonathan,

»er kann fromme Lieder singen. Aber nur die Anfänge. *Großer Gott, wir loben dich* und so was.«

»Mein Papagei konnte *Moin, Moin* sagen. Er stammt aus Büttenwarder. Aber dann ist er feucht geworden.«

Detlev, der Pelikan, Rabe Ralf, Beutelratte Rüdiger, Rauhaardackel Peter, Rehkitz Samson, Jesus, die Robbe, Krähe Rocky, Schaf Ida, Schäferhund Billy the Kid, Schildkröte Johann, Andrea M., das Turteltäubchen …

»Es muss Ihnen doch langsam langweilig werden«, ächzte Lea ungeduldig.

»Nein, nein.«

Tiger, Tintenfisch, Trampeltier, Uhu, Vogelspinne, Wal, Walross, Warzenschwein, Waschbär, Wildschwein, Wolf, Werwolf, Zicklein, Zwergpudel …

Erschöpft hielt Jonathan inne.

»Beutelratte Rüdiger müssen Sie unter B einsortieren«, sagte er, »sonst finden Sie sie nie, wenn Sie sie suchen.«

Er erinnerte sich daran, wie lange er gebraucht hatte, die Renate seines Lebens, die er fälschlicherweise hinter Beate eingeordnet hatte, wiederzufinden, als sie nach sieben Jahren erneut in sein Leben getreten war.

Lea nahm ihm ihre Kartei aus den Händen und funkelte ihn an.

»Schluss jetzt!«

»Ich bin fasziniert«, sagte Jonathan, »das ist aufsehenerregend. So hat doch jeder von uns geheime geniale Neigungen und verborgene Schätze.«

»Was sammeln Sie?«

»Reden wir lieber über Sie.«

»Ich werde ein Kinderbuch schreiben«, sagte Lea nach kurzem Zögern, »etwas zwischen *Herr der Ringe* und *Harry Potter*. In ihm werden alle meine Tiere eine Rolle spielen. Ich kenne sie ganz genau. Ich schreibe daran, seit ich neun Jahre alt war. Möchten Sie, dass ich Ihnen etwas vorlese?«

»Vielleicht ein wenig später«, sagte Jonathan. »Gibt es noch etwas zu trinken?«

Lea zögerte. »Es gibt noch einen Sechserpack Magenbitter, den wir teilen könnten«, schlug sie vor. »Meine Notration bei Magenbeschwerden.«

»Sehr gesund«, sagte Jonathan, »das regt die Leber und die Galle an.«

Während Lea in der Küche verschwand, überkam es ihn: Plötzlich fühlte er sich bereit, den Roman seines Lebens zu schreiben. Das ist es!, sagte er sich, und seine gesammelten Frauen schossen ihm kreuz und quer durch den Kopf: Anita das Busenwunder, 17, 1 Meter 64, blond. Annemarie die Kommilitonin, mit den … was? Was war das nur noch? Barbara, 54, Klavierlehrerin, mit der nichts gelaufen war, oder doch? Doris, Edeltraud, Gundula, Raphaela, Sybille, Trudy … Bestandteile seines Lebens, seiner Biographie, die voll war mit Lust und Leid. Er würde einen Roman schreiben, etwas zwischen Tom Wolfe und Thomas Mann, voller Verve, Witz und Wut. Schonungslos und provokant würde er die Oberflächlichkeit der heutigen Welt demaskieren und sich dabei selbst nicht schonen. Mit rasanter Selbstironie würde er dem Zeitgeist den Spiegel vorhalten. Eine gewisse epische Breite war durchaus angesagt. Schließlich gab es über zweihundert Frauen und ein paar Zerquetschte einzuarbeiten beziehungsweise so zu sortieren, dass die Figuren im Rahmen blieben. Der Schluss stand glücklicherweise schon fest. Den letzten seiner sieben Schüsse würde er in einem triumphalen Finale auf dem Eiffelturm abgeben und sich gleichzeitig als Signal für eine bessere Welt in die Luft sprengen. Aber vielleicht musste er darüber noch nachdenken. Es drängte ihn, nach Hause zu kommen, um sich angesichts seiner wirr durcheinanderwirbelnden Erinnerungen in seinem Geheimarchiv einen ersten systematischen Überblick zu verschaffen.

»Was ist?«, fragte Lea, als sie zurückkam.

»Ich denke gerade über etwas nach«, sagte Jonathan.

»Das sehe ich«, sagte Lea. »In Ihrem Gesicht haben sich äußerst widersprüchliche Gefühle widergespiegelt.«

»Das Mienenspiel ist der Ausdruck der Seele«, sagte Jonathan.

»Sie haben grimassiert.«

»Das tut mir leid.«

20

»Ein schlechtes Gedächtnis hat den Vorteil,
dass man schöne Dinge ein zweites Mal
zum ersten Mal erlebt.«
Peter Ustinov

Erst vor wenigen Stunden hatten sie beide einander noch fremd in einem mittelalterlichen Ritterrestaurant gegenübergesessen und versucht, sich kennenzulernen. War es ihnen gelungen? Jonathan gab sich und Lea auf seiner entsprechenden Geheimskala von eins bis sechs eine gute Zwei plus.

Auch Lea nutzte den kurzen Augenblick des Schweigens zwischen ihnen und den Stofftieren, um über den bisherigen Abend nachzusinnen. Sie war sich nicht ganz sicher, wie es zwischen ihr und Jonathan stand. Männer, wusste sie, achteten beim ersten Treffen zunächst nur auf Äußerlichkeiten. Ob aus Oberflächlichkeit, Dummheit, Eitelkeit oder Schüchternheit war schwer zu sagen. Natürlich hatte sie fürs gemeinsame Kennenlernen einen Ort ausgesucht, der sie beide inspirieren konnte, wenn man denn nur wollte. Auf ihrer ganz privaten Liste gemeinsamer Interessen benotete sie den Abend mit einer Drei plus. Natürlich gab es bei einem ersten Schnuppertermin die eine oder andere Panne. Wie sollte es anders sein? Es gab nun mal kein richtiges Leben im falschen.

Während sie also so auf dem Bett saßen, jeder ein Plüschtier in den Händen wiegend, ließen sie beide den vergangenen Abend an sich vorüberziehen wie einen alten Film, von dem man nicht wusste, ob man ihn noch mochte.

»Die Badefreuden im Mittelalter«, hatte der Gymnasiallehrer Jonathan erläutert, während Lea endlose Zeit auf der Toilette verbrachte, »– Sie wissen schon, da ging's nicht nur ums Waschen – können Sie authentisch in einem Club ganz in der Nähe nacherleben.«

Dezent steckte er Jonathan ein Kärtchen zu: *Landsknecht-Gay-Club.*

»Voraussetzung ist Abitur. Wir sind alle Akademiker«, flüsterte er. »Und natürlich Verständnis für die alten Sitten und Bräuche.«

Tänzelnd kam Lea auf Jonathan zu, verbeugte sich vor den Chinesen, die sich gegenseitig vergnügt kichernd mit Teufelskraut bewarfen, zwängte sich zwischen den Gymnasiallehrern dicht an Jonathan heran und fand sich mitten in seinem Gespräch mit dem Altphilologen wieder, in dem es inzwischen um griechische Analerotik ging. Sie griff unter dem Tisch nach Jonathans Hand und bemerkte, dass da schon eine andere war.

»Sie sind doch nicht etwa schwul?«

»Eigentlich nicht«, sagte Jonathan.

»Es ist nichts dabei«, belehrte ihn Lea. »Sie dürfen Ihre Neigungen nicht unterdrücken. Als ich neun Jahre alt war, war ich drei Monate lang stark lesbisch veranlagt, aber das hat sich wieder gegeben.«

Der Altphilologe warf Jonathan einen todtraurigen Blick zu. Jonathan wich ihm aus.

Der Mönch stellte ruppig einen Kräutertopf zur Abwehr der bösen Geister und Erhaltung der Lebenskraft auf den Tisch und fluchte leise vor sich hin.

»Das haben wir nicht bestellt!«, meldete sich Lea.

»Kann ich nur empfehlen.«

»Wir sind im Mittelalter«, beruhigte Jonathan sie, »das ist eine unruhige, unsichere Zeit.«

»Das ist ein Kopfsalat, sonst nichts.«

»Hunger und Not, dazu ununterbrochen Bauernkriege, sonst nichts.«

Lea nahm sich zwei Finger und kaute. »Ich hasse Vitamine.«

Der Mönch schob Jonathan einen verrosteten Topf vor die Hände.

»Vorsicht, heiß!«

Der Topf war eiskalt.

»Was ist das?«

»Des alten Kaisers Lab!«

»Das ist ein zähes Brathendl. Außen verkohlt, innen roh«, sagte Jonathan. »Nein danke!«

»Essen Sie das nicht? Am besten, wir tauschen.«

In diesem Augenblick beschloss Jonathan, kochen zu lernen. Nur für sich. Niemand sollte ihn dabei stören.

Ohne seine Antwort abzuwarten, zog Lea den Topf an sich und schlang seinen Inhalt in sich hinein.

»Ich finde Sie sehr sympathisch. Mit meinem Exmann konnte ich nie etwas teilen.« Lea beugte sich zu ihm. »Ich habe nämlich erst vor sechs Wochen meine Karnophobie überwunden.«

»Karnophobie«, nickte er kundig. »Die Angst vor Hunden?«

»Die Angst vor Fleisch!«, verbesserte Lea. »Sie ist entsetzlich. Als Karnophobiker fürchtest du dich davor, dass die chinesische Ente gleich ihr Samuraischwert zückt. Du gerätst in Panik, dass der Kalbskopf in Aspik anfängt, *You're My Heart, You're My Soul* zu singen. Und das süße kleine Kaninchen verweigert die Knoblauch-Rosmarin-Abreibung mit einem lauten *Fass mich nicht an!*«

Ihr Gesicht war ganz nahe an seinem, und Jonathan spürte ihren feuchten Atem. »Die Angst vor Fleisch«, flüsterte sie, »ist die Hölle, aber ich habe sie überwunden.«

»Wie haben Sie das geschafft?«

»Ich habe mich mit ihm unterhalten«, sagte Lea, »Fleisch ist besser als sein Ruf.«

Sie schlang, schluckte und richtete sich auf.

»Und jetzt?«, rief sie, schwang sich hoch und drehte sich im Kreis. »Da! Sehen Sie das?«

Jonathan ahnte, was sie meinte. Da hatten sich tatsächlich ein paar Kilo zu viel angesetzt, aber das war seinem geschulten Blick von Anfang an nicht entgangen. Doch damit konnte er gut leben. Vorerst. Außerdem musste er das Terrain erst einmal selbst näher untersuchen.

»Dieser fette Arsch? Die schwammige Wampe? Die schlappen Titten. O Gott, ich muss abnehmen«, heulte Lea auf.

Jonathan senkte unsicher die Augen. »Nein, müssen Sie nicht! Zu der Zeit von Rubens zum Beispiel war das Frauenideal ...«

»Aber wenn ich abnehme, werden die Titten noch kleiner. Alles wird schlaff und runzlig! Ich bin ja so unglücklich.«

Die Tischrunde schwieg, wiegte die Köpfe und wartete gespannt auf Jonathans Reaktion.

»Bitte, seien Sie ehrlich!«, flehte Lea heimtückisch.

Ein Chinese zwickte ihr an Jonathans Stelle in den Hintern. »Ente gut, alles gut!«, sagte er freundlich. »Chinasplichwolt!«

Lea holte blindlings aus und schlug ihn mit dem Hühnchen auf den Kopf. Jonathan atmete auf. Das war seine Rettung.

»Ich bin leider auch phobisch belastet«, sagte er, um das Thema zu wechseln. »Genetisch bedingt. Wahrscheinlich von der Großmutter väterlicherseits geerbt.«

Leas Augen wurden groß.

»Lachanophobie«, lächelte Jonathan stolz.

»Angst vor dem Lachen?« Lea sah in traurig an. »Wie entsetzlich! Lachen ist die beste Medizin.«

»Angst vor Gemüse«, verbesserte Jonathan.

Lea war beeindruckt. »Was soll denn da schon passieren? Die Karotten tun doch nichts, und auch Fenchel, Aubergine, Zucchini, Blumenkohl oder Bohnen sind ganz friedlich. Angst vor Gemüse ist also nicht zwingend angebracht.«

Jonathan unterdrückte seinen Ärger und stieß einen tiefen Seufzer aus. »Manchmal«, murmelte er bedrückt, »sind die Gefühle eben stärker als der Verstand.«

Normalerweise griff er in solchen Momenten nach den Händen der potentiellen Geliebten und startete seinen ersten Übergang ins Reich der Emotionen. Mit seinem klassischen Drei-Schritt-Verfahren hatte er beinahe jede Frau schon halbwegs geknackt und musste nur noch pusten, damit sie ins Bett fiel. Mit der Gemüsephobie hatte er es noch nie versucht, aber er war immerhin noch flexibel.

»Und wie haben Sie die Phobie überwunden?«, fragte Lea und legte ihre fettige Hand auf seine.

»Ich habe mich so lange verweigert, bis es mich verführt hat.«

Leas Finger kraulten seinen Handrücken. Die verklebten Härchen stellten sich auf.

»Und schließlich hat mich eine Pflaume richtiggehend vergewaltigt.«

»Pflaumen sind Obst.«

»Meine Phobie war breit gefächert. Feigen«, sagte Jonathan, »Zitronen, Melonen …«

»Saftig, samtig und überreif wahrscheinlich?«, seufzte Lea.

»Nein«, sagte Jonathan, »viel Vitamin A, D, E und K, B1 bis B6, Folsäure, Biotin, Calcium, Kalium, Magnesium, Eisen, Jod, Mangan.«

Lea starrte ihn verwirrt an.

Jonathan knabberte an einer Karotte. Ihm war unbehaglich zumute, als er sich seiner *Natternzunge,* einem zu trockenen Stück Backfisch, nur mit halber Aufmerksamkeit widmete. Was zum Teufel hatte ihn dazu bewogen, in einem Ritterrestaurant fleischliche Genüsse zu erwarten? Dafür waren Zwerg Nases Erdknollen, die sich als Pommes frites erwiesen, feucht und lasch. Lea säbelte riesige Stücke von ihrem Satansbraten – einem halben gesottenen Schweinskopf – und verschlang sie, ohne zu kauen.

»Zehn Tage nur Wasser trinken, kein Fett, kein Fleisch, kein Alkohol, nicht rauchen. Alle Poren müssen rein sein«, weckte ihn Lea aus seinen Gedanken, »dann ist der Körper bereit.«

»Wozu?«

Auf einer Riesenplatte, bestehend aus einem verrotteten Rindenstück, erhielten sie den nächsten Gang: Teufelsschwänze. Die sahen eher aus wie Teufelsköttel und schmeckten nach staatlich subventionierten eingedosten Schweinefleischbeständen aus uralten EG-Zeiten und leicht angebrannt. Die Dracheneier waren gummierte lehmige Kartoffelknödel und nur zum Teil zerkocht.

»Sex«, hauchte Lea, »himmlischer und gewaltiger und geheiligter Sex.«

Sie schob sich einen Teufelsschwanz in den Mund, eine ganz normale Bratwurst, wie Jonathan feststellte.

»Der Körper in seiner Unvollkommenheit ist vollkommen, wie er ist«, erklärte sie feierlich. »Der Körper ist Fahrzeug und Werkzeug zur Erleuchtung. Der Körper ist der geheiligte Tempel des Göttlichen. Der Körper ist das wunderbare Musikinstrument, auf dem das Göttliche seine Musik ertönen lässt. Der Körper ist das ästhetische Gewand und Ausdruck der Seele.«

Das Gespräch zwischen den neben ihnen sitzenden Gymnasiallehrern und Chinesen über die Übersetzung japanischer Sprichwörter ins Altgriechische und umgekehrt brach augenblicklich ab. Alle lauschten, beinahe ehrfürchtig.

»Konzentrieren Sie sich nur auf Ihr Geschlechtsorgan, und spüren Sie, wie es pulsiert«, sagte Lea.

Jonathan schaute zu, wie sie kaute und dazu mit den Wimpern blinkerte. Sein Elend mit Liliane verflog. Die offizielle Trauerzeit war offiziell beendet, die neue Jagdsaison eröffnet. Sein Instinkt sagte ihm, dass er immer noch der Jäger war, der mit seiner Flinte im Anschlag Frauen auflauerte, um sie niederzustrecken. Sicher wollte auch Lea ihre geheimen Triebe ausleben.

»Berührt euch nicht, wartet ab. Nach einiger Zeit kommt ihr gemeinsam zum Orgasmus durch rein geistige Kraft. Sex findet im Verstand statt. Mit einiger Übung kannst du durch Konzentration deinen Orgasmus drei Monate hinauszögern. Die Besten unter uns sind zehn Monate lang in dieser Vorerregung. Arbeits- und Essenspausen eingeschlossen. Der Guinnessrekord liegt bei vier Jahren. Während die beiden kamen, waren sie achthundert Kilometer voneinander entfernt.«

»Telefonsex?«

»Nein, reine Gedankenübertragung.«

Jonathan nahm sich eine Erdknolle vom Teller. Das

war für ihn eine fremde Welt, über die er erst nachdenken musste. Aber vielleicht komplizierte er ja alles. Er sollte über seinen Schatten springen und etwas tun, was er sonst nie tun würde. Aber was?

Lea füllte sein Glas bis zum Rand mit einem dampfenden warmen Saft. Er hob es vorsichtig an die Lippen, sog den Geruch ein und trank begierig. Cola mit Rum, angeboten als Miraculix' Zaubertrank, angereichert mit viel zu wenig Misteln, Hummer, Erdbeeren, Fledermausspeichel, Steinöl, rotem Rübensaft. Betrug.

»Das klingt interessant«, sagte er, »aber heute wäre es wohl nichts mit uns beiden, bei all dem Fett und Alkohol, mit dem wir uns gerade abfüllen.«

»Du meine Güte«, winkte Lea ab, »nicht böse sein – mit Ihnen werde ich ganz sicher nie etwas anstellen, was auch nur im Geringsten an Sex erinnern könnte.«

»Aber warum denn nicht? Ich würde auch zehn Tage lang fasten.«

»Sie haben nur schmutzige Gedanken im Kopf.«

»Wir wollten Beruf und Privatleben voneinander trennen«, protestierte Jonathan. »Und ich bin inzwischen anders als mein schlechter Ruf.«

»Sie müssten auch ihren Kopf und ihre Seele reinigen.«

»Jederzeit, wenn Sie mir dabei helfen?«

Der Zaubertrank stieg ihm in den Kopf, er schwitzte fürchterlich und seine Hände zitterten. Trotzdem tastete er nach seinen Tabletten, die ihm aber davonrollten.

»Alles in Ordnung?«, fragte Lea. »Sie schwitzen, wenn ich das so sagen darf.«

»Es geht mir gut, das ist genetisch bedingt.«

»Sie sind doch nicht etwa Alkoholiker?«, fragte Lea. »Nicht, dass es mir etwas ausmachen würde, aber das soll sehr ungesund sein.«

Sie rückte näher und behandelte ihn wie eine sorgende Mutter mit eben jenen typischen Mutterargumenten, die Jonathan schon immer als sinnlose Aneinanderreihung von Tönen empfunden hatte, während sie gleichzeitig davon schwärmte, dass ein richtiger Mann eine Vaterfigur sein müsste, einer, an den man sich anlehnen konnte.

Jonathan hob die Hand. »Kann ich einen Espresso haben?«, flehte er.

»Kaffee gibt's hier noch nicht«, rief der Mönch zurück, »wir sind erst im frühen Mittelalter.«

»Und natürlich wünsche ich mir einen richtigen Papa für meine Kinder«, seufzte Lea.

Jonathan wurde auch ohne Kaffee hellwach.

»Ich will Kinder haben«, stieß Lea rasch hervor, »zwei Mädchen und einen Jungen oder ein Mädchen und zwei Buben.«

Jonathan sah sie besorgt an.

»Sie sollen es einmal gut haben«, steigerte sich Lea in ein energisches Postulat. »Kevin soll Medizin studieren und Chirurg werden. Robbie studiert Jura, wird Anwalt und geht dann in die Politik. Und Janine wird Fernsehmoderatorin.«

Sie lehnte sich an Jonathan und begann zu weinen. Er streichelte ihr Haar und dachte nach.

Vielleicht sollte wenigstens eine seiner Ejakulationen dafür sorgen, dass sein Genmaterial auf der guten alten Welt als neuer Jonathan die Welt bevölkerte, während er schon längst zu Staub zerfallen war? Aber ob ausgerechnet Lea in dieser gerade neu entdeckten Sinngebung die richtige Paarungspartnerin war? Ob sein kostbares Sperma und ihr Ei sich wohl so vereinigten, dass ein einigermaßen vernünftiges Menschenwesen daraus wurde, also möglichst mehr von seinem Verstand und seinem Körper?

Ob sein seit Tagen aufgestautes Samengut überhaupt noch in der Lage dazu war?

»Vielleicht ist es noch etwas früh für intime Geständnisse«, unterbrach Lea tonlos seine Gedanken, »aber ich sage es lieber gleich, bevor es zu bösen Überraschungen kommt.«

Aids? Jonathan griff entsetzt nach einer Flasche Satansweihwasser und gurgelte. Der scharfe Meerrettichextrakt ätzte ihm die Mundschleimhäute und dreißig Prozent seiner Geschmacksknospen weg. Tränen schossen aus seinen Augen und rollten die Wangen hinunter.

»Ich habe eine schwere unheilbare Sperma-Allergie«, weinte Lea leise auf. »Nur ein winziger Tropfen, und ich bekomme sofort einen widerlichen Ausschlag, wässrig, klebrig, brockig, gelblich, grünlich, rötlich, schwarz. Juckreiz, Brennen beim Wasserlassen, krümelig-weißer Ausfluss, wo auch immer, Muschi, Mund, auf den Brüsten oder in den Ohren. Es brennt teuflisch.«

Jonathan war besorgt. War eine Sperma-Allergie ansteckend? Das hätte ihm gerade noch gefehlt, bei jedem seiner sieben Schüsse bunte allergische Anfälle zu bekommen. Er musste sich unbedingt bei seinem Bruder informieren. Unauffällig wischte er sich die Tränen aus dem Gesicht.

»Sie müssen nicht weinen«, flüsterte Lea betrübt und wischte noch einmal mit Spucke nach. »Bitte, seien Sie mir nicht böse, dass ich Sie damit belästigt habe. Es ist ganz allein mein Problem.«

»Nichts ist unheilbar«, beruhigte Jonathan sie, »ich habe einen guten Arzt. Mein Bruder ist Spezialist auf diesem Gebiet. Ich habe ihm viel zu verdanken. Wir werden ihn hinsichtlich Ihres Problems zu Rate ziehen.«

Lea schüttelte den Kopf. »Nicht nötig«, hob sie die Stimme, »ich komme schon allein zurecht.«

Links an der langen Tafel zahlten die chinesischen Unternehmer vergnügt und standen auf.

Rechts an der langen Tafel taten es ihnen die zwanzig Gymnasiallehrer verdrossen gleich. Die vollbusigen Mägde begannen, das irdene Geschirr vom Tisch zu räumen, und schrubbten Fett und Speckreste ab.

Die Chefin des Hauses, Burgfräulein Mandolina von Adlerstein, kam zu ihnen und versicherte sich des Wohlergehens ihrer Kundschaft, vornehmlich Leas, also der spanischen Königstochter Maria-Antonellas.

»Und?«, fragte sie, »hat es geschmecket? Waren Sie zufrieden? Wie fanden Sie unsere Events?«

»Alles in Ordnung«, wehrte Jonathan ab, »wir wollen nur noch zahlen, wenn es möglich ist.«

Die Burgfrau winkte ihrem Mönch zu und eilte zu ihrer Geldzählmaschine, um den Gewinn des Abends abzurechnen.

Jonathan griff nach dem Beutel mit dem mittelalterlichen Spielgeld.

»Das geht alles auf mich«, sagte er.

»Kommt nicht in Frage«, sagte Lea. »Jeder zahlt, was er bestellt hat.«

Sir nahm ihm den Beutel weg, schüttete die Silbertaler aus und stapelte dabei kleine Zehnerstößchen vor sich auf.

»Aber warum?«

»Ich komme mir sonst vor wie eine bezahlte Hure.«

Jonathan stöhnte. »Ich kaufe Sie nicht. Sie haben keinerlei Verpflichtungen.«

»Sie machen mich abhängig. Mit Naturalien, ganz wie im finstersten Mittelalter. Ich möchte finanziell selbständig bleiben.«

»Ich verstehe.«

»Alles zusammen?«, fragte der Mönch.

»Selbstverständlich, machen Sie sich keine Mühe«, sagte Lea und nahm ihm die Rechnung aus der Hand. »Wir rechnen das ganz schnell selber aus. Kann ich noch mal die Speise- und Getränkekarte haben?« Sie holte Stift und Block aus ihrer Handtasche.

»Das ist hier eigentlich nicht üblich«, sagte der Mönch.

»Ich lasse mich ungern betrügen«, flüsterte Lea Jonathan zu.

»Sie brauchen hier nicht zu warten«, scheuchte sie den kellnernden Störenfried weg.

»Also, das Gerupfte mit ohne Unhold«, murmelte sie, während sie die Rechnung mit der Speisekarte verglich, »das hatten wir gemeinsam.«

Der Mönch verzog sich mit dem dringenden Verlangen, die Erde möge zu beben beginnen. Zu Hause wartete wie in jeder Nacht sein Kühlschrank, der mit ihm sprechen wollte.

»Wissen Sie«, sagte Lea und nahm Jonathans Hand, »dass das Gemeinsame immer und immer Probleme macht? Mit meinem Ex hatte ich eine exzellente Vereinbarung. Alles, was wir gemeinsam angeschafft haben, wurde getrennt verrechnet. Jeder von uns hatte ein Büchlein, und jeder hat eingetragen, was er für uns ausgegeben hat. Dreimal in der Woche haben wir in bar ausgeglichen.«

Sie notierte und gruppierte Zahlen.

»Ich denke, Sie haben mehr von den *Teufelsschwänzen* gegessen als ich. Ich mag keine Bratwurst.«

»Und wie ist es weitergegangen?«, fragte Jonathan. »Mit Ihnen und Ihrem Exmann?«

»Es war ein Traum, pure Harmonie«, lächelte Lea, flinkfingrig über ihre kleine Rechnung gebeugt. »Den Fernseher habe ich gekauft, er den Videorecorder. Das

Bett er, den Esstisch ich. Die Espressomaschine er, die Mikrowelle ich.«

»Ich verstehe.«

»Alles sauber beschildert und dokumentiert, so dass es bei einer Trennung niemals Streit geben würde.«

»Und dann?«

»Beim Gewürm ohne Satansfisch würde ich vorschlagen, dass Sie zwei Drittel übernehmen. Mein Anteil am Ingwer-Met und am Rosinen-Wein war gleich null. Ich habe kaum einen Schluck getrunken, aber da will ich fairerweise nicht so sein und sage mal, dass ich zehn Prozent zahle, bevor wir uns streiten. Das wären also, Moment …« Lea bewegte die Lippen und rechnete.

»Und dann?«, drängte Jonathan.

»Und dann haben wir uns gemeinsam ein Buch gekauft.«

»Ein Buch? Sie haben sich ausgerechnet ein Buch zusammen gekauft?«, fragte Jonathan.

»Ja. Und das war der Anfang vom Ende.«

»Und? Haben Sie es wenigstens gelesen?«

»Bin ich blöd?«

»Was war das für ein Buch?«

»Muss ich Ihnen das sagen?«

Jonathan ergriff ihre Hände. »Bitte!«

Lea entwand ihm ihre Hände und vergrub ihren Kopf darin. »Wenn ich gewusst hätte, wie schnell seine religiöse Energie aufflammt, hätte ich mich nie darauf eingelassen.«

»Und wo ist Ihr Exmann jetzt?«

»Na, wo wohl? Auf dem Jakobsweg.«

Huch, dachte Jonathan, der war ja dann mal weg.

21

»Der wirklich kluge Kopf
reißt sich selbst zurück am Schopf
und tut alles mit Verstand,
statt zu rennen an die Wand.«
Sprichwort

Ihr Abschied zwischen Tür und Angel war hölzern.

»Gute Nacht«, sagte Jonathan, nahm Leas Hand und küsste ihre Fingerspitzen. »Danke für alles. Für all die schönen Tiere und für Ihr Vertrauen, mich in Ihre Sammlung einzuweihen.«

»Es war sehr interessant«, sagte sie.

»Und das Essen im Ritterrestaurant. Das sollten wir öfter machen.«

»Wir könnten in ein Dunkelrestaurant gehen.«

»Gute Idee. Auf Wiedersehen«, sagte Jonathan. Er versuchte, ihr einen kleinen höflichen Kuss auf die Wange zu geben, doch sie drehte im selben Moment den Kopf zur Seite, und er schmatzte ihr aufs Ohr.

»Entschuldigen Sie«, sagte Jonathan, trennte sich hastig von ihr und trat über die Türschwelle in den Flur. Die Lampen des Treppenhauses schalteten sich aus.

»Licht«, sagte Jonathan.

»Moment.« Lea kam zu ihm hinaus auf den Flur. Sie standen im Dunkeln. Nur dämmerig beschienen von ein paar Lichtstreifen aus ihrer Wohnung. Lea drückte auf den Lichtschalter.

»Die Kolleginnen von *Paula* sollten übrigens nicht unbedingt erfahren, dass wir uns außerhalb der Dienstzeiten treffen«, sagte Lea.

»Wir treffen uns also wieder?«

Unten schlug die Haustür zu. Schwerfällige Schritte näherten sich Stufe für Stufe.

Jeder Treppenabsatz hatte von Etage zu Etage jeweils zwanzig Stufen. Insgesamt gab es fünf Stockwerke. Zusammengerechnet bis zu ihnen also einhundert Stufen. Nach zweieinhalb Stockwerken klirrte ein Schlüssel.

»Da fehlen zehn Stufen«, flüsterte Lea, »eigentlich müsste er jetzt eine Wand aufsperren.«

Jonathan, selbst passionierter Zähler seiner Schritte und aller möglicher anderer Vorgänge, fühlte sich angenehm berührt.

Das Licht ging wieder aus.

»Ich habe da ein kleines Problem«, sagte Lea nach einer Weile gedehnt.

Jonathan sah sie schemenhaft am Treppengeländer stehen.

»Nur heraus damit«, sagte er, »ich hoffe, ich kann Ihnen helfen.«

Er tastete nach dem Lichtschalter.

»Nein«, sagte Lea, »kein Licht.«

Sie näherte sich ihm mit drei Schritten und tippte ihm mit dem Zeigefinger auf die Brust. »Ich stelle bei Ihnen eine ungewöhnliche Zurückhaltung fest.«

Jonathan schüttelte den Kopf.

»Was mich betrifft, meine ich«, sagte Lea, »dabei haben Sie den Ruf, nichts anbrennen zu lassen. Sie sollen geradezu sexsüchtig sein.«

»Sie müssen nicht alles glauben, was da getuschelt wird.«

»Bin ich Ihnen nicht attraktiv genug?«

»Doch, aber ich lebe gerade abstinent«, murmelte Jonathan, »eine Art Babypause oder Fastenkur.«

Lea schaltete das Licht an.

»Das ist gelogen«, sagte sie, »das sehe ich in Ihren Augen.«

»Ich bin nur müde, ich kann die Augen kaum mehr aufhalten.«

Er zog sich vorsichtig zurück.

»Zum Abschluss ein Quickie«, sagte Lea plötzlich, griff nach seiner Hand und zog ihn ein Stück zur Wohnungstür zurück.

»Wie bitte?« Er traute seinen Ohren nicht und sträubte sich.

»Dass Sie so spießig sind, hätte ich nicht erwartet.«

Jetzt drängte sie ihn in die Defensive.

»Wir haben stundenlang miteinander über Gott und die Welt geredet«, sagte Lea, »wir haben Gemeinsamkeiten entdeckt und auf derselben Wellenlänge gefunkt. Wir waren uns einig, was von Schopenhauer, Donald Duck und Dieter Bohlen zu halten ist, also ist das kein billiger One-Night-Stand, sondern durchaus legitim.«

Sie hatte recht. Wie er selbst war Lea voll und ganz für Toleranz und konnte Vegetarier nicht leiden. Sie hatten also in der Tat viele Gemeinsamkeiten. Für eine schnelle Nummer sollte das als Grundlage genügen.

Lea zog den Rock hoch und schob ihr Höschen zur Seite. Jonathan riskierte einen unauffälligen Blick, und sein Keuschheitsgelübde ging ihm so schnell aus dem Sinn, dass ihm beinahe schwindlig wurde. Lea wartete ungeduldig, bis er seine unerlässliche Männerneugier befriedigt hatte, seine Hose öffnete und seine Aufmerksamkeit wieder ganz ihr zuwandte.

»Du bist doch nicht nur auf meinen Körper aus?«, wisperte sie.

So war das nicht gemeint – oder doch?

»Nein, nein!«, flüsterte Jonathan. »Du, du …«

Jonathan tastete nach der Sperma-Spritze, die inzwischen zu seinem Standard-Outdoor-Kit gehörte. »Und die Sperma-Allergie?«

»Ach was!«

Im Rahmen der Wohnungstür drängte er sich von hinten an sie, versuchte in sie einzudringen und schob sie dabei in den Flur.

»Es geht nicht.«

»Weiter unten!«

»Entspann dich.«

»Ich bin entspannt.«

»An mir liegt es nicht.«

»An mir auch nicht.«

Schritte unten im Treppenhaus. Stimmen näherten sich.

Lea kippte ihr Becken, und sein mittelalter Liebesknochen schlüpfte mit einem Rutsch in sie hinein. Dabei verlor sie das Gleichgewicht, hielt sich an der Klinke fest, um nicht zu stürzen, und riss sie zu sich. Mit einem spöttischen Klicken fiel die Tür ins Schloss.

»Um Himmels willen!«

Lea rüttelte an der Tür. Jonathan erkannte ihre Panik und wollte eilig den Rückzug antreten, als sein Pimmel plötzlich wie mit eiserner Faust zusammengedrückt wurde.

»Raus mit dir«, zischte Lea.

»Es geht nicht!«

»Komm schon, stell dich nicht so dumm an.«

Jonathan zerrte und stemmte an ihrer Verkoppelung und fühlte sich noch mehr eingesaugt.

»Das bist du!«, ächzte er. »Du lässt mich nicht raus.«

»Konzentrier dich. Er muss abschlaffen.«

»Hilf mir dabei, sei ganz locker.«

Die Schritte verstummten zwei Stockwerke weiter unten. Ein Schlüssel drehte sich, eine Tür klappte zu. Fürs Erste erleichtert, gönnten sie sich eine kurze Atempause, während sie den rasend schnellen Pulsschlag des anderen spürten.

»Du musst mich erschrecken, wie beim Schluckauf«, flüsterte Lea.

Jonathan biss ihr heftig in den Hals.

»Das turnt mich nicht ab«, klagte Lea.

Das war also der berühmte Augenblick des Forderns und Schenkens, des Gebens und Nehmens, und es war der berüchtigte Augenblick, in dem eine zugezogene Wohnungstür das Fordern und Schenken, das Geben und Nehmen vorzeitig beendete. Ein Scheidenkrampf war das Fegefeuer. Ein Scheidenkrampf vor einer verschlossenen Wohnung war die Hölle.

»Das Leben ist doch voller Überraschungen«, sagte Lea ganz ruhig, auch wenn sie innerlich vor Wut kochte.

»Pssst!«

»Hör endlich auf mit deinem ewigen *Psssst*!«

»Gleich ist alles in Ordnung.«

»Lass mich in Ruhe. Rühr mich bloß nicht an!«

»Du bist gut!« Er versuchte, sich mit kleinen Rucken von ihr zu lösen. Langsam platzte ihm der Kragen. Die vielversprechende Wollust, zu der er sich hatte hinreißen lassen, hatte kaum fünf Sekunden lang gedauert. Und das nach dem stundenlangen Aufwand, den er betrieben hatte.

Ihre Vagina umklammerte sein bestes Stück wie ein Schraubstock. Er befürchtete schon, es könnte abknicken. Außerdem konnte er sich kaum mehr auf den Beinen halten.

»Du musst nur die Tür aufschließen«, schlug er sanft vor.

Lea fauchte: »Kapierst du nicht, dass ich den Schlüsselbund nicht bei mir habe?« Ihr Weinanfall hallte durchs ganze Treppenhaus.

»Hat noch jemand einen Schlüssel?«, fragte er hoffnungsvoll. Lea lehnte sich erschöpft an die Tür und schüttelte den Kopf.

»Dann müssen wir um Hilfe rufen.«

»Nein«, stöhnte Lea auf und klingelte Sturm an ihrer eigenen Wohnungstür.

»Der Hausmeister?«

»Erdgeschoss.«

»Wir müssen deinen Nachbarn wecken«, schlug Jonathan vor, »der ruft den Hausmeister an, und der wiederum schließt uns die Tür auf. Fertig!«

»O Gott, ist mir das peinlich!«

»Wenn wir uns ganz natürlich verhalten, wird niemandem etwas auffallen.«

Jonathan zog Leas Rock so züchtig wie möglich über die Blöße, an der sie so unheilvoll verbunden waren. Sie versuchten aufrecht und möglichst normal zu stehen. Dann marschierte er mit leicht gebeugten Knien in breitbeinigem Entengang hinter der tippelnden Lea her.

»Siehst du, geht doch«, sagte er aufmunternd, als sie an der Nachbartür angekommen waren. »Stehst du bequem?«

»Geht so.«

Jonathan griff um Lea herum und drückte den Klingelknopf unter dem Schild, auf dem »Gilda Heußinger« stand.

»Sie ist eine alte Frau«, flüsterte Lea, »vielleicht merkt sie wirklich nichts.«

Es dauerte eine lange Weile, bis die Nachbarin die Tür einen Spaltbreit öffnete. Lea beugte sich zu dem verschlafenen Faltenkopf.

»Keine Angst, ich bin's nur, Lea Liebermann, Ihre Nachbarin von gegenüber.« Ein erleichterter Blick des Erkennens. »Ich habe meinen Wohnungsschlüssel verloren. Können Sie unseren Hausmeister anrufen? Er muss mir aufsperren.«

Die Nachbarin musterte Jonathan, der breit lächelte. »Das wäre sehr lieb. Ich bin ihr Bruder.«

Mit einem Nicken schloss die alte Frau die Tür hinter sich.

»Ob sie dich verstanden hat?«

Langsam bewegten sie sich wieder zu Leas Wohnung zurück.

»Vielleicht vergeht es ja«, seufzte Lea und verstummte. Schweigend standen sie da und warteten.

Gemeinsame Erlebnisse dieser Art verbinden fürs Leben, dachte Jonathan, wagte es aber nicht laut auszusprechen. Jonathan und Lea, Adam und Eva, Romeo und Julia, Cäsar und Kleopatra, vielleicht auch Robinson und Freitag, deren Schicksale waren noch viel schrecklicher.

22

»Aufrichtigkeit ist die erste Pflicht des Kritikers.«

Marcel Reich-Ranicki

Es dauerte noch eine Weile, bis der Hausmeister schwer atmend die Treppe heraufgestapft kam, und nichts war vergangen. Er musterte sie. Ein Zwerg von einem Mann, oder besser gesagt: eine Tonne. Hinter der Zwergtonne tauchte sein jüngeres Ebenbild auf. Sie lächelten Jonathan beinahe brüderlich zu.

»Ach, unsere Frau Liebermann«, stellte der Hausmeister fest, »schön, dass wir uns mal persönlich etwas näher kennenlernen.«

Er schüttelte ihr die Hand, während Jonathan ihren Rock so zurechtzupfte, dass ihre Verbundenheit nicht zu offensichtlich wurde.

»Freut mich. Ich bin Karl Polanski, und das ist mein Sohn und Nachfolger Kevin. Ich arbeite ihn ein«, stellte der Hausmeister vor und stieß seine Brut in die Rippen. »Schau nicht so genau hin, Junge.«

»Aufsperren«, flüsterte Lea, »bitte!«

»Und das ist wohl der Herr Bruder?«, sagte Karl Polanski und schüttelte ihm ebenfalls die Hand. »Sehr erfreut.«

»Nein, nein, nein!«

Karl begutachtete die Situation ungerührt.

»Da haben wir wohl ein Installationsproblem?«

Er stützte die beiden Aneinandergefesselten mit kräftigem Griff.

»Lassen wir die Kleine mal ein wenig zu sich kommen«, sagte Karl geduldig, »dann wird sie schon wieder wissen, was gut für sie ist.«

»Schließen Sie mir die Wohnung auf!«, sagte Lea scharf.

»Sachte, sachte!« Der Hausmeister kramte in seiner Latzhose und holte einen Schlüsselbund hervor. »Das Problem haben wir nicht oft hier, aber wir haben alles im Griff.«

»Ich bin nicht der Bruder«, stellte Jonathan noch einmal richtig und blieb ungehört.

»Wir hatten ja schon mal eine tote Leiche hier im Treppenhaus«, sagte Karl, »erinnerst du dich, Kevin?«

»Der Konsul?«

»Oder die Geschichte mit dem Raucher, der seine Wohnung angezündet hat.«

»Bitte machen Sie die Tür auf«, flehte Jonathan unglücklich.

»Wir könnten Ihnen Sachen erzählen«, grinste der kleine Dicke, »da könnte man direkt eine Romanserie draus machen.« Endlich kramte er einen Schlüssel hervor und steckte ihn bedächtig ins Schloss. »Na, siehst du«, sagte er zufrieden. »Das wär's!«

Jonathan und Lea hüpften in die Wohnung, das Hausmeisterpaar folgte ihnen und warf einen Blick auf die Umzugskisten, die den Flur füllten.

»Unzertrennlich? Das gibt sich noch«, tröstete Karl Polanski Jonathan und tätschelte seine Wange. »Nur nicht aufgeben.«

»Danke«, ächzte Lea.

»Trinkgeld«, zischte Jonathan ihr zu, »gib ihnen was!«

»Wo soll ich jetzt Geld herkriegen?«

Der Hausmeister winkte ab.

»Nicht nötig, war mir ein Vergnügen.« Er zwinkerte ihr zu. »Viel Spaß noch!«

Dann traten sie hinaus ins Treppenhaus.

»Mit dem Bruder! Als gäbe es nicht noch andere Männer auf der Welt«, hörten sie ihn noch zu seinem Sohn sagen, dann knallte die Wohnungstür zu, und sie waren allein.

»Er hat sich gut benommen«, sagte Jonathan, »sehr seriös, hat jede Geschmacklosigkeit vermieden. Das ist außergewöhnlich.«

»Ich treibe es mit meinem eigenen Bruder!«, erwiderte Lea vorwurfsvoll. »Was erzählst du da für einen Mist? Wenn sich das herumspricht, kann ich hier keinem mehr in die Augen sehen.«

»Häschen, hüpf!«, sagte Jonathan, erleichtert darüber, dass sie die Hürde genommen hatte, während sie vorsichtig über Kartons und Umzugskisten in die Wohnung stiegen. Langsam hatte er sich an diesen Zustand gewöhnt und fand ihn gar nicht mehr so unangenehm. Dann knickten seine Beine ein. Sie sanken zu Boden und krochen zwischen Plüschtieren ins Badezimmer.

Jonathan traten die Tränen in die Augen.

»Hier stinkt es bestialisch.«

»Das Klo ist verstopft.«

»Das musst du dem Hausmeister sagen.«

»Bin noch nicht dazu gekommen bei all der Arbeit in der Redaktion, du weißt doch.«

»Kaltes Wasser«, sagte Jonathan. Lea streckte sich nach dem Duschkopf, drehte kaltes Wasser auf und richtete den Strahl auf ihre primären Geschlechtsteile. Keine Reaktion.

Jonathan griff nach einer Flasche *kraftvoll gegen Urinstein arbeitendes Dreifach-Kraft-Gel-WC-Fix,* verwarf den Gedanken aber wieder. Spülmittel?

»Wir müssen nur abwarten«, sagte er

Sie warteten. Nichts. Lea drehte das Wasser ab. »Was jetzt?«

»Wir brauchen medizinische Hilfe.«

»Gott, wie peinlich.«

»Wir rufen den Notarzt an.«

»Nur über meine Leiche«, sagte Lea störrisch.

»Ich werde es nie mehr tun«, flüsterte Jonathan.

»Was willst du nie mehr tun?«, fragte Lea.

Das ganze Elend seiner Existenz drängte sich in sein Bewusstsein. Genügte es nicht, mit sieben Schuss im Unterleib und einer Spermaspritze in der Tasche dahinvegetieren zu müssen? Musste gerade er noch mehr erdulden?

Da fiel ihm sein Bruder ein. Er zog sein Handy hervor.

»Mein Bruder ist Arzt«, erklärte er Lea, »auf ihn ist Verlass. Da bleibt es in der Familie.«

Lea blieb stumm.

»Ja, ich weiß, dass es sehr spät ist«, flüsterte Jonathan ins Telefon, »aber es ist ein Notfall.«

Er lauschte eine Weile, nickte und schüttelte dabei den Kopf. »Ich weiß, dass du genug eigene Sorgen im Beruf, mit dem Glauben, mit deiner Frau und den Kindern hast. Bitte …«

Wieder lauschte er.

»Scheidenkrampf«, sagte er schließlich und schaltete aus.

»Er kommt her«, sagte er zu Lea, und wie auf Kommando bewegten sie sich zur Wohnungstür, um sofort öffnen zu können. Die bittere Nachspielzeit dauerte schon viel zu lange. Das Schicksal schien sie ewig aneinanderfesseln zu wollen.

23

»Ohne eine universelle Brüderlichkeit werden
wir die Gefahren nicht bestehen,
die unsere ureigene Existenz bedrohen.«
Dalai-Lama

Sie kauerten an der Wand und warteten schweigend, bis es endlich klingelte. Michael, mit seinem Arztkoffer bewaffnet, schaute beim Eintreten auf das Doppelbündel Elend hinab und erfasste die Notlage auf den ersten Blick.

»Was machst du denn da schon wieder?«, lächelte er beruhigend und wandte sich dann Lea zu.

»Lea Liebermann«, sagte Jonathan kleinlaut, »eine gute Freundin.«

»Etwa 0,2 Prozent der Frauen in Westeuropa im Alter von 15 bis 64 leiden an Vaginismus«, sagte Michael. Die Sachlichkeit des Arztes war unübertrefflich.

»Da bin ich ja etwas Besonderes«, sagte Lea spitz.

»Scheiden tut weh«, lockerte Michael die Atmosphäre auf, »alter Arztwitz. Entschuldigt, dass es so lange gedauert hat. Ich hatte einen langen Tag, und bei mir geht es drunter und drüber.«

Michael zog die beiden hoch und half ihnen durch das Chaos ins Schlafzimmer.

»Entschuldigen Sie das Durcheinander«, sagte Lea, »ich bin nicht dazu gekommen, aufzuräumen.«

Michael ließ sie sich in Löffelchenstellung aufs Bett legen.

»Unser Jüngster zündet im Moment alles an, was ihm

in die Finger kommt«, sagte er im Plauderton. »Der kleine Pyromane will unbedingt Feuerwehrmann werden.«

Er versuchte offensichtlich, die Scham der Opfer verfliegen zu lassen.

»Gestern versuchte er seinen Hamsterkäfig in Brand zu setzen.«

»Aber deiner Tochter geht's wieder gut?«, fragte Jonathan, während sein Bruder den Arztkoffer öffnete.

Sie hatte vor gut vier Monaten ihren letzten Satz gesprochen: *Hinter dicken Klostermauern vögeln Mönche wie die Bauern.* Danach war sie in eine rätselhafte Taubstummheit verfallen.

Michael zog die Spritze auf. Für ihn schien ein Scheidenkrampf nichts Besonderes zu sein, so als ob er tatsächlich täglich Dutzende ineinander verkrampfter Paare zu trennen hatte. Fließbandarbeit wie Brillen verschreiben. Bei all den Schicksalsschlägen, war da so ein Missgeschick nicht der reinste Klacks?

»Ein göttliches Wunder hat sie geheilt«, sagte er, »seit Anfang der Woche spricht sie wieder. Ihr erster Satz war: *Suleika naht mit tiefem Knicksen: Herr Sultan, blasen oder wichsen?* Von uns hat sie das nicht.«

Wie freisinnig Michael doch Auskunft über seine Familienplagen gab. Ob er es mit seiner ärztlichen Schweigepflicht genauso hielt?

Michael säuberte Leas blanke Pobacke mit einem Wattebäuschchen. »Jetzt wird es gleich ein wenig piksen.«

Lea hielt den Atem an und schloss die Augen.

»Überdurchschnittliche Angst vor der Sexualität kann Scheidenkrämpfe auslösen«, dozierte Michael. »Liest man den Scheidenkrampf als Botschaft, so kann man sagen, einem möglichen verbalen Ja zum Eindringen steht ein nonverbales körperliches Nein gegenüber.«

Lea schüttelte den Kopf. »Nein, nein«, protestierte sie, »ich habe keine Angst vor Sexualität. Im Gegenteil.«

»Mein Ältester«, seufzte Michael, »hat mir gebeichtet, dass ihm sein Sportlehrer in die Turnhose greift und dann sagt, er soll niemandem was davon erzählen. Er betrachtet das nicht als schwere Bürde, sondern empfindet Befriedigung dabei.«

Jetzt drückt er aber gewaltig auf die Tube, dachte Jonathan, als Michael tief Luft holte, um weiterzureden. Ganz offensichtlich wollte er Lea beeindrucken. Die mitleidslose Offenheit war seine ganz persönliche Masche.

»Liliane lässt übrigens schön grüßen«, sagte Michael, während er die Spritze in Leas Pobacke stieß. »Sie fragt sich, wie es dir geht.«

Lea runzelte die Stirn. Wer zum Teufel war Liliane?

»Den Umständen entsprechend«, sagte Jonathan und schlüpfte mit einem tiefen Seufzer aus Lea heraus. Anschließend richteten sie sich vorsichtig im Bett auf. Jeder für sich.

»Ich rate dringend zu einer Therapie«, wandte sich Michael Lea zu. »Sie zielt in erster Linie darauf, durch praktische Übungen die ungewollte Scheidenreaktion abzubauen.«

Sie erhob sich und lächelte verkrampft. Jonathan knöpfte sich die Hose zu, während Lea den Rock nach unten strich.

Michael reichte ihr seine Visitenkarte. »Rufen Sie an. Meine Arzthelferinnen werden Ihnen die Termine geben. Dreimal wöchentlich zunächst, würde ich raten.«

Lea biss sich auf die Unterlippe.

»Diese Dinge soll man nicht verschleppen, sonst werden sie chronisch.«

»Also gut«, sagte Lea.

Michael klopfte seinem Bruder auf die Schulter. »Im späteren Verlauf wird der Partner in die Übungen mit einbezogen.«

Lea und Jonathan warfen sich einen zweifelnden Blick zu. Michael packte seinen Koffer zusammen.

»Die Rechnung für meinen nächtlichen Eingriff schicke ich dir, Bruderherz«, sagte er.

»Nein«, wehrte Lea ab, »das ist meine Sache.«

»Du gehst doch nicht wirklich wegen dieser Übungen zu ihm?«, protestierte Jonathan, als er mit Lea allein war.

»Ich finde deinen Bruder sehr klug, offen, hilfsbereit, verantwortungsbewusst und sympathisch«, betonte Lea. »Ich weiß gar nicht, was du gegen ihn hast?«

»Ich werde es dir später erklären.«

Gemeinsam gingen sie zur Wohnungstür, immer noch etwas unsicher auf den Beinen.

»Versprich mir«, beschwor Lea ihn, »dass du das, was wir gemeinsam erlebt haben, nie, nie, nie in deinem ganzen Leben irgendjemandem weitererzählst.«

»Ich schwöre.«

Lea öffnete ihm die Tür.

»Sehen wir uns wieder?«, fragte Jonathan. »Trotz allem?«

»Neun Uhr dreißig in der Redaktion. Konferenz, Themenbesprechung. Bei *Paula* sind wir selbstverständlich per Sie!«

»Selbstverständlich.«

»Wir dürfen uns beruflich nicht zu nahe kommen. Wenn wir dort in Rollen schlüpfen, sind wir auf der sicheren Seite und bleiben auf Distanz«, sagte Lea. »Als würden wir ein anderes Leben führen.«

»Ich schlage vor«, sagte Jonathan, »ich bin im Büro der

liebenswerte kleine Idiot, etwa wie Jerry Lewis in *Der Bürotrottel,* ungeschickt, aber ehrlich und mit weichem Herzen.«

»Du machst es dir leicht«, sagte Lea, »und wer soll ich sein?«

»Wie wäre es, wenn du nach außen hin die Kühle gibst, die innerlich vor Leidenschaft lodert. Eine Karrieristin wie Doris Day in *Bettgeflüster.*«

»Das kann ich nicht.«

»Dann musst du dir selber etwas einfallen lassen.«

»Könnte ich nicht die gute Kameradin sein?«

»Das bist du doch schon.«

Kein Abschiedskuss diesmal. Für Jonathan war das Thema Sex fürs Erste abgeschlossen.

24

»Übe dich im Nichtstun. Ist das Handeln rein und selbstlos, findet alles seinen vollkommenen Platz.«
Laotse

Die morgendliche Redaktionskonferenz war bereits in vollem Gange, zum ersten Mal unter dem Vorsitz von Lea Liebermann, die grau und spitznasig aussah. Als Jonathan den Raum betrat, machte sie ein Gesicht, als wünschte sie sich, weit weg zu sein. Um den Tisch herum saßen Valentin und die Redakteurinnenschar, die ihm freundlich zugrinsten.

»Gut, dass Sie endlich kommen«, seufzte Lea und sah auf ihre Uhr, »dann können wir gleich zu Ihren Beiträgen kommen.«

Bedächtig nahm Jonathan Platz. Ihm war klar, was ihm blühte.

»Setzen Sie sich doch«, sagte Lea und blätterte in ihren Unterlagen, zusammengestellt von den Redakteurinnen der verschiedenen Ressorts. Auch Jonathan hatte brav seine Hausaufgaben gemacht. Sie litt sichtlich mehr als er, während sie sein Manuskript mit Daumen und Zeigefinger hochhielt, als wäre es ein mit Sperma besudeltes Spitzenhöschen.

»Haben Sie das alle gelesen?«, fragte sie in die Runde.

»Das wäre aber nicht nötig gewesen«, sagte Jonathan.

Isabelle Thalmaier – Haustiere etc. – zwinkerte ihm amüsiert zu und zeigte ihm die spitzen Zähne in ihrem großen Schmollmund.

»Frauentypen, mit denen man leicht Sex haben kann«, las Lea mit böser Stimme vor. *»Die Temperamentvolle: Sie ist rothaarig, hat Sommersprossen und eine laute Stimme. Bei ihr haben Sie nichts zu sagen außer: Ja, mein Schatz.«*

Vera Hübner – Haushalt – schüttelte den Kopf, wie immer leicht verbittert und humorlos. Lea sah es mit Genugtuung, und ihr Ton wurde schärfer: *»Sie wird auch schon mal handgreiflich, wenn er ihr verbal nicht folgen kann und ihre Anweisungen nicht einhält.«*

Sie sah Jonathan direkt in die Augen. »Wir haben doch darüber gesprochen?«

Jonathan hob die Schultern. »Ich konnte Ihnen verbal nicht folgen.«

Die Kolleginnen warteten stumm darauf, dass die neue Chefin handgreiflich wurde.

»Im Bett sind Peitsche, Zuckerbrot sowie Lack und Leder immer dabei.«

Lea strich die Blätter mit der rechten Hand glatt. Sie zitterte leicht.

»Das ist doch lächerlich!«

»Na ja, vielleicht nicht immer«, gab Jonathan zu.

»Seien Sie doch nicht so kindisch!«

Lea hielt einen Moment inne, blickte in die Runde und fixierte eine nach der anderen. Die Damen beugten sich über ihre Papiere, so als ob sie hofften, nicht aufgerufen zu werden.

»Oder das hier«, sagte Lea. »Ich zitiere: *So anstrengend, wie die Schubkarre aussieht, ist diese Sexstellung gar nicht, versprochen!«*

Valentin Neunburger – Reisen – zupfte nervös an seinem rotblonden Bart und rückte sich die randlose Brille zurecht. Er hob die Hand, aber Lea beachtete ihn nicht.

»Tipp für Anfänger: Probieren Sie mal, ein Bein über

seine Schulter zu legen, Sie werden die Veränderung deutlich spüren!«

Friederike Roll – Wohnen – strahlte Jonathan mit herausforderndem Blick an, während Regina Mohnberg – Beauty – ihre unschuldigen rehbraunen Augen senkte.

»Tipp für Fortgeschrittene: Noch mehr Lust? In dieser Stellung können Sie sich problemlos selbst berühren, während Ihr Liebster sanft in Sie eindringt.«

Franziska, die Praktikantin, bohrte gelangweilt in ihren Zähnen. *»Das haben wir bis jetzt immer so gemacht«*, warf sie ein. Unterdrücktes Gelächter.

Lea blätterte in den Seiten.

»Der bayerische Dialekt gilt beim Sex als besonders erotisch«, las sie vor, *»das Pfälzische steht ganz unten auf der Liste der Durchschnittswerte für Gesamtdeutschland.«*

Charlotte – Job und Karriere – schüttelte sich eine Strähne aus dem Gesicht und schälte scheinbar geistesabwesend eine Orange.

»Sie nehmen das alles nicht ernst«, redete sich Lea in Wut. »Was soll das? *Männer und Frauen hören zu über 90 Prozent im Bett am liebsten Komplimente und eher nicht so gern Sätze wie: ›Wird das heute noch was?‹«*

»Was soll er denn sonst schreiben?«, verteidigte Valentin seinen Kollegen.

»Moment, es kommt noch besser«, rief Lea. *»Gelenkigen Menschen ist auch die orale Selbstbefriedigung möglich; man spricht dann bei Männern von Autofellatio.«*

Olivia Faust – Gesundheit – schnüffelte an ihren Fingerspitzen.

»Nur 0,2 bis 0,3 Prozent der männlichen Bevölkerung sind tatsächlich dazu in der Lage. Wohingegen die Zahl der Männer, die es wenigstens probiert haben, wesentlich höher liegt.«

Lea schlug mit der Faust auf den Tisch. »Was reitet Sie da? Das geht so nicht! Ich zitiere: *Bei Frauen wird diese Fähigkeit entsprechend als Autocunnilingus bezeichnet. Eine geeignete Stellung bei Frauen ist jedoch mit extrem wenigen Ausnahmen unmöglich.*«

»Was wahr ist, muss wahr bleiben«, sagte Isabelle.

Valentin lachte. Einen Lacher schien das allemal wert zu sein.

Auch Vera lachte, dann Friederike. Dann alle anderen.

Lea Liebermann stemmte sich gegen die Schallwellen des Gelächters, das sofort versiegte.

»Es reicht, Herr Kaiser«, sagte sie scharf, »Sie stellen meine Geduld auf die Probe. Sie stellen unser aller Geduld auf die Probe.«

Ihr Blick wanderte über die Gesichter der Redakteurinnen, die keinerlei Reaktion zeigten.

»Es geht um die Sache«, sagte Lea, während ihre Augen bei Jonathan um Verzeihung bettelten. »Was sein muss, muss sein.«

Jonathan stand auf.

»Dann geh ich mal weitermachen«, sagte er und rückte sich den Gürtel zurecht.

»Wir sprechen uns noch unter vier Augen«, sagte Lea. Erleichtert atmete sie auf. Sie hatte es geschafft. Sie hatte sich durchgesetzt, wenigstens dem Schein nach. Jasmin Bachstein – Mode – zupfte an ihrem Nadelstreifenjackett und stieß ein kurzes Glucksen aus.

Die Atmosphäre im Weiberladen der *Paula* war überhitzt.

»Ich hab nicht aus Mitleid mit ihm geschlafen«, sagte Jasmin am Kaffeeautomaten und füllte ihre XXL-Tasse. »Er ist gar kein echter Schwerenöter und Aufreißer, wie ihr immer behauptet, sondern ein netter, anständiger Kerl, der ein bisschen aufgeregt war.«

»Vielleicht bist du nur nicht sein Typ«, sagte Christine und schlürfte in kleinen Schlucken ihren Kaffee.

»Von wegen«, verteidigte sich Jasmin, »er ist verdammt zu früh gekommen.«

»Kein Zweitversuch?«

»Tank war leer.«

»Klingt für mich immer noch nach Mitleidsvögeln«, stellte Christine hartherzig fest.

Lea bog um die Ecke, blieb stehen und lauschte dem derben Dialog.

»Mit so einem bin ich noch nie zusammen gewesen«, sagte Jasmin kopfschüttelnd. »Kennst du einen Mann, der *panta rhei* auf Altgriechisch skandiert, bevor er seine Ladung abfeuert?«

»Nein, aber ich kenne einen, der Tierstimmen imitiert, wenn er so weit ist. Am besten macht er den Elefanten.«

Lea setzte sich ein Lächeln ins Gesicht und ging auf sie zu. Aber was sollte sie zu dem *Sex and the City*-Gespräch beitragen? *Gestern hatte ich einen der besten Scheidenkrämpfe, die man sich nur vorstellen kann*?

»Sie sind doch alle gleich«, lachte Christine.

»Aber trotzdem lieb.«

Die Kolleginnen bemerkten Lea und verstummten.

»Na, wie geht's?«, lächelte Lea. »Störe ich?«

»Geht so«, sagte Jasmin, stellte ihre Tasse ab und ging mit Christine Arm in Arm davon. Lea sah den wiegenden Hinterteilen nach und dachte an Jonathan, den Einzigen hier, den sie etwas näher kannte – und den sie soeben für immer vergrault hatte.

25

»Die Menschen, die nach Ruhe suchen,
die finden Ruhe nimmermehr,
weil sie im allzu ems'gen Suchen
die Ruhe treiben vor sich her.«
Sprichwort

Die erste Sitzung bei Dr. Michael Kaiser hatte Lea gleich nach Arbeitsschluss hinter sich gebracht: Spannen, entspannen, pressen, entspannen.

»Ich werde zunächst zehn Termine verschreiben, was relativ wenig ist, wenn man gute Resultate erzielen möchte«, sagte Michael zum Schluss. »Und: Diese Sitzungen sind zwar sehr hilfreich, aber nicht ausreichend. Die Patientin muss ihre Vaginalmuskeln auch zu Hause trainieren, ansonsten wird sie es nicht schaffen, eine ausreichende Kontrolle aufzubauen.«

»Zahlt das eigentlich die Krankenkasse?«, fragte Lea.

»Nein, aber Ihr Körper sollte es Ihnen wert sein«, dozierte Michael. »Ich sage immer: Eine kontrollierte Vagina ist genauso wichtig wie ein durchtrainiertes Herz. Nicht nur für Frauen.«

Lea dachte angestrengt über die letzte Bemerkung nach, aber Jonathans Bruder redete einfach weiter. »Damit die Übungen effizient sind, müssen Sie drei- bis fünfmal täglich mindestens um die hundert Muskelkontraktionen ausführen. Dieses Pensum ist nicht unbedingt einfach zu absolvieren, wenn man ausschließlich alleine trainieren möchte. Aber Sie können es überall machen, im Stehen, im Gehen, beim Sitzen, zu Hause, im Büro.«

Im Büro? Lea stutzte. Ob ihre Kolleginnen schon seit Jahrhunderten von diesen geheimnisvollen Übungen wussten und alle heimlich kontraktierten?

Michael führte sie in sein edles Foyer. Die Arzthelferinnen an der Rezeption mit ihren jungen, elastischen Vaginen lächelten ihr beruhigend zu.

»Die gemeinsame Vaginal-Gymnastik kann übrigens eine ausgezeichnete Ergänzung zum Solotraining sein, da sie doch unvergleichlich erotischer ist. Und die Mühe lohnt sich. Sie werden schnell feststellen, wie angenehm es ist, im Intimbereich über gute Muskeln zu verfügen, die Sie unter Kontrolle haben.«

»Ich weiß das«, sagte Lea, »ich bin stellvertretende Chefredakteurin einer Frauenzeitschrift.«

»Natürlich«, sagte Michael rasch, »aber lassen Sie sich helfen. Bitten Sie meinen Bruder, sich aktiv zu beteiligen. Auch er besitzt Muskeln und kann an der sexuellen Gymnastik teilnehmen.«

»Ich verstehe«, sagte Lea mit einem Blick auf die Uhr. »Die Geschäfte machen zu. Ich muss noch einkaufen. Ich habe keine Milch mehr im Haus …«

»Fragen Sie ihn, was er dabei empfindet«, sagte Michael Kaiser und schüttelte Lea die Hand. »Drückt es? Ein bisschen? Sehr? Gar nicht? Wenn er nur eine leichte Bewegung verspürt, obwohl Sie sich die größte Mühe geben, bedeutet das, dass Ihre Vaginalmuskeln sehr schwach sind. Die sexuelle Gymnastik wird Ihnen extrem guttun! Sie werden sehen: Nach wenigen Wochen Training wird er die Veränderung spüren. Und ein Scheidenkrampf gehört endgültig der Vergangenheit an.«

Wie sachlich war doch ein Mann, der sich den Äskulap-Stab zum Kreuz erwählt hat, das er sein Leben lang tragen musste! Lea empfand Ehrfurcht und war äußerst motiviert.

»Und richten Sie Jonathan Grüße von mir aus …«, rief ihr der Bruder nach, während sie in ihr Auto stieg.

Innerhalb kurzer Zeit hatte Lea Liebermann fleißig, wie sie war, zweihundert Kontraktionen hinter sich gebracht. Dabei hatte sie drei rote Ampeln übersehen und sich total verfahren. Erst nach fünfzig Kilometern auf der Autobahn Richtung Norden merkte sie, dass sie in ihre Wohnung gehörte, um mit einem ihrer Stofftiere zu reden. Vielleicht konnte Pu der Bär ihr helfen?

Ihr Unterleib fühlte sich wie betäubt an. Wahrscheinlich habe ich morgen einen Muskelkater, dachte sie, als sie die Treppen hochstieg. Noch musste sie sich darauf konzentrieren, zählte mit – Schritte, pressen, entspannen, Stufen – und geriet in ein auswegloses Durcheinander.

Erst als sie die Wohnungstür hinter sich zugeschlagen hatte, war sie bereit, das vaginale Pensum dieses Tages abzuschließen. Ihre Tiere winkten ihr glupschäugig zu.

Ob sie Jonathan anrufen sollte? Ihr bisheriges Leben war im Vergleich zum sichtlich erfolgreichen Werdegang Jonathans eine Katastrophe, auch wenn sie fast alles missbilligte, was er erreicht hatte. Und trotzdem klammerte sich etwas in ihr – ob es nun vaginal oder hirnlappenbestimmt war – an ihn. Er konnte für sie eine Chance sein, all das zu ändern, was sie dazu brachte, anale Pressungen mitzuzählen.

Lea befreite sich von der Last ihres Werktags, schnüffelte kurz an ihrem leicht ausgefransten Büstenhalter, warf ihn Nepomuk, dem Stier, zu, der etwas schwer von Begriff war, wie sie wusste, und roch unter ihren Achselhöhlen.

»Spieglein, Spieglein, an der Wand …«

Die Schwerkraft hatte ihre an und für sich festen, steil abstehenden Brüste wieder mindestens acht Millimeter nach unten fallen lassen. Es musste an der Erderwärmung, dem Ozonloch, dem Sterben der Regenwälder oder dem guten alten Smog liegen, dass ihre hilflosen primären und sekundären Geschlechtsmerkmale so heruntergezogen wurden.

Sie kniff sich vor dem Spiegel rechts und links in die Hüften. Auch sie waren nicht bereit zu verschwinden.

Lea begann eine Übung zur Straffung der Brüste: Arme in Schulterhöhe anheben, Hände falten und einige Sekunden fest aneinanderdrücken. Locker lassen und zehnmal wiederholen.

Noch ein Blick in den Spiegel. Waren da Tränensäcke? Lea brach ihre Bruststraffungsexzesse entsetzt ab und sah, dass ihre Augen blutunterlaufen und verquollen waren. Hatten ihre vaginalen Anstrengungen Einfluss auf ihre Augen genommen?

Lea rannte in die Küche. Sie erinnerte sich an die guten Ratschläge ihrer Mutter, öffnete mit fliegenden Fingern eine Dose Sauerkraut und verteilte es auf Gesicht und Hals, um es eine Weile einwirken zu lassen. Sie band sich die Haare zusammen und suchte nach einem Stirnband, während das Sauerkraut weniger an ihrer Haut kleben blieb als erhofft.

Lea ließ sich in ihr leeres, viel zu großes Bett fallen, in dem ihre viel zu vielen Stofftiere grübelnd zusammenhockten. Es war sichtlich für zwei Menschen konstruiert worden. Sie räkelte sich eine Weile und betrachtete sich und das Sauerkraut in der großen Spiegelwand des Wandschranks gegenüber, bis ihr der Nacken weh tat. Auch so eine Idee, sich selber beim Sex zuzuschauen!

Kein Zweifel, sie war einsam, und das tat weh.

»Komm, trau dich, du bist ein tolles Weib, auch wenn du fünf Kilo zu viel hast – oder sieben«, sagte Lea zu ihrer Lampe, holte ihr kleines Büchlein hervor und blätterte die Namen und Nummern durch.

Ein Gefühl tiefer Wehmut überwältigte sie, als sie zu Ende geblättert hatte. Keiner der Namen hatte den unerwarteten süßen Stich verursacht, der ihr den Mut gegeben hätte, den Hörer abzunehmen, zu wählen und zu sagen …

»Wer wagt, gewinnt«, sagte Lea zu ihrer Schlange Billy The Kid, aber die Schlange verkroch sich blitzartig unter dem Bett.

Sie hatte die Wahl, einsam ins Bettchen zu schlüpfen oder sich ein Herz zu nehmen und es bei einem der Männer aus dem Buch zu versuchen, auch wenn bei den meisten kleine Fragezeichen standen.

Martin … Olaf … Paul (dick durchgestrichen) … Ralf …

Ralf? Warum nicht? Also Ralf!

Lea unterdrückte das bange Gefühl, während sie seine Nummer wählte.

»Hallo«, antwortete eine rauchige Frauenstimme. Lea erschrak, legte auf und versuchte es noch einmal.

»Hallo«, sagte dieselbe Stimme.

»Äh … ich … ist …« Lea schluckte. »Ist Ralf zu Hause?«

»Ralfi?«

»Ja, Ralf. Wer sonst? Wären Sie so freundlich, ihn mir mal ans Telefon zu holen?«

»Einen Moment«, lachte die Fremde am anderen Ende der Leitung, »da muss ich erst absteigen.«

Lea hörte zärtliches Getuschel, ein paar schmatzende

Geräusche und biss sich auf die Lippen. »Wollen Sie damit sagen, dass Sie gerade mit ihm …? Ich meine, ich will nicht stören, wenn Sie und er …«

»Ich bin im Moment sehr beschäftigt«, unterbrach sie Ralfs Stimme. Leas Hirn arbeitete fieberhaft an einer plausiblen Ausrede.

»Ralf, ich bin's, Lea«, sagte sie mit brüchiger Stimme. »Eigentlich wollte ich dich nur fragen …«

Die Leitung verstummte.

»Ralf«, sagte Lea verschüchtert, »bist du noch dran, Ralf?«

Stille.

»Ralfi?«

Dann eben nicht.

Das Telefon klingelte, und im nächsten Moment erklang Ralfs Stimme aus dem Lautsprecher des Anrufbeantworters:

»Ich bin's, Ralf. Tut mir leid, war gerade beschäftigt. Gehst du mal ran?«

Vorsichtig näherte sich Leas Hand dem Telefon.

»Nichts Wichtiges«, sagte Ralf, »ich will dir nur sagen, dass es Frauen gibt, die nicht jedes Mal kotzen müssen, wenn ich mit ihnen ins Bett gehe.«

»Tut mir auch leid«, sagte Lea zum Anrufbeantworter.

»Noch nie im Leben habe ich so viel Erbrochenes zusammengewischt wie bei dir.«

Sie hob ab.

»Ja«, sagte sie, »aber da bist du ungerecht. Einmal hast du dich auch übergeben.«

»Kein Wunder«, sagte Ralf, »da hast du Blut gespuckt. Und dann hast du mir auch noch in den Schwanz gebissen.«

»Aber das war doch keine Absicht«, empörte sich Lea,

»das war der Schluckauf. Selbst schuld, wenn du mich mit Prosecco abfüllen willst.«

Er legte auf.

Leas Gedanken wanderten, ob sie wollte oder nicht, zu Jonathan. Sie wusste – schließlich hatte sie Abitur –, dass zwei Menschen ihrer intellektuellen und moralischen Programmatik auf dem Weg zu einem erfüllten Leben nicht unterschiedlicher sein konnten.

Während er sich offenbar in einer seltsamen, für Lea nicht nachvollziehbaren Wandlung darauf festgelegt hatte, sein Sexualleben deutlich einzuschränken, war sie fest entschlossen, sich endgültig Spontaneität auf ihre Fahnen zu schreiben, intuitiv ihrem Bauch zu folgen und ihren edlen, aber auch ihren niederen Instinkten nachzugeben. Doch ihre Gefühle, denen sie strikt folgen wollte, waren weniger stabil als erwartet, ihre Entscheidungen unberechenbar. War das nun gut oder schlecht?

Sie wollte einen Menschen haben, dem sie sich anvertrauen konnte, eine erfahrene Freundin, wie sie früher eine gehabt hatte. Eine Fee, die ihr die Weisheit dieser Welt wie Goldstaub ins Ohr blies.

Gerade hatte sich Lea einer hilflosen und mühsamen Masturbation hingegeben, in der sie den lustigen Türken am Gemüsestand, den Hausmeister und als Reserve den schneckengleichen Enkel ihrer greisen Nachbarin abwechselnd als Lady in Black, Wetterfee, Josefine Mutzenbacher oder Sissi zu beglücken versuchte, um endlich an die Stelle zu kommen, an der Jonathan auftauchen sollte, um alle aus dem Tempel der Wollust zu verjagen, als ihre Phantasie schließlich abbrach und sie aufstand, um nachzusehen, ob die Wohnungstür verschlossen und die Herdplatten ausgeschalten waren – da klingelte das Telefon.

»Jonathan?«, rief Lea überglücklich.

26

»Wenn neben dir ein Mensch sich plagt,
in großer Müh' und Sorge zagt,
spring du ihm bei voll Herzlichkeit
und sei zum Helfen schnell bereit.«
Sprichwort

»Spreche ich mit Lea Liebermann?« Eine Reibeisenstimme. »Ich bin Amelie Neunburger, Valentins Ehefrau.«

Ich hab doch gar nichts getan, dachte Lea entsetzt und überlegte, ob sie vielleicht doch etwas getan hatte.

»Ein wunderbarer Kollege«, sagte sie schließlich.

»Gott behüte, so wunderbar kann doch kein Mann sein, oder?«, lachte Amelie. »Ich habe schon so viel von Ihnen gehört, dass ich Sie gerne kennenlernen würde.«

Lea überlegte. Bei den anderen Frauen in der Redaktion hatte sie immer noch keinen Anschluss gefunden. Sie sehnte sich nach einer guten Freundin, der sie ihr Herz ausschütten konnte, nach einem weiblichen Austausch, aus dem möglicherweise eine der größten Frauenfreundschaften des 21. Jahrhunderts entstehen konnte.

»Mein Mann ist unterwegs«, sagte Amelie, »ich bin allein, eine gute Gelegenheit für ein Schwätzchen, oder?«

Eine halbe Stunde später betrat Lea Amelies Wohnung. Sie hatte ihren besten, gerade erst angeschafften Fummel an, auch wenn sie beinahe aus den Nähten platzte, dazu hochhackige Schuhe. Und sie hatte sich sorgfältig geschminkt.

Amelie lächelte sie an. Sie trug ein schwarzes XXL-

T-Shirt, das ihr fast bis zum Knie reichte, darunter waren nackte Beine und merkwürdigerweise Bergstiefel zu sehen. Sie war klein und wirkte recht schnuckelig. Lea sah Valentin mit anderen Augen. Eine solche Frau hätte sie diesem biederen Cordhosenträger nicht zugetraut. Eher eine kettenrauchende Umweltschützerin oder eine vergrämte und immer erkältete Tierfreundin.

»Schick«, sagte Lea, während sie sich umsah und ihr Blick an einem zwei Quadratmeter großen blutroten Bild hängenblieb. »Ein Sonnenuntergang?«

»Nicht doch«, sagte Amelie und führte sie zum Wohnzimmer, »eine Kreuzigungsszene. Das ist eine postmoderne Collage eines homosexuellen Künstlers aus Kirgisien.«

Als Amelie ihr ein Glas Wein einschenkte, duzten sie sich spontan. Sie schwatzte angeregt mit ihrer neuen Freundin über ihre Familie, die altersweise Großmutter, die inzwischen etwas wunderlich geworden war.

Amelie, gefärbte Rothaarige mit großem Herzen und Hang zu Mütterlichkeit. Ausschweifend, aber hochmoralisch. Streng atheistisch erzogen – später von einem FKK-Aktivisten in die Liebe eingeführt. Glückliche Ehefrau, die keinen Sex mehr mit ihrem Mann haben musste, und Gedichte verfasste, die sie dann verschenkte. Eine Frau mit wechselnden Ideen, die immer unvollendet blieben: Beuteltiere in Australien züchten, ein atonales lesbisches Musical komponieren, ein Organspender-Casting für Tiere aus der Dritten Welt sowie eine Erfindermesse als Plattform für Hartz-IV-Empfänger organisieren.

»Im Moment beschäftige ich mich mit der Idee, eine politisch und religiös gebundene Restaurantkette aufzumachen«, sagte sie nebenbei und räumte die Männerhemden weg, die sie gerade gebügelt hatte. »Was hältst du von einem Entspannungsknast? Freiwilliger Aufenthalt im Gefängnis, um dem Alltagsärger zu entkommen. Die Klöster und Pilgerwege sind inzwischen mehr als ausgelastet. Wir beide organisieren das und spenden zehn Prozent des Gewinns an den Verein gegen die Käfighaltung sprechender Papageien. Ich habe da einen alten Freund in der Käfigbranche. Was hältst du davon?«

»Oh, ich bin gerade dabei, einer Frauenzeitschrift den richtigen Schnitt zu verpassen«, sagte Lea forsch. »Ich denke da an eine Zielvorstellung, die den Geschlechtern, die ratlos nach einem Platz in der neuen Welt suchen, eine Identität verschafft.«

»Ich weiß«, sagte Amelie.

»Es wird wahrscheinlich eine Zeit dauern.«

»Ich weiß.«

»Jonathan ist sehr schnell mit der Trennung von Liliane fertig geworden«, sagte Amelie ganz nebenbei, während sie kleine Schüsselchen mit selbstgemachten Bio-Snacks servierte. Lea biss herzhaft in den vergifteten Apfel.

»Ich wusste gar nicht, dass er …«, sagte sie zaghaft.

»Das ging ungeheuer schnell«, sagte Amelie, »viel zu schnell dafür, dass er noch nie so lange mit einer Frau zusammen war. Die Männer haben ihr Gewissen doch alle in einem Kondom versteckt.«

»Hat er sie denn gar nicht vermisst?«

»Du hast ihm sofort den Kopf verdreht, mein Hühnchen. Da vergessen die Männer schnell. Männer sind doch so verlässlich wie ein paar alte Cordhosen.«

Lea war entzückt über Amelies Polemik. Diese Schlagfertigkeit. Sie brauchte Tage, um auf solch eine witzige Idee zu kommen. Sie konnte ja nicht wissen, dass Amelies Fundus aus auswendig gelernten Einfällen bestand, was, wenn man sie länger kannte, zu trostlosen Wiederholungen führen konnte.

»Ich muss mal für kleine Prinzessinnen«, sagte Lea und passte sich damit unwillkürlich Amelies Sprachgebrauch und Tonfall an.

Sie kam leicht ins Schwanken, als sie das Badezimmer betrat, das so groß war wie ihre gesamte Wohnung. Weiße Pracht. Ein Schwanenmobile aus Porzellan. Eine Badewanne in Form eines Herzens – oder war es eine Niere? Und Regale, überfüllt mit köstlich blinkenden Tiegeln und Fläschchen in Gold und Weiß und Vanille, blässlich schön in gedeckten Farben. So würde es im Himmel aussehen.

»O Gott, da könnte ich mich reinsetzen!«, rief Lea, wie sie es tausendmal in Kochsendungen beim Abschmecken von Butter-Sahne-Saucen gehört hatte.

Als sie wieder ins Wohnzimmer zurückkehrte, hatte Amelie Räucherkerzen aufgestellt, Musik von Cat Stevens aufgelegt und gerade ein tönernes Gefäß geöffnet, aus dem süßliche Düfte drangen.

»Was für ein schönes Badezimmer«, jubelte Lea und stolperte über ihre Füße.

»Selbst gemacht«, sagte Amelie, meinte aber nicht das Bad. »Schlafmohnlikör aus Honig von drogensüchtigen Bienen. Wirkt wie Viagra hoch zehn, aber nur bei Frauen.«

Sie schenkte Lea ein. »Du hast mein Geheimnis der ewigen Schönheit entdeckt?«

»Ja«, sagte Lea kläglich und nippte an dem Likör. »Schau mich doch nur mal an. Ich bin gerade mal über dreißig und wirke wie eine Frau, die man locker für vierzig halten könnte.«

Amelie musterte sie von oben bis unten und schwieg.

»Was sind unsere Körper schon, genau genommen?«,

fragte sie schließlich. »Nur eine physische Hülle, mehr nicht – und ihr chemischer Wert beträgt zwölf Cent. Was wir in ihn hineinreiben, kostet uns Frauen im Lauf des Lebens das Tausendfache.«

»Sehr wahr!«

»Und warum?«

Lea kratzte sich.

»Weil wir den Männern gefallen wollen. Früher hatten mein Mann und ich immer nur Streit, oder wir hatten guten Sex. Nie konnten wir richtig miteinander reden.«

»Und jetzt?«

»Jetzt ist es umgekehrt.«

»Warum?«

»Cellulite, Orangenhaut, Schwangerschaftsstreifen.«

»Du meinst …?«

»Ja.«

Lea entblößte ihren Oberschenkel und bewegte ihn hin und her.

Amelie schluckte. »Es gibt Männer, die lieben dich so, wie du bist. Aber das hält nicht lange, also mache es nur für dich!«

»Wie schafft man es, fünfundzwanzig Jahre lang so verheiratet zu sein? Mit einem Mann, der Fettzellen hasst?«

»Na ja, ein Drittel der Zeit schläft man. Das sind dann schon mal acht Jahre. Wenn er schnarcht, sind es vielleicht vier Jahre. Valentin knirscht mit den Zähnen, spricht im Schlaf und schlafwandelt sogar, obwohl ich schon versucht habe, ihn mit Knebel und Fußfesseln zur Ruhe zu bringen.«

»Und was machst du?«

»Ich kümmere mich um meine Haut, was sonst. Meine Haut und ich verstehen uns ohne Worte.«

»Und du willst dich nicht von ihm trennen?«

»Nie im Leben. Wir sind so glücklich verheiratet, dass wir sogar die Unterwäsche des Partners tragen, um immer aneinander zu denken.«

Amelie überlegte sich, ob sie Jonathans tigergemusterten Sackhalter jemals über ihre Hüften bekäme.

»Und wir müssen nicht mehr miteinander reden. Ich weiß ja schon alles.«

Lea hatte zwar noch nie länger als vier Wochen mit einem Mann zusammengelebt, hatte aber das sichere Gefühl, dass sie ihn auch dann liebend an der Haustür empfangen konnte, wenn er müde von der schweren Arbeit nach Hause käme. Er würde eine Rose überreichen, sie würde ihn auf den Duft aus der Küche aufmerksam machen. Später würde das Baby schreien, aber nicht zu laut. Noch später würde fröhliches Kindergetrappel den Raum erfüllen. Sie würden sich herzen und küssen. Nie würde er sich beschweren, dass ihr die Haare wie Glasnudeln in die Stirn hingen.

»Mit deinen Haaren solltest du schon etwas machen«, riss Amelie sie aus ihren Gedanken.

Sie gingen ins Bad, und Amelie wusch Leas Haare. Aus einer Musikanlage erklangen dezent Schubertlieder.

Lea schnurrte und packte aus. Wie beim Friseur, wo man die intimsten Dinge erzählen konnte, ohne geschlagen zu werden. Sie berichtete Amelie von Jonathans falsch versendeter Mail, die wohl für diese Liliane gedacht war. Von ihrem Problem, seine Vorgesetzte zu sein. Dem Versuch eines schnellen Quickies im Stehen zwischen Tür und Angel. Dem fast sofortigen Scheidenkrampf auf dem düsteren Flur vor ihrer Wohnung und dass sie seither regelmäßig Scheidenkrampflockerungsübungen praktizierte.

Einiges davon wusste Amelie schon von Valentin, den

Rest würde sie ihrem Mann bei nächster Gelegenheit berichten.

Amelie bemerkte Leas konzentrierten Gesichtsausdruck und die Bewegungen ihrer Lippen. Spannen, entspannen, pressen, entspannen …

»Du machst also die Scheidenkrampf-Therapie bei Doktor Michael Kaiser?«, lächelte Amelie und schenkte Lea ein neues Glas ein. Sie tat ihr Bestes, um besorgt auszusehen. Lea unterbrach den Rhythmus, und ihre Beckenstruktur verfiel sofort wieder in alte absackende Gewohnheiten.

»Du auch?«

»Das habe ich schon lange hinter mir.« Amelie stieß einen tiefen Seufzer aus. »Ich habe diese Pressgymnastik nie gerne gemacht. Sie verursacht Falten um die Mundwinkel.«

Amelie stellte ein paar Fläschchen mit Bodylotion zur Seite, an denen Lea schnüffelte und wie berauscht von den Essenzen den Kopf wiegte.

Lea schob die Unterlippe vor. Noch nie in ihrem Leben hatte sie inmitten eines solchen Luxus' hilfreicher Lebenspartner gesessen, Amelie eingeschlossen.

In diesem Moment wurde ihr klar, dass sie ihre geliebten Stofftiere einem Kinder- oder Tierheim vermachen musste, um sich Platz und Freiheit zu verschaffen. Endlich war sie erwachsen geworden.

»Diese Cremes sind aber nicht alles«, sagte Amelie sanft. »Deine Haut regeneriert sich ganz natürlich über deine inneren Säfte. Du musst sie nur zum Kochen bringen.«

»Ich hab noch nicht mal eine Mikrowelle.«

»Smartballs«, lächelte Amelie, »Liebeskugeln, du Dummchen – ich kann dir ein paar von mir geben. Ich mag sie, ich sehe sie als natürliches Training für die Vaginalmuskulatur. Geht wie von allein.«

Noch nie war Lea so mit Lebenserfahrung überschüttet worden. Wahrscheinlich wusste auch Jonathan über all das Bescheid, und sie befand sich als Einzige noch in einer weiblichen Steinzeit.

»Manchmal trage ich sie auch, wenn ich ein wenig Spaß haben möchte«, sagte Amelie, »sei es auf öden Familienfeiern oder auf langen Spaziergängen mit Mann und Hund. Momentan habe ich auch eine drin.«

»Ach du meine Güte!«

»Am Anfang ist es gewöhnungsbedürftig, aber bald kommen die ersten Resultate. Das Lustgefühl reicht dann zwar noch nicht bis zum Orgasmus, aber die Empfindungen werden immer stärker.«

»Und jetzt?«

»Weißt du, Lea«, flüsterte Amelie vielversprechend, »Abertausende Frauen auf der ganzen Welt haben so mehrfach täglich still und leise ihre Multiorgasmen. Du musst nur genau hinschauen. Die meisten überspielen es mit einem Niesen.«

Amelie nahm einen Schluck Wein, verschluckte sich und hustete.

»Jetzt?«, fragte Lea ehrfürchtig. »Ich meine, hast du jetzt einen gehabt?«

»Eher nein«, sagte Amelie und horchte in sich hinein, »aber man weiß ja oft nicht, ob es nun einer war oder nicht, oder?«

»Ja, das kenne ich.«

»Fürs Training würde ich dir aber zunächst Muschikribbler empfehlen«, sagte Amelie. »Übrigens eine Geschenkidee von Jonathan. Ich kenne über zehn Frauen, die einen von ihm haben. Ich übrigens auch. Aber das ist schon eine Zeitlang her …«

Sie schwelgte eine Weile in Erinnerungen. Ja, damals …

»Und was soll ich jetzt tun?«

»Meine Sexologin hat mir empfohlen, die Übungen mit einem Partner zu machen, und das funktioniert sehr gut. Ich lasse mich gerade von einem depressiven arbeitslosen Immobilienmakler mit Altersdiabetes und angehendem Prostatakrebs verwöhnen. Bedauernswert. Er ist ja noch so jung. Nicht einmal dreißig. Dauernd fragt er: ›Also, wann machen wir wieder Gymnastik?!‹ Gewisse Übungen werden dabei zu einem sexuellen Spiel, und ich habe ein gutes Gefühl dabei, weil ich ihm helfen kann, seine Arztkosten zu senken und sein Leben zu verlängern. Er besitzt immerhin zwölf Mietshäuser in Frankfurt und drei Wellness-Hotels in Unterfranken an der Mainschleife in bester Lage.«

»Du meinst, ich soll also mit Jonathan …?«

»Was sagst du?« Amelie schreckte auf. »Nie im Leben! Nicht mit ihm! Nimm dir einen eifrigen Liebhaber, in den du nicht vernarrt bist.«

Lea verstand. Ein wenig Lyrikkurs in der Volkshochschule?, überlegte sie. Der Mann, der ihr dreimal täglich erotische Vierzeiler auf den Anrufbeantworter sprach, hatte immerhin geschmeidige, gutgepflegte Hände.

»Und überhaupt. Vom Sex mit Jonathan würde ich für eine Weile die Finger lassen.«

»Die Finger?«

»Du weißt schon.« Amelie lächelte geheimnisvoll. Dann nieste sie.

»Für wie lange?«

»Aus evolutionärer Sicht würde ich sagen, für immer.«

»Und aus praktischer Sicht?

»So lange, bis er weich wird.«

Warum dauerte es nur so lange, bis sie so offensichtliche Sachen begriff, Erkenntnisse, die jeder anderen Frau wahrscheinlich schon in die Wiege gelegt waren?

»Ich glaube, ich habe alles falsch gemacht«, sagte Lea betrübt.

»Ja, die meisten Frauen neigen dazu.«

Eine der schönsten Freuden, die Gott den Frauen geschenkt hatte, war die Freundschaft zu anderen Frauen. Entzückt umarmte Lea Amelie.

»Ab jetzt wirst du wie meine kleine Schwester sein«, sagte Amelie, während sie Lea zum Abschied großzügig Kosmetika einpackte.

»Wollte ich eh wegschmeißen«, sagte sie auf Leas Protest hin. »Willst du meinen Muschikribbler haben?«

Schon auf dem Nachhauseweg bereute Lea die leichtsinnige Ablehnung. Sie erinnerte sich an ihre Studentenzeit. Damals hatte sie ihre letzte beste Freundin gehabt. Eine schöne Kommilitonin, in deren Hochglanz sie sich gesonnt und deren Krümel, die diese übrig ließ, sie eifrig aufgepickt hatte. Die dankbare, bescheidene Ulknudel mit hohen geistigen Qualitäten. Geförderte und beschränkte Dienerin eines höheren Wesens. Und da fiel ihr wieder ein, woher sie Jonathan kannte. Sie hatte ihm und ihrer besten Freundin damals den ersehnten Fick versaut.

27

»Kein Problem wird gelöst, wenn wir darauf warten.
Es gilt, dass sich jeder darum kümmert.«
Martin Luther King

Am frühen Abend eilten sie zu dem kleinen Italiener in ihrer Nähe. Eine winzige Thailänderin begrüßte Jonathan und Lea überschwänglich und führte sie durch das leere Lokal.

»Das Mittagsmenü?«

»Gracias«, sagte Lea und schlug die Speisekarte auf.

Jonathan hatte sie wieder einmal vor dem Supermarkt abgefangen und ihr die schweren Tragetaschen hoch in ihre Dachwohnung geschleppt. Sie verbrachten immer mehr Freizeit miteinander und tauschten sich über ihre Interessen und Hobbys aus – Sex ausgeschlossen. Leas frisch gewaschene und durchföhnte glatte Haare, ihre interessanten blassgrauen Augen. Die reizvollen Sommersprossen, die Warze am Mundwinkel, aus der ein noch nicht weggezupftes Haar spross, ihr großer Busen, von einem Sport-BH zu einer balkenförmigen Querrundung gedrückt.

»Du solltest etwas mehr Zeit darauf verwenden, deine Speisekarte zu studieren, statt fortwährend auf meine Brüste zu starren«, rügte Lea wohlwollend.

»Entschuldige, aber ich habe das Gefühl, dass sie nicht ganz zusammenpassen.«

Jonathan biss sich auf die Lippen. Das war ihm einfach so herausgerutscht. Eine alte Gewohnheit, war für ihn die Ungleichheit weiblicher Büsten doch stets ein großes

Thema gewesen. Zudem sorgte er sich darum, wie es den beiden in ihrem Gefängnis erging.

»Hast du sie gar nicht vermisst?«, fragte Lea beiläufig.

»Wen?«

In Jonathans Kopf arbeitete es. Meinte sie etwa ihre beiden vollen, runden …?

»Amelie hat mir von deiner Liliane erzählt.«

Ach so. Vermisste er sie? Jonathan überlegte blitzschnell. Ja oder nein? Vorteil von Nein: Er war ein selbstbewusster freier Mann, der nicht gleich zu einem winselnden Häuflein Elend mutierte und für jede zu haben war, die ihn achtete und schätzte und liebte. Nachteil von Nein: Er war ein oberflächlicher, herzloser Geselle – aus den Augen, aus dem Sinn.

»Nein.«

»Hast du sie verlassen oder sie dich?«

Ja oder nein? Das gleiche Spiel. Männer, die Frauen verlassen, sind Schweine. Die verlassen werden, sind Versager.

»Wir haben uns gütlich geeinigt«, sagte er.

»Dann war es auch keine echte Liebe«, stellte Lea fest.

»Ich bin nicht liebesunfähig«, knirschte Jonathan.

»Hast du sie denn je vermisst, wenn ihr getrennt wart, als ihr noch zusammen wart?«

Jonathan räusperte sich und warf ihr einen vorwurfsvollen Blick zu. Genau das hatte er befürchtet.

»Wenn wir zusammen waren, waren wir nicht getrennt«, sagte er vorsichtig, »das ist doch nur logisch.«

Leas Blick wurde aufmerksam. Ihre Nasenflügel blähten sich.

»Aber ihr hattet doch den gleichen Geschmack, oder?«

»Na ja«, sagte Jonathan, »das ist schon wahr. Wir haben gerne gemeinsam …«

Er zögerte und überlegte und nahm sich einen ökologisch sauberen Chip mit Krabbengeschmack.

»Seid ihr miteinander ins Kino gegangen?«

»Schmeckt gut«, lenkte er ab.

»Nun sag schon, ist doch nichts dabei.«

»Sie hat James-Bond-Filme geliebt und alle Filme mit Schwarzenegger. Ich nicht.«

»Aber zusammen mit ihr hast du sie dir sicher trotzdem begeistert angesehen?«

»Das stimmt, blieb mir ja nichts anderes übrig, um ...«

Er verstummte. Wie nur konnte er endlich das Thema wechseln? Er hatte Lilianes wechselndes Faible für *Sex in the City,* obszöne deutsche Hip-Hop-Texte, Bayern München, Papst Benedikt und den Kanu-Sport geteilt, um ...

Ja, es war sozusagen der Preis dafür gewesen, danach das Einzige zu teilen, was er mit ihr teilen konnte. Sex. Ledersex im Kino, die Budapester Beinschere auf Parkplätzen, Fesselspiele im Baumarkt.

Die thailändische Kellnerin brachte ihnen jeweils ein großes Glas lauwarmes Mineralwasser, in dem eine kleine Scheibe Ingwer schaukelte. Lea konzentrierte sich wieder auf die Speisekarte.

Jonathan beugte sich über den Tisch und den Kaktus, der ihm beinahe die Kehle durchstachelte.

»Hier gibt es den besten mit Austern gefüllten Schweinebauchspeck in der ganzen Region«, flüsterte er, »mit Borsten auf der Kruste. Kann ich nur empfehlen.«

»Mein Leben lang habe ich Krebse und Krabben gehasst«, winkte Lea ab, »weil mein Vetter mir, als ich vier war, einen batteriebetriebenen Hummer in die Badewanne geworfen hat.«

»Nein!«

»Aber jetzt liebe ich alles, was da so herumschwimmt. Ich giere nach Fischstäbchen.«

Inzwischen war Jonathan für Lea auch körperlich nicht mehr der unerreichbare Schönling wie zu Beginn ihrer Affäre. Er hatte durch seine neue Koch- und Genusssucht gut sieben Kilo zugenommen, zog aber immer noch seine elegant geschnittenen Hemden und engen Hosen an, die er beinahe sprengte. Ein Vesuv in Menschengestalt, fand Lea.

Langsam liebäugelte sie damit – angeheizt von Amelie –, wieder mit ihm ins Bett zu gehen. Aber sorgfältig geplant wie eine von Christoph Schlingensief inszenierte Wagneroper. Und es sollte eine Überraschung sein.

Anfangs hatten ihre Verführungsversuche noch aus kleinen unschuldigen Andeutungen bestanden, waren dann jedoch immer drängender geworden. Trotzdem benahm sich Jonathan ihr gegenüber geradezu mönchisch. Allmählich machte sie sich Sorgen über ihre Weiblichkeit, sie schminkte und schmückte sich, um ihm zu gefallen. Dennoch blieb er, mitunter zwar bebend, hart wie ein Eisberg. Noch hatte sie keine Ahnung, wie sie ihn dazu bringen konnte, ihre ureigene Naturkatastrophe zu werden.

»Ich nehme einen gebackenen Fisch mit gefülltem Sauerkraut-Knödel, aber als Kinderportion.«

»Mit einem Spielzeug? Wir haben im Angebot ein Opel-Spielzeugauto, ein Kondom oder einen Muschikribbler.«

»Dann nehme ich«, sagte Jonathan schnell, »den lauwarmen Heringsleberkäse, überbacken mit Parmesan. Als Seniorenportion.«

»Wir verkochen das, mixen es und servieren es als lauwarmen Brei«, warnte ihn die Bedienung.

Lea überkam urplötzlich ein launisches Bedürfnis nach Bratwurst, Heringssalat oder Kässpatzen, während sich Jonathan dann doch ein Küngerl mit Rotkraut bestellte.

Lea entschied sich für ein Wiener Schnitzel mit Pommes.

»Das hier ist ein bayrisch-asiatisches Steak-Restaurant und kein Italiener«, zischte Jonathan missbilligend. Er versank in missmutiges Schweigen.

»Seid ihr denn zur selben Zeit schlafen gegangen?«, unterbrach Lea Jonathans Trübsinn.

»Wie meinst du das?«, fragte Jonathan verwirrt. »Was denn sonst.«

Leas Augen begannen zu funkeln.

»Und hattet ihr die gleichen sexuellen Bedürfnisse?«, fragte sie genüsslich.

»Ach«, seufzte Jonathan und winkte ab, »das nutzt sich doch so schnell ab. Das kann doch nicht alles sein, oder?«

Das Essen wurde serviert.

»Wie hast du Amelie denn eigentlich kennengelernt?«

»Sie hat mich angerufen.«

Jonathan reagierte sauer und eifersüchtig. Vor allem weil er in früheren Zeiten ein intensives Liebesverhältnis mit Valentins Frau gehabt hatte und nun befürchtete, dass in alten Wunden gestochert wurde. Das konnte seinen mühsam aufgebauten guten Ruf bei ihr gefährden.

»Davon hat mir Valentin gar nichts gesagt!«

»Muss er das?«

Lea leerte ihr Glas.

Jonathan bekam es mit der Angst zu tun. Sicher begannen die beiden Frauen jetzt schon zu mauscheln und zu intrigieren. Bald würden sie sich zusammenschließen, um ihn zu verwalten wie Valentin.

»Ich bin ein selbständiger Mensch«, sagte Lea, »und lebe mein eigenes Leben. Du hast keinen Rechtsanspruch auf Amelie und Valentin.«

»Du weißt, dass sie meine besten Freunde sind.«

Jedenfalls kannte er sie ganz genau: schwatzhafte Klatschbasen, die nie den Mund hielten. Ob Valentin seinen Schwur gebrochen und Amelie doch schon von seinem Schicksal berichtet hatte?

»Sie mögen dich so, wie du bist.«

»Was soll das heißen?«, fuhr Jonathan hoch.

Amelie hatte also aus dem Nähkästchen geplaudert. Aber wie viel hatte sie erzählt?

»Ich mag dich auch so, wie du bist, außer …«

Jonathan füllte Leas Glas bis zum Rand. Sie hob es vorsichtig an die Lippen und trank begierig. Jonathan schob sich riesige Stücke von seinem Züngerl in den Mund und verschlang sie, ohne zu kauen. Warum zum Teufel hatte er ihr die bittere Wahrheit, wie es um ihn stand, so lange unterschlagen? Jetzt war es zu spät für ein Geständnis, denn nun stünde automatisch die peinliche Frage an: Warum hast du mir das nicht eher gesagt?

»Außer …?«

Lea richtete ihr Messer auf ihn. »Wie sollte genialer Sex für dich sein?«

»Wie Butter auf Brot schmieren.«

»Mehr nicht?«

»Es ist gar nicht so einfach, ein Butterbrot zu schmieren«, antwortete Jonathan im Hinblick auf seine neuerworbenen Kocherfahrungen. Nun gut, wenn sie um den heißen Brei herumreden wollte – das konnte er auch.

»Denkst du ab und zu an Sex?«, fragte er.

»Natürlich. Warum nicht? Das tut doch jede Frau.«

»Wirklich? Dann und wann vielleicht, beim Bügeln oder beim Haarewaschen ein paar flüchtige Gedanken?«

Lea war unbehaglich zumute. Sie widmete sich ihrem zu Tode panierten Schnitzel nur mit halber Aufmerksamkeit.

»Früher verbrachte ich Stunden, ja ganze Tage damit, an Sex zu denken«, sagte Jonathan. »Weißt du, dass der Durchschnittsmann mindestens dreihundertmal am Tag bis zu zehn Sekunden an Sex denkt? Und ich war weit überm Schnitt.«

Lea schüttelte den Kopf. »Man sollte es tun und nicht nur darüber nachdenken.«

»Sex findet bekanntlich im Kopf statt«, widersprach Jonathan.

»Das habe ich anders in Erinnerung.«

»Weil du oberflächlich bist.«

Lea schüttelte immer noch den Kopf.

»Und jetzt?«, fragte sie.

»Ich bemühe mich, es zu reduzieren, um mich wichtigeren Dingen zu widmen.«

»Warum?«

»Weil Sex ein Monster ist, das uns alle auffrisst, wenn wir nicht aufpassen«, sagte Jonathan, und noch während er seine letzten Worte sprach, wusste er, dass er die beste Gelegenheit seines Lebens verpasst hatte, mit der Wahrheit herauszurücken.

»Ein Unglück«, fuhr er fort, »das Gott zwischen die Geschlechter gesetzt hat, an dem sie scheitern sollen, bis sie zu Asche werden. So sagt es wenigstens mein Bruder.«

Lea leckte sich die Finger ab und schob ihren Teller weg.

»Hat es geschmeckt?«, fragte die Thailänderin, während sie abräumte.

»Wie bei Muttern. Es war heiß, und es war eine große Portion. Im Grunde fand ich's gar nicht so übel, das heißt, bis auf den Geschmack«, sagte Lea schlecht gelaunt.

»Ein Dessert? Espresso?«

Jonathan und Lea ignorierten sie.

28

»Solche wähle zu Begleitern,
die dein Herz und deinen Geist erweitern.«
Friedrich von Schiller

Schon einen Tag später besuchte Jonathan mit Lea den wöchentlichen Tantra-Kurs, in dem sie in der Kamasutra-Gruppentherapie ihre Sinnlichkeit aufzumöbeln versuchte. Anfangs war er begeistert gewesen. Das Kamasutra lag ihm als ehemaligem Zoologen und Tierpfleger, denn die Stellungen hatten alle Tiernamen – Frosch, Ente, Kuh, Pferd … Was wollte man mehr? Und eine kannte er ja schon: die Hündchenstellung. Das Halbjahresabo war so teuer wie ein Kleinwagen, aber das konnte er sich angesichts stark gesunkener Kosten in anderer Hinsicht leisten. Er übersprang den Anfängerkurs und drängte sich in Leas Fortgeschrittenenkurs, um mit ihr zusammen zu sein und weil er glaubte, über ausreichend private Erfahrung zu verfügen.

Das Tantra-Zentrum wurde laut Zeitungsberichten wegen Verdacht auf Unzucht von der Polizei observiert. Die Eingangshalle war überheizt, die Wände überwuchert mit Farnen, Sonnenblumen und Oleander. Ein Geruch nach Zimt und Vanille. Jonathan duckte sich und sah sich verunsichert in der gemischten Gruppe um, deren Mitglieder sich in rätselhaft rituellen Streicheleinheiten die Haare lösten, ihre Büstenhalter aufhakten, weich und glühend vor reiner Weiblichkeit. Rock, Strümpfe, hohe Absätze. Den sich wiegenden, meist mopsigen Männern wurden zu indischen Klängen Krawatten, Schuhe und Unterhosen entfernt. Dann zogen sie ihre Liebesgewänder an, um sich körperlich und geistig auf die Verschmelzung mit dem Partner vorzubereiten. Die ganze Gruppe schien innig miteinander verbunden. Jonathan fühlte sich ausgeschlossen und einsam, als er Lea im Gespräch mit einem Elektromeister beobachtete, dem sie unentwegt auf den behaarten Bodybuilderkörper starrte.

Er platzte vor Eifersucht.

Anne, ein wenig tollpatschig, alleinerziehende Mutter mit großen Brüsten und großer Sehnsucht nach Liebe, lächelte Jonathan ermutigend zu.

Marc, der Tantra-Meister im blütenweißen Guru-Gewand, klatschte lässig in die Hände. »Warm machen.«

Warm machen hieß offensichtlich, das Becken in einem geheimnisvollen Rhythmus rotieren zu lassen, in einer Weise, die all das verspottete, was er bislang als erotisch empfunden hatte. Dann kamen die praktischen Übungen.

Dafür war Jonathan hergekommen, wollte er doch die Kunst des Hinauszögerns lernen, um das Spermasparen leichter und angenehmer zu gestalten. Noch stand er etwas abseits vom Geschehen. Die Geschlechter hatten sich getrennt wie in einer guten alten Tanzschule. Wer würde wen auffordern? Wer war am schnellsten? Verheißungsvolle Blicke riefen nach Paarung. Er ging zu Lea.

Sie musste ihn beschützen, aber kaum hatte sie den Raum betreten, war sie zum Gruppentier geworden. Sie, die eifriger als alle anderen dabei war, war auch am ausgiebigsten im Tantra-Vorspiel versunken.

Marc, der Meister, sah wahrhaftig gut aus, und ohne Frage wusste er das. Ein blonder Ritter, wie er im Buche steht. Ein Troubadour, der seine Leier zupft. Er stoppte die sinnliche Ouvertüre mit der präzisen Geste eines Dirigenten.

»Geübt wird heute die Antilope, schwierig, aber sehr intensiv«, erklärte er, »und vergesst dabei nie: Es geht um die Kunst der Verführung, lustvolle Umarmungen und Küsse …«

»Ganz sicher sind auch für unsere Neulinge, die sich als alte Hasen sehen, neue Erfahrungen dabei«, zwinkerte Marc Jonathan zu. »Wir üben trocken verschiedene Liebesstellungen, wobei wir darauf achten, dass sie auch für Menschen geeignet sind, die keine Gummiknochen haben.«

Alle lachten vergnügt. Jonathan griff nach Leas Hand.

Marc ließ seinen Blick über die Reihen schweifen und wählte dann als Partnerin, mit der er in der Mitte des Raums die Vorführung beginnen wollte – empörtes Aufseufzen beziehungsweise erleichtertes Aufatmen in den Reihen der Damen –, eine kleine dumme Göre, die sich skrupellos an den Meister ranschmiss.

»Wir setzen uns nun«, sagte Marc in die Runde, und die Göre nahm rittlings auf seinem linken Schenkel Platz und umarmte ihn. Jonathan und Lea machten es ihnen nach.

»Sexualität ist der spannungsreiche Kontakt der Sinnesorgane«, rief Marc. »Jetzt steht der Mann langsam auf und hebt die Frau dabei hoch.«

Mühelos erhob er sich. Die Übungsgruppe folgte. Es dauerte, aber sie standen.

»Mein Gott, bist du schwer!«, keuchte Jonathan, während er als Letzter noch auf den Knien lag.

»Nun mach schon«, zischte Lea. Marc trennte sich von seiner Partnerin und gab Hilfestellung, bevor Jonathan zusammenbrach.

»Komm her, Lea«, rief er und schnappte sich Lea als Vorführfrau.

Jonathan stand fassungslos zwischen den Paaren, die geduldig ihre Frauen in die Höhe reckten. Er drehte sich im Kreis und suchte nach einer anderen Übungspartnerin. Eine grauhaarige gepflegte Dame um die sechzig trennte sich von ihrem Mann, um in der Not zu helfen.

»Komm her«, sagte sie, »mit mir geht das.«

Marc und Lea gingen in Position. Sie umschlang seinen Rücken mit ihren Beinen.

»Das linke Knie des Mannes bleibt im rechten Winkel gebeugt«, rief Marc. »Es ist das Wahrnehmen von zweien, die sich berühren und zu einem Ganzen vereinigen möchten.«

Die Dame erwies sich als geschmeidig. Nur ließ sich Jonathans linkes Knie nicht knicken.

»Denk an den Triumphwagen«, sagte seine Partnerin irritiert.

Jonathan ließ sie los und richtete sich erschöpft auf. Er sah, dass er einer Selbstüberschätzung zum Opfer gefallen war, als er den Anfängerkurs übersprungen hatte.

»Aber der Triumphwagen ist doch die Grundlage für die Antilopenstellung«, sagte Jonathans Partnerin vorwurfsvoll. »Hast du da gefehlt?«

Die Krabbenstellung, der Schmetterling, der Fisch, in der sich Yoni und Lingam vereinen, all die Trockenübungen, die den anderen perfekt in den Gliedern saßen, gingen über seine Verhältnisse.

»Das linke Knie ruht auf dem Boden«, hörte er Marcs Stimme. Sie waren alle schon vier Schritte weiter. »Sie setzt sich auf den rechten Schenkel, dabei zeigt mein linkes Knie nach unten.«

Er störte diese Kreise, wie ein Legastheniker einen Literaturzirkel behindert. Sein rechtes Knie brannte wie Feuer, und eine Erektion machte ihm zu schaffen.

»Entschuldigung«, sagte Jonathan verlegen.

Bei keinem anderen konnte er nur die geringste Verbeulung ausmachen.

»Dein Körper ist das ästhetische Gewand und Ausdruck der Seele«, sagte Jonathans Partnerin unwillig, während sie seinen Penisumriss musterte. »Das musst du noch lernen.« Damit ging sie kopfschüttelnd davon und flüsterte mit einem hageren Jüngling, der sofort in Position ging.

Anne, die Tollpatschige, kam zu Jonathan, um ihn zu trösten. »Nicht traurig sein«, sagte sie, »das passiert mir ständig. Dabei mache ich das schon seit sechs Jahren. Ich glaube, wie beide haben kein Talent dafür.«

Jonathan hob freudlos die Mundwinkel. Wer wollte sich schon mit Versagern verbünden?

»Lass es uns gemeinsam versuchen«, sagte sie, »wir passen bestimmt gut zusammen.«

Sie neigten sich einander zu.

»Die sexuelle Vereinigung spielt im klassischen Tantra immer eine zentrale Rolle«, rief Marc und ging vorsichtig in die Knie, wobei er Leas Rücken mit den Händen stützte.

»In dieser Position hebt der Herr die Dame auf seinen Lingam und dringt in ihre Yoni ein.«

»Wir schaffen das«, sagte Anne und zog Jonathan in eine Ecke.

»Es ist doch ganz einfach. Ich zeige es dir. Bei der Antilope musst du dein rechtes Knie anheben. Gleichzeitig hebst du deine Partnerin hoch, legst deinen rechten Arm um ihre Hüfte und den linken Arm um ihre Schulter. Komm, mach schon.«

Sie stützte sich mit ihren Füßen ab, während Jonathan theoretisch mit seinem Lingam sanft in ihre Yoni eindrang. Sie war unbeholfen, aber weich. Augenblicklich wurde Jonathan von starker verbotener Begierde erfüllt.

»Händchen falten, Mündchen halten«, flüsterte sie ihm ins Ohr, »stille sitzen, Öhrchen spitzen!«

»Hallo!«, rief die Stimme des Meisters. »Keine Extratouren. Es geht weiter. Wir kommen zur doppelten Spinne.«

»Den Rücken beugen«, flüsterte Anne und rieb sich an ihm. Jonathan spürte Marcs strengen Blick. In ihm pochte es, sein Lingam fühlte sich an, als wolle er platzen.

»Wie bei einem Quickie auf der Waschmaschine«, flüsterte er.

»Oder auf dem Kopierer«, hauchte Anne.

»Jetzt wird eine tiefe Penetration möglich, daher sollten alle Bewegungen sanft und behutsam ausgeführt werden«, rief Marc.

Jonathan spürte, wie sich ein Schuss zu lösen drohte. Er war machtlos, konnte es nicht verhindern. Er stöhnte auf.

»Ja, ja, ja«, stöhnte Anne mit ihm.

Die Tantra-Übungsgruppe erstarrte wie eine Filmszene, wenn jemand die Pausentaste drückt.

Und dann waren's nur noch sechs!

»Moment«, rief Marc, »was ist da los?«

Die Paare trennten sich. So einen Tabubruch hatte es hier seit Menschengedenken nicht mehr gegeben.

»Wir sind hier nicht im Swingerclub«, sagte Marc. Er ging dazwischen und löste Jonathan und Anne aus ihrer Umschlingung. »Das gibt Hausverbot für Jonathan, so leid es mir tut.«

Jonathan suchte Leas Blick, doch sie sah stumm errötet auf ihre Füße und bewegte die Zehen.

»Ich glaube, ich gehe jetzt«, sagte er in ihre Richtung.

»Mir tut es auch leid«, sagte Anne leise zu ihm. »Es war sehr hübsch mit dir, aber ich muss hierbleiben.« Sie küsste ihn auf die Wange und tänzelte zurück in den Kreis ihrer Gesinnungsgenossen.

Jonathan fasste sich und ging. Er lechzte nach einer Zigarette auf dem Herrenklo, zog sich um und holte sich eine zerknüllte Schachtel Sargnägel aus dem Geheimfach seiner Trainingstasche.

Aus dem Übungssaal erklang Beifall. Die Veranstaltung war beendet, und die Kamasutraner eilten in die Umkleideräume. Gelächter, Fachsimpeln. Marc verabschiedete seine Schützlinge. Jonathan beobachtete, wie Lea sich aufspielte. Sie schien süchtig nach seiner Aufmerksamkeit zu sein.

»Ich muss mit Ihnen reden«, sagte Jonathan, als Marc an ihm vorbeikam. »Lassen Sie Lea in Ruhe.«

»Was ist los, Jonathan?«, entgegnete der. »Sie platzen da in meinen Kurs hinein, führen sich auf wie ein Ochse am Berg, machen meine Gäste nervös, und jetzt spielen Sie auch noch den beleidigten Ehemann.«

»Ich will, dass Sie Ihre dreckigen Finger von Lea lassen. Suchen Sie sich eine andere aus für Ihre schmutzigen Spielchen! Muss ich noch deutlicher werden?«

Marc wippte auf den Zehen.

»Sie sind also der gute ehrliche Bursche im billigen Anzug, der es dem geleckten Schuft zeigen will?«, fragte er und klopfte Jonathan kameradschaftlich auf die Schulter.

Jonathan schlug seine Hand weg. »Lea und ich sind ein Paar, und ich werde nicht zulassen, dass so ein Kasperle wie Sie sie mir wegnimmt!«

Marc musterte ihn aufmerksam, legte seinen Kopf schief, dann lachte er leise und streckte seine Hand aus.

»Willkommen im Club«, sagte er schließlich leise, »du musst nicht eifersüchtig sein.«

Jonathan wich irritiert zurück.

»Ich habe seit Monaten keinen einzigen Schuss mehr übrig, mein Freund«, sagte Marc.

»Was hat das mit mir …«, wehrte sich Jonathan.

»Es ist wie bei Stotterern, die gelernt haben, flüssig zu reden. Wir durchschauen die Tricks unserer Leidensgenossen.«

Jonathan war hin und her gerissen. Zum ersten Mal stand er einem gegenüber, dem es genauso ging wie ihm. Sogar noch schlechter.

»Wie viele hast du noch?«

Jonathan rechnete nach, obwohl er seine Schusszahl genau wusste. »Sechs«, sagte er schließlich.

»Wir sind mehr, als du glaubst«, sagte Marc. »Alle schämen sich und halten sich bedeckt.«

»Was soll man machen?«

»Es gibt eine Gruppe der Anonymen Schusslosen.«

»Ich weiß nicht …«

»Wir teilen dasselbe Schicksal. Was willst du mehr?«

Verschworene Gemeinschaften, Geheimbünde?

»Überleg's dir«, sagte Marc, als Lea näher kam, drückte ihm die Hand und eilte davon. Ein letztes Bad in der Menge.

»Hat es dir keinen Spaß gemacht?«, fragte Lea. Sie prüfte ihr neu aufgelegtes Make-up in einem kleinen Spiegel, strich sich mechanisch das Haar hinter die Ohren und lächelte sich zu.

»Bis jetzt dachte ich, dass ich lustfähig bin«, murmelte Jonathan, »aber ich bin kein Mensch, der auf Befehl spontan sein kann.«

»Da habe ich aber schon anderes über dich gehört, Jonathan!«

»Wir können alles miteinander tun«, sagte er, »alles, nur das nicht. Es bringt uns nur Streit ein.«

»Du meine Güte«, tröstete Lea ihn, »da muss jeder durch. Nicht so schnell aufgeben. In ein paar Monaten bist du besser als Marc.«

Er öffnete ihr die Tür ins Freie.

»Ich dachte, wenn wir etwas Gemeinsames hätten …«

»Das ist nichts für mich«, stellte Jonathan unmissverständlich klar.

»Hör zu«, sagte Lea, »zwischen mir und Marc herrscht ein rein platonisches Verhältnis.«

»Ich weiß.«

»Was weißt du?«

»Ich weiß etwas, was du nicht weißt.«

Lea stutzte.

»Egal«, sagte sie, »es hat jedenfalls nichts mit uns beiden zu tun. Du bleibst für mich der Mann, der du bist.«

»Weißt du eigentlich, was für ein Mann ich bin?«, fragte Jonathan tonlos, während sie über die Straße gingen.

»Das werde ich schon noch herausfinden«, sagte Lea munter. »Gehen wir noch wohin? Darf ich dich unter meine Fittiche nehmen?«

Jonathan saß in Gedanken schon in der Selbsthilfegruppe, sah sich unter Männern, die die Kraft und Stärke ausstrahlten, die er nicht aufbrachte. Er spürte den neuen Mut, der ihn erfüllen würde.

Lea wurde klar, dass Jonathan nicht mehr über das eben Erlebte reden wollte. Der Feigling wollte den Vorfall ignorieren und einfach so tun, als ob nichts gewesen wäre.

»Fittiche?«, lachte Jonathan bitter. »Heute bitte keine Fittiche mehr.«

29

»Es ist auf Erden keine Nacht,
die nicht noch ihren Schimmer hätte;
so groß ist keines Unglücks Macht,
ein Blümlein hängt an jeder Kette.«
Sprichwort

Hier in seiner Küche war Jonathan Kaiser sein eigener Herr. Er durfte denken, tun und lassen, was er wollte, schneiden, brutzeln, Brote schmieren, Plätzchen backen, Dosen aufwärmen, spülen. Das Fernsehgerät lief wie immer halblaut mit. Er mochte es, freundliche bekannte Stimmen zu hören.

Jonathan ließ seine Überlegung fallen, den Bundespräsidenten und den Papst per Brief um ihren weisen Rat zu bitten.

Natürlich war er dann doch noch …

Jonathan verdrängte den unangenehmen Gedanken, der ihm wie Säure in den Magen kroch. Unwillkürlich krümmte er sich auf dem Stuhl in seiner eleganten Designerküche, die er bis vor einiger Zeit kaum benutzt hatte, und löffelte zur Ablenkung einen extrascharfen mexikanischen Bohneneintopf mit Fleischwurst aus der Bio-Dose. So was war ihm in seinem ganzen Leben noch nicht passiert, also sollte er es nicht so schwernehmen. Er gab einen kleinen Löffel süßsauren Saft von sirupartiger Konsistenz hinzu. Wurzeln des Sauerampfers, ein Absud von Altheenwurzeln und kleingehackter Klette. Dazu gestampfte und kurz aufgebrühte Rhizomen des Wiesenknöterichs und Blätter der Lippie. Das Zeug hatte er gestern bei einer Kräuterhexe für zweihundert Euro gekauft. Es schmeckte stark nach Urin. Das Rezept stammte ursprünglich von einer nach Finnland ausgewanderten Indonesierin und war genau auf sein Problem zugeschnitten. Finnen hatten schon während der Völkerwanderung unter Schussproblemen gelitten. Aber das erledigte sich damals, als die Letten sie mit neuen Genen überschütteten. Für Jonathan kam diese Lösung zu spät.

Er konzentrierte sich auf die Broschüre der Anonymen Schussopfer e. V., die er sich am Tag zuvor besorgt hatte. Sie war illustriert mit allerlei Phallussymbolen wie Bananen, dem Schiefen Turm von Pisa, Strommasten, der zartesten Versuchung, der längsten Praline der Welt.

Jonathan schlug das Heft auf und las: *Die Anonymen Schussopfer (ASO) treffen sich regelmäßig, um ihre Erfahrungen und Erkenntnisse über die Glaser'sche Krankheit auszutauschen. Durch den ständigen Kontakt mit den ASO-Freunden und das Gefühl der Gemeinschaft kann der Zwang zum Ejakulieren und die Sucht nach dem Orgasmus durchbrochen werden. Der Neuling lernt, auf den Geschlechtsverkehr zu verzichten. Anstatt dem Orgasmus für alle Zeiten abzuschwören, konzentriert er sich darauf, seinen Sexualtrieb jetzt und heute zu vergessen. Sobald er sich daran gewöhnt hat, bekommt er einen Teil seiner Krankheit in den Griff. Wer seine Flinte im Zaum halten will, braucht einen gesunden Verstand und ein gesundes Gefühlsleben.*

Im geschlossenen Meeting treffen sich nur die Opfer der Morbus Glaser, die den ehrlichen Wunsch haben, den haltlosen Sex an den Nagel zu hängen und sich der ›Luxuria devinita‹ zu stellen. Jeder, der etwas zu sagen oder zu fragen hat oder sich der Gruppe mitteilen will, kann dies tun. Dabei spricht jeder nur für sich und über sich selbst, seine eige-

nen Gefühle. Wir reden uns mit Vornamen an. Kritik soll nur geübt werden, wenn sie konstruktiv ist, Ratschläge werden nur erteilt, wenn sie nützlich sind. In den Meetings kann das Schussopfer die Fähigkeit entwickeln – durch die Offenheit und das ehrliche Bekenntnis der anderen –, sich selbst zu erkennen. Es lernt, seine eigenen Schwächen, Fehler und Handlungsweisen selbstkritisch zu betrachten und sie schließlich zu offenbaren.

Jonathan brockte sich Toast in die Suppe.

Laut Broschüre gehörte er zu den zwei Prozent der Männer in Deutschland, die im Volksmund als »Schussopfer« bezeichnet wurden. Dem Verein gehörten weltweit etwa 100 000 und hierzulande mehr als 5000 von der Glaser'schen Krankheit Betroffene an. Wer Mitglied werden wollte, musste eine Schussquote von höchstens 69 haben und mit einem ärztlichen Attest nachweisen. Außerdem musste jedes Mitglied genaue Auskunft über seine aktuelle Schusszahl geben.

Der Gedanke, den er zu verdrängen versuchte, ließ ihn einfach nicht los: Natürlich war er dann doch noch … Natürlich? Er lachte bitter.

»Was heißt denn schon *natürlich*?«, fragte er seinen Kühlschrank. Er hatte beschlossen, nein, er hatte sich breitschlagen lassen, dann doch noch mit Lea nach Hause zu gehen. Wie immer konnte er einfach nicht nein sagen. Eine ganze Reihe Frauen hatte Jonathan früher genau deswegen ins Herz geschlossen. Zwar billigten sie seine vielfältigen Freveltaten nicht, betrachteten sie jedoch in der Regel mit einer Art nachdenklicher Nachsicht. Doch derlei war ihm noch nie passiert. Da schlich sich also eine neue fremdartige Frau, eigentlich so gar nicht sein Typ, in sein Leben, in die er sich prompt – und zum ersten Mal in seinem Leben – wirklich verliebte. Wenn er denn überhaupt wusste, was wahre Liebe war.

Natürlich war die Liebe etwas Schönes, allerdings verleitete sie zu schweren Verhaltensstörungen. Hemmungslos grinsten die Verliebten in den Tag hinein, sprachen vertrauensselig wildfremde Menschen an und ließen sie an ihrem Glück teilhaben. Sie konnten die ganze Welt umarmen, die davon alles andere als entzückt war. Nicht mit Jonathan. Er war ein Mann, der nur begehren konnte, wo er nicht liebte, und nur liebte, wo er nicht begehrte.

Warum konnte er sich nicht an diese Nacht erinnern? Sicher, er hatte wie jeden Tag die Tabletten hinuntergespült, die ihm sein Bruder verschrieben hatte. Aufbauvitamine, biologisch sanfte Hormone, all das, was ihm in seinem Zustand guttun sollte. Und natürlich eine dieser Pillen, die seinen Geschlechtstrieb dämpfen sollte, aber offenbar ihre Wirkung verweigerte, wie er bei den Tantra-Übungen feststellen musste.

Vielleicht war es Verdrängung. Wollte er vergessen, was er nicht wahrhaben wollte? Hatte er etwas getan, was man nicht tun durfte? Man durfte vieles nicht tun, was man eigentlich tun wollte. Aber was war es gewesen? War er seinen Triebwünschen gefolgt? Himmel, was hatte er in seinem Leben nicht schon alles verdrängt. Fahrerflucht, Mundraub, sogar Beischlafdiebstahl. Und nicht zuletzt seine Sorge um seine letzten vermaledeiten Schüsse. Aber die Nacht mit einer Frau? Ein schon tausendmal erlebtes Ereignis, das akribisch notiert in sein Frauenarchiv eingeordnet gehörte? Noch nie hatte ihn da sein geschultes Gedächtnis im Stich gelassen.

Dabei hatte alles so harmlos begonnen. Sie waren sich an der Kreuzung begegnet, an der sie beide wohnten.

»Das Wetter könnte besser sein«, sagte Lea mit einem prüfenden Blick zum Himmel.

»Was gibt's heute zu essen?«, fragte Jonathan mit einem prüfenden Blick auf ihre Einkaufstüte.

»Nichts Besonderes.«

»Also dann«, sagte Jonathan, griff vorsichtig nach ihren Oberarmen und drückte ihr einen trockenen Kuss auf die Stirn. »Gute Nacht.«

Leas Blick war geradeaus gerichtet. Sie biss sich auf die Unterlippe und war sichtlich in Gedanken versunken. Dass sie auf eine schicksalsträchtige Wendung hoffte, dass sie menschlich enttäuscht von ihm war, weil er sie allein ins Bett gehen ließ, merkte er Lea nicht an.

Aber natürlich stand eine Rehabilitation für beide gleichermaßen im Raum. Eine Wiederholungstat, die jeden von ihnen wieder in den vormals existierenden körperlichen und geistigen Zustand versetzen sollte.

»Was ist los?«, fragte Jonathan, ohne auch nur zu ahnen, dass Lea sich mit den gleichen Gedanken herumschlug wie er.

Ein Geschlechtsverkehr, nur ein einziger ohne Scheidenkrampf, konnte die Wiedereingliederung in den Alltag und ins berufliche Leben fördern. Sex hin oder her. Angstbewältigung war immer schon die beste Vorwärtsverteidigung gewesen.

»Das ist los«, sagte Lea und küsste ihn. »Nur noch auf einen Kaffee«, hauchte sie und steckte ihm die Zunge zwischen den Zahnreihen hindurch tief in den Mund.

»Nein«, japste Jonathan, stieß die Zunge aus seiner Mundhöhle und schnappte nach Luft.

»Doch.«

Zehn Minuten später kniete Jonathan in Leas Schlafzimmer inmitten der Plüschtiere, die ihn teils bedrohlich, teils ängstlich anzustarren schienen.

»Und wo willst du die alle unterbringen?«, fragte er Lea, die sich auf dem Bett ausgebreitet hatte und an einem Glas Rotwein nippte. »Wolltest du dich nicht von einigen trennen?«

Die Plüschtiere sogen entsetzt die Luft ein.

»Nein«, antwortete Lea heftig, »meine Plüschtiere kann ich nicht weggeben. Da hängen zu viele Erinnerungen dran.«

Die Plüschtiere atmeten auf.

Jonathan griff nach einem abgegriffenen Bärlein. »An dem auch?«

»Nein!«, schrie Lea auf, riss es ihm aus der Hand und presste den Kleinen an ihre Brust. »Nicht ihn! Das ist Heinzi!«

Jonathan dachte an sein Frauenarchiv. Wie oft hatte er wenigstens ein paar seiner geliebten Wesen auszusortieren versucht, hatte sogar schon vor dem Mülleimer gestanden, um die Erinnerung zu entsorgen, und wurde dann doch von ungeahntem Schmerz erfüllt. Er wusste, wie schwer das war. Seinem Großvater war das mit seiner Schmetterlingssammlung genauso gegangen. Valentin konnte sich von seiner Karl-May-Gesamtausgabe nicht trennen, und Lea hing nun mal an ihren Tieren. Er griff nach einem vergilbten Nilpferd, aus dessen Nähten Schaumgummibrösel rieselten.

»Und er?«

Lea warf sich auf ihr Tier und barg es neben Heinzi an ihrem Busen. Ihre Mundwinkel zitterten. »Du bist so grausam! Nilchen hat mir das Leben gerettet, als ich vier Jahre alt war.«

Jonathan beruhigte sie. »Ich will sie dir ja gar nicht nehmen.«

So war es ihm mit Johanna – brünett, vollbusig – und Birgit – blond, kleinbusig – gegangen, als er sie verbrennen wollte. Jetzt streichelte er einen Frosch.

»Fass sie nicht an«, schrie Lea.

»Ich kann dich gut verstehen«, beschwichtigte er sie, »ich bin auch ein Sammler.«

Er sah sich im Zimmer um. »Wo sollen sie wohnen? Sie müssen sich ja wohl fühlen.«

Er wusste, worauf sie aus war und wie er sie erfolgreich von ihrem Vorhaben abbringen konnte.

»Was sammelst du denn?«, fragte Lea, während er ein paar Kuscheltiere umgruppierte.

»Bist du wahnsinnig«, rief sie, bevor er antworten konnte, »du kannst doch nicht Bümslein neben Susi legen! Die können sich absolut nicht leiden.«

Jonathan trennte die Ratte wieder von dem Elefanten.

»Danke«, sagte Lea kühl. »Und, was sammelst du?«

»Ach, dies und das.« Jonathan errötete. Ihm wurde bewusst, dass er auch sie schon aus reiner Gewohnheit in seine Geheimkartei aufgenommen und einsortiert hatte. Sie lag zwischen all den anderen Frauen, in sämtlichen Details von oben nach unten optisch, haptisch, olfaktorisch und akustisch archiviert: Lippen, Brüste, Bauch, Arsch, Muschi, Schenkel – hart, weich, schwammig – herb, säuerlich, sahnig – zwitschernd, summend, miauend, krächzend. Er brauchte das, um sich erinnern zu können und um Verwechslungen zu vermeiden bei dieser überwältigenden Ansammlung von Lust.

»Was heißt *dies und das*?«, blieb Lea hartnäckig, während sie Plüschtiere aus dem Bett räumte. »Briefmarken und Bierdeckel?«

»So was Ähnliches«, murmelte Jonathan.

Sie drückte ihm eine Vogelspinne in die Hände. »Die darfst du haben. Das ist Hansi.«

Dann legte sie ihm plötzlich die Arme um den Hals.

»Komm mir jetzt bitte nicht damit, dass du mir deine Briefmarkensammlung zeigen willst«, gurrte sie. Und genau von diesem Augenblick an versagte Jonathans Gedächtnis.

Am frühen Morgen war Jonathan zwischen Hansi, Bümslein, Susi und ihren Freunden aufgewacht und hörte das Klappern in der Küche. Hastig schlüpfte er in seine Kleider und überlegte. Eine seltsame Mattigkeit verstopfte seinen Kopf wie dicke Watte. Hatte er oder hatte er nicht? Lea sprach leise mit sich selber. Sie schien gut gelaunt zu sein. Sicher hatte er sie zufriedengestellt, aber hatte er einen seiner sechs Schüsse verloren, oder war er noch so geschickt und schlau gewesen, die brüderliche Sexspritze zu benutzen? Er tastete nach ihr. Sie war unberührt.

Ob sie seine merkwürdige Wandlung wahrgenommen hatte? Sogar für die ahnungslose Lea war sie nicht zu übersehen, wenn sie nur neugierig genug hinsah. Was wäre, wenn er ihr endlich sein schweres Schicksal gestehen würde?

»Frühstück ist fertig«, rief Lea hausmütterlich. Nein, überlegte Jonathan, während er die Küche betrat, nicht jetzt. Er würde sicher nicht den richtigen Ton treffen, auch wenn er es schon Hunderte von Malen geübt hatte. Wenn er ihr seine Glaser'sche Krankheit nicht perfekt verkaufte, würde sie sich wie Liliane von ihm abwenden, statt voller Mitleid mit ihm zu weinen.

Lea schenkte ihm Kaffee ein, faltete die Zeitung auseinander und reichte ihm einen Teil.

»Dass du es gleich weißt«, sagte sie, während sie sich ein Knäckebrot mit Magerquark bestrich, »ich spreche beim Frühstück nicht.«

Sie versenkte sich in den Leitartikel, während Jonathan unruhig seine Umgebung musterte.

Normalerweise vermied er es strikt, nach einer Liebesnacht mit einer Frau zu frühstücken, die sich im Bademantel und mit zerwühlten Haaren in Lady Horror verwandelte und seine Morgenmuffel-Nerven strapazierte.

»Hat es dir gefallen?«, fragte er schließlich.

»Nein«, sagte sie, »ich meine: Nicht jetzt!«

»Was ist passiert?«

»Nein.«

Panik erfasste ihn. Irgendetwas Schlimmes lag in der Luft.

Lea ließ die Zeitung sinken und betrachtete ihn einen Moment lang wie eine Fliege, die frech auf dem Honigbrot sitzt.

»Jetzt hab dich nicht so«, bat Jonathan, »oder traust du dich etwa nicht, über Sex zu reden?«

»Nichts«, sagte Lea endlich und zuckte mit den Achseln. »Ich meine: Da war nichts.«

»Ach was«, protestierte Jonathan, »irgendwas geht doch immer!«

»Das kann jedem Mann mal passieren.« Lea wandte sich wieder der Zeitung zu. Jonathan schluckte.

»Was – was kann jedem Mann mal passieren?«

»Gut«, sagte Lea genervt, lehnte sich zurück und schlug ihre Beine übereinander. »Du hast versucht, mit mir zu schlafen.«

»Versucht?« Jonathan lachte albern auf. »Habe ich mit dir geschlafen oder nicht?«

Lea schien über diese Frage lange nachdenken zu müssen, dann schüttelte sie den Kopf. »Um die Wahrheit zu sagen, ich bin mir nicht sicher, was genau es sein sollte.«

»Um Gottes willen! Was hab ich denn nur getan?« Jonathan flehte um Auskunft.

»Ich weiß es nicht genau«, seufzte Lea. »Wenn du es unbedingt wissen willst: Ich bin dabei eingeschlafen.«

»Na gut, halb so schlimm«, sagte Jonathan erleichtert. »Es war ja ein langer Tag für dich. Da kann sogar ich nichts machen.«

Lea beugte sich vor und streichelte seine Hand. »Um es beim Namen zu nennen: Du hast ihn nicht hochgekriegt.«

Jonathan starrte sie entsetzt an, während ihm das Blut in den Kopf schoss. »Das ist mir noch nie passiert.«

»Selbstverständlich nicht«, sagte Lea höflich.

Der Schock darüber, eine Frau beim Sex eingeschläfert zu haben, traf ihn wie ein Schlag in die Magengrube.

»Mach es wie ich«, sagte Lea honigsüß, »vergiss es.«

»Nein!«, sagte Jonathan tonlos.

»Und über das, was vorher passiert ist, will ich lieber nicht reden.«

O Gott, war es noch nicht vorbei mit seiner Blamage?

»Was war vorher?«

Lea schüttelte den Kopf.

»Wir können auch ohne diese Dinge Freunde bleiben. Es gibt außer Sex noch viele andere Sachen, die ein Mann und eine Frau gemeinsam unternehmen können.«

Jonathans Selbstbewusstsein befand sich inzwischen in einem breiartigen Aggregatzustand.

»Wir können einen Gipfel besteigen«, fuhr Lea grausam fort, »und oben angekommen, berauschen wir uns an der Schönheit der Natur.«

Jonathan nickte kraftlos. Sie wirkte unnahbar wie eine

Heilige, kalt wie ein Eisblock, gefährlich wie eine Giftschlange.

»Ich liebe dich, wie eine Schwester ihren Bruder mag«, sagte sie und fügte hinzu: »Einen, den sie nicht leiden kann.«

Sie tätschelte Jonathans Wange, und er spürte, dass er sich niemals von dieser Erniedrigung erholen würde. Alles, was ihm noch übrigblieb, war, davonzukriechen wie ein geprügelter Hund.

»Sag mir eines«, sagte Jonathan vorsichtig, »bin ich gekommen?«

»Vielleicht, vielleicht auch nicht. Ich kann es dir nicht genau sagen.«

Der fünfte Schuss vor dem Schluss? Auf diesen Fall war Jonathan nicht vorbereitet. Er brachte sein gesamtes Rechnungswesen ins Wanken.

Sechs oder fünf? Wie sollte er sich sein verbleibendes Lebenswerk einteilen?

»Wahrscheinlich nicht«, sagte Lea.

Jonathan atmete erleichtert auf.

»Nun habe ich doch beim Frühstück geredet«, sagte Lea, »das verzeihe ich dir nie!«

30

»Freund in der Not will nicht viel heißen.
Hilfreich will sich mancher erweisen.
Aber die neidlos ein Glück dir gönnen,
die darfst du wahrhaft Freunde nennen.«
Sprichwort

Ein schmales altes Haus in der Altstadt hinter dem Turmtor. Jonathan klingelte an der Tür, an der kein Schild angebracht war. Er spähte durch ein Fenster daneben und klingelte noch einmal. Plötzlich war ihm unbehaglich zumute. Nach einer Weile öffnete eine Frau. Eine Frau? Was hatte eine Frau im Verein der Anonymen Schussopfer zu suchen? Und was für eine Frau! Das lange pechschwarze Haar, in der Mitte gescheitelt, trug sie straff nach hinten gekämmt und im Nacken zu einem Knoten geschlungen.

Jonathan gaffte sie an.

Traurige schwarze Augen, feingezeichnete schwarze Brauen, sehr dunkle lange Wimpern. Eine perfekte kleine Nase. Ein unsagbar verführerischer Mund, die Verkörperung der Liebe. Jonathan registrierte jedes Detail, während sie ihn mit halbgeschlossenen, aber aufmerksamen Augen beobachtete.

»Ja?«, sagte ihre Altstimme.

»Bin ich hier richtig? Ich komme auf Empfehlung von Marc«, flüsterte Jonathan. »Ich …«

»Ich weiß, kommen Sie rein.«

Jonathan konnte den Blick nicht von ihr abwenden.

Dieses schmale Gesicht mit hohen Backenknochen, bizarres Make-up. Riesige Ohrringe, breite Armreifen und eine noch wuchtigere Halskette. Schwarze hochhackige Lederstiefel, ein hautenges hochgeschlossenes Kleid mit Leopardenmuster. Schmale Hüften.

»Ich bin Karla«, sagte sie. »Keine Angst, ich bin die einzige Frau hier, und ich bin unberührbar, sozusagen geschlechtsneutral.«

Jonathan löste widerwillig seine Augen von ihr, blickte an ihr vorbei durch eine hohe halbgeöffnete Doppeltür und meinte die spannungsgeladene Atmosphäre zwischen den Topfpflanzen und den dunkel getäfelten Wänden in dem altmodischen Salon mit Perserteppichen und Ledersesseln förmlich zu spüren. Etwa zwei Dutzend Männer saßen und standen zusammen. Ein paar Kerzen brannten. Über dem Kamin hing ein dunkles, zwei Meter hohes Ölbild eines indischen Schlangenbeschwörers. Hinten eine Bar. Ein Mitglied der Anonymen Schussopfer stand hinter der Mahagoni-Theke und mixte Martinis, Rum Manhattans und Red Snappers. Männer unter sich, wie in den guten alten Zeiten.

»Moment«, hielt Karla Jonathan zurück, als er losmarschierte, »erst das Offizielle. Haben Sie Ihr ärztliches Attest dabei?«

Er erschrak. »Aber natürlich.«

Karla kassierte es und legte ihm ein Paket Unterlagen zurecht.

»Dieser Abend ist als Schnupperabend kostenlos«, sagte sie. Wollte er aber weiterhin zugegen sein, gab es ein Standard-Jahres-Mitgliedschafts-Abo oder ein Spenden-Abo.

»Die Preise sind gestaffelt nach Schusszahl. Je weniger Schüsse, desto weniger Tarif und umgekehrt. Wir haben ein ausgleichendes Prämiensystem, das die Mitglieder motiviert, möglichst keinen Schuss zu verschleudern. Es ist ganz einfach, wenn Sie es einmal verstanden haben.«

Jonathan warf einen Blick auf die komplizierten Graphiken und Tabellen. Eine Art relatives Bonus-Malus-Verfahren, das, wie er schnell überflog, so oder so zu einer sündhaft hohen Summe führte.

Er blätterte weiter in dem dicken Vertragswerk: Ehrenmitglieder, Gebote und Verbote, Ausschlussverfahren, Hierarchie, Vorstand …

»Kann ich mir das zu Hause in Ruhe durchlesen?«, fragte er.

Karla warf ihm einen verbitterten Blick zu.

Gedämpftes Licht. Leise klassische Musik. Stimmengemurmel. Jonathan fühlte sich schon wieder als Neuling, wie im Tantrakurs. Es roch nach Männern, herbe Rasierwasserdüfte mischten sich mit Schweiß, Alkohol, Tabak und Pferdemist. Die Gespräche fanden in einem exklusiven Ambiente statt, das der Philosophie der Opfer entsprach, Alternativen zum erlebten Leid zu finden. Eine Stätte nur für uns, dachte Jonathan. Er brannte darauf, ja er verzehrte sich nach dem Wissen und der gemeinsamen Vertraulichkeit der Eingeweihten – alle zusammen standen sie am Rande der Katastrophe.

Jonathan setzte sich neben einen dicklichen Mann mit roten Augen, der seine kurzen Finger knetete. Der Stuhl zu seiner Linken war noch leer. Er entdeckte Marc, der in den Kreis schlenderte und die Anwesenden begrüßte wie alte Freunde. Er kniff die Augen zusammen und winkte Jonathan kurz zu. Er schien in diesen Hallen eine besondere Rolle zu spielen. Ja richtig, er war einer der Unglückseligen, die schon all ihr Hab und Gut verballert hatten. Vielleicht behandelten sie ihn deshalb wie eine heilige Kuh. Schließlich war er der lebende Beweis dafür, dass selbst die

Schusslosigkeit nicht den Tod bedeutete. Er nahm den anderen die Angst, und sie beobachteten ihn genau.

Ein knochiger Heiliger mit wuchernden tiefen Augenhöhlen und grauen Tränensäcken samt einer gemusterten Fliege unter dem hüpfenden Adamsapfel ergriff sich räuspernd das Wort.

»Ich bin Rüdiger und werde heute unser Meeting leiten«, rief er fröhlich und freiheraus. »Wir alle empfinden keine Lust mehr am Sex«, sagte er zur Einstimmung, »aber wir haben andere Reize entdeckt. Wir können uns an Dingen erregen, die anderen noch unbekannt sind. Der Orgasmus ist nur ein kleiner Tod.«

»Grandios!«, rief ein Schönling aus der dritten Reihe.

Jonathans Sitznachbar, der in ihm einen unerfahrenen Einsteiger erkannt hatte, tätschelte seine Hand und flüsterte ihm eifrig unverständliche Informationen ins Ohr.

Rüdiger hob die Stimme: »Jeder, der etwas zu sagen oder zu fragen hat oder sich der Gruppe mitteilen will, kann dies tun. Jedes Mitglied sollte Auskunft über seine aktuelle Schusszahl geben und sich der Diskussion stellen. Ehrliche Rechenschaft über freiwillige und unfreiwillige Schussverluste ist Balsam für die arme Seele. Und nun habe ich das Vergnügen, zwei neue Schicksalsgefährten zu begrüßen, die sich unserem kleinen Kreis anschließen wollen.«

Jonathan erhob sich halb von seiner Sitzgelegenheit und verbeugte sich unbeholfen nach allen Seiten, da hob der andere Neuling schon schwer atmend die Hand. Er trug einen schwarzen Anzug mit einem runden weißen Kragen um den Hals, dazu eine lächerlich große schwarze Sonnenbrille wie zur Tarnung. Zu seinen Füßen saß ein ebenso schwer atmender Yorkshireterrier.

»Ja, Paul?

Der Mann erhob seine Stimme: »Ich bin Paul und habe seit gestern nur noch 29 Schuss.«

Mitleidiges Gemurmel erfüllte den Raum.

»Denn ich war schwach.«

Jonathan betrachtete den Bekenner genauer und erkannte in ihm erstaunt den Kaplan der Herz-Jesu-Kirche, in die ihn sein Bruder an hohen Feiertagen zwang – genau der Kirche also, in der Jonathan vor einiger Zeit oben auf der Orgelbank Sex gehabt hatte.

»Sag es uns! Befreie dich von deiner Last«, unterbrach Rüdigers Stimme seine Erinnerung.

Paul gefiel sich in der Pose rührender Hinfälligkeit, seine Bewegungen waren die eines vom Tod gezeichneten Aidskranken, aber vielleicht gehörte sich das so. Jonathan konzentrierte sich. Er würde wohl als Nächster aussagen müssen, und das wollte er in Würde hinter sich bringen.

»Ich hatte mit drei Frauen meiner Kirchengemeinde gleichzeitig eine Affäre.« Seine Stimme erklang in kräftigem priesterlichem Singsang. Ein paar Mitleidende nickten ihm zu. Paul starrte auf den Boden in der Mitte des Stuhlkreises. »Mein Pech ist, dass ich von allen nur ausgenutzt werde.«

Über die eigene Sensibilität zu räsonieren war für ihn wohl kein großes Problem. Er setzte seine Zwiesprache mit dem Fußboden fort: »Die Welt ist schlecht. Wo man nur hinschaut, Elend und Leid. Ich bin einfach zu unschuldig für sie.«

Verständnisvolle Aufmerksamkeit.

»Es war gegen zehn Uhr abends, vielleicht auch etwas später. Ich erinnere mich daran, dass ich gerade eine Fußwaschung vornehmen wollte wie jeden Tag um diese Zeit, außer samstags. Am Samstag nämlich ...«

»Komm zur Sache, Paul! Mit wem?«

»Mit wem schon? Mit einer armen alten Witwe.«

Entsetzte Gesichter. Doch Paul war in der Tat nicht mehr so attraktiv, dass er als priesterlicher Kleinmädchenschwarm durchging. So hatte er sich auf die älteren Schäfchen seiner Gemeinde spezialisiert, die da mühselig und beladen waren und getröstet werden mussten.

»Weiß sie davon?«

»Natürlich, sie war ja dabei.«

»Von deiner Not!«

»Selbstverständlich nicht.«

Selbstzerfleischendes Haareraufen. Der Yorkshireterrier zu seinen Füßen winselte zum Erbarmen.

»Es ging um ihr Leben! Sie drohte mir, den Strick zu nehmen, falls ich es ihr nicht besorge.«

Hervorragend erfunden, dachte Jonathan, aber schlecht vorgetragen. Ob er das toppen konnte?

»Sie stand auf einem Küchenstuhl. Ich musste mir einen zweiten holen. Eine ziemlich wacklige Angelegenheit, kann ich euch sagen.«

»Und?«

»Sie hat den Strick erst vom Hals genommen, als ich ihr gegeben habe, was sie begehrte.«

»Immer dasselbe mit den Frauen! Ich an deiner Stelle …«

»Hier spricht jeder nur für sich und über seine eigenen Gefühle«, mahnte Rüdiger.

»Ich lerne eben nie etwas dazu«, klagte der Kaplan. »Beschimpft mich nur. Ihr habt ja so recht. Ich habe es nicht anders verdient!«

Der Yorkshireterrier sprang auf und leckte die Hände seines Herrchens.

»Warum lässt du dir das gefallen?«, fragte Rüdiger.

»Sie droht mir mit juristischen Schritten.«

»Ich bin Anwalt«, meldete sich ein Schicksalsgefährte, »wir sprechen später darüber.«

Paul schüttelte den Kopf. »Ich habe dieser Frau alles gegeben, bis auf meine Seele.«

»Das war ein großer Fehler«, wandte ein Mitbetroffener ein, »du hast ihr deine Schüsse gegeben statt deiner Seele. Hättest du ihr deine Seele gegeben, wärst du aus dem Schneider.«

Rüdiger biss sich ratlos auf die Unterlippe. »Warum?«

»Weil deine Seele unsterblich ist.«

Die Schicksalsgenossen nickten, Paul lehnte sich erleichtert zurück, und Jonathan begann daran zu zweifeln, ob dieser Mann wirklich für den Kirchendienst geeignet war.

Der Leiter des Meetings schien das als Schlusswort zu werten, denn er wandte sich nun Jonathan zu.

»Lassen wir unseren anderen neuen Leidensgenossen zu Wort kommen«, sagte er. Jonathan rutschte auf seinem Sitz nach vorne und zupfte an seiner Nasenspitze.

»Wie soll ich sagen …«, begann er zögernd. In seinem Hirn verblassten Anfang, Mitte, Schluss der wohlbedachten Rede zu einer ungeahnten Leere. Aufgeregt bemühte er sich, seine Gedanken wieder zu sammeln und seine Sache gut zu machen. Er setzte sich zurecht, mit gespreizten Beinen, die Unterarme auf den Oberschenkeln. Dann knöpfte er sein Jackett auf, löste den Knoten seiner Krawatte, öffnete den Kragen seines Hemds und ließ die linke Hand in spielerischer Trägheit dicht über seinen Hoden baumeln.

»Ich heiße Jonathan und habe inzwischen …«, er machte eine Pause, um den Knaller gut zu platzieren, »… nur noch sechs Schüsse.«

Jonathan wartete auf eine Reaktion. Empathisches Aufstöhnen? Tränen in den Augen? Fehlanzeige. Keiner der Anwesenden ließ sich auch nur das Geringste anmerken. Ungerührt saßen sie da. Lediglich sein Nachbar legte eine Hand auf seine Schulter und drückte sie mitfühlend. Jonathan schaute hilfesuchend in Marcs Richtung und sah, dass er heimlich gähnte.

»Ich arbeite als Frauenversteher«, bekannte Jonathan. »Anfangs dachte ich, dass ich so mein Hobby zum Beruf machen kann. Aber dann ist mir sehr schnell klargeworden, dass es nichts Langweiligeres auf der Welt gibt, als Sexualexperte bei einer Frauenzeitschrift zu sein.«

Die anderen reagierten wenig erfreut.

»Eigentlich wollte ich Tierpfleger werden oder Missionar in Afrika.«

Die Daumen drehten sich langsam zur Seite.

»Oder Entwicklungshelfer. Natürlich dachte ich daran, die Seelen der gottlosen Frauen mit ihren tätowierten Hängebrüsten vor der Hölle zu bewahren.«

Schweigen.

»Wenn ich ehrlich bin«, gestand Jonathan munter, »ging es bei mir eigentlich immer nur um Sex und sonst gar nichts.«

Die Daumen senkten sich mehr und mehr nach unten.

»Eine ziemlich oberflächliche Begründung, meinst du nicht?«, rief ein Mann, der ganz offensichtlich eine Perücke, einen falschen Bart und ein sicher ebenso falsches Bundesverdienstkreuz an der Brust trug. Jonathan verstummte beleidigt. Wenigstens wurde er nicht weiter bedrängt, sich über sein Schicksal zu äußern.

Der nächste Programmpunkt begann: Die Leidtragenden führten ein Ärgernisbuch, in dem sie Freuden und Leiden ihres Leidensweges auflisteten, und daraus wurde nun vorgetragen.

»Vorzeitiger Samenerguss«, las ein Greis aufseufzend vor.

»Zerkochter Waller in Wurzelsud«, meldete sich ein anderer.

»Was hat das mit unserem Leiden zu tun?«, wurde er gefragt.

»Mehr, als ihr denkt!«

Lief das nun unter Freud oder Leid? Jonathan schüttelte den Kopf. Noch ein paar solcher denkwürdiger Enthüllungen und er war reif für die Klapsmühle.

Nach dem Meeting schüttelten einige der Anwesenden Jonathan, der noch immer angespannt und verkrampft war, die Hand und umarmten ihn. Er war sich nicht sicher, was ihn mehr verunsicherte: dass er Männern gegenüber immer schon zurückhaltend gewesen war, wenn es um Gefühle und körperliche Nähe ging, oder dass sie einen scharfen geißbockartigen Geruch von Alkohol und Sperma verströmten. Langsam näherte er sich dem Ausgang, da bemerkte er, dass der Besitzer seiner Stammapotheke auf ihn zukam.

»Auch hier?«

»Ach, nur so …«

»Golf statt Sex!«, strahlte der Apotheker ihn an.

»Oh, ich fahre seit Jahren nur BMW«, sagte Jonathan und merkte erst viel später, dass seine Erwiderung das Thema verfehlt hatte.

»Wenn Sie nichts anderes vorhaben, vielleicht haben Sie Lust auf einen Gedankenaustausch bei zwei, drei Bierchen in unserem Viertel?«

Jonathan warf einen Blick auf seine Armbanduhr, während er langsam zurückwich. »Heute lieber nicht«, sagte er. »War schön, Sie kennenzulernen.«

Er würde seine Medikamente wohl in Zukunft woanders kaufen müssen.

31

»Der Geschlechterkampf ist so einfallslos wie der Klassenkampf.«
Norbert Blüm

Die schöne hochgewachsene Karla trat ihm in den Weg und zog ihn ein Stück zur Seite.

»Du gehst schon?«, hauchte sie.

Eine Strähne ihres schwarzen Haars fiel ihr in die Stirn, und sie pustete sie weg.

»Ich weiß, vom medizinischen Standpunkt aus verstößt das gegen die Regeln, aber rein persönlich, ganz privat«, sagte Karla mit tiefer, rauchiger Altstimme, »könnte ich da eventuell etwas für dich tun?«

Sie führte ihn ein Stück von der Tür weg in den Flur.

»Was?«

»Ich möchte nur behilflich sein«, sagte Karla. »Wünsch dir was. Es muss nicht unbedingt Sex sein.«

Jonathan überlegte. Vielleicht nahm er das strenge Regelwerk der Anonymen Schussopfer allzu ernst? Er versuchte sich an seine bisherige Verlustliste zu erinnern, gab auf und wurde weich. Es wäre doch gelacht, wenn er die Antilope nicht doch noch einmal hinkriegen würde.

»Okay«, sagte er schließlich, »kannst du dir vorstellen, mit mir eine Tantraübung auszuprobieren?«

Karla sah ihn ratlos an.

»Du streckst dein rechtes Bein aus, das ich mit der linken Hand am Fußgelenk festhalte«, sagte Jonathan. Mühelos hob sie das linke Bein.

»Nein, umgekehrt. Rechts, nein, Moment – doch links. Du hast recht.«

Er roch ihr Parfüm und spürte ihren warmen Atem.

»Ich lege jetzt dein linkes Bein auf meine rechte Schulter, dabei steht dein rechtes Bein neben meinem linken Bein.«

»Nicht schlecht«, sagte Jonathan zufrieden, »probieren wir es mal anders. Du winkelst dein linkes Bein an und umfasst mich an den Hüften, dann drehst du dich ein wenig nach rechts.«

Der unsagbar verführerische rotgeschminkte Mund öffnete sich.

»Du meine Güte«, sagte sie.

»Du schiebst dein Becken leicht nach vorne, damit ich den Lingam in deine Yoni einführen kann.«

Ein Räuspern.

»Das war reiner Pfusch«, erklang Marcs Stimme hinter ihm, »so schaffst du das nie!«

Marc klopfte Karla auf die Schultern. »Und du kannst es wohl nicht lassen, Karl.«

Karla zog errötend ihr hochgerutschtes Kleid nach unten.

»Darf ich vorstellen«, lächelte Marc, »Karl, ein Mitglied unserer Selbsthilfegruppe. Er war Hubschrauberpilot und Rettungssanitäter und hat sich mit einer Geschlechtsumwandlung aus der Misere gerettet. Er hatte Probleme mit seinen Kollegen im Job, deshalb arbeitet er bei uns als Hausdame, sozusagen als lebende Versuchung.«

»Leider ist die Umwandlung erst zur Hälfte abgeschlossen«, lachte Marc. »*Sie* ist noch in Arbeit. Und sie hat einen Riemen wie ein Maulesel!«

»Noch!«, zischte Karla und sah Jonathan tief in die Augen.

»Dir ist nichts aufgefallen?«, fragte sie und strahlte.

Sein und Schein. Nichts auf dieser Welt war das, was es zu sein vorgab.

»Du musst unbedingt auch eine Frau werden«, schwärmte Karla, »dann bist du all deine männlichen Probleme los. Nie mehr Sorgen, ob er steht oder nicht, keine Schussprobleme mehr, und du kannst einen Orgasmus vortäuschen. Ist das nicht toll?«

Jonathan nickte verzagt.

Karla wiegte ihre Hüften und sagte mit tiefer Verachtung: »Männer!«

32

*»Viele Menschen wissen, dass sie unglücklich sind.
Aber noch mehr wissen nicht, dass sie glücklich sind.«*
Albert Schweitzer

Valentin trug auffällige Farben, Hemden wie Jürgen von der Lippe, mit Vorliebe falsch zugeknöpft. Großkarierte Hosen, tief in die Stirn gezogene Wollmützen. Vollbart und Kunstmagazine unterm Arm, die er kopfschüttelnd und italienische Flüche ausstoßend im Gehen las. Er war der einzige Mann, den Jonathan kannte, der es gewagt hatte, lange Zeit mit einem Kilt zur Arbeit zu gehen. Heute trug er einen mit Elchen gemusterten kurzärmligen Pullunder über einem graugrünbräunlich karierten Holzfällerhemd, Knickerbocker und Haferlschuhe. Offensichtlich hatte er momentan ländliche Anwandlungen. Flotten Schrittes betrat er die Toilette und stellte sich ans Pissoir. Jonathan bewunderte seit jeher seinen Mut zur ebenso natürlichen wie originellen Hässlichkeit. Die Anmut des Außenseiters, der kein Klischee ausließ, erregte Aufmerksamkeit bei den Frauen. Er hatte ungeahnten Erfolg mit seiner selbstverliebten Egonummer. Mal war Valentin bei Vernissagen schizophrener Künstler, mal bei Wodka-Verkostungen oder Kettensägen-Präsentationen anzutreffen, wenn er nicht seiner außerehelichen Lieblingsbeschäftigung nachging. Sexuell hielt er sich für einen avantgardistischen Burner.

»Woran arbeitest du gerade?«, fragte Valentin, während er die verstopfte Nase hochzog. »Bist du mit dem G-Punkt fertig?«

»Abgelehnt. Papierkorb.«

»Hat sie keinen? Was stattdessen?«

»Gesunder Sex für Hartz-IV-Empfänger. Nicht meine Idee.«

»Du musst mal dringend mit dem Chef über sie sprechen.«

Jonathan schüttelte den Kopf.

Das uralte Männerritual. Sie pinkelten in ihrer Männerhöhle ins Kultbecken und rauchten heimlich.

»Fühlst du dich manchmal auch so einsam?«

»Nur wenn ich unter Menschen bin.«

Wie immer warf Jonathan einen schnellen Blick auf Valentins merkwürdig knotiges Geschlechtsteil. Amelie hatte ihm vor Jahren vergnügt berichtet, dass er sich einen Schwellkörper verletzt hatte und die Erektion nun einen Winkel von fünfundvierzig Grad bildete. Außerdem sollte er drei Eier haben. Darüber aber wollte sein Freund nie sprechen. Nicht einmal beruflich.

Das männliche Glied interessierte Jonathan von Kindheit an. Er hatte sich in dieser Hinsicht jahrelang selbst aufgeklärt und wusste viel über diesen Körperteil. Bei manchen Wirbeltieren war das Glied lang und in hohem Grad beweglich. Zum Beispiel der Wickel- und Greifschwanz vieler Affen. Bei anderen war es kurz und stummelförmig wie bei ihm, was es mit längsgestreiften Slips auszugleichen versuchte. Mitunter breit und flach wie bei Bibern und Walen. Bei manchen fehlte es ganz. Frösche hatten keinen, und auch Menschen sollte es geben, die ohne ihn auskamen. Ob er sich von seinem trennen sollte? Für einen guten Zweck als Organspender?

Valentin bedeckte seinen Schwanz mit der Hand.

»Ein nicht früh genug erkannter Hodenkrebs endet tödlich, oder?«, fragte er.

»Sicher. Ein langsamer qualvoller Tod. Habe ich auf *Vox* bei *Doktor Hasselhof hilft* gesehen.«

Valentin wandte ihm sein Gesicht zu.

»Herausquellende Augen sind keine typische Symptomatik?«

»Deine Augen quellen nicht«, sagte Jonathan beruhigend, »dazu sind deine Augensäcke zu angeschwollen.«

Eine weibliche Stimme räusperte sich in der Kabine. Immer war eine da. Meistens die, die gerade nicht über vaginale Probleme diskutieren wollte. Vera Hübner, Redakteurin für Haushalt und Verbraucherschutz.

Jonathan und Valentin zwickten ihren Urinstrahl ab. Ruhe zu bewahren, das gehörte zur althergebrachten Toilettenroutine.

»Du solltest zu einem Arzt gehen«, flüsterte Jonathan. Er versuchte unauffällig, auf sein eigenes Schicksal zu kommen, aber in der Zwischenzeit war ihm klar, dass alle, die davon wussten, ihn entweder übertrumpfen oder trösten wollten.

»Mein Vorrat schrumpft. Ich komme auf keinen grünen Zweig, aber ich bin noch nicht tot«, flüsterte er. »Wenn die medizinische Forschung meint, dass ich es bin, dann will ich wenigstens den Frauen keine Blumen mehr schenken, keine Koffer mehr schleppen, den Stuhl nicht zurechtrücken, die Türen nicht aufmachen …«

Vera rüttelte an der Tür ihrer Kabine.

»Ich komme hier nicht raus. Diese verdammte Tür klemmt.«

Und sie war früher in der Raumfahrtforschung tätig gewesen und hatte die Urinella erfunden?

Jonathan wandte sich der Tür zu.

»Mach das nicht«, zischte Valentin.

Jonathan konzentrierte sich. Sein Griff war sicher, und

wie von Zauberhand öffnete sich das Gemach. Wutschnaubend kam Vera herausgestolpert, während sie den Rock aus ihrem Höschen zerrte.

»Wolltest du nicht eben noch keiner Frau mehr die Tür aufmachen?«, fragte Valentin, als die Tür hinter ihr zuknallte. »Und wie geht's dir sonst so?«

Natürlich war das keine Frage für eine ehrliche Antwort, aber Jonathan konnte es nicht lassen.

»Bei diesen Treffen der Anonymen Schussopfer geht es zu wie bei Behinderten-Olympiaden«, ereiferte er sich sofort. »Man wird erst mit einem ärztlichen Zertifikat aufgenommen und eingestuft. Ab neunundsechzig Schüssen darf man dabei sein. Mit fünf Schuss rückt man in den ersten Rang hoch. Da reichen sich Prahler und Versager die Hand. Das ist eine wahnsinnige Untergrundgruppe, gleichermaßen RAF und Apotheker-Stammtisch.«

»Das hätte ich dir gleich sagen können, aber du hast mich ja nicht eingeweiht«, sagte Valentin wenig hilfreich.

»Ich habe es niemandem erzählt«, sagte Jonathan und holte Zigaretten hervor, »nicht einmal …«

»Lea?«

»Natürlich nicht!«

»Ich weiß es von Amelie«, deckte Valentin seine Quelle auf. »Sie erzählt mir immer alles. Ich liebe sie dafür, und sie liebt mich.«

»Selbstverständlich. Abgesehen davon, dass sie gerade mit einem Lyrikdozenten der Volkshochschule und mit einem Torwart aus der Regionalliga bumst, seid ihr ein perfektes Paar.«

»Das mit dem Torwart ist mir neu«, stellte Valentin fest.

Sie gingen ans Fenster, um sich neue Zigaretten anzustecken, öffneten es und betrachteten den kniehohen Kippenhaufen unten zwischen Nirgendwo und Nichts des regionalen Aufschwungs.

»Es muss dir nicht peinlich sein«, sagte Valentin, »aber unter uns, in dieser einen Nacht bei ihr hast du nun wirklich keine gute Figur gemacht.«

»Woher weißt du denn davon?«

»Amelie hat es mir erzählt.«

»Ehrlich?«, würgte Jonathan hervor. »Und woher weiß es deine Frau?«

»Von Lea.«

»Wie kommt denn …«

»Sei nicht gleich wütend auf sie«, beschwichtigte Valentin, »das war bestimmt nicht unloyal gemeint. Manchmal brauchen Frauen eine Aussprache unter sich, wie wir Männer auch. Lea liebt dich. Das weißt du doch, oder?«

»Was hat Lea erzählt?«, bohrte Jonathan nach.

»Stichwort Statur.«

»Häh? Welche Statur?«

»Wie würdest du Leas Körper beschreiben?«

»Als üppig?«

»Nein.«

»Vollschlank?«

»So würde es sich gehören.«

»Aber ich hab was anderes gesagt?«

»Japp. Du hast fett gesagt.«

»Sagt wer?«

»Lea zu Amelie.«

»Hat sie das genau so gesagt?«

»In etwa. Du darfst nicht alles auf die Goldwaage legen.«

Jonathan sah Valentin fassungslos an. Es war grausam, wenn einem die eigenen Erlebnisse über drei Ecken total entstellt wieder zu Gehör kamen.

»Das gibt's doch nicht«, rief er entrüstet, bevor sein bester Freund weiterreden konnte. »Ich meine …«, begann er und verlor den Faden. Er wusste ja nicht, was in dieser Nacht passiert war.

»Auf Amelie ist Verlass«, bekräftigte Valentin. »Es gibt keinen Grund, an ihren Worten zu zweifeln.«

Jonathan begriff. Vielleicht war es also doch Lea selbst gewesen, die diese Hässlichkeiten in die Welt gesetzt hatte. Was für eine Schlange! Tief gekränkt über ihren Vertrauensmissbrauch beschloss er, zu schweigen und nur stumme Ablehnung zu demonstrieren. Keine Debatten, kein Streit, keine Ausflüchte, nur die kalte Schulter, die sie verunsichern würde. Auf das Leid, das Lea ihm zugefügt hatte, gab es nur eine Antwort: Rache, Verweigerung, Liebesentzug.

»Du hättest dich ihr gegenüber – wie soll man das nennen – liebevoller verhalten sollen«, übernahm Valentin die Verantwortung als bester Freund und Ratgeber.

Jonathan warf seine Zigarette aus dem Fenster und zündete sich eine neue an.

»Das kann doch alles nicht wahr sein«, stöhnte er auf.

»Es ist die Wahrheit«, sagte Valentin, »ohne jede Übertreibung meinerseits. Lea ist eine liebenswerte junge Frau. Bist du dir sicher, dass du sie auch wirklich liebst? Ich weiß, dass du früher alles gebumst hast, was irgendwo ein Loch hatte. Aber sie ist anders, und außerdem kann sie in deiner Not deine größte Chance sein.«

Valentin strahlte Jonathan an, während der seine ganze Energie auf die Zweifel bündelte, die in ihm an Lea aufkeimten.

»*Fett* soll ich gesagt haben«, murmelte Jonathan.

»Ich an deiner Stelle würde die Flinte nicht gleich ins Korn werfen«, sagte Valentin. »Ich weiß, dass dich deine

Schuss-Krankheit belastet, aber Sex ist und bleibt doch immer noch die schönste Sache auf der Welt. Wenigstens für Lea. Du solltest alles versuchen, sie glücklich zu machen.«

Jonathan schnürte es die Kehle zu.

»Meinst du, ich kann das wieder zurechtbiegen?«

»Viel Glück.«

33

»Die Dichter sagen uns von einem Speer,
der eine Wunde, die er selbst geschlagen,
durch freundliche Berührung heilen konnte.
Es hat des Menschen Zunge diese Kraft.«
Johann Wolfgang von Goethe

Was konnte man schon von einem Tag erwarten, der bereits morgens mit dem Aufstehen begann? Jonathan blieb noch eine Weile mit geschlossenen Augen liegen, als der Wecker nicht mehr klingelte, und hörte zu, wie der Altbau ächzend und stöhnend zu einem neuen Tag erwachte. Dielenbretter knarzten, Rohrleitungen pochten, Scharniere quietschten, Toilettenspülungen gurgelten. Knirschen und Rumpeln und Rascheln. In und außerhalb Jonathans Kopf. Stöhnen. Das musste er selber sein.

Er hatte von Kröten geträumt, die jahrelang im ausgetrockneten Wüstenschlamm überleben konnten, aber er gab es schnell auf, diesen Traum zu deuten. Schritte im Treppenhaus, er spitzte die Ohren und erhob sich aus den Laken.

Zwei Minuten und eine Blasenleerung später kehrte er zurück, um noch mal kurz die Augen zu schließen. Aus dem Halbschlaf verfiel er in einen Alptraum, den er schon ein paarmal geträumt hatte. Diesmal war es allerdings eine besonders billig angelegte Version, die schon aus Kostengründen kaum glaubwürdig war:

Er hatte damals vor dem Tantra-Kurs eine Tablette genommen, die seinen Geschlechtstrieb dämpfen sollte.

Nachdem die so kläglich versagt hatte, nahm er auf dem Heimweg zwei weitere, weil er sich vor nächtlichen feuchten Träumen fürchtete. Eine Überdosis, wie sich herausstellte. Als ihn Lea dann doch noch mit ins Schlafzimmer nahm, kippte Jonathan um und schlief schlagartig ein. Er wusste nur noch, dass sie sich die Bluse aufgeknöpft und an ihrem BH gezerrt hatte.

»Aha«, stellte Jonathan fest, während sich schon alles um ihn drehte, »so sehen also Brüste aus.«

Ab dann hatte Jonathan keine Ahnung mehr, was passiert war. Er musste Leas Stoffente Emma den Kopf abgebissen haben, was sich allerdings erst viel später beim Stuhlgang erschloss, als er mit Verstopfungsphänomenen zu kämpfen hatte. Es tat ihm leid.

Jonathan wachte auf und schämte sich für die grottenschlechten Dialoge und den laienhaften Schnitt. Er machte sich ein Frühstück – eine ungeheuer scharfe Thai-Suppe, dazu ein Knäckebrot mit Honig und Leberkäse – und stellte bedauernd fest, dass er sich in einem Zustand befand, in dem er unmöglich etwas auf leeren Magen essen konnte. Stattdessen sortierte er die bunten Pillen seines Bruders, die ihm über den Tag helfen sollten. Und ein paar mehr, die ihm von anderen kundigen Tablettenfressern empfohlen worden waren: Vitamine, Kräuterextrakte, Nebenwirkungen nicht ausgeschlossen. Aber alles im Leben hatte Wirkungen und Nebenwirkungen. Nur die mit rosigen Punkten übersäten grüngrauen Kapseln, die seinen animalischen Geschlechtstrieb dämpfen sollten, sortierte er diesmal aus.

»Sei vorsichtig, das sind Hämmer«, hatte sein Bruder noch erläutert, als er sie ihm in die Hände gegeben hatte. »Sie werden gerne vom höheren Klerus genommen.«

Die niedere Kaste hatte aus Kostengründen keinen Zugang dazu und konnte nicht sich gegen etwaige pädophile Gelüste absichern. Sie mussten sich durch Selbstgeißelungen und Kaltwasserduschen schützen. Maßnahmen, die oft nicht genügend Wirkung zeigten.

»Wirken etwa nach einer Viertelstunde, wenn du dich nicht dagegen wehrst«, hatte Michael ergänzt.

In jener Nacht in Leas Bett, an die er sich nicht erinnern konnte, musste er sie zutiefst gekränkt haben. Nur so war ihre Rache am nächsten Morgen zu erklären.

Du bist fett!

Ein Riesenmissverständnis, sicher nur einer ungenauen Formulierung geschuldet, die ihm vorschnell über die Lippen gekommen war. Jonathan war ratlos bis verzweifelt. Sollte er sich im Bett in ein ekliges, brutales, unsensibles Monster verwandelt haben? Er, der geschulte zärtliche Liebhaber, der nur das Beste für die Frauen tat, mit Orgasmusgarantie?

Auf dem Weg zu seinem Auto, das brav wie ein treuer Hund in einer Nebenstraße auf ihn wartete, eilte Jonathan an dem kleinen Kino vorbei und sah, dass der Film *Die sieben Todsünden* lief. Er schluckte, schloss die Augen und beschleunigte seine Schritte. Ganz sicher konnte er nicht sein, ob die Götter ihn auf diese Weise wissen ließen, dass er ein haltloser Lüstling war, dazu verdammt, langsam und quälend vor sich hin zu verschrumpeln. In letzter Zeit war er überaus empfänglich für negative Zeichen und Omen.

An einem Zeitungskiosk sprang ihm eine Schlagzeile ins Auge: *Dieter Bohlen – noch 700 000 Schuss. Respekt!* Und dann noch eine: *Jammer und Not bei Boris Becker – Ist aus seinen Bällen die Luft raus?*

Seine Panik wuchs. Bald würde sein eigenes Schicksal

in großen Lettern auf den Titelseiten der Boulevardpresse um Aufmerksamkeit buhlen: *Orgasmusexperte Jonathan Kaiser – ein Medienscharlatan im Wollust-Minus?*

Leas Behauptung gegenüber Amelie, er hätte sie in jener Nacht als fett bezeichnet, ließ in Jonathan – Wahrheit hin oder her – gemischte Gefühle aufkommen. Einerseits der alte Stolz, nicht versagt zu haben, dazu eine gewisse Unzufriedenheit mit sich selbst, andererseits auch Erleichterung. Vor allem hatte er keins seiner kostbaren Goldstücke vergeudet. Trotzdem war er aufs tiefste gekränkt über Leas Vertrauensbruch. Seinetwegen konnte die Beziehung einschlafen, schmerzlos absterben. Dann hatte er wenigstens seinen wohlverdienten Frieden und konnte sich gemütlich um seine mickrige Restladung kümmern. Er würde alles vergessen, was je geschehen war. Aber von wegen schmerzlos, denn andererseits …

Andererseits konnte er nicht allein sein, nicht ohne Lea, denn alle anderen Frauen wären nur ein schlechter Ersatz. Ob sie wollten oder nicht, stellte sich Jonathan den Tatsachen, er und Lea fühlten sich zueinander hingezogen, verziehen sich gerne und versuchten es noch mal und noch mal und noch mal. Sie waren eben füreinander geschaffen und konnten nicht voneinander lassen. Die Frage war nur: Wer machte diesmal den ersten Schritt?

Lea kam gerade von ihrer Scheidenkrampfentspannungsübung bei und mit Dr. Michael Kaiser und rammte ihren Wagen in den Betriebsparkplatz, der ihr als stellvertretender Chefredakteurin zustand. Beim Betreten der Redaktion mied sie den Kontakt zu ihren Kolleginnen, was ihr nicht schwerfiel, und flüchtete in ihr Büro. Hin und her gerissen zwischen Auftrag und Gewissen – zwischen den irritierend wechselnden Ansichten ihres Chefs und

Gönners Großhaupt und ihren eigenen Ansprüchen an eine bessere Zeitschrift für eine bessere Welt –, rettete sich Lea inzwischen bei der Besprechung von Jonathans Beiträgen in die Korrektur von Schreibfehlern.

»Erektion schreibt man übrigens nicht mit zwei r«, sagte sie spitz, ihre Pflicht als Vorgesetzte erfüllend.

»Erektion?«, überlegte Jonathan, während er sein Manuskript überflog.

»Das zieht sich durch«, mahnte Lea, »und Ihre Kommasetzung ist eine einzige Katastrophe.«

Der Inhalt selbst schien sie nicht mehr zu interessieren. Der Artikel aus seiner Serie *Was Frauen wirklich wünschen* beschäftigte sich in der 32. Folge mit deren Wunschtraum, Sex mit mehreren Männern zu praktizieren.

»War's das dann?«, fragte Jonathan, während er sich zum Gehen wandte. Großhaupt hatte ihn vor einer Stunde zur Seite genommen, um ihm zuzuflüstern, dass er sich von den Ideen seiner Elevin nicht beeindrucken lassen sollte.

»Nein«, sagte sie, bevor er an der Tür ankam.

Jonathan blieb abwartend stehen.

»Ich habe dich angeflunkert wegen dieser Nacht, du weißt schon«, sagte Lea nach einer Weile zögernd. »Es war alles halb so schlimm.«

»Was soll das heißen?«

»Es tut mir leid«, murmelte Lea verlegen. »Keine Ahnung, was da in mich gefahren ist.«

»Ach?« Jonathan wurde laut und ging in die Offensive: »Und was zum Teufel hast du Valentins Frau erzählt?«

»Woher weißt du?«, fragte Lea erschrocken.

»Ist dir nicht klar, dass diese elende Klatschbase alles, aber auch wirklich alles, ihrem Mann erzählt?«, rief Jonathan wütend.

Leas Augen wurden feucht. »Schrei mich bitte nicht so an!«

»Natürlich erzählt Valentin mir alles weiter, und nicht nur mir.«

Lea senkte den Kopf und zog die Nase hoch.

»Das ist nicht gut gelaufen«, sagte sie kleinlaut.

»Kannst du laut sagen!«

»Daran habe ich nicht gedacht«, wisperte Lea und versuchte sich zu erinnern, was sie Amelie bei ihrem letzten Frauentreffen im Rausch der Sinne alles erzählt hatte. Sie neigte, wie sie wusste, von Natur aus und von Berufs wegen zu leichten Übertreibungen und ließ gerne das ein oder andere weg, um den Kern der Dinge überdeutlich zu betonen. Auch Amelie malte gerne etwas theatralisch aus, um möglichst viel aus einer im Grunde genommen dünnen Geschichte herauszuholen. Und Valentin war sogar noch stolz darauf, aus jeder Mücke einen Elefanten zu machen, eine Gewohnheit, die nicht nur jedem Abenteuer- und Reisejournalisten zur zweiten Natur wird. Was also meinte Jonathan zu wissen?

»Du gehst zu den beiden und stellst das alles richtig«, mahnte Jonathan schroff.

»Natürlich«, sagte Lea fest und putzte sich die Nase, »aber …«

»Kein Aber!«, bellte Jonathan.

»… aber du musst doch zugeben, dass du dich wirklich mehr als merkwürdig benommen hast.«

»Ich kann mich nicht daran erinnern.«

»Komm schon, tu nicht so.«

»Wirklich nicht.«

»Wie war die Nacht mit mir? Erinnerst du dich? Ich bin die Frau, auf der du geschlafen hast.«

Jonathan seufzte. Lea neigte dazu, weit auszuholen.

»Mir war, als hätte ich die Nacht in einem Zementmischer verbracht«, sagte sie vorwurfsvoll.

Jonathan schüttelte heftig den Kopf. »Das ist sonst so gar nicht meine Art«, wehrte er ab.

»Es macht ja nichts. Irgendwie hatte es sogar was. Du hast ihn ja nicht angekriegt.«

Jonathan beruhigte sich langsam wieder. »Und weiter?«

»Es war einfach so, dass du, du weißt schon …

Neuer Zorn flammte in ihm auf. »Jetzt sag schon! Amelie hast du es ja auch brühwarm gesteckt.«

»Es tut mir so leid.« Sie schniefte. »Aber könntest du nicht wenigstens so tun, als ob es eine peinliche Situation für dich gewesen wäre?«

Lea rechnete nicht mit Jonathans ausschweifender Phantasie.

»Habe ich gesagt«, beugte er sich flüsternd vor und klammerte sich an ihren Bildschirm, »›du brauchst es doch hart, du Luder, dir besorge ich es, bis du um Gnade winselst‹, oder so ähnlich?«

Lea unterdrückte ein Kichern.

Draußen vor der Tür schwebten die Schatten der Kolleginnen vorbei. Unwillkürlich duckten sie sich.

»Ich war so entsetzt und wütend auf dich«, flüsterte Lea, »ich wollte nicht darüber reden. Ich habe dich gehasst. Du hast mich beschimpft und beleidigt.«

Sie merkte Jonathan die Panik an, und ein wohliger Schauder kräuselte ihre Haut. Das Gefühl der Macht erregte sie ungemein. In ihrer schwarzen Seele schrillte ein satanisches Lachen auf.

»Dass ich dir nachlaufe, hast du gesagt, dass ich eine Klette für dich bin. Dass ich dir auf die Nerven gehe. Du hast mich ein Trampeltier genannt und eine fette Hexe.«

Sie war über ihre eigene Phantasie erstaunt, ja begeistert.

Jonathans Kopf schmerzte, so lange schüttelte er ihn schon.

»Nicht einfach nur: Du bist fett?«

Lea sprang auf und warf sich in die Brust.

»Du wolltest es mir auf die harte Tour besorgen. Du hast mich an den Haaren durch die Wohnung geschleift und immer wieder geschrien: ›Ich bums dich, bis du um Gnade flehst, du fette Hexe.‹«

»Das soll ich gemacht haben? War ich da schon ausgezogen?«

»Nein, wie denn? Ich habe gefleht und gebettelt …«

Jonathan starrte sie an, bis er verstand.

»Du meinst, ich …?«

»Du wolltest mich vergewaltigen. Du wolltest dich in Frauenfleisch wälzen wie ein Schwein im Schlamm.«

»Normalerweise vermeide ich emotionale Verwicklungen, so gut es nur geht«, flüsterte Jonathan eingeschüchtert.

»Du hast dich auf mich geworfen und mir die Blutzufuhr abgeschnitten. Wenn du nicht eingeschlafen wärst, hätte mir dein Bruder beide Beine amputieren müssen.«

»Lass meinen Bruder aus dem Spiel!«

»Deinem Bruder kannst du nicht das Wasser reichen!«

»Sag nur, du hast was mit ihm?«

»Lenk nicht ab!«

Jonathan rieb sich die Schläfen und sah geduckt zu Lea hoch, die ihn triumphierend musterte.

»Und das Fiasko danach«, rief Lea voller Spott. »Also, ich bin davon ausgegangen – und bitte verzeih mir, dass ich so deutlich bin –, dass du mich auf Grundlage deiner genetischen Veranlagung als männliches Fossil in guter Absicht befriedigen wolltest. Und ich muss gestehen …«

Jonathan schöpfte Hoffnung und versuchte, Lea zu sich auf den Schoß zu ziehen. Sie wich zurück. Es klopfte. Sie riss die Tür auf und schrie die Praktikantin an, die ihr mit bleichem Gesicht und schwarzgeschminkten Lippen höflich lächelnd einen Berg Manuskripte überreichen wollte.

»Verschwinde, fahr zur Hölle!«, rief sie und fuhr dann selbst herum, ohne die Tür zu schließen.

»Ich muss gestehen, dass mich deine Absicht berührt hat. Nicht, dass es mich sonderlich erregt hätte, aber ich wusste, dass ich dir helfen muss. Ich weiß ja, dass du in einer Krise steckst.«

»Warum?«

»Weil du dich geweigert hast, dich auszuziehen.«

»Habe ich gesagt, dass du fett bist?«

»Du hast gesagt: ›Aha, so sehen also Brüste aus.‹«

»Daran kann ich mich erinnern. Es ist immer etwas überwältigend Neues, beinahe wie ein Wunder, die Brüste einer Frau …«

»Der Ton macht die Musik.«

Der erste klassische Streit, und schon so routiniert wie bei einem alten Ehepaar. Das schreit geradezu nach einer Versöhnung, dachte Jonathan.

»Aber dabei hattest du gewaltige Erektionsprobleme, und schließlich bist du umgefallen wie ein Baum und einfach eingeschlafen.«

»Woher weißt du das? Ich war doch noch gar nicht ausgezogen!«

»Das war es ja. Ich war gerade dabei, dich auszuziehen, als du mir plötzlich mit der Gefällter-Baum-Nummer kamst. Da habe ich die Fassung verloren. Tut mir leid. Ich hab nur noch rotgesehen!« Lea holte tief Luft. »Ich habe dir meine Ente in den Mund gestopft.«

Aha, deshalb die lange harte Sitzung am nächsten Morgen.

»Ich habe den Kopf noch«, sagte Jonathan, »wenn du ihn zurückwillst.«

»Natürlich ist es demütigend, dermaßen zu versagen, aber ich hätte nie gedacht, dass gerade du dich so ungeschickt anstellst. Wie kannst du nur …?«

»Impotent«, blaffte Jonathan, »sprich es doch endlich aus. Schrei es aus dem Fenster, damit es alle wissen.«

»Jonathan! Es muss ja nicht jeder wissen.«

Jonathan sprang zum Fenster, das sich nicht öffnen ließ. »Warum nicht?«

Er sprang zur Tür und rief es in die Redaktionsräumlichkeiten: »Ich bin impotent! Ich bin impotent!«

Er lauschte, hoffte auf Protest. Keinerlei Reaktion. Lea zog ihn zurück und schloss die Tür.

»Vielleicht weißt du es nicht«, beruhigte sie ihn, »aber viele Männer haben dasselbe Problem wie du. Das ist schon sehr traurig. Aber dass auch du im Bett einmal kläglich versagst, macht dich doch nur umso menschlicher.«

Jonathan schluckte. Er rieb sich als unfreiwillige männliche Jungfrau zwischen Sein und Schein auf und hatte sich beinahe sein großes Glück verscherzt.

»Und nenn mich nie mehr Moppelchen!«, sagte Lea zum Abschluss, als sie ihn aus dem Zimmer drängte.

»Moppelchen? Ich habe also nie ›Du bist fett‹ gesagt?«

Lea blinzelte so vergnügt wie Doris Day und zwickte ihn in Wangen und Po.

34

»Sage nie: ›Das kann ich nicht!‹
Vieles kannst du, will's die Pflicht.
Alles kannst du, will's die Liebe.
Darum dich im Schwersten übe.«
Sprichwort

In seiner Zelle hörte Jonathan *Oh Happy Day* in der Version von Ladysmith Black Mambazo, während er über der Kummerkastenseite grübelte, die er als Sorgenberaterin unter dem Pseudonym Tita von Sauß schreiben musste. Das Horoskop hatte er abgelehnt. Dr. Gerti Senger, aus deren Büchern *Die sexuelle Kraft des Mannes* und *Die sexuelle Kraft der Frau* er so ziemlich alles abgekupfert hatte, war sein großes verhasstes Vorbild. Der neue Stil von *Paula* machte ihm zu schaffen.

Er hatte von Lea geträumt. Ein schöner Traum, außen schön rösch und knusprig, gut gewürzt, innen feucht und rosig. Ein Genuss, da zu stochern und abzuschmecken. In seinem Magen rumorte es.

Jonathan trat ans Fenster und warf wie immer einen Blick in die Räume des Fitness-Centers gegenüber, in dem sich eine gemischte Gruppe heftigen Leibesertüchtigungen hingab, die sichtlich nicht schmerzlos abliefen. Trotzdem wollte keiner der Beteiligten Schluss damit machen. Jonathan erinnerte sich an den Tantrakurs, verdrängte den Gedanken so schnell wie möglich und setzte sich wieder an seine Tagesaufgaben.

Lea Liebermann hörte in ihrem Büro nichts außer ihrem eigenen Atem und dem Schmatzen ihrer Hüften, wenn sie sich auf ihrem Schreibtischstuhl bewegte. Sie überprüfte sich auf eventuellen Mundgeruch und versuchte sich an einer gleichzeitigen Bruststraffung, Vaginaübung und mentaler Geist-, Seele- und Bauchentspannung. Dehnen, strecken, spannen, entspannen, pressen, loslassen …

Das Telefon klingelte und unterbrach das Durcheinander ihrer Motorik. Ein Sozialinstitut meldete sich mir drei interessanten Fragen zu Forschungszwecken: Lieben Sie Tiere? Kennen Sie die Wiener Glaubensbrüder? Was halten Sie von Umfragen? Um ihr anschließend eine deutsche Flagge sowie eine Schuhputzmaschine als Sonderangebotspaket anzubieten.

»Ich bin erst zwölf Jahre alt«, stahl sich Lea aus der Verantwortung, »da muss ich erst meinen Zuhälter fragen.«

Ihre Gedanken waren bei Jonathan. Sie griff zum Telefon und wählte Jonathans Nummer auf der internen *Paula*-Leitung. Wie würde Amelie sich verhalten? Frech, herausfordernd. Mach ihn an. Die Freundin hatte sie bis ins Detail gebrieft, aber sie musste trotzdem ihren eigenen Weg finden.

»Vögeln Sie viel herum, Herr Kaiser?«, fragte Lea, als Jonathan sich meldete.

»Nein!«, erklärte er mit Nachdruck.

»Lieber mit Jüngeren oder mit Älteren?«

»Mit Älteren.«

»Wovon träumen Sie?«, fragte Lea.

»Von Gämsen!«

»Und haben Sie dabei feuchte Träume?«

»Ja, wenn ich sie erschieße!«

»Und haben Sie vorher oder nachher Sodomie?«

Er schwieg.

»Bist du noch dran?«, fragte Lea. »Ich höre.«

Eine Weile herrschte Stille.

»Was ist jetzt mit Sex?«, erklang Leas Stimme, so rau wie die von Amelie.

»Das könnte kompliziert werden«, sagte Jonathan, »schließlich arbeiten wir ja zusammen. Sie haben selber darauf bestanden, dass wir …«

»Wir müssen doch nicht alles gleichzeitig machen.«

Und wieder Schweigen.

»War's das?«, fragte Jonathan.

Er hörte Spannen, Entspannen, Pressen und Schmatzen.

»Jede Minute, die wir uns nicht lieben, weinen sicher irgendwo auf der Welt übergewichtige Waisenkinder bittere Tränen«, sagte Lea schließlich.

Jonathan hatte andere Sorgen, als sich um Kinder zu kümmern, die er nicht selbst gezeugt hatte. Dann und wann fragte er sich, ob nicht die eine oder andere junge Frau, die an ihm vorüberlief, seine Tochter war. Schlimmer noch, manchmal glaubte er, in einem jungen versoffenen Penner seinen Sohn zu erkennen. Die Augen, der Gang.

Er legte sein schlechtes Gewissen in die Ablage und studierte den Telefonhörer.

Als Lea aufgelegt hatte, dachte sie an die Folge aus *Desperate Housewifes,* in der Gabrielle Solis den blutjungen heißen Gärtner auf sehr individuelle Art vernascht. Sie dachte an den Sohn des Hausmeisters, den sie in ihrer Phantasie im Heizungskeller auf Touren brachte, und an den Gymnasiasten, der ein Stockwerk unter ihr wohnte und sie bei jeder Gelegenheit im Treppenhaus mit den Augen auszog.

Nun floss Lea über vor Liebesdurst. Die Türklinke, die ihre Hand umschloss, verwandelte sich in ein pulsierendes Glied. Die Botschaften ihres Unterbewusstseins waren der Beweis dafür, dass es in der Tiefe ihrer Seele wirklich Vorgänge gab, von denen sie nichts wusste. Mehr noch: Jede Frau sehnte sich nach der Vereinigung mit einem Gott, unabhängig von der Religionszugehörigkeit, selbst wenn dieser Gott in ihrem Fall Jonathan Kaiser hieß und mit gesenktem Kopf hinter einem schäbigen Schreibtisch saß statt auf einem goldenen Thron.

»Komm mit«, zischte Lea, »du musst mir helfen!«

Jonathan schrak auf. Lea stand in der Tür seiner Bürokammer.

»Ich bin noch nicht fertig«, sagte er, »in einer halben Stunde können Sie es in den Papierkorb werfen.«

»Ich hab mich verletzt. Bitte komm mit!«

»Wohin?«

»In den Kopierraum«, flehte eine verzweifelte Stimme, »da stört uns niemand.«

Jonathan zögerte. »Ich weiß nicht so recht.«

»Es tut schrecklich weh.«

»Wie ist es passiert?«

»Frag nicht so dumm.«

Sie war per du, also momentan nicht seine Vorgesetzte.

»Und wo?«

»Das zeig ich dir dort.«

»Ist es schlimm?«

»Bitte«, flehte Lea, »ich gehe vor.«

Und schon knallte sie die Tür zu.

Jonathan zählte bis zehn, dann brach er auf, stahl sich durch die Reihen all der Kolleginnen, tat so, als müsste er dringend auf die Toilette, und huschte im letzten Moment in den Kopierraum.

Sie standen zwischen den Kopiermaschinen, die hin und wieder aufstöhnten und rasselten. Sie war vorbereitet: Der Slip hing ihr halb auf den Schenkeln, während sie mit dem Rücken zu ihm auf ihre rechte Pobacke zeigte.

Jonathan fuhr mit dem Zeigefinger über die rosige Rundung.

»Wo soll denn die Wunde sein?«, wunderte sich Jonathan.

»Etwas tiefer«, murmelte Lea. »Hoffentlich ist es keine Blutvergiftung.«

Jonathans Finger glitt nach unten.

»Tut das weh?«

»Nein.«

Er erforschte intimere Bereiche, schloss die Augen und konzentrierte sich auf seinen Parkplatz, den sie ihm weggenommen hatte, um sich abzulenken.

»Vielleicht sollten wir doch sicherheitshalber einen Arzt …«

»Jetzt«, seufzte Lea, »hier. Aua!«

»Wie kann man sich denn da verletzen?«, fragte Jonathan.

»Das erzähl ich dir später.«

»Was ist dir da denn dazwischengekommen?«

»Mach keine Witze«, sagte Lea, »es ist ernster, als du denkst.«

»Ich kann kein Blut sehen«, sagte Jonathan, während sie mit dem Hintern wackelte.

Lea drehte sich um, schlang die Arme um seinen Hals und flüsterte ihm ins Ohr: »Nimm mich.«

»Lea!«

Jonathan begriff nicht. Sex am Arbeitsplatz hatte etwas mit knisternder Spannung, Spontanität und außergewöhnlicher Erregung zu tun. Für Männer wie Frauen war Geschlechtsverkehr in Kopierräumen ein besonders reizvolles, ja einmaliges Abenteuer. Aber das hier? Jonathan versuchte sich an seinen Erste-Hilfe-Kurs zu erinnern.

Lea biss ihm ins Ohr und ließ sich fallen.

»Jonathan!«

»Was?«

Sie sank nach unten und klammerte sich an seine Hose.

»Du wirst mir doch nicht ohnmächtig werden?«

Um Gottes willen, wie war das noch? Sicheres Auftreten, umsichtiges Handeln, beruhigender Zuspruch. Mund-zu-Mund-Beatmung? *Atemwege frei machen durch Neigen des Kopfes nach hinten bei gleichzeitigem Anheben des Kinns.*

Lea riss am Reißverschluss seiner Hose.

Jonathan legte sie flach auf den Rücken.

Mit Daumen und Zeigefinger die Nase verschließen, die Lippen dicht um den Mund des Betroffenen legen. Eine Sekunde lang Luft gleichmäßig in den Mund des Betroffenen blasen, so dass sich der Brustkorb sichtbar hebt.

»Was tust du da?«, keuchte Lea. »Greif endlich zu!«

Jonathan riss ihr die Bluse und den BH auf, schob ihre Brüste nach links und rechts und presste seine Hände auf ihren Brustkorb.

Kopflage des Betroffenen beibehalten, den eigenen Kopf zur Seite drehen, erneut einatmen und darauf achten, ob sich der Brustkorb des Betroffenen wieder senkt.

»Komm endlich rein«, sagte Lea nach Jonathans unkonventionellem Kuss. Sie war wie betäubt von seinen heftigen, leidenschaftlichen Berührungen, außer sich und voller Hingabe. Sie öffnete sich ihm voll und ganz.

»Bist du verrückt? Atme ganz ruhig«, versuchte Jonathan sie zu beruhigen.

Seine Ampulle lag in der untersten Schublade seines Schreibtischs.

»Los, mach schon.«

»Was? Hier?«

»Stell dich nicht so an. Die anderen machen das doch auch.«

Schritte auf dem Flur, die Klinke bewegte sich. Jonathan stemmte seinen Rücken gegen die Tür.

»Ist da jemand?«, zwitscherte eine satanische Stimme. Die Praktikantin. »Seid ihr bald fertig? Ich muss nämlich kopieren.«

»Wir sind gleich so weit«, sagte Jonathan.

Lea sprang auf und richtete ihre Kleidung. Ihr wäre es, wenn sie ehrlich war, ganz recht gewesen, wenn jemand plötzlich hereingekommen wäre und sie so gesehen hätte. In letzter Zeit hatte sie mehr und mehr das Gefühl, dass die Kolleginnen über sie tuschelten, von wegen vertrocknete alte Zicke.

»Wie sehe ich aus?«

»Großartig.«

Von draußen erklang Kichern.

»In mein Büro«, zischte Lea mit hochrotem Kopf und blassen Flecken auf den Wangen. »Komm sofort mit, aber versuch bitte, nicht alles zu versauen, indem so tust, als wärst du so, wie du bist.«

»So, sind die Kopien fertig, haben Sie alles?«, rief sie mit ihrer Vorgesetztenstimme.

Dann öffnete Lea die Tür. Der Flur war leer. Sie schritten durch das Großraumbüro, wo die anderen mit gesenkten Köpfen an ihren Tischen saßen und verdächtig emsig in ihre Tastaturen hauten.

Lea zog Jonathan in ihr Büro. Dort zerrte sie aufs Neue an ihrem Schlüpfer.

»Du bist wohl nicht ganz bei Trost, man könnte uns sehen«, sagte Jonathan mit Blick auf die verglaste Tür.

»Wenn man immer darüber nachdenkt, was passieren könnte, dann passiert garantiert das Allerschlimmste«, sagte Lea.

»Und es gibt noch etwas Wichtiges, was wir äußerst dringend nachholen müssen.«

»Was denn?«

Jonathan spürte schon den zermalmenden Griff der schwarzen Hand des Schicksals an seinen Hoden.

»Auf dem Schreibtisch«, zischte sie, »hier auf dieser Seite. Habe ich ausgemessen, da kann uns niemand beobachten. Los, mach schon!«

Jonathan wich zurück. Lea hüpfte auf einem Bein.

»Kannst du mir nicht helfen mit dem Slip?«

Jonathan ging in die Knie und zerrte mit ihr am Gummiband. Ach, wie eng.

»Bist du dabei, ja oder nein?«

Lea schob sich den Rock nach oben, während er den Slip aufhob und einen sicheren Platz für ihn suchte. Lea hüpfte ärschlings auf den Schreibtisch.

»Wir müssen den Schreibtisch erst leer räumen«, sagte Jonathan hastig, »wir bringen ja alles durcheinander …«

Lea fegte all ihre Utensilien auf den Boden und riss sich die Bluse hoch.

»Wie wünschst du es dir denn, Schatz? Sanft und behutsam oder laut und hart?«

»Lea, bitte!«

»Komm her! Besorg es mir! Zeig mir, was du kannst!«

Leas Stimme hatte einen ungewohnten Klang. Ein kalter Schauer lief Jonathan über den Rücken. Das ist nicht die Lea Liebermann, die ich zu kennen glaube, dachte er, als sie an seiner Hose zu nesteln begann.

»So beruhige dich doch, du bist ja ganz außer dir!«

Sonst gab sie sich gerne unnahbar, unberührbar und herablassend. Jetzt war sie wie ausgewechselt. Jonathan war vor Erstaunen wie gelähmt. Lea rang mit ihm und versuchte ihn mit einem Polizeigriff über den Schreibtisch zu legen. Er schnappte nach Luft. Sie war stärker, als er dachte. Er, dem dominanter weiblicher Körperkontakt Unbehagen bereitete, duckte sich unter ihrem festen Griff.

»Ich denke, ihr Männer lasst euch von euren Schwänzen sagen, wo's langgeht?«

»Nein«, flüsterte er, ohne seine Panik ganz unterdrücken zu können. Er spürte, wie irgendwo in ihm ein Knoten platzte.

»Ich fühle nichts.«

»Wirklich nicht?«

»Nein, wirklich nicht.«

»Und wenn ich es so mache?«

Und in dem Moment, in dem sein Bajonett in die frische Büroluft fuhr, löste sich ein Schuss und bekleckerte den Locher. Mit einem Satz löste er sich von ihr, und beide standen sich atemlos gegenüber. Er griff nach einem Papiertaschentuch und wischte sich sorgfältig ab. Nur keine Spuren hinterlassen. Da waren's nur noch …?

»Moment, ich muss nachdenken«, sagte Jonathan. Waren es noch fünf oder gar nur noch vier? Er war hin und her gerissen zwischen einem Hauch Zweckoptimismus und einem schweren depressiven Schub.

»Komm«, sagte er und ging, um Sachlichkeit bemüht, zum ursprünglichen Ausgangspunkt zurück, »kümmern wir uns nun endlich um deine Verletzung.«

Wütend steckte Lea ihre Brüste wieder zurück in ihre Umhüllung, knöpfte ihre Bluse zu und zog sich den Rock nach unten.

»Wo ist mein Slip?«, fauchte sie Jonathan an.

Jonathan hatte sich ebenfalls wieder angezogen und suchte den Boden nach dem vermissten Kleidungsstück ab.

»Du bist schuld«, sagte Lea, »ohne dich wäre alles gut gelaufen.«

»Du hast recht«, gab Jonathan zu, »ich war nicht ganz bei der Sache. Ich habe dich nicht ernst genommen. Verzeih mir.«

»Du kannst mich mal«, zischte Lea und eilte aus ihrem Büro.

Jonathan hob ihr Höschen auf und folgte ihr auf den Flur.

»Das hast du vergessen«, sagte er, als er sie eingeholt hatte, und drückte es ihr in die Hand.

»Geschenkt«, gab sie zornig zurück, knüllte es zu einem Bällchen zusammen und stopfte es ihm in die Jackentasche.

Kollegin Jasmin – Mode – näherte sich unbefangen, blieb stehen und versuchte erfolglos, sich unsichtbar zu machen. Um ihre Mundwinkel ein wissendes Lächeln. Es gab also neues Material, über das sie Wohnen, Beauty und Lifestyle Bericht erstatten musste.

»Lea, bitte, sei doch vernünftig«, flüsterte Jonathan. »Wir fallen auf.«

Lea begann zu trällern: »We shall overcome …«

Eine peinliche Situation, wie sie da in das Großraumbüro traten: Sie zunächst erhobenen Hauptes vorausmarschierend, dann, um die Kolleginnen zu täuschen, mit leicht wiegenden Hüften, gemächlich und lässig, durch und durch entspannt, als hätte sie alle Zeit dieser Welt. Er mit trippelnden Schritten dicht hinter ihr her, bemüht, ihr zu erklären, dass es doch nur ein Missverständnis gewesen sei. Alles nicht der Rede wert. Die Blicke der Redakteurinnen, die sich sofort wieder senkten, um sich dann funkelnd den Nachbarinnen an den Schreibtischen zuzuwenden. Unterbrochene Dialoge, unterdrücktes Prusten, vollkommenes Schweigen.

Sie erreichten das Foyer, und Julia, die Empfangsdame, sah ihnen zu, während er auf Lea einredete, weil er annahm, dass der vertraute Ton seiner Stimme Lea helfen könnte, ihre Erregung zu überwinden und ihre Selbstkontrolle wiederzufinden.

Lea drückte den Knopf am Fahrstuhl.

»Wo willst du hin?«

»Weg, nur weg von dir!

»Ohne Slip?« Jonathan drückte ihn ihr in die Hand, doch sie warf ihn in hohem Bogen von sich. Er landete auf der Tischplatte der Empfangsdame, die ihn betrachtete wie Heinrich Harrer den jungen Dalai-Lama.

»Kannst du eine Verweigerung nicht von einem Versagen unterscheiden?«

»Bitte rechtfertige dich nicht auch noch«, empörte sich Lea lautstark, »das ist doch jämmerlich. Wenn du jetzt gesagt hättest: ›Ich bin nun mal eine Null im Bett‹, hätte ich tausendmal mehr Respekt vor dir.«

»Erstens«, wurde jetzt auch Jonathan laut, »waren wir nicht im Bett, sondern auf deinem verdammten Schreibtisch.«

Julia nahm Leas Höschen als Beweismittel an sich. Sie fühlte sich wie Indiana Jones.

»Da hast du dir aber einen Scheißtag ausgesucht, mit Sex aufzuhören«, sagte Lea.

»Ich war noch gar nicht bei Zweitens.« Jonathan holte tief Luft. Jetzt musste es heraus, und wenn es auch alle hörten.

»Ich bin ein …«, begann er zu schreien.

Ein Berliner?

»Du bist ein erwachsener, selbständiger Mann und in der Lage, selbst zu entscheiden, wen oder was du vögeln willst«, unterbrach ihn Lea fauchend.

»Was meinst du mit ›was‹?«

»Ach, bums doch dein Kopfkissen!«

»Mein was?«

»Oder dein …« Lea suchte nach weiteren Beispielen und spürte mit Entsetzen, dass sie bei aller noch so intensiven Vorbereitung in Sachen Schlagfertigkeit ein Versager war.

»Mach doch, was du willst«, sagte sie schließlich.

»Danke für die Erlaubnis. Noch weitere Vorschläge?«, erwiderte Jonathan, wandte Lea den Rücken zu und nahm Julia ins Visier.

»Gib mir das Höschen zurück«, bellte er sie an.

Die schüttelte heftig den Kopf.

»Ich will dir ja nicht zu nahe treten, aber hast du schon mal daran gedacht, zu einem Psychologen zu gehen?«, fragte Lea sarkastisch.

»Warum?« Jonathan warf ihr einen düsteren Blick zu.

»Darum«, blaffte Lea. Und ergänzte nach etwa zwanzig Sekunden: »Deine Persönlichkeit verändert sich, leider zum Krankhaften. Jeder hier wird dir das bestätigen.«

»Da hat sie vielleicht recht«, flüsterte Julia.

»Kein Wunder«, sagte Jonathan, »ich versuche die ganze Zeit, alle über meinen Zustand zu täuschen.« Jonathan wandte sich ab und eilte mit langen Schritten auf sein Büro zu.

»Was war Zweitens?«, rief Lea ihm nach.

»Jetzt habe ich keine Lust mehr«, rief Jonathan zurück.

Nun schlug Julias Stunde. Ihr Beweisstück fest umklammert, hastete sie zur einladend brummenden Kaffeemaschine.

»Will jemand einen Kaffee?«, rief sie fröhlich.

Binnen Sekunden war sie umringt, und Leas Slip ging reihum, wurde betastet und beschnüffelt, während Julia ihr Erlebnis wiedergab und in bester Art ausschmückte. Sogar die satanisch veranlagte Praktikantin war sichtlich beeindruckt.

Diejenigen, die behaupteten, dem historischen Moment beigewohnt zu haben, versicherten später, die Hingabe, die in den Augen der beiden aufgeleuchtet habe, sei zweifellos authentisch gewesen. Und das aus dem Munde ausgerechnet jener Redakteurinnen, die bis dahin so unerschütterlich daran gezweifelt hatten, dass es mit den beiden gutgehen könnte. Seit Leas Auftauchen liefen hohe Wetten, wann es zwischen ihr und ihm zum Eklat käme.

Doch dieser Slip bewies, dass es sich bei Lea Liebermann und Jonathan Kaiser um wahre Liebe handeln musste. Fachkundig identifiziert als ein raffiniert komfortabler Einfach-Frau-sein-Slip für pure Weiblichkeit, hautsympathisch, zeitlos schön aus kochfesten Naturfasern mit Blümchen-Druck und auswechselbarem Gummizug, schon etwas ausgefranst sicherlich, war er ein Zeichen beiderseitiger wahrhaft ehrlicher Zuneigung.

Für eine Weile vergaßen die Redakteurinnen ihre eigenen Schönheitsoperationspläne, die immer noch nicht ganz ausgereift waren. Da gab es also eine Frau, die ganz ohne medizinische Eingriffe einfach tat, was sie tun wollte – schlicht so, wie Gott sie geschaffen hatte, mit dickem Hintern und Speck an den Hüften. Ohne dass sie es aussprachen, wuchs Lea in ihrer Achtung.

Lea Liebermann gab ihren halbherzigen Vorsatz auf, das Büro zu zerstören. Das war beinahe noch anstrengender als ein Ikea-Regal ohne Gebrauchsanweisung aufzubauen. Warum gab es keine Anleitungen dafür? Vielleicht sollte sie sich mit Amelie zusammentun, um mit einer terroristischen Gruppe nach Lösungen zu suchen?

Sie kroch unter den Schreibtisch und holte ihr aufgeregt blinkendes und piependes Telefon hervor. Gewalt gegen Sachen war, wie sie sich vage erinnerte, immer schon gemeiner als Gewalt gegen Menschen gewesen. Die konnten sich wenigstens wehren.

Passenderweise war es Amelie, die anrief.

»Und?«, fragte sie. »Wie ist es gelaufen?«

»Ich habe alles so gemacht, wie du es mir gesagt hast.«

»Wunderbar«, sagte Amelie. »Moment mal, ich muss die Herdplatte runterstellen.«

»Das bin ich nicht«, heulte Lea auf. »Ich kann so was nicht. Und will es auch nicht. Ich finde mich da nicht. Ich muss mir selber treu bleiben.«

»Heute gibt es Sauerkraut mit kalt geräucherten Brühwürsten. Valentin liebt das«, sagte Amelie mit vollem Mund. »Wie hast du es denn angelegt?«

»Genau, wie du es getan hättest. Ich habe mich in dich hineinversetzt …« Lea war immer noch außer sich. Sie setzte sich und kramte in einer der Schubladen, die sie nicht an die Wand geworfen hatte. Da musste sich noch eine angebrochene Tüte Gummibärchen finden lassen, die sie so schnell wie möglich verschlingen wollte, um wenigstens ein wenig Erfüllung zu finden.

Amelie schmatzte. »Völlig daneben. Du hättest dich in ihn hineinversetzen sollen, in *ihn*! Was ist schiefgelaufen?«

Lea entdeckte eine angebrochene Schachtel Pralinen,

ein tückisches Geschenk ihrer Kolleginnen. Die Muttertagskollektion mit Rosinen, Eierlikör und dezenter Kaffeenote.

»Ich an deiner Stelle hätte ihm etwas mehr Zeit gelassen. Männer brauchen manchmal viel Zeit.«

Lea seufzte. Die Pralinen waren schon leicht ergraut.

»Aber ich war ja an deiner Stelle!«, sagte sie und steckte sich ein Stück Pflaumen-Walnuss-Karamell-Crisp im Zitronengrasmantel in den Mund.

»Verdammt«, sagte Amelie, »ich habe keinen mittelscharfen Senf im Haus.«

»Ich habe meine Angst überwunden, unangenehm aufzufallen«, berichtete Lea und spürte Heißhunger. Nach gutem Sex hatte jede Frau Hunger, aber auch nach missglücktem? Sie schob eine Sherry-Schoko-Orangen-Knospe mit Chili, aromatisiert mit Zitronenlikör-Trüffel, nach.

»Ich bin gerade über meinen Schatten gesprungen.«

»Und auf die Schnauze gefallen, stimmts?«

»Aber das war nicht meine Schuld.«

Ein Nougat-Quark-Zimt-Bällchen mit Sektgelee in Lavendelhauch. Lea spürte, wie ihr Blutzuckerspiegel in die Höhe schoss.

»Und überhaupt«, sagte sie mit verklebter Stimme, »wie kommst du dazu, alles, was ich dir anvertraut habe, bis ins Intimste weiterzuerzählen?«

Eine Weile herrschte Schweigen.

»Bist du noch dran?«

»Wie kommst du dazu, mir so etwas Gemeines zu unterstellen?«, fragte Amelie schließlich.

Lea antwortete nicht. Daran darf eine echte Frauenfreundschaft nicht scheitern, dachte sie.

»Schon gut, lassen wir das.« Erst mal einen Marzipan-Kokos-Pfefferminz-Zipfel.

35

»Die Menschen haben gelernt, wie Vögel zu fliegen und wie Fische zu schwimmen, aber sie haben nie die einfache Kunst der Brüderlichkeit gelernt.«

Martin Luther King

Dr. Michael Kaiser hörte gerade überlaut *Nessun dorma* aus Puccinis *Turandot*, als Jonathan an seiner Tür klingelte.

»Schön, dass du da bist«, strahlte Michael und führte ihn ins Wohnzimmer. Als Arzt trug er reinstes Schwanenweiß, privat pechfarbenes Schwarz.

Mönchsmusik, oder was sollte das sein? Jonathan liebte zweckmäßigen Kuschelrock und fröstelte. Michael stellte die Musik leiser.

»Die Kinder lieben Bach und Mozart«, sagte er, »aber dann und wann gehe ich meinen eigenen Leidenschaften nach.«

Er drückte Jonathan in einen senffarbenen Ledersessel.

»Ursula ist noch in der Küche«, sagte er. »Du weißt ja, was für eine geniale Köchin sie ist. Sie geht ganz darin auf. Wir sollten sie jetzt nicht stören.«

Die Bibliothek in edlen verglasten Schrankwänden. Das Gesamtwerk von Hegel, zwanzig braunrote Rücken des Lexikons der Geschichte der Welt, ein üppiger Meter Lexikon der Medizin, ledergebunden die Lexika der Tierwelt und golden schimmernd in endlosen Reihen die theologische Literatur. Unentwegt benutzt, wie Michael behauptete. Die Kinder könnten gar nicht genug davon kriegen.

»Unser Jüngster liest zurzeit das Alte Testament. Wir diskutieren gerade Onan. Willst du etwas trinken? Ursula hat einen selbstgepressten Pflaumensaft aus dem Keller geholt, ein ganz alter Jahrgang. Da waren wir erst drei Jahre zusammen, und unser Zweiter war gerade auf die Welt gekommen.«

Michael stellte Jonathan einen irdenen Becher hin und schenkte ein.

»Den Becher hat sie auch selbst gemacht. Da war sie in ihrer Töpferphase. Momentan beschäftigt sie sich mit Kupferarbeiten.«

Jonathan nahm einen kleinen Schluck und nickte, während sein Gaumen verklebte.

Michael maß Jonathan den Puls.

»Und unser Mädchen studiert gerade den neunten Medizinband. Sie ist sehr an Körper und Gesundheit interessiert. Menstruation. Du ahnst ja nicht, wie spannend es ist, sich mit seinen Nachkommen auseinanderzusetzen«, sagte er. »Kannst du dich mal obenherum frei machen, so dass ich dich abklopfen kann?«

Er zog Jonathan das Hemd aus der Hose.

»Ursula macht mein Lieblingsgericht«, sagte er, »sie ist Gold wert. Ich wünsche dir sehr, dass du auch einmal so eine Frau bekommst.«

Jonathan kannte die Ehefrau seines Bruders: quasi aus dem Bilderbuch und das gesunde schlichte Leben wie im Paradies, eben wie von Gott geschaffen – in diesem Fall weitgehend von Michael, dem erfolgreichen Schönheitschirurgen.

»Nicht atmen!«, sagte Michael.

Atemlos sah sich Jonathan im respektablen Wohnzimmer um. Eine Familie wie jede andere und doch nicht. Eine gute Familie. Eine Familie mit viel Sinn für Kultur, das belegten die Bilder alter Meister an den Wänden. Der Sündenfall. Die Versuchung des heiligen Antonius. Sodom und Gomorrha. Susanna im Bade. Der Fehltritt Magdalenas. Der Tanz ums Goldene Kalb. Onans Tat. Profane Themen lockerten die religiöse Ausstrahlung: Leda und der Schwan. Der Raub der Sabinerinnen. Pans Ausschweifungen. Helena und der Stier. Und wenn sich das von rosigen Schwelgereien aus altmeisterlicher Hand getrübte Auge klärte, dann konnte der Besucher des Hauses an einer Wand mit vielen bräunlich vergilbten Bildern ein kleines bescheidenes Rähmchen entdecken, in dem, hinter trübem Glas, die Fotografie einer vielköpfigen Familie zu erkennen war. Den Gästen der Familie, die das Bild an der Gedächtniswand entdeckten, wurde es regelmäßig warm ums Herz. Kaum einer, der nicht andächtig nickte und mühsam seinen Neid unterdrückte über solch ein Glück. Jeder von ihnen dachte an die eigene Tochter, die sich Hella von Sinnen zum Vorbild gemacht hatte oder einen Schwarzen liebte, der so gar nicht mit Barack Obama vergleichbar war. Oder an den Sohn, der sich zwischen Ballerspielen, Homosexualität und Rechtsradikalismus aufrieb. Und jeder schüttelte dem Vater dieser für sie so unerreichbaren Idylle die Hand und beglückwünschte ihn.

»Und wie geht's deiner Frau?«, fragte Jonathan.

Michael seufzte, während er Jonathan in den Schritt griff. »Ursula ist eine herzensgute Frau und Mutter, wäre da nicht ihre teuflische Neigung zur Kleptomanie«, beklagte er sich. »Gestern erst wurde sie dabei ertappt, wie sie eine Eieruhr stibitzen wollte. Tut das weh?«

»In einem Kaufhaus?«, japste Jonathan auf.

»Nein, bei unseren Nachbarn.«

»Was will sie mit einer Eieruhr?«

»Wir haben über dreißig Eieruhren im Haushalt. Vielleicht forscht sie an der zeitlichen Quadratur des Kreises?«

»Wie Daniel Düsentrieb?«

»Unsere Nachbarn heißen nicht Düsentrieb, sondern Hoffenheim. Wir prozessieren gegen sie, weil sie einen Baum haben, dessen Pflaumen in unseren Garten fallen.«

»Ich verstehe.«

»Das Dumme ist nur, dass Ursula eine latente Exhibitionistin ist. Sie klaut nur nackt. Abgesehen von flachen Schuhen und einem Hut.«

»Sie ist eben sehr religiös.«

»Es ist leichtsinnig und fällt deshalb unangenehm auf. Kein Wunder, dass man sie so oft erwischt.«

Michael klopfte Jonathan mit einer kleinen Muttergottesstatue aufs Knie, um seine Reflexe zu überprüfen.

»Sie ist nämlich sehr sonnenempfindlich«, erläuterte er. »Bei schlechtem Wetter ist das alles kein Problem, aber bei Hitze kriegt sie sofort einen Ausschlag, der sie um ein Drittel anschwellen lässt. Dann sieht sie jedes Mal aus wie ein Streuselkuchen.«

Jonathans Knie hüpfte nach oben.

»Entschuldigung«, sagte er automatisch. »Das fällt natürlich auf«, fügte er hinzu.

»Ursula backt die besten Streuselkuchen auf der Welt. Leider hat sie diese kleptomanisch-exhibitionistischen Perioden, keiner kennt das Prinzip dahinter. Eine Zeitlang hatte ich alle Monate ohne r in Verdacht.«

»Aber ansonsten ist alles in bester Ordnung?«

»Aber sicher«, sagte Michael. »Glücklicherweise ist ein anderer Nachbar von uns der zuständige Beamte. Er singt bei mir im Kirchenchor, und das sehr schlecht. Damit konnte ich das Schlimmste verhindern.«

Mit gelinder Wehmut erinnerte sich Jonathan an seine sexuelle Eskapade damals mit Liliane, an und auf der kostbaren Orgel, die, wie sich später herausstellte, für immer den Geist aufgegeben hatte. Natürlich hatte er eine anonyme Spende überwiesen. Eine Orgelpfeife gehörte nun ihm, wenn auch nur ein winziges Röhrchen.

»Und der Nachwuchs?«, fragte Jonathan pflichtschuldig. Er wusste, dass sein Bruder gerne mit der Verworfenheit seines Nachwuchses brillierte, um klarzustellen, dass er als guter Pädagoge jederzeit in der Lage war, sich den pechschwarzen Kinderseelen zu stellen. »Zündet dein Jüngster immer noch Hamsterkäfige an?«

»Das habe ich ihm ausgetrieben«, lachte Michael. »Momentan hat sich David auf Überschwemmungen spezialisiert. Sein Hamster ist ertrunken.«

»Also will er immer noch Feuerwehrmann werden?«

»Bademeister oder Täufer. Er ist ja erst elf. Mehr Sorgen macht mir Florian. Jetzt mit sechzehn bildet er sich ein, dass er seinem Wesen nach ein Mädchen ist. Er weigert sich, sich zu rasieren, und ist todunglücklich.«

Jonathan dachte an sein Erlebnis mit Karla nach der Sitzung der Anonymen Schussopfer.

»Das gibt sich ganz sicher«, winkte er ab. »Verstehen sich die beiden denn noch gut?«

»Geht so«, sagte Michael und warf Jonathan einen trostlosen Blick zu.

»Verstehe.«

Wie auf Bestellung drangen von nebenan wütende, wild überschnappende Schreie in das stille Wohnzimmer.

»Sie haben viele gemeinsame Hobbys.«

Jonathan erinnerte sich an die gemeinsame Kindheit.

Genau wie auf dem Dachboden im alten Elternhaus bei den Bienenstöcken der Mutter, überlegte er. Als er den kleinen Michael dazu gezwungen hatte, sich ganz nackt auszuziehen, um ihn mit Honig einzustreichen und zu beobachten, was passierte. Oder als er ihn im Urlaub an der Nordsee bis zum Kopf eingrub, Krebse um ihn herum platzierte und Fotos und Tonbandaufnahmen machte. Damals wollte er Dokumentarfilmer werden. Kurz bevor er das weibliche Geschlecht entdeckt hatte.

»Aber deiner Tochter geht's wieder gut?«, führte Jonathan das Gespräch weiter. »Spricht sie wieder normal?«

»Was heißt schon normal? Sie macht eine schwierige Phase durch. Seit einiger Zeit lernt sie Spanisch. *Juguemos al poker con nuestra ropa.*«

Jonathan sah Michael fragend an.

»Lass uns Strippoker spielen«, übersetzte der Bruder und wurde laut. »Bei aller Toleranz, ich kann es doch nicht zulassen, dass meine Frau, die Jungs und ich nach dem Abendessen so ein frivoles Spiel spielen!«

Wie freisinnig Michael immer Auskunft über seine Familienplagen gab.

»Woher sie das wohl hat?«, fragte er. Jonathan kämpfte gegen sein Gewissen an. Ob er doch nicht ganz unschuldig an Reginas Entwicklung war?

»Vielleicht sollte sie lieber Russisch lernen?«, riet er etwas ratlos.

»Du hast ja keine Kinder«, erwiderte Michael.

»Ich bin da nicht so sicher«, sagte Jonathan. »Manchmal, wenn ich durch die Fußgängerzone gehe, habe ich das Gefühl, ich hätte mich fortgepflanzt.«

»Das gilt nicht«, sagte Michael, »Kinder müssen die Füße unter dem Tisch haben.«

»Wie geht es eigentlich deinen Söhnen in Hinsicht auf …«

»Kein Problem.«

»Hast du sie getestet?«

»Selbstverständlich. Alles im grünen Bereich. Du bist der Einzige, der aus der Art geschlagen ist.«

Er gab einfach nicht auf. Michael kümmerte sich nicht nur ungebeten um Jonathans körperlichen, moralischen und geistigen Zustand, sondern musste auch noch dauernd vorbeugend eingreifen: »Vergiss nicht, dass du medizinisch gesehen schwer krank bist«, sagte er streng, »das kann ich als dein Arzt besser beurteilen als du als Laie. Wie viele Patronen sind noch im Magazin?«

»Noch keine Veränderung«, log Jonathan. »Du erzählst es doch niemandem weiter?«

»Was denkst du denn von mir?«

Michael griff nach einer medizinischen Zeitschrift und schlug sie an der markierten Stelle auf.

»Wollust, lateinisch Luxuria«, las er laut vor, *»das bedeutet: Sucht nach schrankenlosem Genuss. Beschränkte Wollust: medizinischer Name Luxuria devinita, Glaser'sche Krankheit oder Morbus Glaser, nach ihrem Entdecker Dr. James W. Glaser aus Detroit. Volkstümlich: Schussproblem, Schussloser, Schussopfer. In Deutschland ist es Dr. Michael Kaiser, der sich als Koryphäe auf diesem Gebiet in seinem Bemühen bewährt, nicht nur gegen das unsägliche Leid unter Tausenden von Männern anzugehen, das sich epidemisch, schlimmer als die Schweinepest, verbreiten könnte, sondern – wichtiger noch – das Aussterben der Menschheit zu verhindern.«*

Jonathan wurde schlecht.

»Das habe ich geschrieben«, stellte Michael stolz fest. Und erkundigte sich bei Jonathan, wie es augenblicklich um ihn stand.

Jonathan gestand seine Schwierigkeiten im Umgang

mit der Spermaspritze, ohne die ganze Wahrheit auszusprechen, und berichtete von seiner entsetzlichen Liebesnacht.

»Die Lustdämpfer!«, rief Michael aus. »Die aufgestaute Libido hat sich impulsiv Luft verschafft. Ein Ausbruch, ein Nervenzusammenbruch, ausgelöst und verstärkt durch die Tabletten. Das sind Hämmer, habe ich dir das nicht deutlich gesagt?«

Und Michael rupfte heftig ein Hühnchen mit Jonathan: Es war ohnehin vieles zu spät für ihn. Nichts Richtiges gelernt, beruflich und privat. Keine Zukunft ohne grundsätzliche Lebensänderungen. Jetzt auch noch dick geworden. Harnsäure, Fettwerte, Cholesterin, Krampfadern, Bandscheiben. Zu wenig Bewegung, zu viel Alkohol, zu viele Kohlehydrate. Wenn er so weitermachte, würde er bald sterben. Nun musste er sich entscheiden.

Jonathan wand sich in seinem Sessel.

»Soll ich als Mönch ins Kloster gehen? Oder Buddhist werden?«, murmelte er kleinmütig. »Vielleicht spätberufener Priester?«

»Kein Mann ist Priester. Sogar Priester sind keine Priester, wenn es um Frauen geht.«

Michael schmunzelte in sich hinein.

36

»Gib nicht zu schnell dein Wort,
so brauchst du's nicht zu brechen.
Viel besser ist, mehr zu halten
als zu versprechen.«
Sprichwort

»Als wir uns zum allerersten Mal begegnet sind, mochte ich dich überhaupt nicht«, sagte Jonathan, während er Lea über die Kreuzung führte.

»Ich weiß, das war, als du mir den Einkauf hochgetragen hast.«

»Nein, das war vorher, im Vorzimmer des Chefs, als du meine neue Vorgesetzte wurdest.«

»Ich konnte dich auch nicht leiden.«

»Gib zu, du warst damals eine verklemmte Zicke vom Land.«

»Ich wollte nur nicht sofort mit einem geilen Bock wie dir ins Bett hüpfen.«

»Hat dir das dein großer Mentor Großhaupt verklickert?«

»Nicht nötig, so etwas riecht man bei dir auf hundert Meter.«

»Ich wollte überhaupt nicht mit dir schlafen«, entgegnete Jonathan und bemühte sich, die Beherrschung nicht zu verlieren.

»Ach, lüg dir doch nicht so in die Tasche«, fuhr Lea ihn an, »du hast mir sofort unter den Rock geschielt.«

»Genau, gerippte Baumwollschlüpfer. Muss man mit einer solchen Frau unbedingt ins Bett gehen?«

Beide dachten an ihren ersten denkwürdigen Versuch im Treppenhaus. An den Tantra-Kurs, dessen Gesamtkonzept auch für sie gescheitert war, und das zweite missglückte Remake danach, bei dem sie sich wenigstens geistig nähergekommen waren. Auch das dritte Experiment in ihrem Büro durfte man, wenn man's recht bedachte, nicht negativ bewerten.

»Bist du noch bei meinem Bruder in Behandlung?«

»Nur noch selten, ich bin in der zweiten Phase.«

»In den Tantra-Kurs gehst du auch nicht mehr?«, fragte Jonathan.

»Nein, ich kann mich in diesem Konzept nicht mehr wiederfinden.«

»Reden die Kollegen über uns?«

»Nicht dass ich wüsste.«

Sie verwarfen die Idee, ausführlicher darüber zu sprechen.

»Inzwischen bist du etwas selbständiger geworden«, sagte Jonathan stattdessen.

»Ach?« Lea lachte in sich hinein. Inzwischen war sie wesentlich abgebrühter geworden, dank Amelies überwältigender Betreuung. Allerdings hatte sie sich gerade heute nicht in ihr nagelneues erotisches Outfit gehüllt, und ihr letztes Peeling war schon eine Zeit her. Aber was sollte es? Vielleicht war es besser für sie beide, wenn sie der Natur ungehemmt von all den künstlichen Zivilisationssünden ihren freien Lauf ließen?

Schon als sie sich seiner Wohnung näherten, bemerkte Lea an Jonathan eine zunehmende innere Anspannung. Dann beobachtete sie mit Erstaunen, dass seine Hände so zitterten, dass er den Schlüssel nur mit Mühe ins Schloss der Wohnungstür einführen konnte. Hoffentlich kein schlechtes Omen. Als sie ihm behilflich sein wollte, schob er sie beinahe schroff beiseite, wandte ihr den Rücken zu und fummelte leise fluchend vor sich hin. Er ließ den Schlüsselbund noch dreimal fallen, bevor er es schaffte, die Tür zu öffnen. Der Liebhaber vom Dienst war aufgeregt, das konnte ja heiter werden.

Lea sah sich neugierig in der Wohnung um, während sie ihren Mantel auszog. Und schon war er weg. Sie hörte ihn klappern und rascheln, folgte den Geräuschen und sah ihm von der Schlafzimmertür aus zu, wie er auf dem Boden herumkroch.

»Du musst jetzt nicht staubsaugen«, sagte sie sanft.

»Bin gleich so weit«, haspelte Jonathan, »muss ein bisschen aufräumen. War nicht auf Besuch vorbereitet.«

Viel Besuch hatte Jonathan in den letzten Wochen tatsächlich nicht gehabt. Seit sein Bruder ihn über sein Schicksal informiert und Liliane ihn daraufhin wie eine heiße Kartoffel fallengelassen hatte, war er keusch geblieben, hatte in seiner Vergangenheit gewühlt, mit Heißhunger kalte Ravioli aus der Dose und voller Hoffnung Tabletten aus dem Blister in sich hineingefressen, was sonst nicht seine Art war. Jetzt, als so unvorbereitet die Stunde der Wahrheit schlug, stand ihm das Wasser bis zum Hals. Seine Vorstellungen von der perfekten Verführung gerieten durcheinander. Er musste zu Verstand kommen.

Der Scheidenkrampf auf dem zugigen Flur vor Leas Wohnungstür war für ihn ein prägendes Erlebnis gewesen, das ihm ein völlig neues Bild vom Wesen der Hausmeister vermittelt hatte. Der Tantra-Kurs hatte ihn zu der Versammlung der Anonymen Schussopfer geführt, eine ungeahnte Welt, die ihn in kürzester Zeit beinahe zur geistigen Vollreife gebracht hatte. Mit der missglückten Nacht, an die er sich nicht erinnern konnte, war ihm sein bester Freund Valentin wieder nähergekommen. Und seine Sexverweigerung in Leas Büro erfüllte ihn mit dem geheimnisvollen inneren Triumph, zum ersten Mal in seinem Leben der Verlockung widerstanden zu haben.

Diese neuen Erfahrungen hatten ihn aus der Zwangsjacke sexueller Einseitigkeit befreit. Seine geheime Kammer, in der er die gesammelten Schätze seiner Lustbarkeiten verbarg, kam ihm nun eitel und banal vor.

Was Lea betraf, die ihm in die Küche folgte, hatte er nur eines im Sinn: einen guten Eindruck zu machen.

Sie zwang ihn in letzter Zeit dazu, mit ihr in Ausstellungen und Konzerte zu gehen, die ihn zutiefst langweilten. Sie brachte ihn dazu, mit ihr auf der Bettkante schwere Kunstbücher bei türkischer Musik zu studieren. Sie spielte ihm zum Brüllen komische Stand-up-Comedian-Monologe vor, die Jonathan nicht verstand. Sie war emanzipiert, kritisch, depressiv. Alles und nichts. Noch nie hatte Jonathan eine solche Frau kennengelernt. Bei ihr konnte er sich ausleben, ausreden und ausruhen, ohne nur einen einzigen Schuss zu verlieren. Was wollte er mehr?

Nach einigen erfolglosen Versuchen, sich in einem Hobby geistig und seelisch wiederzufinden – Golf, Schach, Ölmalerei, Lyrik, Topfpflanzen –, hatte er das Kochen entdeckt. Er, der bislang noch nie eine Pfanne auf den Herd gestellt und immer in Restaurants gegessen hatte, besuchte teure Kochkurse bei Starköchen und empfand Spaß an der Philosophie, dass Kochen wie Sex sei. Eine gute und gesunde Ersatzbefriedigung also.

Die Zeit verging, wenn einer allein zu Hause saß, Fisch pochierte und kupferne Töpfe scheuerte. Der Weg war das Ziel. Jonathan kochte, wie er Liebe machte. Ob er sich vielleicht so dem anderen Geschlecht nähern konnte?

Die Idee, die Planung, der Vorgang des Zubereitens, das Schnipseln des Gemüses, das Ruhen des Filets im Rohr, dann ganz am Schluss die Verkostung. Nach Stunden des Riechens und Schmeckens endlich der Genuss. Das wäre doch viel lohnender als das ganze Gewese um einen Orgasmus – so viel Aufwand für dreimal Zucken? Dann doch lieber ein kleiner Teller getrüffelte Stopfgansleber oder drei Bissen handmassiertes japanisches Ochsenfleisch. Als Koch war er so penibel wie ehedem als Liebhaber. Nichts wurde weggeworfen. In seinem Müll fanden sich reichlich Seezungenköpfe, Austernschalen und leere Chablis-Flaschen.

Und so hatte er in kürzester Zeit ein paar Kilo zugenommen. Aber was interessierte ihn noch sein herrlicher Waschbrettbauch von früher? Was Lea betraf, die in seiner Küche stand, schien ihr seine neue Körperfülle nichts auszumachen.

»Eigentlich habe ich gar keinen Hunger«, sagte sie mit vollem Mund, während sie halb im Kühlschrank verschwand und mit einer Dose Knackwürsten auftauchte, die sie verschlang, wie eine Schlange Kaninchen verspeist.

»Ich bin gleich so weit«, sagte Jonathan, während er seine alte gusseiserne Pfanne einbutterte. Ihm war klar, dass er mit ihr die Liebe entdeckt hatte. Beim Googeln hatte er sich inzwischen mehr als tausend Seiten über dieses schwere Thema ausgedruckt, aber noch nicht gelesen. Als Experte wusste er, wie schwer es war, Theorie und Praxis eins werden zu lassen.

Lea sank missmutig auf die Couch, überlegte, ob sie sich einfach ausziehen sollte, und verwarf die Idee. Nein, es war nicht ihre Art, einen Mann nackt auf dem Sofa zu erwarten, der in der Küche begeistert mit Töpfen und Pfannen herumklapperte, statt sie aufs zerwühlte Bett zu werfen und ihr die Kleider vom Leib zu reißen, was sie wie selbstverständlich angenommen hatte – natürlich in der festen Absicht, sich gehörig zu sträuben.

Jonathan eilte mit einem kurzen künstlichen Lächeln aus der Küche an ihr vorbei ins Schlafzimmer und verschwand dann wieder in der Küche.

»Du bist doch nur auf meinen Körper aus«, hatte Lea sagen wollen. Und: »Ich bin doch nur ein Spielzeug für dich. Du nimmst mich nicht ernst«, und was man eben sonst so alles sagte, bevor man sich lustvoll hingab.

Stattdessen wanderte sie eine Weile in der Wohnung umher und ließ ihre Blicke über das penibel geordnete Chaos schweifen, um sich ein Bild von diesem rätselhaften Mann zu machen, dessen Chefin sie war. Ein paar vertrocknete Topfpflanzen, die seit Wochen nicht mehr gegossen worden waren. Bücher in den Regalen, viele Ratgeber. *Liebestest – bist du ein guter Liebhaber*? Alles klar. DVDs: in der Hauptsache Erotik-Thriller. An den Wänden teuer wirkende, aber eher dilettantische bis geschmacklose Ölgemälde, Frauenakte, versteht sich. Übergewichtige reife Damen in Übergrößenunterwäsche. Das ließ auf gewisse libidinöse Gedankenspielereien schließen. Vielleicht malte er selber? Tatsächlich, die Bilder waren von ihm signiert.

Im Badezimmer entdeckte sie eine staubige Dose Vaseline, mehrere angebrochene Flaschen Babyöl und einen uralten ausgefransten Topflappen, wohl noch von der Großmutter gehäkelt, der vor getrocknetem Sperma starrte. Eine Hunderterschachtel mit gemischten Kondomen – Banane, Zitrone, Apfel, Birne, Mango, Kirsche, Himbeere.

Sie studierte das golden umrahmte Zertifikat über der Kloschüssel, auf dem Jonathan vor 25 Jahren als Dritter im Eiskunstlauf auf dem Siegertreppchen abgebildet war. Süß!

Insgesamt ein Single-Haushalt wie der ihre.

Im Schlafzimmer schließlich zerknüllte schmutzige Unterwäsche. Neugierig öffnete sie die Tür eines Schrankes und musterte die darin verstaute Pornosammlung: *Sprudelnde Sperma-Spasmen, Fiebrig feuchte Fickfotzen, Schmatzende Spritzschwänze, Im Faustfick-Fieber, Anale Animationen* … Gekonnte Alliterationen, wie sie zugeben musste. Und da gab es eine Tür, die abgeschlossen war. Neugierig rüttelte sie an der Klinke. Hatte er da seine Leichen im Keller?

Lea wanderte zurück ins Wohnzimmer. Einen Moment später stand Jonathan vor ihr.

»Ein kleiner Gruß aus der Küche«, sagte er mit seinem vertrauten breiten Lächeln, »Mund auf, Augen zu!«, und schob ihr eine Muschel – eine Auster, oder doch eine getrüffelte Entenstopfleber? – in den Mund.

»Hhmmm!«

Ihr Verdacht, er könnte ein Waschlappen oder schwul geworden sein, verschwand, als er sie kurz umarmte und ihr die Zunge blitzschnell tief in den Mund schob, als würde er höchstpersönlich seine kleine Leckerei in ihre Speiseröhre befördern wollen. Überhaupt waren nun alle Zweifel verscheucht. Jonathan war ein Mann, der seine erotischen Eskapaden langfristig aufbaute und an die Notwendigkeit glaubte, eine Frau von vorne bis hinten zu verwöhnen. Vielleicht etwas umständlich, aber kein Mann der schnellen Nummern. Was wollte sie mehr? Sie musste sich nur in Geduld fassen.

Gut gelaunt eilte Jonathan wieder in seine Küche, und sie hörte ihn Peter Maffays *Über sieben Brücken musst du gehen* trällern.

Lea wurde müde. Sie erinnerte sich daran, wie der stellvertretende Leiter der örtlichen Volkshochschule sie nach dem Lyrikkurs damit zu verführen versucht hatte, die Unvollendete von Beethoven nach einer alten Fassung von Furtwängler zu dirigieren, die sich knisternd auf dem Plattenspieler wölbte. Sie halbnackt und willig auf dem Bett, er hinter einem Stehpult, an dem er emphatisch das Notenwerk umblätterte und begeistert sein Stäbchen schwang. Ein anderer Verflossener hatte ihr, nachdem sie sich ausgezogen hatten, bis zur Erschöpfung ausgewählte Abschnitte aus dem Alten Testament vorgelesen. Waren die Männer inzwischen alle verrückt geworden?

Allmählich kam ein starkes Trotzgefühl in ihr auf. Hatte sie irgendetwas nicht, was andere Frauen hatten? Sie dachte verschwommen an die fachkundigen Artikel, die Jonathan seit Jahren in der *Paula* veröffentlichte. Vielleicht hatte sie ihn mit ihrer Kritik an seiner leicht kapriziösen Kennerschaftspose verstört und verletzt? Vielleicht nahm er an, dass sie prüde oder gar kalt und frigide war? Oder noch schlimmer, eine anspruchsvolle Intellektuelle? Hatte sie ihm nicht deutlich gemacht, dass sie, wenn er denn nur wollte, kein Kind von Traurigkeit war? Aber vielleicht war er auch nur sensibler, als sie ihm bisher zugetraut hatte? Vielleicht wollte er die zarte Pflanze der körperlichen Liebe, dieses grandiose, ungeheure, Erdbeben erzeugende Ereignis nicht leichtsinnig aufs Spiel setzen, weil sie beide etwas betrunken, müde und ungewaschen waren?

Lea roch an ihren Achselhöhlen, registrierte einen leicht säuerlichen Geruch und stellte fest, dass sie ihre Achselhaare seit drei Tagen nicht rasiert hatte. Kurz entschlossen nahm sie ihre prallvolle Handtasche und schlich in Jonathans Badezimmer. Sie schloss die Tür ab, entkleidete sich und stieg in die Dusche. Sie drehte das Wasser an und fühlte sich augenblicklich wie bei der Taufe: Die herabprasselnden Tropfen reinigten nicht nur ihren Körper, sondern befreiten ihre Gedanken und reinigten ihre Seele von allem Bösen. Erfüllten sie mit dem Bedürfnis, wieder Jungfrau zu sein und ihren inneren Frieden zu finden.

Charlotte Roche hin oder her, ihre Feuchtgebiete sollten nicht nur sauber, sondern rein sein. Amelie ging manchmal sogar so weit, vor geschlechtlichen Aktivitäten eine Woche lang auf Alkohol, Fleisch, Süßigkeiten und scharfe Gewürze zu verzichten, um ihre Poren elastisch, geschmeidig und geruchsfrei zu halten.

Einen Moment lang prasselte der Wasserstrahl gegen den Duschvorhang. Der Dampf im Badezimmer war mittlerweile so dicht, dass Lea kaum noch die Tür erkennen konnte. Ein Schatten, ein erhobener Arm. Ein Messer? *Psycho*?!

»Jonathan?«, rief Lea, während ihr Puls in die Höhe schoss. Aber da war niemand. Leider.

Lea trocknete sich ab, nahm einen Schwamm und säuberte die Dusche und die Kacheln. Danach wandte sie sich dem gefliesten Fußboden zu und begann ihn hektisch zu putzen. Einen Moment lang liebäugelte sie damit, sich auch der Toilettenschüssel zuzuwenden, denn Jonathan war ganz offensichtlich kein Sitzpinkler. Stattdessen suchte sie nach einem Föhn und korrigierte ihr Gesicht mit ein paar der hundertfünfzig Mittelchen aus ihrer drei Kilo schweren Handtasche. Dann raffte sie kurz entschlossen ihre Kleidungsstücke und Schuhe zusammen und schlich, nackt, wie sie war, an der Küche vorbei in Jonathans Schlafzimmer.

Sie legte alles, was sie zum Anziehen dabeihatte, sorgfältig zusammen – aber nicht, bevor sie daran geschnüffelt hatte – und stapelte es in exakt rechtem Winkel auf einen Stuhl. Besser so, als ausgezogen zu werden, dachte sie. Männer neigten in ihrem Eifer dazu, an den Klamotten herumzuzerren und sie einfach zur Seite zu werfen.

Lea zog das Betttuch zurecht, schüttelte Kopfkissen und Bettdecke auf und schlüpfte darunter. Wenigstens würde sie nun nicht nach ihren Kleidern suchen müssen, falls mittendrin oder danach die Flucht angebracht war. Man musste auf alles vorbereitet sein.

Ob Jonathan gleich beim ersten Mal Analverkehr haben wollte? Eine Studie in Österreich, erinnerte sie sich, hatte ergeben, dass 52 Prozent der Wiener Erfahrungen mit Analverkehr hatten. Im Burgenland waren es lediglich 37 Prozent. Wie sie aus Jonathans Akte wusste, war er in Bayern geboren, in Köln aufgewachsen und nach einem dreijährigen Aufenthalt in Schottland in die neuen deutschen Bundesländer gezogen. Sie hatte keine Ahnung, wie sie ihn in seiner Prägung statistisch einzuordnen hatte.

Nun, sie war wenigstens hygienisch auf alles vorbereitet und würde sich Mühe und hoffentlich ihr Bestes geben. Jonathan ließ weiter auf sich warten. Ob sie sich *Sprudelnde Sperma-Spasmen* anschauen sollte, um sich die Zeit zu vertreiben, bis er endlich für sie da war?

Jonathan hatte nur nebenbei mitbekommen, dass sich Lea ins Badezimmer verzogen hatte, wohl um sich etwas frisch zu machen. Er schwenkte seine Pfanne und achtete darauf, dass die Entenleber innen schön rosig blieb. Viele Dinge, die er gerne kochte und aß, erinnerten ihn an Sex: Nieren, Speck, Tintenfische, Schweinshaxe, manchmal sogar Kohlrouladen. Er nahm die zwei kleinen toskanischen handbemalten Töpfchen mit seinen erotisierenden

Delikatessen – zwei mit Parmesan panierte Austern, ein paar Muscheln in aufgeschäumtem Senf – aus dem Rohr. Senf wirkte durchblutungsfördernd, Koriander steigerte die weibliche Libido, Zink regte den Testosteronspiegel an, Austern und Muscheln erinnerten stark an eine Vagina, Früchte an Titten: Zitrone, Melone, dazu eine in Kardamom geschmorte Banane, ein symbolischer Übergang zu dem, was nach dem Essen stattfinden sollte.

Gestern hatte er von Lea geträumt. Ein schöner Traum, bei dem er erst im letzten Augenblick eine nächtliche Pollution verhindern konnte. Nun hatte er eine starke Frau, nur noch fünf Schuss Munition und ein gutes Dutzend Spermaspritzen. Fünf Stück hatte er schon beim Üben verbraucht. Langsam spürte er Sicherheit im Umgang mit vorgetäuschten Orgasmen, die eine gewisse körperliche und rhetorische Gelenkigkeit im Zusammenspiel zwischen dem natürlichen Aufseufzen und dem Abdrücken seines liebenden Beweises erforderten. Und zwar genau auf den Punkt. Frauen haben es da leichter, dachte er neiderfüllt, während er weiße Trüffeln rieb. Perfekt. Wie viele hatten wohl auch ihm schon einen Höhepunkt vorgetäuscht, während sie insgeheim an die Quadratur des Kreises dachten oder von Schimanski träumten? Drei Prozent? Dreißig? In seiner aktuellen Aufgabenstellung wurde ihm jedenfalls eine völlig neue Dimension der Sexualität eröffnet.

Jonathan wischte sich den Schweiß von der Stirn und ging nun seinerseits ins Bad, um sich auf seinen ersten vorgetäuschten Geschlechtsakt vorzubereiten.

Nichts konnte mehr in die Hose gehen, als sich allein auf seine Instinkte und Triebe zu verlassen. Jeder noch so mittelmäßige Sonntagsmaler, Kleingärtner, Freizeittänzer, Vorstadtkicker und Hobbygeiger, der etwas auf sich hielt, studierte das Wesen seines Fachs, um seine Technik zu verfeinern. Also kümmerte sich auch Jonathan in Theorie und Praxis um alle inneren und äußeren Vorgänge seiner Berufung und pflegte seine Werkzeuge, wie der Fleischer des Vertrauens seine Messer wetzte und schärfte und der Jäger seine Flinte reinigte und ölte. Wo war Lea? Hinter der verschlossenen Schlafzimmertür hörte er laute Schreie: »Gib mir alles!« und »Hol mir den letzten Tropfen raus!«

Sprudelnde Sperma-Spasmen? Aha! Vielleicht war es gar nicht so gut, überlegte er resigniert, dass sich die Frau seines Herzens ausgerechnet jetzt diesem Thema öffnete.

37

»Sieh das Schöne, sieh das Gute,
wird dir einmal trüb zumute.
Augen auf und lieb und lach!
Sei nicht feige, halt dich wach.«
Sprichwort

Nun lag Lea schon über eine halbe Stunde in diesem fremden Bett, das dringend frisch bezogen werden sollte. Nach etwa zehn Minuten, in denen Lea mit großen Augen zwei Dutzend sprudelnde Spermaspasmen betrachtet hatte, fielen ihr die Augen zu. Und dann endlich öffnete sich die Schlafzimmertür, und Jonathan kam mit einem großen Tablett, das er mühsam balancierte, auf sie zu.

»Schon im Bett?«, rief er vergnügt. »Das ist aber eine Überraschung!«

Sie öffnete die Augen und spürte, wie ihr das Blut in den Schläfen klopfte und ihr die Kehle zuschnürte.

»Ich habe uns ein paar kleine Köstlichkeiten vorbereitet.«

Lea bemerkte, dass Jonathan eine ungeheuer weite Jogginghose aus Fallschirmseide im Military-Look trug. Sie nahm die Fernbedienung und schaltete das Geschrei im Fernseher aus.

»Vorsicht, Vorsicht, heiß!« Jonathan tänzelte mit seinen Köstlichkeiten ans Bett heran und beugte sich mit gespitzten Lippen über sie. Das Tablett senkte sich. Die kleinen dampfenden Schüsseln, Töpfchen und Teller samt Messer, Gabel und Kerze begannen zu rutschen. Er versuchte zu retten, was zu retten war, riss das Tablett nach oben, geriet dabei aber in zu heftige Rückenlage, und mit einem Scheppern sowie einem beinahe schon sinnlichen Schmatzen ergossen sich Entenleber, Austern, Muscheln und Bananen über den Stuhl, auf dem Lea ihre Kleider abgelegt hatte.

»Kein Problem«, sagte Jonathan, »das haben wir gleich.«

»Macht nichts«, rief Lea, »lass es liegen!«

Jonathan ging in die Knie und warf ihren bekleckerten Rock, ihre Bluse, ihren Büstenhalter und ihren Slip blindlings durch den Raum.

»Finger weg!«, fauchte Lea und sprang aus dem Bett.

»Ich kann uns etwas Neues kochen«, schlug Jonathan vor, der sich sofort zurückzog, »während du das hier aufputzt.«

»Nein!«, schrie Lea. »Das werden wir nicht tun.«

»Hast du keinen Hunger?«

Lea trat nach einem handbemalten toskanischen Töpfchen. Sie traf gut und schoss es knapp an seinem Kopf vorbei in einen venezianischen Wandspiegel. Die Scherben prasselten zu Boden.

»Tor«, sagte sie kleinlaut.

Für einen Moment wirkte Jonathan so bedrohlich wie der psychopathische Serienmörder Norman Bates aus *Psycho,* und sie fühlte sich wie Marion Crane, die kleine Sekretärin aus Phoenix.

»Nein«, sagte Lea tonlos, »bitte nicht!«

Sie wich zurück, bückte sich, griff blindlings nach einem Messer und erwischte einen Löffel, den sie drohend reckte.

»Tu's nicht«, stieß sie hervor, »meine Freunde wissen, wo ich bin. Wenn mir etwas passiert, bist du dran.«

Jonathan starrte sie verblüfft an.

»Vorsicht«, lachte er, »du kleiner Elefant im Porzellanladen.«

Lea ließ den Löffel fallen, zog unwillkürlich ihren Bauch ein und lächelte ein wenig mechanisch. Sie wünschte sich, Jonathan würde sich nicht dauernd bemüßigt fühlen, eine scherzhafte Stimmung aufrechtzuerhalten. Nichts fand sie abturnender, als sich Witze anzuhören, wenn sie sich in Fahrt gebracht hatte. Zudem war sein Vorwurf ungerecht.

Jonathan setzte sich auf die Bettkante und begann seinen Kopf zu schütteln. Lea beobachtete ihn, wie er schüttelte und schüttelte. Sie setzte sich neben ihn und lachte nervös. »Alles in Ordnung?«

»Das ist mir noch nie passiert.«

»Macht ja nichts, es gibt immer ein erstes Mal!«

Jonathan brach sein Schütteln ab und sah sie seltsam berührt an.

»Es kann nur einen geben«, seufzte er und tastete nach der Spermaspritze in seiner Hosentasche. »Die Unsterblichen kämpfen gegeneinander, bis nur noch einer von ihnen am Leben ist. Dieser erhält die Macht, die Erde zu beherrschen. Sterben kann er nur, wenn sein Kopf von seinen Schultern getrennt wird. Lediglich auf heiligem Boden ist er sicher.«

»Komm zu mir, Highlander«, sagte Lea versöhnlich, während sie Entenleberstücke und Muscheln aus ihrem Höschen entfernte. »Aufräumen und putzen können wir später.«

Sie konnte ja nicht ahnen, was für ein Mann Jonathan in den letzten Tagen und Wochen geworden war. Ein Elendsbündel, das niemanden an seine Psyche heranließ. Ein Geheimnisträger, undercover unterwegs, ein depressiver Ex-Cop, dessen korrupte Vergangenheit ihn verfolgte. Er war attraktiv, potent, ein Artist im Bett, reich, beruflich erfolgreich, elegant, charmant, witzig, selbstbewusst gewesen – aber egomanisch und todunglücklich. Früher dienten die von ihm begatteten Frauen nur zum Beweis seiner Existenz. Einmal Eroberte hatte er fortan verachtet. Und nun fühlte er sich schon vor der Befriedigung seines Geschlechtstriebs und der vollzogenen Mission unzufrieden und unglücklich. Insgeheim sehnte er sich nach der einzigen großen Liebe einer starken Frau, die ihn mütterlich beschützte.

Und die saß nun neben ihm und ahnte nichts.

Eine Weile zögerte Jonathan, dann geriet er in einen rachsüchtigen und nahezu wilden Zustand, als hegte er gegenüber diesen Dingen einen ganz persönlichen Groll. Plötzlich meinte er zu erkennen, was ihn in die Patsche gebracht hatte. Alles war verkehrt gelaufen. Diese Entenlebern, Austern und Muscheln hatten ihn zu Boden gezogen und ein Entrinnen unmöglich gemacht.

»Okay«, sagte Jonathan, »du hast recht.«

Mit kleinen Schritten wanderte er um die verschütteten Spezialitäten herum, für die er so viel Zeit und Mühe verwendet hatte, eine Hand in der Hosentasche, dann machte er kehrt und schaltete das Deckenlicht aus. Es war stockfinster. Lea tastete protestierend nach der Nachttischlampe.

Auf dem Weg zum Bett stieß Jonathan heftig gegen die Bettkante und stolperte.

»Verdammt«, schrie Jonathan auf. »Mein Gott, tut das weh!«

Endlich fand Lea den Schalter und knipste das Licht an. Schönes warmes Licht. Amüsiert beobachtete sie ihn, wie er auf einem Bein auf der Stelle hüpfte und sich dann auf die Bettkante sinken ließ.

»Zieh dich aus«, sagte sie kichernd, »ich hab schon mal einen nackten Mann gesehen.«

»Immer mit der Ruhe«, sagte Jonathan, »lass mir etwas Zeit.«

Seit wann waren es die Männer, die solche Sprüche absonderten? Lass mir etwas Zeit! Das war ausgemachte Frauensache. Männer waren die, die zu schnell waren. Wollte er die Welt auf den Kopf stellen?

»Komm, ich zieh dich aus. Runter mit der Hose.«

Sie zerrte an der Tarnfarbenhose, aber Jonathan entzog sich ihr.

»Ich bin dick geworden«, sagte er, »ich war noch nie so dick wie jetzt.«

»Das macht mir nichts aus. Dicke Kuschelbären sind momentan angesagt. Hast du selber in der *Paula* geschrieben.«

»Wir wollten Job und Privatleben trennen«, protestierte Jonathan.

»Ich müsste auch dringend abnehmen.«

»Du bist nicht dick.«

»Mach mir nichts vor.«

Sie griff nach Jonathans Hand und führte sie an ihr Hinterteil. »Ist das etwa nicht dick, fett und schwabbelig?«

Jonathan schwieg eine Weile. Ja oder nein? Wie sollte er reagieren? Er entschied sich für den Standardkompromiss. »Knochig ist das nicht. Ich mag es gerne etwas üppiger.«

»Mach den Hauttest«, forderte Lea ihn auf und kniff sich in die Hüfte.

»Ich möchte etwas Neues ausprobieren«, erwiderte Jonathan vielversprechend und knipste die Nachttischlampe aus. Völlige Finsternis.

»Es mag dir vielleicht konservativ vorkommen«, flüsterte er, während er zu ihr unter die Bettdecke kroch, »aber ich glaube, die Sinne schärfen sich im Dunkeln. Darauf hast du mich gebracht mit diesem Dunkelrestaurant. Wenn man nichts sieht, steigern sich der Geschmackssinn und der Tastsinn und der Geruchssinn.«

Sie küssten sich.

Ihr Atem, süffig vom Wein, von Hasenrücken auf Kaffeeschaum und dem Aroma ihres ganzen Wesens, erregte Jonathan über die Maßen. »Was soll ich mit dir anstellen?«, flüsterte er.

»Alles.«

Es war stockdunkel. Lea dachte eine Weile darüber nach und empfand dabei den leisen Kitzel eines längst verbotenen Vergnügens. Vielleicht hatte er ja recht. Jedenfalls sah er so nicht ihre Speckröllchen, die Orangenhaut an ihren Schenkeln und die Falte unter ihren Brüsten, die schon seit einiger Zeit den Bleistifttest nicht mehr bestanden.

»Hast du bestimmte Wünsche?«, fragte Jonathan.

»Das wollte ich auch gerade fragen«, erwiderte Lea schnell.

»Du zuerst.«

Ob sie ihm gleich hier in der Finsternis erklären sollte, dass ihre linke Brustwarze überaus erregbar, aber auch äußerst empfindsam war, während sie bei der rechten kaum etwas spürte, nicht mal, wenn jemand reinbiss? Ein genetischer Fehler, an dem schon ihre Urgroßmutter gelitten hatte, allerdings umgekehrt.

»Ich mach alles, was du willst«, sagte Jonathan.

»Na gut«, sagte sie, hörte ihn atmen und wartete. Keuscher Sex, da fängt doch traditionellerweise der Mann an? Sie unterdrückte ihren Impuls, nach seinem Schwanz zu tasten, zog den Bauch ein, schob die Schultern zurück und spannte die Pomuskeln an. Haltung war alles.

»Jonathan«, sagte sie schließlich leise, »was ist?«

»Ist was?«, antwortete er, um auf Zeit zu spielen. Er regte sich nicht.

»Willst du deine dämliche Hose nicht ausziehen?«

»Nein«, sagte er, »das gehört mit zum Spiel. Stört es dich, dass ich nicht nackt bin?«

»Nein. Soll ich mir auch wieder was anziehen? Findest du das erregend?«

Verdammt, zu Hause hatte sie ein purpurrotes Korsett mit Strumpfbändern samt Netzstrümpfen.

»Nein«, beschwichtigte Jonathan sie. »Oder vielleicht doch?«

Lea beglückwünschte sich zu ihrer inneren Ruhe. »Was soll ich anziehen? Strumpfhose oder Mütze?«

»Vielleicht ein Nachthemd?«

»Hast du denn ein Nachthemd?«

Lea knipste das Licht an und sprang fleißig aus dem Bett. Wie im 19. Jahrhundert, das war schön pervers! Sie spürte, wie erregt sie war. Der Mann hatte Klasse. Er besaß Kultur und eine feinsinnige Ader für kleine erotische Raffinessen, ohne Druck auszuüben. Augenblicklich ließ sie alle Vorurteile und Ängste zurück – »Ein Nachthemd, ein Nachthemd!« – und rüttelte an der verschlossenen Tür.

»Nein, nicht da«, rief ihr Jonathan beunruhigt zu und deutete auf eine Kommode, »hier vielleicht. Unterste Schublade.«

Lea wühlte sich durch merkwürdigste Utensilien, Vibratoren, Dildos, Handschellen, Peitschen und Gummiwäsche. Beunruhigt musterte sie einen vierzig Zentimeter mächtigen Doppel-Anal-Vaginal-Befriediger.

»Entschuldigung, die mittlere natürlich«, hörte sie Jonathan sich hastig korrigieren und fand dort schließlich zwischen schlecht zusammengelegter und zumeist getigerter oder goldener Männerunterwäsche ein himmelblaues flauschiges Kostüm mit Kapuzenmütze, an der große Bunny-Ohren angebracht waren. Sie schlüpfte hinein und zerrte sich das Kopfteil über ihre eigenen Ohren. Untenherum bedeckte es knapp ihre Oberschenkel und war sehr eng und warm. Obenherum war es dafür umso offenherziger.

»Geht das als Nachthemd durch?«, fragte sie Jonathan und sprang zurück ins Bett.

»Phantastisch«, gurrte er und schaltete das Licht sofort wieder aus.

Eine Weile herrschte Stille.

Lea spürte eine Art Atemlosigkeit, eine Vorstufe entweder zu einem Orgasmus oder zu einer Panikattacke. Um sich verhaltenspsychologisch zu beruhigen, rutschte sie unruhig hin und her und fing an, sich leicht zu räkeln. Vielleicht ergab das gemeinsame Schwingungen.

Endlich. Seine Hand tastete nach der ihren. Der alte Drang, seinen Wünschen mit den Händen Ausdruck zu verleihen. Sie führte sie an ihre Brust. Ihre Brustwarzen waren glücklicherweise schon hart. Vielleicht fand er ja die gute.

Jonathan zog seine Hand weg. Auf mechanische Reizungen konnte sie sich also nicht verlassen.

»Wenn du mich fesseln willst, geht das in Ordnung«, log sie und spürte, dass ihre Blase drückte und sie wohl bald pinkeln musste.

Vielleicht befand sie sich ja erst in der Plateauphase, die sich bei ihr, wie sie aus Erfahrung wusste, ewig auf unterstem Erregungsniveau hinzog.

Ob sie wenigstens schon ein bisschen feucht war? Eilig steckte sie sich einen Testfinger zwischen die Beine. Staubtrocken.

»Vielleicht doch lieber nicht«, gab Jonathan mit erstickter Stimme zurück. Sie fühlte, dass er sich zu ihr herumrollte. Seine Nase berührte ihre Nase. Beide waren sie eiskalt.

»Was nicht?«

Leas Haut war kühl und straff und fühlte sich doch weich und samtig an. Sie war anmutig, aber nicht zerbrechlich oder gar zimperlich. Sie war liebenswert, ohne zu kokettieren.

»Wir dürfen das nicht riskieren«, sagte er zärtlich, »du hast doch eine Sperma-Allergie.«

Lea schrak auf. »Was ist mit meiner Sperma-Allergie?«

»Hast du einen – wie sagt man – Herzdeflorator zur Hand? Für den Fall, dass du mir umkippst.«

»Nein.«

»Binnen Sekunden überzogen mit eitrigen Pickeln. Du läufst blau an, bekommst keine Luft mehr und musst sterben, wenn der Notarzt nicht in zehn Minuten da ist.«

»Weswegen?«

»Weil du allergisch auf Sperma reagierst. Das hast du mir im Ritterrestaurant erzählt.

»Hab ich nicht.«

»Hast du doch.«

»Vergiss es!«

Lea verfluchte sich. Natürlich hatte sie ihm von ihrer Sperma-Allergie erzählt, die etwa fünfzehn Jahre zuvor ein Medizinstudent aus dem sechsten Semester diagnostiziert hatte. Nachdem er bei ihr Erste Hilfe geleistet hatte. Direkt vor Ort und unmittelbar nachdem er sich panisch aus dem schier leblosen Körper zurückgezogen hatte.

»Das Problem ist bereinigt«, flüsterte sie. »Also lass es uns …« Beinahe hätte sie gesagt: ›hinter uns bringen‹, doch sie korrigierte sich schon bei der gedanklichen Formulierung.

»Dann lassen wir uns jetzt beide einfach fallen«, hauchte sie. Denn das war ihre Lebensphilosophie: Was man einmal angefangen hatte, sollte man auch zu Ende bringen.

Jonathan warf seinen rechten Arm aufs Geratewohl über sie. Er landete gleich unterhalb ihrer Brüste. Seine linke Hand umklammerte derweil immer noch ihre rechte. Sie versuchte sie abzuschütteln, weil sie voller Schrecken an *Die Hand* von Oliver Stone denken musste, wo Michael Caine selbige abgerissen wurde, um als Instrument seiner unterschwelligen Rachegelüste jeden umzubringen, der sich ihrem früheren Besitzer in den Weg stellte. Ja, sie hatte Jonathan als Vorgesetzte die Entlassung angedroht, aber sollte man Privates und Berufliches nicht trennen können? Nun streichelte die Mörderhand ihre Kehle, schlüpfte nach unten und kitzelte ihre Kniekehle. Vielleicht täuschte sie sich auch, und Jonathan versuchte so, sie in Stimmung zu bringen? Sie tastete nach seinem Schwanz und traf dabei auf einen harten Gegenstand in seiner Hose. Sofort stieß er sie weg und küsste heftig ihre Nase. Lea versuchte sich der romantischen Stimmung hinzugeben, die er offensichtlich im Sinn hatte und die doch irgendwie noch in ihr aufwallen musste.

In ihrem himmelblauen Hasenkostüm aus Frottee schwitzte sie vom Kopf bis zur Taille und fühlte sich im Bad ihres Schweißes glitschig wie eine Forelle. Ein zunehmendes Gefühl der Neugier und Beunruhigung erfüllte sie. Was würde Jonathan als Nächstes tun? Wie konnte sie ihm dabei helfen, sie glücklich zu machen?

Lea holte sich seine Hand und legte sie auf ihre rechte Brust. Mit ihr musste man zart umgehen. Jonathans Hand wanderte zur linken, Lea schob sie zart zurück zur richtigen, aber wie von einem Magneten angezogen schlüpfte die Hand erneut zurück. Lea zerrte sie wieder dorthin, wo sie hingehörte, diesmal etwas heftiger. Und wieder und noch einmal dasselbe Spiel, bis Lea die Hand so fest hielt, wie sie nur konnte.

»Mein Handgelenk«, stöhnte Jonathan schmerzerfüllt auf. Das Handgelenk, die zweitempfindsamste Stelle des Mannes. Wie oft war es schon angeschwollen auf der Suche nach dem G-Punkt.

38

»Für eine Frau gibt es wichtigere Dinge als einen Orgasmus, zum Beispiel den Kauf von einem Paar auberginefarbenen Lackstiefelchen.«
Ester Vilar

»Jonathan«, hauchte Lea innig, »komm ins Häuschen!«

»Häh?«

Wie sollte sie es am besten formulieren? *Wollen wir Liebe machen?* Nein!

»Fick mich endlich.«

Um Gottes willen, das war ihr noch nie im Leben über die Lippen gekommen. Plötzlich, die Lippen immer noch auf einen ihrer Nasenflügel gepresst, schwang sich Jonathan auf sie.

»Entschuldige bitte«, raunte er, »die Leidenschaft.«

»Oh-oh«, sagte Lea.

»Oh-oh«, wiederholte Jonathan.

Wo stehe ich jetzt?, überlegte er so schnell wie möglich. Seine Berechnungen gingen nicht auf. Hatte er wirklich nur noch drei Schüsse? Jonathan ärgerte sich über seinen Leichtsinn, nicht Buch geführt zu haben. Oder doch noch fünf? Konzentriert zählte er seine siebenteilige Vergangenheit an den Fingern ab. Im Leben, im Leben, geht manch ein Schuss daneben.

»Was hast du denn?«, beklagte sich Lea und bewegte ihr Becken und ihre tiefergelegte, inzwischen doch recht gutgeölte Maschine.

Traf ein Ganter auf ein Weibchen, das der Werbung

nicht auswich, so ahmte er alle Bewegungen der Gans nach. Schnatterte sie, schnatterte er auch.

»Wenn ich um etwas Aufmerksamkeit bitten darf«, murmelte ihm Lea ins Ohr.

»Entschuldigung.«

Jonathan wälzte sich zwischen ihre Schenkel und presste ihr mit seinem gesamten Gewicht die Luft aus den Lungen.

»Mach dich nicht so schwer«, stöhnte sie.

»Ich bin schwer«, stöhnte Jonathan zurück.

Er spürte, wie ihm die Sexspritze in den Oberschenkel pikte, und verfluchte seinen Bruder, der ihn in dieses absurde Unterfangen getrieben hatte.

Dann und wann kam Erregung in ihm auf, die er zu unterdrücken versuchte. Als Meister der Zurückhaltung – erst die Frau, dann das Vergnügen – dachte er an Forellen, die, wie eine schwedische Studie herausgefunden hatte, ihren Orgasmus vortäuschten, ohne je dabei entlarvt zu werden. Sie zitterten heftig, bis der Geschlechtspartner völlig irritiert das Weite suchte. 69 von 117 Geschlechtsakten waren lediglich vorgetäuscht worden, berichteten die Forscher nach der Beobachtung von Versuchstieren im Aquarium. Diese Gedanken kühlten ihn etwas ab.

Jonathan betastete die Ampulle in seiner Hose.

»Was hast du da?«, brach Lea flüsternd den Kuss ab.

»Nichts.«

Jonathan küsste Leas Hals, schnupperte verliebt in ihrer haarstoppeligen Achselhöhle und bohrte seinen Zeigefinger in ihren Nabel.

»Suchst du nach meinen erogenen Zonen?«, fragte sie. »Ich kann sie dir zeigen.«

»Lass sie mich selber entdecken«, murmelte Jonathan, während er gegen seine eigenen kämpfte. Sein Gesicht war nun in ihrer Achselhöhle vergraben. Sie unterdrückte ein Kichern, als er an ihr herumknabberte wie an einem Hähnchenknochen. Hoffentlich wollte er nicht auch noch ihre Fußsohlen reizen. Hatte dieser Mann, der sich mit ihr im Bett herumwälzte, nicht in seinen Ausführungen über die frauenfreundliche Softreizung der Klitoris brilliert? Sie spürte, wie er sich bewegte, und spreizte gehorsam ihre Beine. Jetzt aber! Der Saum ihres provisorischen Nachthemds, des inzwischen nassgeschwitzten Hasenanzugs, glitt weiter die Schenkel hinauf. In der absoluten Dunkelheit spürte sie sein Auf-und-ab-Rutschen. Und da war auch etwas Hartes.

Lea hörte, wie Jonathan in fremden Zungen sprach wie ein betender Prophet.

»Was sagst du?«, flüsterte sie hoffnungsvoll. »Sprich mit mir.«

Vielleicht wollte er ja doch, dass sie selbst etwas beitrug, irgendetwas ganz Spezielles, und war nur zu höflich oder zu schüchtern, um es von ihr zu erbitten? Sie spürte, wie er sie hin und her zerrte. Sie versuchte, ihm zu helfen, aber die Hand, diese Hand umklammerte immer noch die ihre.

Jonathans Schieben und Drängen löste gespenstige Wohlgefühle in Lea aus. Eine Ahnung möglicher Wollust kam in ihr auf. Voller Panik, dass sie nur eine Ahnung blieb, rief sie sich auf die Schnelle eine der leichteren Tantra-Übungen ins Gedächtnis, die sie täglich alleine vor dem Einschlafen genau zwanzig Minuten lang an sich vollstreckte.

Lea fühlte, wie sich etwas Schwammiges an sie drängte.

Gleich würde sie ihn in sich spüren. Jetzt nur keinen Scheidenkrampf, flehte sie stumm.

»Was haben wir denn da?«, fragte sie kindisch und griff nach unten.

Sie tastete sich an seinen Schritt heran. Warum hatte er eine Hand in der Hosentasche?

»Sag schon, was hast du da?«

Jonathan warf ihr einen desillusionierten Blick zu, den sie im Finstern nicht sehen konnte.

»Nimm die Hände weg«, flüsterte er und nahm sie dann selbst weg.

Plötzlich sah Jonathan über seinem Kopf Casanova in seinem letzten Stadium sitzen – ein schrecklicher Anblick. Er lachte ihn aus. *Du solltest endlich deinen Frieden finden, Jonathan,* grinste er heimtückisch, *fährst immer noch auf jede Frau ab, die dir über den Weg läuft. Und das in deinem Zustand?*

»Ich liebe sie«, sagte Jonathan.

»Du kannst du zu mir sagen«, murmelte Lea.

Du musst Distanz zu den Frauen halten, mahnte Casanova, *deine Gefühle kontrollieren.*

»Warum?«

»Wenn du willst, können wir uns auch siezen, Herr Kaiser«, sagte Lea.

Vielleicht ist ja gerade diese Frau die Böse im Spiel?, sagte Casanova. *Vergiss nicht, sie ist deine Vorgesetzte. Sie wird dich entlassen, du wirst arbeitslos. In einem Jahr bist du Hartz-IV-Empfänger. In drei Jahren lebst du unter einer Brücke.*

»Lass mich in Ruhe«, sagte Jonathan.

Casanova löste sich beleidigt auf, und auch Lea schluckte gekränkt. Auf einmal sah sie, wie Alice Schwarzer auf sie herabschwebte und sich schwer auf ihre Füße hockte.

Das ist der kleine Unterschied mit den großen Folgen, mahnte sie in schwesterlich solidarischer Fürsorge, *du kannst diesem Mann nicht trauen. Er denkt nur an sich.*

Alle angestrebten Wollustgefühle in Lea lösten sich in ein farbenfrohes leuchtendes Nichts auf, das fröhlich winkend aus dem Fenster flog.

»Ich will aber!«, rief Lea.

»Ich doch auch«, sagte Jonathan.

Männer haben schon etwas zu verlieren, und wir haben schon etwas zu gewinnen, sagte Alice, *es hat seinen Grund, dass es eine Frauenbewegung gibt und keine Männerbewegung.*

»Heb deinen dicken faltigen Arsch hinweg! Mir tun die Füße weh«, zischte Lea und vertrieb Frau Schwarzer. »Ich hab nicht dich gemeint, du hast einen knackigen Hintern«, stellte sie anschließend klar.

»Du auch«, flüsterte Jonathan, bemüht, sich auf seine Technik zu konzentrieren: *Trifft ein Krötenmännchen auf eine andere Kröte, umklammert es diese mit den Vorderbeinen,* fuhr es ihm durch den Kopf. *Alle sich bewegenden Gegenstände einer bestimmten Größe lösen dieses Verhalten aus.*

Langsam näherte sich der Stachel seiner Lust in Form der brüderlichen Sperma-Spritze dem Objekt seiner Begierde. *Das Männchen lässt nur dann los, wenn ein umklammertes Männchen sich durch Abwehrlaute zu erkennen gibt.*

Okay, ein Männchen ist sie nicht, stellte er fest.

Das Weibchen bleibt dagegen stumm und trägt dann sogar das klammernde Männchen bis ins Laichgewässer.

Lea verhielt sich etwas anders. Sie stieß kleine gurrende Laute aus, wie es auch Graugänse zu tun pflegen, drückte ihren Botticelli-Mund auf seine Lippen und öffnete sie genau wie ihre Schenkel. Der Weg ins Reich der Wollust nahm seinen Anfang.

Lea war sich sicher, dass er langsam an Fülle und Kraft

gewinnen würde. Sie fühlte den Fallschirmstoff von Jonathans Jogginghose an den Innenseiten ihrer Schenkel.

»Gib's mir«, ächzte sie.

Jonathan machte versuchsweise stoßende Bewegungen.

»Alles klar«, keuchte er und fummelte in seiner Hosentasche. Das war die Gelegenheit.

Dann ganz plötzlich zitterte er wie ein Aal, schnaubte, gab ihr Zeichen und sagte aufgeregt, wenngleich etwas zu sachlich: »Entschuldige, ich komme jetzt.«

Lea lauschte und spürte, während sie sich darauf vorbereitete, punktgenau ihren eigenen Orgasmus vorzutäuschen. Sein Herzschlag aber verdoppelte sich nicht, auch sein Atem ging nicht schneller, eher schien er ihn anzuhalten. Und was fuchtelte er da herum? Sie presste ihre Hände auf seinen Hintern, um die unwillkürlichen, rhythmischen himmlischen Muskelkontraktionen aufzuspüren, die nicht mehr aufzuhalten waren. Und – nichts.

»Die Fledermaus, die Fledermaus«, sang Jonathan leise, um sich von seiner eigenen überaus großen Erregung abzulenken, »die zieht der Braut die Schuhe aus.«

Nein, er musste die Sache so durchziehen wie geplant und durfte keinen Schuss vergeuden. Er wartete ein paar Sekunden, in denen ihm sein pochendes Herz und die Feuchtigkeit seiner Hände bewusst wurden. Blitzschnell zog er die Ampulle hervor und drückte ab. Das Timing war schlecht, wie er sofort feststellte.

Denn da gab es, dessen war sich Lea sicher, kein Eindringen irgendwelcher Art. Das Gewicht seines Körpers zwischen ihren Schenkeln war angenehm, auch wie die stoßenden Bewegungen sie wiegten, und sie wusste immerhin, dass der Penis erigiert, also hart sein musste, doch stattdessen spürte sie etwas wie Kunststoff, aus dem etwas Kaltes spritzte. Sie beschloss, einen etwa zehn Sekunden langen Orgasmus vorzutäuschen, und schrie ein paarmal auf: »Ja, ja, ja!«, zuckte mit ihrem Becken und wurde urplötzlich von einem Wadenkrampf erfasst, der sie erneut aufschreien ließ. Übersäuerung der Muskulatur. Zu wenig Kalzium. Ein tobender Schmerz durchfuhr sie. Sie ließ ihrem Leiden freien Lauf und zappelte wimmernd unter seinem Körper.

»Sei nicht so laut«, zischte Jonathan atemlos, als Lea kleine spitze Schreie ausstieß. »Die Nachbarin!«

Er versuchte, ihr den Mund zuzuhalten, und küsste sie dann, um ihr Kreischen zu ersticken. Seine 95-jährige Nachbarin hatte schon mehrmals die Polizei gerufen, überzeugt, damit einen Mord zu verhindern. Aus ihrer Sicht hatte Jonathan schon ein Dutzend Frauen auf dem Gewissen, die er rücksichtslos abgeschlachtet hatte. Zu viel *Schweigen der Lämmer* war für Frauen ab einem gewissen Alter nicht mehr gut.

Leas blutunterlaufene Augen wurden trübe. Die gestauten Nervenzentren in ihrer Wade übermittelten nur noch unklare Empfindungen und Willensimpulse. Die Gliedmaßen, von konvulsivischen Zuckungen und Krämpfen erfasst, bewegten sich in alle Richtungen, erschlafften und wurden wieder hart wie Eisen. Die aufeinandergepressten Kiefer ließen ihre Zähne knirschen. Die Atmung ging keuchend und stoßweise, dann setzte sie ganz aus.

»O Gott«, flüsterte Jonathan entsetzt und machte das Licht an. Wie bleich und stumm sie da neben ihm lag. Nur ihre Beine zuckten. Wieder versuchte er sich an den Erste-Hilfe-Kurs zu erinnern. Nie im Leben hätte er geglaubt, dass er eine Frau auf diese Weise in ein solch überdimensionales erotisches Delirium versetzen konnte. Was würde die Nachbarin denken?

Er drückte mit beiden Fäusten rhythmisch auf ihren Brustkorb und schloss die Augen, um ihre wippenden Brüste nicht sehen zu müssen. Er begann mit Mund-zu-Mund-Beatmung und fürchtete sich vor sich selber, weil ihn dieser Vorgang erregte. Er war doch nicht nekrophil veranlagt?

Lea hatte die Luft angehalten. Zwei Minuten, wie sie mitgezählt hatte. Gar nicht so schlecht. Nun gab sie wieder Laut und winselte.

»Du kannst aufhören«, sagte sie und schnappte nach Luft. Sollte er doch denken, was er wollte. Erst nach fünf Minuten ließ der Schmerz allmählich nach, und sie atmete ruhiger.

So ein Wadenkrampf in der Vagina, überlegte sie sich, wäre ein multipler Superorgasmus. Danach drei Wochen krankschreiben lassen. Das wäre der Himmel auf Erden.

Jetzt aber lag Lea da, unbeweglich vor Erstaunen.

»Ich war leider etwas früh«, murmelte Jonathan zufrieden.

»Macht doch nichts«, sagte Lea leicht verbittert und fragte sich, ob ihn ihr vorgetäuschter Orgasmus überzeugt hatte. Fragen mochte sie ihn aber nicht. Das gehörte sich einfach nicht.

Ein äußerst merkwürdiger vorzeitiger Samenerguss, stellte Lea für sich fest. Dieser Mann war ein Scharlatan. Wie hatte er nur so lange all die Kolleginnen täuschen können, die so begeistert von seiner Liebeskunst plauderten?

Irgendwie trotzdem ein Fortschritt, dachte sie. Ihr Exmann, von dem sie sich schon nach sechs Wochen Ehe hatte scheiden lassen, war anfangs schon gekommen, wenn sie ihm tief in die Augen geblickt hatte. Nach langen Übungen schafften sie es gemeinsam, dass er sich bis zum

Kuss zurückhalten konnte. Nach einem Jahr waren sie so weit, dass er erst ejakulierte, wenn sie seinen Penis berührte. Nur ein einziges Mal schaffte er es, sich erst kurz vor dem Eindringen zu ergießen. Ein Triumph, der sie geistig verband. Ihr Entschluss, sich während des Sex nicht mehr zu betrachten oder gar zu berühren, ihn also ihn getrennten Zimmern zu vollziehen, erleichterte ihr Zusammensein, aber schon bald gestand Lea sich ein, dass diese Methode doch eine Einschränkung im Sexualleben bedeutete.

So lagen sie nebeneinander, jeder mit sich selbst beschäftigt, und hatten das Gefühl, dass es an der Zeit war, miteinander zu reden.

»Du fühlst dich erschöpft an«, sagte Lea.

Post coitum animal triste, dachte Jonathan, aber er macht auch den Geist frei und schafft neuen Mut. Er tat so, als wäre er nicht da, öffnete ein Auge, blinzelte träge und schloss es wieder.

Wie viele Stunden waren vergangen? Lea sah auf die Uhr. Elf Minuten. Wie schnell doch die Zeit vergeht. Und sogar überm Durchschnitt – bei den meisten Paaren dauerte es von der Penetration bis zur Ejakulation drei bis dreizehn Minuten. Eine Minute oder weniger war schon etwas kurzatmig, aber zehn bis dreißig Minuten, das konnte einem ganz schön lang werden.

»Es war wunderbar«, sagte Jonathan. Er war kurz davor zu platzen. »Du bist ja gewaltig gekommen.«

Er tastete nach seiner Sperma-Spritze, um sie möglichst schnell zu entsorgen, und verabschiedete sich geistig von den restlichen brüderlichen Ampullen. Ab in den Müll damit! Warum ließ er sich auch ständig auf die Ratschläge dieses Verhütungsspezialisten ein, obwohl er doch wusste, wie sehr Michael Papst Paul XII. verehrte.

Während er überwältigt war von seiner Idee, den Augenblick zu nutzen, um Lea alles zu gestehen, und nur noch an einer ordentlichen und einigermaßen unterhaltsamen Formulierung bastelte, betastete Lea ihre schmerzende Wade. Der Gedanke ließ sie nicht los, dass irgendwas schiefgelaufen war, dass eigentlich nichts von dem passiert war, was schon bei 15-Jährigen passierte. Und diesen Gedanken fand sie nun doch beunruhigend. Schließlich war Jonathan der Sex-Spezialist ihrer Frauenzeitschrift. Und so beschloss sie, Privates und Berufliches insofern zu trennen, als sie Jonathan morgen oder vielleicht übermorgen fristlos in die Arbeitslosigkeit entließ. Vielleicht konnten sie so einen neuen Anfang machen.

Sie betastete die Innenseite ihres Oberschenkels, spürte die klebrige Nässe an ihrer Hand und schnüffelte daran.

»Was ist das?«

»Sperma.«

»Wirkt auf mich eher wie Dosenmilch, in die jemand reingespuckt hat.«

Lea ließ ihn an ihren Fingern schnüffeln.

»Leck mal dran.«

»Machst du dich gerade über mein Sperma lustig?« Jonathan verfluchte seinen Bruder nun zum zweiten Mal innerhalb weniger Augenblicke. Er ließ die leere Kanüle klammheimlich unters Bett fallen und streichelte Lea zärtlich, während er seine Erektion unterdrückte.

»Äußerst merkwürdig«, sagte Lea wieder.

Und so hatten sie das Wunderbarste und zugleich Schreckenerregendste erlebt, was je eine Frau und ein Mann miteinander erleben durften: einen Geschlechtsverkehr, der so lange dauerte wie ein halbes Fegefeuer und trotzdem nichts gebracht hatte.

39

»Gibt's zwischen zweien einen Streit,
der Dritte sich bekanntlich freut.
Doch teilst du dir's vernünftig ein,
so kannst du stets der Dritte sein.«
Sprichwort

Als Lea die Augen öffnete, sah sie, wie Jonathan sich hastig anzog.

»Warum so eilig?«, murmelte sie schläfrig.

»Ich muss los«, sagte Jonathan, »die Arbeit ruft. Ich darf heute nicht zu spät kommen.«

Lea warf einen Blick auf den Wecker. »Es ist halb sechs«, rief sie, »normalerweise kommst du nicht vor zehn Uhr in die Redaktion.«

Er zog sich den Reißverschluss seiner Hose zu und schlüpfte in seine Schuhe.

»Ich muss noch nacharbeiten«, erklärte er, »bin völlig im Rückstand. Du weißt doch selber – der Artikel über Sexspielzeuge, Liebeskugeln, Analstimulatoren und all das.«

»Das musst du nicht!«, wandte Lea ein. »Bitte bleib bei mir.«

Jonathan band sich die Schnürsenkel zu und schlüpfte in sein Jackett.

»Wir sehen uns dann in der Redaktion«, rief er über seine Schulter. Einen Moment später klappte die Wohnungstür zu.

Eine Weile studierte Lea Jonathans Schlafzimmerdecke, dann suchte sie nach ihrer Handtasche, kramte ihr Handy hervor und kroch wieder unter die Bettdecke.

Sie tippte die Nummer ihrer besten Freundin ein, die sich schlaftrunken meldete.

»Wir haben es getan!«, rief Lea.

»Weißt du, wie viel Uhr wir haben?«, grollte Amelie und setzte sich in ihrem Ehebett auf. Neben ihr bewegte sich Valentin grunzend in seinen schweinischen Alpträumen.

»Was habt ihr getan, zum Teufel?«

»Na – es!«

Amelie wurde hellwach. »Das ist doch großartig«, flüsterte sie, um ihren Mann nicht zu wecken, der sich sofort eingemischt hätte. »Das war abzusehen. Valentin und ich haben es schon immer gewusst. Ihr beide gehört zusammen wie Adam und Eva, wie Hänsel und Gretel …«

Valentin wälzte sich auf die andere Seite und stöhnte.

»Und wie war es?«, flüsterte Amelie.

»Großartig!«

Jonathan setzte sich hinters Steuer und atmete durch. Er brauchte jemanden, mit dem er reden konnte, und sehnte sich nach einem vertrauten Gespräch unter Männern.

Der Anfang der Pastorale ließ Valentin hochschrecken. Neben ihm im Halbdunkel saß seine Frau auf der Bettkante und flüsterte vor sich hin. Er hatte kaum nach seinem Handy gegriffen, als Jonathan schon hastig auf ihn einredete.

»Und, hat es geklappt?«

»Ja, besser geht's nicht«, sagte Jonathan nach kurzem Zögern.

Auch Valentin schwang seine Füße aus dem Ehebett und setzte sich rücklings zu seiner Frau auf die Bettkante.

»Du klingst so komisch«, murmelte er.

»Kein Wunder«, sagte Jonathan, »ich war plötzlich von einer abgrundtiefen inneren Leere erfüllt, wenn du verstehst, was ich meine.«

»Kein Wunder bei einem, der nur noch sieben Schüsse hat.«

»Fünf! Höchstens.«

Amelie drehte sich für einen kurzen Moment ihrem Mann zu, der so tief heruntergebeugt dasaß, dass sein Kopf knapp über den Schenkeln hing, und in sein Handy brummelte.

»Aber er war so merkwürdig«, beklagte sich Lea mit dünner Stimme, »wie ein Fremder.«

»Vielleicht hättet ihr doch noch warten müssen, bis ihr wirklich bereit seid?«, sagte Amelie leise.

»Wir reden später im Büro darüber«, beendete Valentin das Gespräch, legte sich mit einem seiner tierischen Laute wieder flach und schloss die Augen.

»Was war das?«, fragte Lea.

»Der Säbelzahntiger lauert mir auf, um mich mit seinem stinkenden Atem zu narkotisieren und danach zu zerfleischen«, antwortete Amelie und drückte Lea weg. Anschließend schlüpfte sie unter die Bettdecke und schmiegte sich an ihren Mann.

»Bin ich froh«, murmelte sie, »dass ich mich seit zwölf Jahren nicht mehr mit Sex herumschlagen muss, wenigstens nicht mit dir.«

»Wie recht du hast«, murmelte Valentin, »wir bleiben für immer zusammen.«

40

»Platonische Liebe kommt mir vor
wie ein ewiges Ziehen
und niemals Losdrücken.«
Wilhelm Busch

Ein Nachtflug nach Stuttgart oder Thailand schwang sich in den Nachthimmel und weckte die schlafenden Vögel auf, die sich verärgert über die Menschheit ebenfalls in den Himmel erhoben, um ihn zu verfolgen und zu vernichten.

»Wenn du nicht mehr mit mir zusammen sein willst, ist das kein Problem für mich«, sagte Lea schnippisch.

Sie war es, die ihn angerufen hatte. Kein Sex, nur reden, und das nur ganz kurz. Jonathan ging im Zimmer auf und ab. Seit einer halben Stunde redeten sie über alles außer über Sex, und seine Blase drückte. Er ging ins Badezimmer. Stirnrunzelnd betrachtete er sein Spiegelbild und sah sich dreifach.

»Ich will aber immer noch mit dir zusammen sein. Wir könnten doch gemeinsam wenigstens …«

»Das kommt überhaupt nicht in Frage«, unterbrach ihn Lea, »du bringst mich nur in Versuchung. Ich will nicht mehr mit dir in der Redaktion splitterfasernackt …«

»Wir waren angezogen, Lea!«

»Zumindest halbnackt!«

»Wenn du meinst. Ich nicht.«

»Das macht einen schlechten Eindruck. Wie stehe ich denn da?«

»Das ist doch alles kalter Schnee. Kaffee von gestern. Ich verstehe nicht, wieso du so eine große Sache daraus machst.«

»Ich will mich morgens an meinen Liebsten kuscheln.«

»Und abgesehen davon? War alles in Ordnung?«

»Sicher, aber ich will nicht, dass er mich allein lässt.«

»Wovon redest du?«

»Er muss mich mit einem schönen Frühstück im Bett verwöhnen.«

»Wir wollten doch nicht mehr über Sex reden.«

Lea hatte vorhin auf seinen Anrufbeantworter gesprochen. Wehleidig hatte sie ihn angebettelt, sich mit ihr zu treffen. Sie müsse ihm etwas gestehen. Keine zehn Minuten später war alles ganz anders. Angeblich ein Missverständnis. Einfach nur verwählt. Der Anruf war für ihre neue aufkeimende Liebe gedacht gewesen, und nun hatte sie ihn wegen dieser Verwechslung ausführlich beschimpft, eine Katastrophe für ihr Liebesleben. Jonathan konnte wenig darüber sagen, weil es ihm peinlich war, dass er die Sache nicht sofort durchschaut hatte.

Lea ließ sich willig breitschlagen.

»Vergessen, verziehen, vorbei?«

Jonathan sah sein zweites und drittes Gesicht. Das eine als schönen Knabenkopf voller Akne, das zweite, so wie er war, unrasiert mit dicken Backen. Das dritte war das Gesicht seines Vaters, der ihm zublinzelte.

»Schade«, sagte Lea leise, »um unsere alte Unschuld.«

»Unschuld?«

»Unschuld hat doch einen ganz besonderen Reiz. War es nicht netter in der Zeit, in der wir uns wie Brüderlein und Schwesterlein getroffen haben? Und jetzt hatten wir ein Verhältnis wie alle anderen auch. Wie langweilig! Das musste doch schiefgehen.«

Jonathan unterdrückte das Zucken in seinen Augenwinkeln, kniff die Augen zusammen und blähte die Nüstern. Er verbrachte neuerdings viel Zeit vor dem Spiegel.

»Okay«, sagte Jonathan, »wir können die Zeit zurückdrehen, wenn du willst.«

»Wenn man erst mal angefangen hat«, sagte Lea, »kann man nicht mehr zurück. Da hilft nur die Flucht nach vorne, meinst du nicht auch?«

Jonathan holte seinen Pimmel aus der Hose und begann vorsichtig, ins Waschbecken zu pinkeln, ohne plätschernde Geräusche zu machen oder gar erleichtert aufzustöhnen.

»Mir war sofort klar, dass du mich verwechselt haben musst«, sagte er flockig.

»Was plätschert da?«, wechselte Lea das Thema.

»Nichts.«

»Und warum stöhnst du?«

Die wenigen schlaflosen Bürger der Stadt saßen noch in ihren Sesseln, beleuchtet von den viel zu bunt eingestellten Farben ihrer Flachbildschirme, oder lagen in ihren Betten und lasen. Unbeobachtete Sternschnuppen zogen vorüber und gaben die alten Wünsche frei.

»Wir sollten eine Weile Abstand halten«, sagte Lea, »vielleicht tut ein bisschen Distanz der Liebe ganz gut?«

»Vielleicht auch nicht.«

Beide schwiegen sich durch die Telefone an. Jonathan starrte aus dem Fenster. Vögel, die Flugzeuge verfolgt hatten, kehrten erschöpft zurück und fielen ohnmächtig in ihre Nester, während Jonathan seine Blase ins Waschbecken entleerte.

»Du hast mich angerufen«, sagte Jonathan schließlich.

»Nein, du hast mich angerufen.«

Er atmete tief auf.

»Sei mir nicht böse«, sagte Lea schroffer als beabsichtigt, »aber bei dir spüre ich einfach nicht das gewisse Etwas!«

»Das gewisse Etwas?«, stieß Jonathan hervor. »Was soll denn das sein? Kannst du dich nicht genauer ausdrücken?«

Lea ging geistig in Deckung und räusperte sich.

»Du bist nicht schuld daran.«

Jonathan putzte das Waschbecken.

»Woran?«

»Ich warte auf den großen Taumel der Leidenschaft.«

»Ich weiß, na und?«

»Du bist kein leidenschaftlicher Mann, Jonathan. Du bist vielleicht ein guter Techniker, aber …«

»Du ahnst gar nicht, wie sehr ich mich nach dir verzehre!«

»… du bist eher ein Mann, der den Eiffelturm mit Streichhölzern nachbauen kann.«

Jonathan brauste auf: »Den Eiffelturm?«

»Ich will aber, dass er angezündet wird!«

»Du bist mein Eiffelturm!«

»Ich brauche den Rausch der Sinne – wie beim Wellenreiten. Ich will im Schaum der Aphrodite dahinfliegen.«

Jonathan hielt die Luft an und griff nach seinem aggressivsten Desinfektionsmittel, von dem er wusste, dass es den Zement aus den Fugen löste. Hartnäckige Verschmutzungen waren ihm seit einiger Zeit ein Gräuel, auch wenn er wusste, dass er Kinder und Haustiere im Bereich von drei Quadratkilometern in Sicherheit bringen musste, wenn er sie benutzte. Er rieb seine explosive Polierpaste mit kräftigem Druck über die betropften Stellen.

»Es wird dich noch auf die Fresse hauen, beim Wellenreiten im Schaum der Sinne«, sagte er.

41

»Der Kummer, der nicht spricht,
nagt am Herzen, bis es bricht.«
William Shakespeare

Nie würde Jonathan diesen trüben Tag vergessen, an dem ihm bewusst wurde, dass es mit seiner Schusszahl rapide zur Neige ging. An dem ihm klarwurde, dass er nur noch zwei letzte Schüsse in der Hose hatte.

In der Toilette stand die Luft. Beißender Zigarettenrauch mischte sich mit dem Giftgas aus halbverdautem Kohl. Jonathan stellte sich vor eines der Urinale und nestelte an seinem Hosenschlitz, Kollege Valentin Neunbauer steckte sich eine Zigarette in den Mundwinkel und öffnete das hohe Milchglasfenster, um die Luft zu verdünnen.

»Und so?«

»Gleichfalls.«

Valentin umkreiste Jonathan.

»Neues von der Front?«

»Den Umständen entsprechend.«

Wie lange verbrachte der repräsentative deutsche Durchschnittsbürger auf der Toilette? Länger jedenfalls als jedes Tier. Jonathan kam es vor, als wären es Ewigkeiten. Ewigkeiten, die er nicht missen wollte.

»Nun sag schon«, drängte Valentin. »Wie viele hast du noch?«

»Ist doch egal.«

»Jetzt ziere dich nicht so. Irgendjemandem musst du es sagen. Es wird dich befreien.«

Jonathan grübelte. »Ich müsste im Archiv nachschauen«, gestand er. »Langsam lässt mich mein Gedächtnis im Stich.«

»Wo bist du sie losgeworden?«, fragte Valentin. »Sei ehrlich. Mit welchen Ludern hast du Lea betrogen?«

»Vergiss es«, sagte Jonathan und zählte verzweifelt an den Fingern ab. Orgelbank? Scheidenkrampf? Tantrakurs? Wie hatte er nur den Überblick verlieren können? Gedächtnisschwund oder Verdrängung? Was war da los? Eine beginnende Schweinegrippe, ein radikaler Hormonwechsel, vulkanisch ausbrechende genetische Veranlagung?

»Wie waren sie?«, fragte Valentin beharrlich.

Jonathans Blick wurde unglücklich. »Wer?«

»Du hattest doch eine Liste. Hast du sie ordentlich abgearbeitet? Wolltest du nicht unbedingt noch Barbara Schöneberger beglücken?«

Das hatte gesessen, stellte Valentin zufrieden fest, als Jonathan verdrossen zögerte.

»War nur Spaß«, sagte er. »Nichts gegen Frau Schöneberger. Oder hast du Schlingel sie etwa gleich dreimal hintereinander vernascht?«

»Nein!«, rief Jonathan heftig. »Außerdem gibt es so etwas wie die Refraktärperiode.«

»Was, um Himmels willen?«

»Das ist die Zeitspanne, die von einer Ejakulation zur nächstmöglichen verstreichen muss.«

Valentin schüttelte den Kopf. »Hab ich noch nie gehabt.«

Jonathan öffnete den Mund.

»Sag nichts«, unterbrach ihn der Kollege und nahm einen letzten Zug. »Lea, Lea und immer nur Lea, stimmts? Siebenmal in der Woche nur mit Lea. Sollte das alles gewesen sein?«

»Welche Lea?«, wagte sich Jonathan an die Front der Beziehungsleugner.

Ein Rascheln.

»Pssst!«

Valentin und Jonathan hielten den Atem an und horchten. War jemand aus der Frauenfraktion im Raum? Wenn sie wollten, konnten weibliche Wesen mucksmäuschenstill sein.

»Hallo?«

Unwillkürlich senkten sie die Stimmen. Keine lauschende Redakteurin im Raum. Schade eigentlich.

»Schieß endlich los«, sagte Valentin, während er Jonathan und sich neue Zigaretten anzündete.

»Ich habe einer Frau das Leben gerettet«, gestand Jonathan, »zumindest im Traum.«

»Einer Traumfrau also?«, bohrte Valentin lüstern. »Komm zur Sache. Ich höre.«

»Es war keine echte Frau«, seufzte Jonathan schuldbewusst und holte tief Luft. Wie sollte er es dem alten Freund nur beibringen?

»Um es kurz zu machen, ich habe geträumt, dass ich die älteste Mitbürgerin unserer Stadt über die Straße führen wollte.«

Valentin wich ein paar Schritte zurück.

»Hundertelf Jahre immerhin«, fuhr Jonathan hastig fort, um es hinter sich zu bringen. »Sie ist mitten auf dem Zebrastreifen kollabiert, und ich habe ihr das Leben gerettet.«

»Mund-zu-Mund-Beatmung?«, flüsterte Valentin unbehaglich. »Herzdruckmassage?«

»Was hätte ich denn tun sollen?«

»Und dabei …?!« Valentin japste asthmatisch. Und dabei hatte Jonathan sich im Schlaf mit der ersten seiner letzten fünf Ejakulationen bekleckert.

»Nein!«

Dümmer konnte es einem erwachsenen Mann in dieser Not nicht kommen.

»Ist das geschmacklos!«, stieß Valentin bitter hervor.

»Habe ich um deine Kommentare gebeten?«, erwiderte Jonathan. Eine kleine Welle Selbstmitleid umspülte sein Gemüt. Was hätte er aus dieser Ejakulation alles machen können!

»Du meine Güte!« Valentin schloss die Augen und würgte leicht, während er versuchte, sich in das Gefühls- und Seelenleben des Freundes hineinzuversetzen. Er war begeisterter Anhänger der Freud'schen Traumtheorie und fest davon überzeugt, dass ein Kirchturm im Traum stets einen Penis symbolisierte. Eine Vase war gleichbedeutend mit der Vagina, und mit einer Luftpumpe in Aktion konnte eigentlich nur der Geschlechtsverkehr gemeint sein. Was denn sonst? Er beugte sich über das Waschbecken, drehte den Hahn auf und spritzte sich kaltes Wasser ins Gesicht.

»Und weiter?«

Aus dem ehrlichen Männergespräch wurde langsam ein Verhör. Wenigstens war nichts mit Tieren oder minderjährigen Knaben dabei gewesen, stellte Jonathan nach kurzer Gewissenserforschung fest, warf den Zigarettenstummel aus dem Toilettenfenster und riss sich zusammen.

»Lach mich nicht aus, aber beim zweiten Mal war es der Händedruck der Bundeskanzlerin, als sie mir das Bundesverdienstkreuz überreichte.«

Sie hatte ihn kaum berührt, da zischte es ihm schon in die Schlafanzughose.

»Wofür?«, fragte Valentin.

Jonathan hob ratlos die Schultern.

»Wofür hast du das Bundesverdienstkreuz gekriegt?«, hakte der Freund nach.

»Keine Ahnung.«

Valentin schlug die Hände vors Gesicht.

»Wie konnte es nur so weit mit dir kommen?«

Was war das für eine Frage?, wunderte sich Jonathan. Im Traum schwappte bei jedem das an die Oberfläche, was er bislang nicht einmal an Feiertagen zu tagträumen wagte.

»Und dann?«

Soweit Jonathan sich erinnern konnte, hatte ihn der Fußballbundestrainer vor seiner Wohnungstür auf Knien angebettelt, wenigstens in der zweiten Halbzeit als Ersatzmann für den über Nacht beidseitig gelähmten 45-Millionen-Star in der hängenden Spitze anzutreten, um in der Nachspielzeit innerhalb dreier Minuten noch ein paar sichere Treffer im gegnerischen Tor zu landen.

»Und weiter?«

»Und als mich dann beim Auswechseln und Einlaufen auf den Stadionrasen in den letzten Spielminuten der Jubel aus Zehntausenden von Kehlen umfing, da …«

Mittelstürmer in der deutschen Nationalmannschaft, das war immerhin der feuchte Traum von unendlich vielen Fußballfans, rechtfertigte es Jonathan vor sich selber.

»Drei Tore in der Nachspielzeit?!«

Jonathan senkte den Kopf und wurde rot. »Ich war der neue Hoffnungsträger.«

»Und hast du jemals … So richtig …?«

Jonathan schüttelte stumm den Kopf und starrte Valentin ausdruckslos an. Er schleppte sich mit schweren Schritten zum Fenster, wie ein Bergbauer auf der Suche nach einem Abgrund für seinen wohlverdienten Tod. Als andere Jungs Fußball gespielt hatten, war er dabei gewesen, seinem Bruder Urinproben abzuzapfen.

Valentin trödelte Jonathan hinterher und versuchte ihn zu trösten, voller Selbstzufriedenheit, dass es nicht ihn selber getroffen hatte.

»Wenigstens wird dir die Lust an solchen Träumen bald vergehen, so wie es aussieht.«

»Man wird ja wohl noch träumen dürfen!«

»Hast du etwas dagegen, wenn ich dich einfach mal ganz, ganz fest umarme?«, strahlte Valentin.

Jonathan fand sich an die Hemdbrust des Freundes gepresst und hielt den Atem an.

»Mach dir nichts draus«, sagte Valentin und boxte ihm in die Rippen. »Nimm's wie ein Mann!«

Jonathan schniefte und rieb seine schmerzenden Augäpfel. Er fühlte sich durchtränkt mit Beruhigungsmitteln und war trotzdem bis unter die Halskrause voll mit Scham- und Schuldgefühlen.

»Nach deiner Rechnung bleiben dir also nur noch zwei allerletzte Schüsse. Na, wenigstens etwas. Mach was draus!«

Für einen Sekundenbruchteil meinte Jonathan vor dem Fenster ein Ufo zu sehen. Galaktische Wesen starrten ihn mit Blicken an, mit dem der böse Wolf ein armes, unschuldiges Lamm bedenkt.

»Sieh doch nur, was für ein herrlicher Tag heute ist!«, rief Valentin und breitete lachend seine Arme aus.

Mach was draus? Jonathan fasste neuen Mut.

Keine schlechte Idee – aber was?

42

»Leb' ehrbarlich und frage nicht,
was der und jener von dir spricht.
Denn es in deiner Macht nicht steht,
was dieser oder jener red't.«
Sprichwort

Was waren Leas vorletzte Worte gewesen? Abstand ist für die Liebe das Allerbeste? Das hatten sie jetzt davon. Jonathan ließ sich von einer Welle vorbeigurrender Frauenzeitschriftlerinnen den Popo streicheln, fühlte aber keine Erleichterung dabei.

»Würdest du mich vermissen?«, fragte er die Praktikantin von *Paula,* die zufällig neben ihm stand.

»Warum fragst du?«

»Nur so.«

»Wenn du mich schon so fragst: Dein Charisma hat in letzter Zeit schwer nachgelassen.«

Jonathan senkte den Kopf und widmete sich seiner neuen Partnerin, die er sich für fünfzig Euro vom Studentendienst für diesen Abend gekauft hatte. Blond, eckig, knabenhafte Hüften, schmale Taille, lange dünne Beine, winzige schneckengleiche Brüste. Genau der Frauentyp, der ihm ferner lag als das Besteigen des Kölner Doms. Mit ihr würde er ohne jeden Schussverlust sicher durch die Welt ziehen.

Und nun das.

»Schau nicht so gelangweilt«, zischte er ihr zu. »Ich zahle, damit wir glücklich sind.«

Immer wenn Jonathans Blicke nach Lea suchten, glaubte er, sie dabei zu ertappen, dass sie ihn voller Verzweiflung beobachtete. Und wenn er ihr freundlich zunickte, lächelte sie verkrampft zurück.

Der siebte September war ein für diese Zeit heißer Tag. Über den Hügelketten im Westen glühte eine hohe Wolkendecke in tiefem Orange. Weit unterhalb der Dachterrasse röhrte ein schweres Motorrad in den Abend hinein. Ein leichter Wind kam von Osten auf und trug den Geruch von Katzenscheiße heran.

Seine Gefährtin entwischte ihm und mischte sich unter die Menge.

Valentins jährliches Sommerfest war Pflicht für jeden, jedenfalls für Jonathan, und auch Lea war eingeladen. Gegen den Willen seiner Gäste bestand er darauf, diese Partys als themengebundene Kostümfeste zu veranstalten, auch wenn sich niemand um das Motto des Jahres scherte: Bankenkrise – jeder ging so wie immer. Jedenfalls war die Veranstaltung ein Grillfest auf hohem Niveau, und es fand genau sechs Wochen nach der Stunde null statt, als Lea ihren neuen Freund Max Neumann kennengelernt und offenbar als denjenigen erkannt hatte, der ihr Frieden, Freiheit und ungeahnte Orgasmen bescheren konnte. Jonathan hingegen hatte beschlossen, in sein Schneckenhaus zurückzukriechen und so lange und schmerzhaft wie möglich mit seinen eigenen Gefühlen zu spielen.

Er wanderte zwischen den Gästen umher und stieß schließlich wieder auf die angeheuerte Freundin, die gerade dabei war, das Buffet zu plündern.

»Wo steckst du denn?«, zischte Jonathan. »Du gehörst zu mir und weichst gefälligst nicht von meiner Seite.«

Sie – wie hieß sie noch mal? – holte tief Atem und schnitt eine Grimasse. »Drei Schritte hinter dir?«

Er hatte sie nach ihrem Namen gefragt, ihn aber inzwischen wieder vergessen und verspürte keine Lust, ein ernsthaftes Gespräch mit ihr zu führen, nicht mal eins über Namen.

»Sieht so jemand aus, dem ich gerade im Klo das Hirn aus dem Schädel gevögelt habe?«, fragte Jonathan empört. »Ich habe für dich bezahlt.«

»Das ist der Unterschied zwischen Idee und Wirklichkeit, Schatz«, stellte Loretta höflich, aber bestimmt fest und nahm sich runzlige Schrumpfwürste vom Grill.

Jonathan sah sich vorsichtig um und winkte mit einfältigem Grinsen den *Paula*-Redakteurinnen zu, die wie ein Schwarm aufgeregter Enten über die Dachterrasse stolzierten. Ja, ein kleiner Streit im ersten Rausch der Verliebtheit, das konnte es bekanntlich immer schnell geben.

»Ach, Schatz!«, seufzte er der Namenlosen zu, knuddelte sie und zerwühlte neckisch ihre Haare.

Unter den Gästen waren ein Vorstandsmitglied der Klassenlotterie, ein regionaler Bestsellerautor provokativer Bücher über Geistererscheinungen, ein feministischer Kreuzritter gegen frauenfeindliche Opern, ein schauspielernder Umweltschützer, der sich für den Erhalt des Vogelspinnenbestands einsetzte, ein beinahe nobelpreisgekrönter Physiker, ein malender Stadtrat, ein bayerisch-indischer Ethno-Sänger, ein Promi-Biograph, eine Verlagslektorin, ein schwuler Cellist, ein Theater-Dramatiker, Ärzte, Psychotherapeuten, Anwälte, Professoren, Immobilienhaie – also die Honoratioren der Stadt, die geistige Schickeria.

In ihrer Mitte Valentin, ein Mann in bester Blüte, wenn auch schon am Rande der Fäulnis, die Kartoffelnase durchzogen von einem Netz roter Äderchen. Der rotblonde Bart am Doppelkinn, die randlose Brille, momentan mit Fett und Bratensaft beschmiert.

Jonathan erkannte drei Mitglieder der Anonymen Schussopfer, die ihm dezent zuwinkten. Ein Busfahrer, ein Stadtrat und ein Unternehmer, der gerade abgewickelt wurde. Er sah Menschen aus dem Tantra-Kurs und aus dem Ritterrestaurant. So klein konnte eine so große Stadt sein. Er wandte sich ab, als er Karla entdeckte, die mit ihrer neuen Fraulichkeit die Schöpfungsgeschichte von Mann und Frau deutlich revidierte.

Auf der Terrasse erklang ein Bossa nova, den Jonathan wiedererkannte. Nach dieser Melodie hatte er mit Lea vor langer, langer Zeit im Morgengrauen Tango zu tanzen versucht, wobei sie schließlich mit dem Hinterkopf auf eine Tischkante aufgeschlagen war. Es war ein weiterer Augenblick seines Lebens gewesen, in dem er selbstlos auf sexuelle Aktivitäten verzichtet hatte, um stattdessen die Platzwunde an ihrem Hinterkopf zu versorgen und das Blut aus dem Teppich zu reiben.

Nun waren Lea und Max das einzige Paar auf der Tanzfläche. Lea klammerte sich an Max' ausgeprägte Schultermuskulatur und legte ihren Kopf an seine Brust. Jonathan bemerkte, dass er sie anstarrte. Und nicht nur er. Alle, Valentin und Amelie, Sebastian Großhaupt und all die Redakteurinnen, betrachteten das neue liebende Paar voller Andacht. Max Neumann sah in der Tat phantastisch aus. Rund zehn bis zwanzig Jahre jünger als Jonathan. Also gerade erst aus dem Nest geschlüpft. Er strahlte die Sorglosigkeit derer aus, die für einen Griff ins Schamhaar bis zum Äußersten gingen. Jonathan fühlte sich wie Vadder Abraham, während er den Junghengst voller Eifersucht musterte.

Keiner wagte es, sich zu räuspern, bis Jonathan die Hände hob, um bewundernd Beifall zu klatschen.

»Das ist eine nette Geste«, sagte Valentin gerührt, »bewundernswert, dein Fair Play. Wenn du mich fragst, ich würde das nicht übers Herz bringen.«

Halluzinierte Jonathan, oder öffnete Lea tatsächlich für den Bruchteil einer Sekunde ein Auge, um Jonathan belustigt und geradezu anzüglich zuzublinzeln?

»Komm her, Schatz!«, zischte Jonathan und zog seine gekaufte Braut an sich. »Tanzen!«

Der kleine Schatz schaufelte sich gerade den Teller mit den restlichen trüffelpanierten, auf Buchweizen geräucherten Wachteleiern voll.

»Du bist krank«, stellte sie mit vollem Mund und einem Blick auf die *Paula*-Mannschaft fest. »Die abgewrackten Greisinnen da drüben erzählten sich gerade, dass du eine gewisse Lea vergewaltigen wolltest und dabei gewaltig etwas auf die Nüsse bekommen hast.«

»Und woher wollen die das wissen?«

»Internet.« Loretta wischte sich die Lippen ab. »Heutzutage steht alles im Internet.«

»Und was haben sie sich sonst noch so erzählt?«

»Nichts.«

Jonathan atmete erleichtert auf. Kein Klatsch über seine Schussprobleme. Was wollte er mehr? Überall in der ganzen Stadt klebten neuerdings Plakate. Die Schussopfer wurden langsam ans Licht der Öffentlichkeit gezerrt. Und wie überall eilten strebsame Eiferer in die Schusslinie der Presse und ließen sich lustvoll schlachten. Helden der verlorenen Ejakulation schossen wie Pilze aus dem Boden und brachen Frauenherzen. Politiker zeigten Interesse. Schusslose ließen Arbeitslosigkeit, Hartz IV und Finanzkrise in den Hintergrund treten. Drittklassige Promis aus Politik, Wirtschaft und Kultur sorgten mit detaillierten Outing-Berichten für Aufsehen. Eine Anfrage im Bundestag sorgte für Schlagzeilen. Kinderlose schussgefährdete Mitbürger sollten ab der nächsten Legislaturperiode Steuererleichterungen erhalten, über deren Höhe noch keine Einigkeit bestand. Ausschüsse griffen die Problematik auf, seitdem ein FDP-Landtagsabgeordneter Männern mit maximal noch fünfzehn Schuss zumindest eine verminderte Steuererhöhung versprochen hatte. Und was war mit geschiedenen schusslosen Selbständigen über fünfzig mit Kindern? Wie musste man sie steuerlich neu eingliedern?

Auch andere Organisationen reckten ihre Köpfe aus den Löchern. Die Anonymen Alkoholiker und der Verband der Nordic Walker protestierten gegen eine Bevorzugung der Schussopfer und forderten scharfe Kontrollen und die Aufhebung des Datenschutzes. Der Verband der fidelen Krebsianer veröffentlichte als ganzseitige Anzeige eine Protestnote in der Süddeutschen Zeitung mit über vierhundert Unterschriften. Die Verhaltensforschung scharrte mit den Hufen.

Lea hatte das Tanzen aufgegeben und stand nur ein paar Meter von Jonathan entfernt. Er meinte, ihr Parfüm zu riechen.

»Küss mich, Schatz«, knurrte er seiner studentischen Partnerin zu, als er sich sicher war, dass Lea freie Sicht auf ihn hatte. Ein Kuss, genau auf den Punkt für fachkundige Beobachter, die aus Küssen alles lesen konnten. Nicht zu innig, aber auch noch nicht zu routiniert. Nicht zu leidenschaftlich, aber garantiert nicht zu abgelutscht.

»Du küsst wie ein Sabbermonsterlappen«, beschwerte sich die Studentin und wischte sich den Mund ab.

»Halt die Klappe und freu dich.«

Es musste sich damals schnell herumgesprochen haben, dass Lea wieder zu haben war. Sicher hatte Amelie diesen Virus in die Welt gesetzt. Als Max ihr einen Moment unaufmerksam den Rücken zukehrte, pirschte sich Waldemar Reichenbach, der stellvertretende Leiter der Volkshochschule, an Lea heran.

»Heute gibt es beim Onkologen-Kongress einen hochinteressanten Vortrag über Rektalkrebs«, schleimte er atemlos, während er Lea schamlos in den tiefen Ausschnitt starrte. Wie damals, als Jonathan sie kennengelernt hatte.

Schlechte Augen, schlechter Atem. Jonathan verging das Grinsen, als er für den Bruchteil einer Sekunde an seinen eigenen Zustand dachte.

Max drehte sich wieder um, zog Lea besitzergreifend an sich und begutachtete seinerseits ihren Ausschnitt. Max Neumann, Verteidiger im Wasserballverein, Held der Stunde in der dritten Liga, ganz unten auf der Abstiegsliste. Semmelblond und leicht glupschäugig, wulstige Lippen unter dem lächerlich dünnen Oberlippenbart eines Feldwebels. Dabei ein Ausbund an Sanftmut, Liebling der Frauen in den Sendungen des Regionalfernsehens, auch vorne einsetzbar und brillant mit flachgehaltenen knallharten Bällen.

»Sieht er nicht süß aus?«, seufzte die Kollegin – Beauty – Jonathan in die Ohrmuschel. »Jasmin hat gehört, dass er dabei ist, für den *Playboy* Nacktfotos zu machen. Ganz natürlich und ästhetisch, selbstverständlich.«

Die große Dachterrasse mit Blick auf die Burgruine und das Atomkraftwerk war elegant illuminiert. Gegenüber der Hauptbahnhof, dahinter die frisch renovierten neugotischen Kirchtürme. Lea trug ein raffiniert schlichtes

Kleid aus Seide und zerrte am Träger ihres Büstenhalters. Dabei begutachtete sie Jonathans neue Liebschaft und kam zu einem negativen Urteil.

»Die Kleine ist etwas jung für ihn, findest du nicht auch, Amelie?«, stellte Lea fest und lehnte sich an ihre beste Freundin.

»Mag schon sein, aber sie hat ihre Qualitäten.«

»Was kann sie schon, außer mit dem Hintern wackeln?«, schnaubte Lea. »Wenn man das überhaupt einen Hintern nennen kann.«

In großer Pose stolzierte sie auf ihren semmelblonden Helden zu und schmiegte sich an ihn, während er ihr einen jener vertraulichen Küsse auf den Scheitel drückte, die sich Liebende erst dann zu geben trauen, wenn sie sich alles, aber auch alles sagen können.

Jonathan war sich sicher, dass der Kerl Lea gefragt hatte, wie es mit ihm im Bett gewesen sei. Und sie kam, wie er sie kannte, nicht umhin, aus dem Nähkästchen der Liebe zu plaudern.

»Ungeheuer zappelig und ohne jedes Stehvermögen«, würde sie ihm vertraulich ins Ohr kichern. Dann würde er der Versuchung nicht widerstehen, ihr seinen Eselsschwanz reinzustecken und ihr zu zeigen, wo der Hammer hing. Und Lea würde gewissenlos ihre Schenkel spreizen, ganz locker und entspannt, ohne einen Anflug von Allergien und Phobien. Neid und Eifersucht nagten an Jonathans Herz.

Auf Valentins Partys wurde nur Vinyl abgespielt. Der Gastgeber zog *Ich tanze mit dir in den Morgen* aus dem Schuber und küsste die schwarze Scheibe. Jonathan rümpfte die Nase.

»Findest du dieses schlichte Gemüt nicht auch zu einfältig für Lea?«

»Er ist ein netter Kerl«, überschrie Valentin *Sugar Baby* von Peter Kraus. »Du solltest Max näher kennenlernen. Er hat uns ins Hallenbad zum Wasserballturnier eingeladen. Willst du nicht mitkommen?«

»Lea und ich haben Wasserball immer gehasst.«

»Lea ist gar nicht fähig zu hassen.«

Da hatte er auch wieder recht.

Jonathan warf einen Blick auf die tanzenden Partygäste und sah, wie sich Lea auf die Zehenspitzen stellte und dem Wasserballer einen ekelhaft präzise gesetzten, schnellen Zungenkuss verpasste.

»Max passt übrigens großartig zu dir«, überschrie Amelie die Musik, »mit ihm wirst du viele neue Dinge lieben lernen.«

»Ich hasse Wasserball«, stellte Lea fest.

»Aber du warst ganz begeistert, als er uns zum Drittliga-Achtelfinale gegen Lokomotive Ost eingeladen hat.«

Lea zuckte mit den Achseln. »Ich wollte kein Spielverderber sein.«

»Ich gehe jetzt«, sagte Jonathans gekaufter Schatz verschnupft. An ihrer Seite ein schlaksiger Schnösel mit dünnem Bart. Jonathan übersah die beiden. Er huschte an ihnen vorbei auf den Gang, wo Lea stand – alleine. Er trat auf sie zu. Sie erstarrte, sichtlich verblüfft.

»Du gehst schon, Lea?«

Lea rührte sich nicht vom Fleck. Aug in Aug standen sie im engen Flur und spielten das alte Spiel *Wer senkt zuerst den Blick?*, bis ihnen die Augensäcke anschwollen. Der Reiz ihres fast vergessenen Dufts traf ihn unvorbereitet.

Es gab etwas Neues an ihr. Eine Locke, die ihr aus dem Haar ins Gesicht fiel. Immer wenn sie sich kratzte oder von einem Fuß auf den anderen trat, musste Lea diese Locke mit einem scharfen Atemstoß zur Seite blasen. Ob sich das in ihrem Intimbereich fortsetzte? Ein Zucken des Brustmuskels, eine Kontraktion im beckenbodengeschulten Vaginalbereich?

»Du hast sicher Besseres zu tun, als deine kostbare Zeit mit mir zu verschwenden, oder?«, sagte Jonathan und lächelte kühl.

Sie gingen hinaus auf die Dachterrasse und schoben sich durch die Reihen der Tanzenden. Trüb perlende Bioschorle in der Hand, blickten sie über den Rand in den Abgrund. Der Boden unter ihnen schien zu schwanken.

»Ach, Jonathan«, antwortete Lea schließlich bedächtig, »was ist schon Zeit? Ein flüchtig Ding.«

Der Rauch des ersterbenden Grillfeuers brannte in ihren Augen. Eine Träne rollte ihr die Wange hinab.

»Du weinst ja«, sagte Jonathan hoffnungsvoll.

»Ich dachte gerade an die vielen Menschen, denen es nicht so gut geht wie uns.«

Jonathan stutzte. Woher hatte sie das? War Max Neumann etwa ein Gutmensch? Betörte er mit diesem billigen Trick die treuherzigen Frauen?

»Und?«, fragte Lea. »Wie geht es dir so?«

»Ausgezeichnet, und dir?«

Lea fühlte ihren Puls und machte schnell ein paar Beckenboden-Übungen.

»Kann nicht klagen.«

Lea spürte, dass sich ihr Slip zwischen den Pobacken verklemmt hatte, und zupfte klammheimlich durch den Rock hindurch an ihrem Hintern herum. Sie stolperte und griff nach Jonathans Arm, um ihr Gleichgewicht zu halten. Dabei streifte ihn ihre linke Brust. Jonathan überspielte eine blitzartig aufkeimende Erektion.

»Das war keine Absicht«, erklärte Lea steif.

Wie schnell sie sich doch fremd geworden waren. Vor einigen Nächten orgasmierst du ihr noch voller Verspieltheit in die Achselhöhle beziehungsweise mit einer Sperma-Spritze aufs Knie und bringst sie zum Schreien, Lachen oder Weinen. Und dann auf einmal spricht sie mit dir so streng wie mit einem Schwarzfahrer.

»Es ist so was wie eine Blockade, die uns daran hindert, so locker miteinander zu reden wie früher«, stellte Jonathan fest.

»Erika Berger«, sagte Lea gelangweilt, *»das kleine Einmaleins des Sexberaters: Sie müssen miteinander reden!* Darüber können wir jederzeit beruflich diskutieren.«

Jonathan blickte auf die nur noch halb erleuchteten Straßenzüge, Ampeln und Scheinwerfer hinunter. Ob er sich hinabstürzen sollte?

»Was ist nur falschgelaufen? Und was findest du eigentlich an diesem Wasserballer?«, fragte er stattdessen.

Während Lea über einer Erwiderung brütete, studierte er ihr Gesicht. Ihre Nase war etwas fleischiger geworden. Ein sicheres Zeichen sexueller Unausgefülltheit. Die Schwellkörper kommunizierten untereinander, um im Druckausgleich unvermutete orgiastische Explosionen zu vermeiden.

»Du bist ein schlechter Verlierer, Jonathan«, antwortete Lea nur.

43

»Wer den Aal hält beim Schwanz,
dem bleibt er weder halb noch ganz.«
Sprichwort

Jonathan war von Autofahrern verwünscht worden, Exfreundinnen hatten ihn beschimpft. Aber Leas Kränkung schlug dem Fass den Boden aus. Wie konnte sie jemanden lieben, der nichts im Kopf hatte als Ballspielen im Wasser? Bei jedem anderen würde er ihr verzeihen, aber dieser geistige Verrat überstieg all seine Vorstellungen.

Jonathan sah die Reklametafeln unten auf der Straße. Die elektronischen Buchstaben vorne an der Kreuzung, die immer wieder und immer gleich das Wort *Shooting-stars* formulierten. *Noch zwei Schuss, dann ist Schluss,* pulsierte das Licht Jonathans persönliche Botschaft in die Welt. Er erkannte, dass es da etwas geben musste, was noch wesentlich wichtiger war als alle Frauen dieser Welt. Etwas unbegreiflich Großartiges, Erhabenes, eine Vision, die vielleicht sogar dazu geeignet war, Lea so zu beeindrucken, dass sie ihm wieder ein wenig Aufmerksamkeit schenkte.

Jonathan sah sich zwischen den gelichteten Reihen der Feiernden um, fühlte sich überlegen und lachte so befreit wie seit langer Zeit nicht mehr, als er seine Jacke holte, um zu verschwinden und das anzugehen, was er schon längst hätte tun müssen. Die Toilettentür stand einen Spalt offen. Jonathan schlüpfte hinein. Er wusste, dass Pinkeln im Stehen hier mit Kastration geahndet wurde, und hockte sich auf die Klobrille, einen ausgestreckten

Fuß an der Tür, die nicht abzuschließen war. Der Grund dafür: Laut Amelie führten siebzig Prozent aller Schlaganfälle zum Tod, weil sie hinter verschlossenen Klotüren stattfanden. Jonathan pfiff leise warnend vor sich hin und hatte gleichzeitig ein Auge auf die Tür, um Eindringlinge sofort dingfest machen und maßregeln zu können.

Er sehnte sich nach einem Pissoir oder wenigstens einer Urinella, ließ dem Bedürfnis aufächzend seinen Lauf und suchte im Klopapierspender nach Papier. Erfolglos. Die Rolle war leer.

Die Hose an den Knöcheln, sah er sich suchend um, entdeckte ein Schränkchen und schlurfte darauf zu. Das nackte Hinterteil hochgereckt, beugte er sich vor und öffnete es.

Ein Geräusch und ein Luftzug hinter ihm ließen sein Herz jagen. Er fuhr herum. Der semmelblonde Wasserballer entweihte den Tempel, erstarrte beim Anblick des nackten Gesäßes und stieß einen kleinen vogelartigen Schrei aus. Jonathan richtete sich entsetzt auf und stolperte taumelnd über seine heruntergelassene Hose. Max zuckte zusammen und wich zurück. Jonathan taumelte weiter, verlor die Balance und fiel Max, der nicht schnell genug ausweichen konnte, in die Arme. Eng umschlungen stießen sie im Wiegeschritt gegen das Waschbecken. Max' Blick war entsetzt und fragend. Sein Finger wanderte zwischen sich und Jonathan hin und her. Jonathan schüttelte energisch den Kopf und hob die Finger zum Schwur. Dann betrachteten sie die Toilettentür und lauschten. Beide wussten, dass ihre Lage ihr gesamtes Leben zerstören konnte, wenn man sie für zwei in flagranti ertappte Schwule hielt. Geradezu unmenschliche Enttäuschung über ihre Lebenslüge würde Valentin, Amelie und nicht zuletzt Lea überwältigen.

Jonathan lachte ein verbittertes und eindeutig heterosexuelles Lachen. Er selbst konnte ja nichts mehr verlieren, wusste er doch, dass er schon morgen ein neues Leben beginnen würde. Ob er den Mann bestrafen sollte, der ihm sein Glück gestohlen hatte? Nein, zu billig. Jonathan wuchs über sich hinaus.

»Pssst!«

Binnen kürzester Zeit war ein Schicksalsschlag also in der Lage, zwei fremde Menschen in innigster Weise einander näherzubringen. Stumm hielten sie zusammen. Schritte auf dem Flur. Max warf sich an die Tür, als jemand an der Klinke rüttelte. Sein Gewicht hielt den wütenden Besucher davon ab, die Tür aufzustemmen.

»Könnt ihr nicht woanders bumsen?«

Jonathan und Max starrten sich an.

»Ich weiß, wer ihr seid!« Es war Amelies Stimme, erkannte Jonathan.

Eine Schulter krachte gegen die Tür.

»Gib zu, dass du dich gerade von Valentin rammeln lässt!«

Jonathan schüttelte den Kopf und grinste Max an.

»Amelie?«

Entwarnung.

Aber eines war ihm klar: Er musste immer noch mit dem Schlimmsten rechnen. Jeder, der ihn dabei beobachten würde, wie er diesen Raum verließ, und danach Max entdeckte, musste seine Schlüsse ziehen. Ein Alptraum. Wie konnte er nachweisen, dass er nicht …

Jonathan warf einen Blick in den Spiegel und versuchte wie Jack Nicholson auszusehen. Irgendjemand klopfte schon wieder.

»Bist du da drin, Max?«

Lea!

Max und Jonathan schüttelten den Kopf.

»Oder bist du es, Jonathan?«

Wieder sahen sie einander an.

Jonathan betete: Bitte lass diesen Kelch an mir vorübergehen. Ich verspreche dir, dass ich keine unangebrachten Vorurteile gegen Wasserballprofis hegen und pflegen will …

Max war offenbar auf den gleichen Gedanken gekommen und faltete die Hände, mit denen er eben noch die Tür zugehalten hatte, zum Gebet.

Diesen Augenblick der Schwäche nutzte Amelie, um ihren Kopf in den Raum zu strecken. Ihre Augen wurden groß.

»Entschuldigt«, flüsterte sie voller Ehrfurcht. »Tut mir aufrichtig leid. Ich wollte euch nicht stören …«

Die beiden Männer versuchten, im Boden zu versinken.

»Klopapier«, flüsterte Jonathan und zog seine Hose hoch. Max nickte zufrieden und reckte seinen Daumen. Jonathan sah an sich hinab. Nicht die geringste Anwandlung einer Erektion, stellte er zufrieden fest.

Von draußen erklangen die Stimmen im Chor: »Marmor, Stein und Eisen bricht …«

Max deutete in die Kloschüssel, und Jonathan verstand sofort. Er drückte die Spülung. Mit hochroten Köpfen verließen sie die Toilette, mischten sich unauffällig unter die Menge und beobachteten, jeder von seiner Warte aus, aus den Augenwinkeln, wie die Gastgeberin mit ihren Freundinnen tuschelte.

Noch Jahre später sollten die glühenden Gesichter der beiden Rivalen im Kampf um Lea den Partygästen in Erinnerung sein. Und was immer Jonathan später darüber erzählen sollte, es war nicht die ganze Wahrheit über seine Begegnung der dritten Art mit Max, dem neuen Herzensbrecher seiner verlorenen Liebe.

44

»Dies ist nur ein kleiner Schritt für einen Menschen, aber ein großer Sprung für die Menschheit.«
Neil Armstrong

Die Bushaltestelle war plakatiert mit *Deutschland sucht den Supershooter – Die größte Outing-Gala der ganzen Welt*. Zeilen wie aus Granit. Darunter klein und zierlich: *Gehören Sie zu den vom Schicksal geschlagenen Helden, über die die Frauen weinen? Haben Sie nur noch wenige Schüsse übrig? Dann bewerben Sie sich schnell mit einem ärztlichen Attest bei www.Promi-Schussaktion.de.*

Jonathan warf einen Blick über die Kreuzung hoch zu Leas Fenstern, die im Dunkeln lagen. Nur noch einmal die Treppen hoch, ihren Hintern dicht vor der Nase ... Der Duft nach Veilchen. Er konnte sie in die Arme nehmen, um mit ihr in Mexiko Flitterwochen zu machen. Sie würden Salsa tanzen und sich im weißen Sand wälzen vor stinkvornehmen Hotels mit Zimmerservice. Er würde ihr einen Trauring kaufen und später eine Fettabsaugung, bei der er ihr, die Schüssel haltend, Beistand leisten wollte.

Nein! Diese Träume waren endgültig geplatzt. Es war Jahre her, nein, es war zum ersten Mal in seinem Leben, dass er eine Frau so stark begehrt hatte wie Lea. Und es schien ihm ungeheuer ungerecht zu sein, dass dieses Objekt seiner Begierde nun gerade einen Mann vorzog, der nicht einmal Fuß-, sondern Wasserball spielte.

Zermürbt von seinen geistigen Beckenbodenübungen, die sein Selbstbewusstsein stärken sollten, hatte Jonathan während der Party keinen Bissen hinuntergebracht. Nun, weit nach Mitternacht, rumorte sein Magen vor Hunger noch energischer als die Wut in seinem Bauch. Der Geruch von alten Socken und gereiftem Camembert lag in der Luft. Jonathan öffnete sein Küchenfenster. Drüben auf der anderen Seite der Straße versuchte sich der Nachbar aus der Dachwohnung im Backrohr des Gasherds das Leben zu nehmen. Nein, er richtete sich auf und roch an einem Kuchen.

»Dir werde ich's zeigen«, rief Jonathan.

Spät in der Nacht in Küchen zu sitzen war Teil jedes Single-Lebens, von dem nur wenig an die Öffentlichkeit drang. Zu Tausenden saßen sie, redeten mit sich selbst, mit der Katze, der Eieruhr oder mit dem Kühlschrank, löffelten kalte Reste aus Plastikschüsselchen, damit sie endlich weg waren, und kippten Kurze, um bei Sinnen zu bleiben.

»Du wirst noch dein blaues Wunder erleben!«

Jonathan öffnete eine Schachtel voller vergammelter Wurstscheiben, schnüffelte daran und nahm einen Bissen.

»Und du wirst mir dankbar sein für das, was ich tun werde.«

Jonathan räumte seinen Kühlschrank aus. Reste mussten weg, bevor sie schlecht wurden. Schweinskopfsülze mit Blumenkohlröschen, Rollmops mit Essiggurke, Zitronenwaffeln, Schokobrownies, Kokostaler, Apfel-Zimt-Kompott, Heidelbeerquark, Pistazienpudding, Apfelblätterteigtaschen, Marmorkuchen, Schweinegulasch mit Hörnchennudeln. Gefüllte Pfannkuchen auf Aprikosensoße.

»Und du wirst mich um Verzeihung bitten für das, was du mir angetan hast!«

Jonathan setzte sich und griff zu. Es war allerhöchste

Zeit, sein bisheriges Leben zu ändern. Er griff zum Telefon und holte tief Luft, während er die Nummer seines Bruders wählte.

Michael meldete sich nach einer Weile verschlafen.

»Jonathan, steckst du wieder in Schwierigkeiten?«

»Was hältst du davon, wenn ich mich in dieser Gala-Show als Schussopfer oute?«, rief Jonathan aufgeregt.

Er hörte förmlich, wie es im Kopf des Bruders zu arbeiten begann.

»Wie viele Schüsse hast du noch?«

»Ich bin mir nicht ganz sicher.« Jonathan sah seine Finger an und begann stumm nachzurechnen.

»Lass nur«, sagte Michael, »ich bin immer für dich da.«

»Die Zeit drängt.«

»Mach dich schon mal frei. Ich bin in zwanzig Minuten bei dir!«

»Wo soll ich mich frei machen?«

Doktor Michael Kaiser, wieder einmal der Retter in der Not.

»Ich brauche dein Blut.«

Ein Glückspilz, wer einen solchen Bruder hat.

»Und dein Sperma brauch ich auch.«

»Soll ich es schon vorbereiten?«

»Bis gleich!«

Das Telefon klingelte erneut: sein Vater.

»Wo bist du?«, fragte Jonathan. Er hörte scheppernde Geräusche und laute Schreie.

»Ich bin dein Vater!«, schrie sein Vater zurück.

»Nein, ich wollte wissen, *wo* du bist.«

»In Krankehause auf Intensivstatione«, sagte die schroffe Stimme einer polnischen Krankenschwester, »und zerren nicht an Schläuchen, sonst spritzt Essen rum.«

»Ich bin nun respektable achtundneunzig Jahre alt«, polterte Konrad Kaiser, »und verlange Respekt.«

»Siebzig«, verbesserte Jonathan. »Was ist denn passiert?«

»Das ist geheim.«

»Du bist nicht der Pate«, sagte Jonathan. »Hast du schon wieder ...?«

»Ich kann es mir erlauben, mich dann und wann im Krankenhaus aufzuhalten.« Der alte Kaiser holte so tief Luft, dass die Kanülen, die in seinem Körper verschwanden, hörbar zu gurgeln begannen.

»Schlaganfall während ... du weißt schon«, erklärte er und rülpste.

»Mit wem? Madelaine?«

»*Auf* Madelaine.«

»Herzinfarkt«, schrie die Krankenschwester.

»Während Orgasmus.«

»Du wolltest doch immer so sterben«, rief Jonathan, »warum schaffst du das nie?«

»Unterschätze mich gefälligst nicht«, fuhr Konrad ungerührt fort. »Der Geschlechtsakt zwischen Mann und Frau ist ein befriedigender und kostengünstiger Zeitvertreib. Vielleicht sogar ein noch größerer Spaß als ein gesunder Stuhlgang.«

Jonathan nickte inbrünstig. Ach, wie gut es doch immer wieder tat, mit seinen liebsten Verwandten über Sex zu diskutieren.

»Dein Bruder war übrigens hier, er wollte dreißigtausend Euro schnorren.«

»Und?«

»Außerdem hat er gerade angerufen und gesagt, dass er ab heute als dein Manager arbeitet. Sei vorsichtig, er ist katholisch.«

Jonathan versuchte kopfschüttelnd, sich seinem Vater nahe zu fühlen.

»Und er ist Arzt.«

Seine Stimme klang so alt, als würde Goethe ihm den Mund zuhalten, während er den *Faust* beendete.

»Er will mich entmündigen lassen.«

»Pass auf dich auf.«

»Und bei dir? Michael sagt, du hast dich mit deiner Freundin gestritten?«

»Na ja, schon, denke ich.«

»Du musst ihr sagen, dass es deine Schuld ist, auch wenn es nicht stimmt.«

Zu spät, dachte Jonathan.

»Manchmal hat man ein kleines Problem und bringt es nicht auf die Reihe, und dann ist es plötzlich kein kleines Problem mehr.«

»Wem sagst du das.«

»Mach, dass du wegkommst!«, sagte Konrad Kaiser, »entschuldige dich und besorg es ihr tüchtig.«

Lea hatte sich, eine halbe Stunde nachdem Jonathan gegangen war, von Valentin, Amelie und den anderen Partygästen verabschiedet. Auch von Max, der einen leicht verwirrten Eindruck machte und plötzlich an Waschzwang zu leiden schien. Jetzt beugte sie sich aus dem Fenster ihres Dachzimmers und bemerkte, dass bei Jonathan immer noch Licht brannte.

»Ich muss aufpassen, dass mir mein gesamtes Selbstbewusstsein, das ich mir so mühsam aufgebaut habe, nicht umkippt«, hatte sie auf der Party gesagt, um etwas Tiefgang in ihre Unterhaltung zu bringen.

»Soll ich dir einen Schubs geben?«

Lea arbeitete immer noch an einer jener tödlich schlagfertigen Bemerkungen, die den anderen so vernichteten, dass er augenblicklich dem Wahnsinn verfiel.

Sie hatten dann eine Weile über Langlaufen in den Mittelgebirgen und den Unterschied zwischen Schluckbeschwerden und Schluckauf aneinander vorbeigeschwiegen. Jonathan sah blicklos durch Lea hindurch. Die Peter-Maffay-Warze, die Bienenstich-Oberlippe.

»Franziska. Wann wird das Kind endlich mal erwachsen?« Lea hatte milde über die satanische Praktikantin gelächelt, die sich an den Gastgeber heranpirschte, um um mehr Punk zu betteln.

»Jeder braucht seine Zeit«, antwortete Jonathan, »jeder Mensch ist anders gepolt.«

»Du hast recht. Aber es gibt Regeln. Das menschliche Zusammensein ist komplizierter, als man denkt.«

»Wenn jeder tut, was er will, kommt keiner zurecht«, ergänzte Jonathan würdevoll, verwechselte seinen abgestandenen Drink mit einem gutgefüllten Glas daneben und leerte es in einem Zug.

Wie ähnlich wir uns doch sind, dachte Lea. Nur Menschen, die sich geistig so nahe sind, sind in der Lage, sich so schnell und tief zu verletzen.

»Einen Euro für den Gedanken, den du dir gerade gemacht hast«, wagte Jonathan einen Versuch, das Schweigen zu brechen.

»Schweinegrippe, Hühnerpest, Rinderwahnsinn.«

»Jeder von uns kann immer noch das Beste aus seinem Leben machen«, lächelte Jonathan schief und starrte auf Leas BH-Träger.

»Wie das?«

Lea schob ihre Träger um einen Zentimeter zur Seite und enthüllte geknechtetes Fleisch.

»Ist es nicht ein menschliches Ziel, das jeder von uns hat?«

Jonathan spürte, dass seine Hose, deren oberster Knopf schon gesprengt war, sich noch mehr dehnte.

»Wir beide leben jetzt in festen Verhältnissen«, erklärte er und knackte mit seinen Knöcheln. »Du liebst deinen Wasserballer und ich meine …«

»Seit wann knackst du mit deinen Knöcheln?«, unterbrach ihn Lea.

»Wenn jeder eine eigene intensive Beziehung hat, verschwindet der Wunsch nach anderen intensiven Beziehungen.«

»Das ist ein guter Gedanke, ich werde ihn mir durch den Kopf gehen lassen.«

»Aber der Wunsch nach einem schnellen oberflächlichen Abenteuer wird immer stärker«, fuhr Jonathan fort und legte seine Hand auf ihren Hintern.

Leas Herz klopfte bis zum Hals.

»Das ist kein guter Gedanke.« Sie schüttelte den Kopf. »Dazu ist es zu spät.«

»Jeder ist anders, und das ist auch gut so.«

»Aber andererseits sind wir doch alle gleich«, sagte Lea. Mein Gott, sie waren schon so viel weiter gewesen, und jetzt das?

»Nicht alle.«

»Aber viele.«

»Es ist eben alles so, wie es ist«, seufzte Lea und senkte die Lider.

»Nichts ist so, wie es ist«, widersprach Jonathan mit einem wehmütigen Kopfschütteln, »und auf nichts kann man sich mehr verlassen.«

»Nicht einmal auf sich selbst«, fügte Lea hinzu.

45

»Kopf ohne Herz macht böses Blut;
Herz ohne Kopf tut auch nicht gut.
Wo Glück und Segen soll gedeih'n,
muss Kopf und Herz zusammen sein.«
Sprichwort

Als Jonathan die Wohnungstür öffnete, tänzelte Michael gut gelaunt in die Küche, warf seinen Koffer auf den Tisch und öffnete ihn. Er klopfte an Jonathans Venen herum, stach ihm die Spritze ins Fleisch und saugte ihm das Blut aus den Adern. Dann holte er ein kleines schwarzes Kästchen hervor und brachte es mit einem Klick zum Summen. Anschließend steckte er die Spritze in eine Öffnung, und das Display begann zu blinken.

»Neuentwicklung«, erklärte Michael stolz, »alles im Dienste der Medizin. Dieses Gerät gibt es in einem Vierteljahr in jedem Drogeriemarkt für sage und schreibe 29 Euro 99.«

Das Kästchen gab einen Piepton von sich. Michael warf einen Blick darauf.

»Nur noch zwei Schüsse?«, lächelte er. »Schäm dich was, du kleiner Verschwender.«

Grinsend schüttelte er Jonathans Hand. »Damit bist du auf der Sonnenseite.«

»Komme ich in die Show?« Jonathans Stimme zitterte vor Aufregung.

»Du wirst eine Kultfigur. Der Vater der Schussopfer. Du wirst nie mehr arbeiten müssen.«

Jonathan grinste verwirrt.

»So, jetzt nur noch die Spermaprobe«, rief ihm Michael zu, »das ist Vorschrift für das ärztliche Attest, nur mit ihm kommst du in die engere Wahl.«

Er reichte ihm das schwarze Kästchen. »Du kannst dafür ins Badezimmer gehen, musst du aber nicht. Als dein Bruder und Arzt habe ich schon so viel Leid und Elend auf der Welt gesehen …«

»Aber …«

»Ein einziger letzter Schuss, das ist ideal! Außerdem …«

»Ist ja schon gut«, unterbrach ihn Jonathan auf dem Weg ins Bad, »wo muss es rein?«

»Ins Loch, und lass dir nur Zeit.« Michael zückte sein Handy. »Kann ich mit Margarethe von Donnersdorff sprechen?«, fragte er leise, warf einen Blick ins Badezimmer und zwinkerte dem Bruder zu.

»Da gibt es kein Loch«, murrte Jonathan.

»Moment«, sagte Michael. »Ja, ich weiß, es ist schon spät, aber ich glaube, ich habe die ideale Lösung für unser kleines Problem gefunden.«

Er beugte sich vor und gabelte sich etwas Schweinskopfsülze mit Blumenkohlröschen auf.

»Jetzt habe ich es gefunden«, rief Jonathan.

»Was?«

»Das Loch.«

»Bist du so weit?«

»Gleich.«

»Ein todsicherer Wunschkandidat, Margarethe. Nur noch ein einziger Schuss, medizinisch dokumentiert.«

Aus dem Badezimmer erklang erst lautes Knurren, dann kurzes Bellen.

»Nein, wir haben keinen Hund im Haus«, lachte Michael, marschierte ins Badezimmer und nahm Jonathan das Kästchen aus der Hand.

»Ja, ich bin bei ihm«, kicherte er. »Ja, er ist süß! Der ideale Kandidat und außerdem mein Bruderherz. Und er hat Medienerfahrung.«

Jonathan setzte sich blass neben den Bruder an den Küchentisch.

»Und Sie sind so lieb und faxen mir den gesamten Vertragskram zu. Den Rest habe ich dabei.« Michael sah sich suchend um. »An die Nummer …«

»Alles klar! Du bist drin, Bruderherz!« Michael deutete auf Jonathans offenen Hosenschlitz und wandte sich dem Rest Schweinegulasch mit Hörnchennudeln und dem Rollmops mit Essiggurke zu.

»Was sollte eigentlich heißen ›Du wirst nie mehr arbeiten müssen‹?«, fragte Jonathan gebannt.

»Keine Psychotraktate mehr für jugendgefährdende Frauenzeitschriften.«

Das Faxgerät begann zu rattern und spie Seite um Seite aus.

»Du wirst als Botschafter einer guten Sache weltweit Verantwortung tragen.«

Jonathan schüttelte den Kopf. »Ich will lediglich öffentlich bekennen, dass ich einer von denen bin, die nie mehr Wollust empfinden dürfen, und allen demonstrieren, dass wir keine jämmerlichen Figuren sind.«

»Du sollst dein Licht nicht so unter den Scheffel stellen. Du wirst Aufmerksamkeit erregen. Die Menschen werden dich mit neuen Augen betrachten.«

Jonathan winkte ab. »Man wird mich vergessen in den Massen der Schicksale. Aber vielleicht wird die eine oder andere ein wenig Mitleid mit mir haben …« Irgendwie musste er Lea eine Botschaft zukommen lassen, dass sie die Sendung auf keinen Fall verpassen durfte.

»Ich bin im Vorstand des Bündnisses der Ärztevereinigung«, sagte Michael geheimnisvoll, »der pharmazeutischen Industrie und des staatlichen Gesundheitswesens und habe sehr viel Einfluss auf diesem Gebiet. Offiziell existieren in Deutschland 767 562 Schussopfer. Die Dunkelziffer ist hoch. Es soll sogar größere Gruppen von Schussopfern geben, die sich wie einst die Christen in den Katakomben in U-Bahn-Schächten versammeln, um gemeinsam einen neuen Staat zu gründen.«

Michael zog ein Bündel Prospekte hervor, dann ordnete er die Blätter aus dem Faxgerät.

»Der Pharmakonzern *Uniscience – Forschen und Leben* kommt mit einem ganz speziellen Angebot auf seine vom Unglück gebeutelten Kunden zu, denen es wie dir geht.«

Michaels Stimme schwankte vor Stolz.

»Deshalb auch das Spitzen-Event *Deutschland sucht den Supershooter*, um die Bevölkerung auf die neuen Helden der Nation aufmerksam zu machen. Die große Schussopfer-Charity-Outing-Gala dient einzig und allein dem guten Zweck. Und du wirst dabei im Mittelpunkt stehen.«

Jonathan starrte seinen Bruder ratlos an.

»Der Prominente, der am wenigsten Schüsse im Sack hat, multipliziert mit seinem Lebensalter und geteilt durch sein Körpergewicht, gewinnt aus den Loseinkünften eine Million Euro, die er als Schussopfer-Pate an die Pharmaforschung weiterspendet.«

»Warum das?«

»Es dient der wertfreien profitorientierten Erforschung eines Gegenmittels in Zusammenarbeit mit den europäischen Gesundheitsministerien.«

Jonathan schüttelte den Kopf.

»Aber ich bin doch kein Prominenter.«

»Das darfst du nicht so eng sehen. Außerdem kennt

man dich doch aus der *Paula.*« Michael schob ihm das dicke Bündel Vertragsunterlagen hin.

»Okay«, sagte Jonathan. Was Lea wohl von dergleichen halten würde?

»Die Pharmaindustrie, die Krankenversicherungen und die Bestatter sind sich einig«, dozierte Michael weiter, »zusammen mit der staatlichen Betreuung ein allgemeines Existenzpaket entwickeln zu wollen, das richtungsweisend im Sinne des Naturschutzes den Gedanken vertritt.«

»Kann ich mir das in Ruhe durchlesen und es mir morgen überlegen?«

»Dann ist es zu spät.«

Was bleibt mir anderes übrig, als diese einmalige Chance zu ergreifen?, fieberte es in Jonathan. Nach der Sendung würde er an Leas Wohnungstür klingeln, sie würde ihn in die Arme nehmen und dann …

»Du musst dir abgewöhnen, so kleinkariert zu denken. Mit deinen internationalen Aktivitäten entlastest du in deiner Vorbildfunktion und als freiwilliger Helfer einer Minderheit in Not das Gemeinwesen. Du wirst mehreren Gremien zugeordnet, erhältst eine Sekretärin und einen freien Mitarbeiter als Redenschreiber. Dazu einen Leibwächter.«

Jonathan schob die Formulare vor sich hin und her.

»Jeder von uns ist sein eigener Held«, sagte Michael. »Du wirst das Maskottchen des Roten Kreuzes werden und Sprecher von Aktion Mensch. Wir haben da eine Figur entwickelt, die dir sicher gefallen wird. Ein Wurm mit Glied. Außerdem erhältst du als internationaler Schussopfer-Pate drei Prozent der Beiträge der Stammkundenschussopfer und überdies einen einmaligen Beitrag für jedes Mitbestimmungssicherheitspaket, in dem

Schussopfer je nach Schussveranlagung an internationalen Bau- und Raumfahrtprojekten beteiligt werden.«

Michael schlug mit sicherem Griff die letzte Seite des Mammutvertrags auf.

»Unterschreib das«, sagte er und drückte seinem Bruder einen Füller zwischen die Finger. »Hier und hier. Ich bin dein Manager. Du weißt, alles muss in der Familie bleiben, sonst ergeht es dir wie Roy Black, Rex Gildo oder Michael Jackson ...«

Jonathan starrte Michael an, dann nickte er und unterschrieb.

Nach getaner Arbeit warf er einen zufriedenen Blick auf seine Unterschrift. Nun war er der Gott von seinesgleichen, der Beckenbauer des Schützenvereins.

»Für alles, was ich dir jetzt gerade an Zukunftsperspektiven biete, gibst du mir fünfzig Prozent sämtlicher Vergütungen ab.« Er streckte die Hand aus zum Bruderhandschlag. »Auf mein Spendenkonto«, flüsterte er.

46

»Dein Auge kann die Welt
trüb oder hell dir machen.
Wie du sie ansiehst, wird
sie weinen oder lachen.«
Sprichwort

Jonathan ging ins Schlafzimmer und betrachtete die Tür seiner Geheimkammer. Er beugte sich hinab zu seiner Truhe, öffnete die unterste Schublade, griff unter ein paar noch original verpackte Analkugeln und fand den Schlüssel zu seinem Frauenarchiv. Die Tür öffnete sich wie geölt. Jonathan nahm den L-Ordner heraus und klappte ihn auf. Er zog ein Bild hervor, ein Porträt: Lea lächelte ihn leicht spöttisch an. Anschließend widmete sich Jonathan einer Serie von Nacktfotos, die er laut korrekter Notiz am 21. 06. um 2 Uhr 33 mit seiner kleinen Digitalkamera von ihr geknipst hatte. Lea auf einem Bein, während sie versuchte, aus ihrem Slip zu schlüpfen. Danach war sie der Länge nach auf den Teppichboden geknallt und hatte sich den Ellbogen verletzt. Jonathan blätterte die Fotos durch. Wie sie wütend aufstand, wie sie ans Bett hüpfte und mit dem Knie gegen die Bettkante prallte. Das Herz tat ihm weh. Sie hatte es nicht geschafft, ihr Höschen auszuziehen.

Lea neigte dazu umzufallen, und er hatte sich – quasi aus Solidarität – von ihr anstecken lassen.

»Muss i denn, muss i denn«, summte Jonathan traurig. Einmal noch an der Tür seines Frauensexarchivs rütteln. Nun war es zu spät, die Sünden ins ewige Feuer zu werfen. Sollten künftige Generationen sich in diesem Jammertal daran laben.

Ein paar Stunden später stolperte er in das Zimmer 512 des Grandhotels in der Stadt, in der die Gala stattfand. Er schritt die noble Welt aus Kirsch- und Myrtenholz, Marmor und Chrom, Plüsch und Leder ab und betrat den innen beleuchteten Kleiderschrank, der dreimal so groß war wie seine bescheidene geheime Sexkammer. Kein halber Tag war vergangen, seit er einen allerletzten Gang durch seine Wohnung unternommen hatte.

Jonathan konzentrierte sich auf seine Rede, die Millionen Fernsehzuschauer das Herz aufgehen lassen sollte. David gegen Goliath. Ein sympathischer lebenslustiger Redakteur einer kleinen, aber feinen Frauenzeitschrift namens *Paula* wurde Opfer der Glaser'schen Krankheit. Ja, Leute, das kann jedem von uns passieren!

»Um es kurz zu machen: Ich habe kaum einen Schuss mehr in der Hose« – das mit einem schiefen Lächeln –, dann tief Atem holend: »Für mich ist Schluss.« – Achselzucken, dann: »Lea, verzeih mir! Ich liebe dich!«

Ja, so war es messerscharf auf den Punkt gebracht. Dazu nur noch die richtige Stimmgebung und nicht zu dick auftragen.

Eine kurze Ansprache wäre angemessen, hatte ihm die Dame am Telefon kurz nach seiner Ankunft ohne jede Rührung erklärt. Einleitung, ein paar Sätze, Name und Umfeld nicht vergessen. Dann das Outing, knapp, aber unbedingt anrührend. Vielleicht ein Witz oder ein Scherz, der aber zum Thema passen musste. Eine Minute, höchstens fünf. Weniger sei immer mehr, das wisse er sicher als professioneller Kollege aus dem Zeitungswesen. Schließlich gäbe es da auch noch Gäste wie Til Schweiger, Boris

Becker, Altbundeskanzler Schröder und so weiter, denen naturgemäß mehr Zeit eingeräumt werden müsse als ihm, einem eher unwichtigen Redakteur einer eher unwichtigen Frauenzeitschrift. Mit der Bitte um konstruktives Verständnis, das er als alter Hase sicher mittragen würde.

Wichtig war, der Redaktion möglichst bald einen kurzen verbindlichen Entwurf zu übergeben. Noch wichtiger war, Konferenz und Generalprobe nicht zu verpassen. Aber vor allem musste er Lea unbedingt eine Mitteilung zukommen lassen, um sie auf den Sendetermin aufmerksam zu machen.

Jonathan wählte ihre Nummer.

Lea holte mit beiden Händen ihre Brüste aus dem inzwischen lauwarmen Wasser ihrer Badewanne, stellte ihre Schwimmtiere in Formation und überlegte sich, ob sie sich aus den porenreinigenden geschälten Salatgurken noch eine Suppe zubereiten könnte. Vielleicht würden sie aphrodisierend wirken? Im Wohnzimmer klingelte das Telefon. Lea reckte den Kopf. Der Anrufbeantworter übernahm. Lea erkannte sich selbst nicht mehr. Der Anblick eines rührenden Tierfotos trieb ihr binnen Sekunden die Tränen in die Augen. In letzter Zeit ertappte sich Lea dabei, Menschen, die sie kaum kannte, ihr Herz auszuschütten. Dem türkischen Gemüsehändler um die Ecke beim Kauf einer Aubergine. Dem Apotheker, bei dem sie sich Schwangerschaftstests holte, und sogar dem Hausmeister, der ihr schon mehrfach die Wohnungstür geöffnet hatte, weil sie nicht in der Lage gewesen war, den Schlüssel in ihrer Handtasche zu finden.

Lea schlüpfte in ihren Bademantel und setzte sich dicht neben das Telefon.

»Guten Abend, meine Damen und Herren …«, sprach Jonathan in den Spiegel und wippte auf den Zehen. »Um es kurz zu machen: Auch wenn mir möglicherweise Millionen oder gar Hunderte von Millionen zuhören mögen, wende ich mich hier und jetzt nur einem einzigen Menschen zu, der meine Worte hören soll.«

Vielleicht etwas weniger wippen, redete der Spiegel ihm gut zu.

»Um es kurz zu machen: Auch wenn mir möglicherweise Millionen oder gar Hunderte von Millionen zuhören mögen, wende ich mich nun an dich, um dir nicht nur zu gestehen, dass ich dich liebe …« Er verlor den Faden.

Nicht übertreiben, sagte der Spiegel.

Jonathan warf sich aufs Bett und rief noch einmal bei Lea an. Besetztzeichen. Mit wem telefonierte diese Frau die ganze Zeit? Es brach ihm das Herz. Dann der Anrufbeantworter. Ihre Stimme, rau und dunkel und feucht. Was sollte er ihr aufs Band sprechen? Binnen Sekunden trocknete seine Mundhöhle aus.

Lea saß neben ihrem Anrufbeantworter und lauschte der gebrochenen Stimme einer alten weinerlichen Frau, die ihren Namen nicht nennen wollte. Das Einzige, was sie mitzuteilen hatte, war der Hinweis, dass sie die hochinteressante und aufschlussreiche große Gala-Show *Deutschland sucht den Supershooter* einschalten und sie sich auf jeden Fall bis zum Schluss ansehen sollte.

»Du wirst eine Riesenüberraschung erleben«, quiekte die Stimme.

Lea blätterte verwundert in ihrer Fernsehzeitung. Diese Art von Veranstaltungen war nicht unbedingt ihr Ding. Außerdem hatte sich wohl nur jemand verwählt.

47

»Das flücht'ge Lob, des Tages Ruhm
magst du dem Eitlen gönnen.
Das aber sei dein Heiligtum:
vor dir bestehen können.«
Sprichwort

Nichts war trostloser als ein Einzelzimmer in einem Edelhotel, in dem noch nie jemand süße Träume gehabt hatte.

Alle wollten ihn bestechen, selbst der Zimmerkellner versuchte ihm beim Vorlegen der Zimmerrechnung einen Vertrag mit einem konkurrierenden Pharmakonzern unterzujubeln.

Jonathan ging hinunter ins Foyer, in dem wichtige Menschen herumstanden und die Sesselgruppen nach anderen wichtigen Menschen absuchten.

»Hallo«, sagte er zu einem dreißig Meter hohen Gummibaum. Künstliche Hühner gackerten und sprühten duftende Seifenblasen aus ihren Schnäbeln.

An der Rezeption erhielt er die Nachricht, dass sein Bruder erst kurz vor Beginn der Show eintreffen würde. Er habe viel zu tun, die Arbeit rufe. Wichtig für Jonathan sei nur eine Person: Margarethe von Donnersdorff, die verantwortliche Redakteurin der Gala, sofort zu erkennen an ihrem ... Na ja, er würde selber sehen!

Jonathan stand etwas verloren herum, bis ihn endlich eine kleine Gruppe offensichtlicher Verwandter der Veranstalter durch ein Labyrinth unterirdischer Geheimgänge in die riesige leere Halle führte, in der die Gala stattfinden sollte. In der Arena sauber eingedeckte Tische für die Prominenten, versehen mit Tischkärtchen und Champagnergläsern. Für den gemeinen Mob die Ränge.

Ein anderer Prominenter kam auf Jonathan zu und schüttelte ihm herzlich die Hand.

»Rudi Sharp«, stellte er sich vor, »Stimmenimitator. Soll ich Ihnen den Heinz Rühmann geben oder lieber Hans Albers?«

»Ein andermal vielleicht«, winkte Jonathan ab. »Treten Sie in der Show auf?«

»Nein, heute leider nicht«, seufzte er.

Jonathan fühlte sich einsam. Hinter einer halbgeöffneten schweren Stahltür saßen bleiche Gestalten vor Mischpulten und Monitorwänden. Stimmen erklangen.

»Haben wir gute Gäste?«

»Erste Sahne. Drei Doppelschicksale: Walter Habermann, schussgeschädigt, schwer depressiv, schwul, HIV-positiv – und war mit Johann Lafer zusammen in der Grundschule.«

»Gebrieft?«

»Lernt gerade alles auswendig. Unsere Logopädin versucht ihr Bestes.«

»Weiter?

»Martin Schwan. Eine Krankenhausverwechslung. Das falsche Bein amputiert. Dabei wurde am Geschlechtsteil herumgeschnetzelt.«

»Süß, aber Themaverfehlung.«

»Wird schon niemand merken. Dann haben wir schließlich Jonathan Kaiser, Redakteur bei einer Frauenzeitschrift namens *Paula*.«

»Nie gehört.«

»Mieses Blatt, unterstes Niveau. Steht am Rand des Ruins.«

»Habt ihr nichts Besseres gekriegt als diese Null?«

»Schon, aber da reden andere mit, du verstehst?«

Jonathan eilte entsetzt an der Tür vorbei. Seine Schuhsohlen quietschten beim Gehen. Er trat vorsichtiger auf. Hinter ihm Stöckelschuhe.

»Ihre Schuhe hören sich an, als wären sie scharf auf Sex«, hörte er eine fröhliche heisere Tiefer-als-Alt-Stimme. Jonathan sah sich um und erstarrte zur Salzsäule.

»Ich bin Margarethe von Donnersdorff«, stellte sich eine Frau ganz in Schwarz mit dem runden Kopf einer blassen Gans vor.

»Ich kann sie Ihnen ja mal über Nacht leihen«, sagte Jonathan.

»Wen?«

»Die Schuhe.«

»Warum?«

»Falls Ihre Schuhe auch mal Lust auf Sex haben sollten?«

Margarethe schüttelte ihm mit einem gutturalen Lachen die Hände.

»Geben Sie nichts auf das Geschwätz der niederen Instinkte hier in diesen Katakomben und kommen Sie mit.«

Sie führte ihn in eine kleine Kammer, kleiner noch als der Kopierraum bei *Paula*. Jonathan schnüffelte unauffällig. Ob sie hier etwa …? Es roch danach. Sicher, jeder Betrieb hatte seinen Kopierraum.

»Sie haben einen Bruder zum Verlieben. Auf eine gute Zusammenarbeit«, sagte Margarethe, nahm ihre Brille ab und putzte sie. Tiefliegende Augen, eine Schnabelnase und ein Hauch von Barthaaren auf der Oberlippe.

Der Raum war vollgestopft mit Accessoires, Reliquien

und Devotionalien. Margarethe fegte einen Stapel Baseballkappen von einem Stuhl. *Hallo, ich schieße noch!* – T-Shirts, Tassen, Schals. Alles verziert mit dem offiziellen Logo der Schussopfer, einer kleinen Gießkanne in den von Psychologie-Experten ausgewählten Farben: Orange, Grau, Moosgrün.

»Ohne Sponsoring würden wir nicht überleben«, stellte Margarethe betrübt fest und griff mit spitzen Fingern nach einer Unterhose mit Eingriff. »Schiesser-Unterwäsche geht besonders gut.«

Sie drückte Jonathan den Slip in die Hand.

»Setzen Sie sich, ich hole uns Kaffee.«

Jonathan nahm seine Rede aus der Jacketttasche, strich sie glatt und begann, sie mit zitternden Lippen auswendig zu lernen.

»… bin ich nun endlich so weit und bitte dich um Verzeihung«, akzentuierte er. »Leider habe ich es nie gewagt …«

Die schwere, bleiche Frau mit dem Gänsekopf drückte ihm einen Pappbecher in die Hand, ließ sich auf den Sitz neben ihm fallen und rückte ihre Schulterpolster zurecht, die ihren Körper wie Zahnspangen zusammenhielten. Ihre Kostümjacke war riesig. Hatte sie Brüste oder nicht? Ihr Hintern jedenfalls glich dem einer Stute. Die Hüften waren breit und fleischig.

»… und gestehe dir nun auf diesem ausgefallenen Wege …«

Sie nahm Jonathan die Papiere aus der Hand.

»Zu lang«, sagte sie und beschlagnahmte den Text. »Das überarbeitet unser Autor.«

»Wenn es sein muss«, seufzte Jonathan.

Ihre Spezialität seien volkstümliche Musiksendungen gewesen, bis ein Hörsturz sie aus der Bahn geworfen habe, erzählte Margarethe von Donnersdorff. Danach zehn Jahre verantwortlich für die Soap *Verbotenes Glück,* dafür prämiert mit dem Grimme-Preis für die Folge 1249: *Erich erholt sich allmählich von den Folgen seiner Herztransplantation und hat eine Bitte, die ihm niemand abzuschlagen wagt …*

Jonathans Handy klingelte. Margarethe nahm es ihm aus der Hand, bevor er sprechen konnte.

»Jetzt nicht«, sagte sie und drückte den Anrufer weg.

»Wer war es?«, fieberte Jonathan. Margarethe steckte das Handy ein.

»Eine Frau? Hat sie ihren Namen gesagt?«

»Ja, vielleicht«, antwortete sie gedehnt, »aber kommen wir erst zum Geschäft.«

Sie griff nach seiner Hand. »Sie wissen, worum es geht?«

Jonathan wartete ab.

»Das ewige Erfolgsrezept«, sprudelte die Redakteurin hervor. »Ein Mix aus Stars, Unterhaltung und bewegenden Bildern von Menschen in Not soll die Herzen der Zuschauer erweichen und zum Spenden animieren. Wir brauchen gute Geschichten, die emotionalisieren. Wie ich meinen Unterlagen entnehme, schreiben Sie eine Art Läster-Kolumne für eine Frauenzeitschrift billigster Sorte.«

»Nein, nein, nein«, rief Jonathan entrüstet, »woher haben Sie das nur? Ich schreibe mein Leben lang beruflich für *Paula,* und zwar seriöse Beiträge über zwischengeschlechtliche Partnerschaft.«

Margarethe faltete die Hände und fixierte ihn.

»Himmel, ich könnte das nicht, ewig das Getue dieser Tussis mit ihren Titten.«

Sie schlug mit der flachen Hand auf den Tisch. »Die gehören doch alle nur einmal ordentlich durchgepimpert!«

Jonathan knetete die Schiesser-Unterhose, die er immer noch in der Hand hielt.

»Weiß Ihre Freundin von Ihrem Zustand?«

»Aber natürlich«, log Jonathan.

»Und sie bleibt immer noch bei Ihnen?« Margarethe lachte kopfschüttelnd. »Schade, dass sie nicht dabei ist. Das wäre sicher rührend.«

Sie packte ein Lineal und schlug es mit einem harten Knall auf die Tischplatte.

»Schussopfer!«, stieß sie hervor und hieb auf sein Knie. »Sie müssen authentisch sein. Sie sind unser auserwählter Supershooter. Leiden Sie!«

»Dann steht schon fest, wer gewinnt?«

»Sie müssen nur spontan wirken. Wir helfen Ihnen dabei.«

»Moment mal«, räusperte sich Jonathan.

»Aus dieser Nummer kommen Sie nicht mehr raus!« Margarethe gab ihm sein Handy zurück. »Eine Lea war dran.«

48

»Wer, wie, was, wieso, weshalb, warum?
Wer nicht fragt, bleibt dumm.«
Intro Sesamstraße

Dr. Michael Kaiser roch ihr Haarspray, ihr herbes Parfüm und wurde von ihrem Lippenstift und ihrem Nagellack geblendet. Er fühlte sich wehrlos, zog sie aus alter Gewohnheit blitzschnell mit den Augen aus, bevor er bemerkte, dass sie schon splitternackt war.

»Stimmt's, du hast es genossen, Mäuschen?«, fragte Liliane und räkelte sich. Michael musste zugeben, dass diese Sünde in seinem schweren Christenleben das Salz in der Suppe war.

»Ich muss weg«, sagte er.

»Und wie geht's deiner Frau so?«, fragte Liliane, während sie ihre Kleidung zusammenklaubte.

»Ursula ist eine herzensgute Frau und Mutter, wäre da nicht ihre teuflische Neigung zur Kleptomanie.« Er zog sich die Strumpfhose vom Kopf, unter der sein Gesicht glühte wie eine Glühbirne. »Gestern wurde sie dabei ertappt, wie sie nackt einen Kaktus klauen wollte.« Seine Haare klebten nass am Kopf und juckten.

»In einem Kaufhaus?«

»Nein, bei unseren Nachbarn.«

Michael ging unter die Dusche und ließ das Wasser auf sein Gesicht prasseln.

»Du Armer«, tröstete ihn Liliane. »Aber du hast ja mich.«

Die Mehrzweckhalle bot tausend Gästen Platz und war für alles und nichts dekoriert. Licht überflutete die gewaltige Bühne. Jonathan rüttelte an einer Säule. An den wackligen Kulissen, aufgekauft aus der Konkursmasse von *Klingendes Mallorca,* vor dreißig Jahren in der DDR gebaut, hatten drei Generationen Bühnenbildner gearbeitet. Schlechtbezahlte arbeitslose Akademiker standen herum, um sich auftragsgemäß positiv über die Darbietungen zu äußern.

Jonathan schlich am Fernsehballett vorbei, das in den Leerzeiten Heimarbeit vollzog, um sich ein Zubrot zu verdienen. Stimmengewirr näherte sich. Zwanzig Busladungen mit erfahrenem Publikum aus Altersheimen waren herangekarrt worden. Dazu, der guten Sache wegen, mehrere Pfarrgemeinden und ein Nonnenkloster.

»Ich will Freude sehen«, schrie ein Anheizer die Gäste an, »sonst lasse ich euch auspeitschen!«

Die ersten Prominenten besetzten ihre Tische in der Arena.

Der Regisseur der Show schlenderte herbei, entdeckte Jonathan, nahm ihn am Arm und setzte sich in Szene. Ein aufgeputztes Männlein mit Schnurrbart und lila Hosen.

»Armes Schwein«, ächzte er, »nur noch ein Tropfen Tinte im Füller. Ich möchte nicht an Ihrer Stelle sein. Na ja, es gibt eben immer sone und solche.« Der Regisseur stieß Jonathan kameradschaftlich in die Rippen. »Halt die Ohren steif, Junge.«

Jonathan eilte zur Bühne, irrte zwischen den Tischen umher und suchte nach seinem Sitzplatz. Er meinte einen vollbärtigen Til Schweiger zu entdecken und grüßte ihn höflich. Oder war es einer der Wildecker Herzbuben? Er rekapitulierte seine Rede.

»Lea, ich liebe dich.«

Er rempelte Mario Adorf an.

»Mein letzter Schuss soll ganz allein nur dir gehören.«

Mit diesem Event konnte sich sein Leben ändern. Er würde Beziehungen knüpfen und berühmt werden. Es war die Chance, aus seiner kleinen Welt auszubrechen, um auf einer Yacht in Cannes mit Volker Schlöndorff, Werner Herzog, Uli Edel oder Doris Dörrie über Filme zu fachsimpeln. Oder notfalls mit Alexander Kluge. An seiner Seite Lea, trunken vor Glück.

Ein Dicker mit Kinnbart reichte ihm ein Blatt. »Ihre Rede.« Und schon tauchte er ab. So sahen Autoren aus? Wie Fahrlehrer?

»So«, schrie der lustige Mann ins Publikum, »jetzt, nachdem wir uns brav umgesetzt haben, damit Männlein und Weiblein sich immer schön abwechseln, reicht jeder seinem linken Partner die Hand und gibt dem rechten Partner einen dicken Kuss auf den Mund.«

»Wir sind so weit«, erklang die Stimme der Regie durch die Halle. Husten und Geflüster. Das Publikum rutschte aufgeregt auf den Sitzen hin und her. Jonathan war der Einzige, der noch stand. Hatte man vergessen, dass auch er sitzen wollte?

Die Titelmusik, komponiert von Dieter Bohlen, erklang. Ein Schatten huschte geduckt auf Jonathan zu und zerrte ihn fluchend an seinen Tisch. Eine ältere grauhaarige Dame rückte ihren Stuhl zur Seite. Neben ihr Karl Dall. Oder Moik? Jonathan bereute, sich in Sachen Prominentenkunde nicht besser vorbereitet zu haben. In seinem Job kannte er nur welche, die nackt waren.

»Michael«, sagte Liliane, während er sich anzog und auf die Uhr sah. »Ich habe wirklich keine Lust, mein Leben lang dein Betthäschen zu sein. Wenn ich erst mal aufhöre, mit verheirateten Männern zu bumsen, habe ich möglicherweise die Chance auf ein ganz normales Leben als Frau und Mutter.«

»Als ob ich nicht genug Probleme hätte«, knurrte Michael ungnädig und kämpfte mit einem Wirbel, der sein Haar verunstaltete.

»Ich würde mich auch um deine geschiedene Frau kümmern und deinen süßen Kindern eine gute Mutter sein.«

Lichtwechsel. Benjamin Schöne, der Showmaster, tänzelte die Showtreppe hinab, ein Klon, hergestellt aus Rainer Holbe und Jörg Pilawa mit einem Schuss Hansi Hinterseer.

Die Altenheime und das Nonnenkloster klatschten und johlten. Jonathans Nerven waren zum Zerreißen gespannt. Die Nähe der Bühne beunruhigte ihn. Blut brauste in seinen Ohren.

»Immer einen Schritt voraus«, schrie der Showmaster, »wir beginnen mit der Erlösung, nicht mit den Problemen. Begrüßen Sie mit mir meine süße kleine freche Komoderatorin Nathalie.« Er ging in Pose, als stünde er Modell für einen Gedenkstein.

Ein kleines Mädchen im Abendkleid betrat würdig die Bühne. Unermesslicher Beifall.

»Nathalie ist in völliger Armut aufgewachsen. Mit dem Geld unseres Gewinnspiels finanzieren wir Nathalie eine Ausbildung zur Opernsängerin. Und natürlich fragen sich jetzt alle, warum?«

»Warum?«, fragte Nathalie.

»Unsere süße Nathalie ist das Ergebnis des allerletzten Schusses ihres armen Vaters, der heute leider nicht bei uns sein kann, weil er …«

Benjamin Schöne wischte sich über die Augen und drehte dem Publikum rücksichtsvoll den Rücken zu. Seine Schultern zuckten. Dann riss er sich zusammen.

»Ihr Vater hat es nicht geschafft. Er ist Alkoholiker und arbeitet als Hilfskraft in einer Schnapspralinenfabrik.«

Ein Gemeinschaftsseufzer durchzog die Halle wie eine La-Ola-Welle.

»Nathalie assistiert mir jetzt bei unserem Schussopfergewinnspiel«, sagte Schöne mit einem Schluchzen in der leicht gebrochenen Stimme, »und das heißt …«

»Ist er es, oder ist er es nicht?«, zwitscherte Nathalie.

Jonathan warf vorsichtige Blicke in die Runde. Am Tisch neben ihm las Dieter Moor heimlich unter dem Tisch in einem Taschenbuch, während Guido Westerwelle mit seinem Lebensgefährten füßelte.

»Welche der folgenden Personen hat nur noch höchstens sieben Schüsse oder weniger? Bitte wählen Sie, stimmen Sie ab, räumen Sie ab! Zur Wahl stehen …«

Was hat das alles mit dem Schrecken der Glaser'schen Krankheit zu tun?, fragte sich Jonathan verärgert und suchte den Blick seiner Nachbarn, um einen der vielen Prominenten in seine ernsthaften Gedanken mit einzubeziehen.

Lea lag auf dem Bett zwischen all ihren Stofftieren und zappte sich durchs Fernsehprogramm.

»Versäumen Sie nicht morgen zur besten Sendezeit *Schwarze Nelken*, Folge 683: *Thomas' theatralisches Leiden geht Maike auf die Nerven.*«

Lea atmete tief durch.

Auf QVC verkauften sie Gemüsehobel. Lea stellte den Fernseher leise und zappte weiter.

Zapp, zapp!

»Unser heutiges Thema: Jugendgewalt und Beckenbodenübungen. Rufen Sie uns an!«

Zapp, zapp!

Und dann zeigte der Bildschirm die Show, die ihr von der anonymen Anruferin empfohlen worden war. Geschmacklos, wie Lea mit leichter Verachtung dachte, sich dermaßen zur Schau zu stellen, nur weil es einem nicht mehr kommen wollte. Es gab Schlimmeres. Und überhaupt krähte bei Frauen kein Hahn danach, wie es um ihr erbittertes Bemühen stand, ein winzig kleines Zucken zustande zu bringen.

Jonathan hatte einen Entschluss gefasst. Er stand gebückt auf und schlich geduckt davon. Hände zerrten an ihm und versuchten ihn aufzuhalten. Er ließ sich auf die Knie nieder, kroch am Boden durch das Gestrüpp von Beinen. Böse Augen, murrende Einwürfe. Was hier geschah, war ein Sakrileg, und dafür wollte er sich nicht hergeben.

»Ich muss mal«, flüsterte er verlegen.

»Warum machst du dich so verrückt, ob dein Bruder das tut, was er versprochen hat?«, fragte Liliane, während sie in die Strumpfhose schlüpfte, die Michael sich vorhin über den Kopf gestülpt hatte.

»Du kennst ihn nicht.«

»Ich kenne ihn wohl.«

»Dann kennst du ihn ja.«

»Ich habe einen Deal mit *Uniscience*«, fuhr Michael fort und band sich seine Krawatte. »Ich jongliere da mit ein paar hundert Millionen herum. Jonathan ist der Schlüssel für mich. Ich brauche ihn.«

»Ich, ich, ich! Immer nur ich.«

Jawohl, ich!, dachte Michael und träumte von seiner

neuen Klinik, die Galaxien von Stars und Sternchen anziehen würde. Alle würden ihn anflehen, hier ein bisschen zu schnippeln und zu straffen, da noch ein bisschen mehr aufzufüllen, zuzuspachteln und zu verputzen, um die atemberaubende Schönheit ihrer Gesichter, Brüste und Ärsche zu bewahren oder zu perfektionieren.

»Dann aber wird es Gold regnen wie Manna«, strahlte Michael sie mit dem geschult verführerischen Blick des Fachmanns für schönes Lächeln an. »Eine Villa auf Mallorca für dich ist schon vorgemerkt.«

»Ich will aber kein Haus auf Mallorca«, quengelte Liliane unsicher.

»Eine Yacht im Wert von 14 Millionen Euro«, rief der Showmaster warmherzig. »Stellen Sie sich vor, wie Sie mit Ihren Lieben durch die Wellen schaukeln. Ob auf dem Wannsee oder in der Karibik, auf Ihrer Lieblingsyacht fühlen Sie sich immer zu Hause. Sie müssen nur eine Frage beantworten …«

Jonathan tastete sich zu einem der Ausgänge, schlüpfte nach draußen und zückte sein Handy.

Das Telefon klingelte. Michael meldete sich und biss sich in die Unterlippe. Dann schnappte er nach Luft.

»Nein!«, schrie er. »Das kannst du nicht mit mir machen!«

Er tänzelte auf der Stelle.

»Du verschwindest jetzt«, zischte er Liliane an, »oder willst du, dass uns Ursula hier zusammen sieht?«

»Ja!«, grinste Liliane. Michael wartete ungeduldig, bis die Haustür zuknallte.

Hoch aufgerichtet polterte Jonathan zurück auf seinen Platz.

»Machen Sie sich einen schönen Nachmittag mit der Superyacht *Nadine*«, pries der Showmaster.

Jonathan stolperte über ein paar Füße, fluchte und setzte sich.

»Und schauen Sie mal rein in unser Internetportal«, fuhr seine niedliche kleine Assistentin Nathalie voller Würde fort. »Kranke Promis jeder Art – klicken Sie sich durch die Bildergalerie!«

Sebastian Großhaupt stand in Unterhose am Fenster seines Chefbüros, während seine Chefsekretärin ihm einen Knopf an die Hose nähte.

Draußen füllte sich der Parkplatz vom Swingerclub.

»Wo steckt er nur, dieser Hasenfuß, der sich der Welt nicht stellen will?«, jammerte der Chefredakteur und zupfte an seinem ergrauten Lagerfeld-Schwänzchen herum. Er plante immer noch die Artikelserie in der *Paula*, in der Jonathan sich öffentlich outen sollte.

»Lass gut sein«, sagte Wiltraud von Grimm, warf die Hose auf den Schreibtisch und schaltete das Fernsehgerät an. Sie hatte da so einen Verdacht.

»Wer von diesen beliebten Stars hat höchstens noch sieben Schuss im Kasten?«, rief der Showmaster in die Kamera eins. »Was meinst du, Nathalie?«

»Am liebsten wäre mir, wenn kein Mann auf dieser schönen Welt an dieser schrecklichen Krankheit leiden müsste«, zwitscherte die Komoderatorin.

»Das ist doch einen Riesenbeifall wert!«

Werbepause: Verstopfungen, Venenentzündungen, Spreizfüße, Damenbinden, Hustentropfen, gesunde Nougatriegel, Finanzdienstleistungen, Baumärkte, Dosenwürstchen, Versicherungen. Grinsende Singles, glückliche Eltern, Kachelmänner, Gottschalks, Schuhbecks.

»Welcher Promi hat wie viele Schüsse?«, rief der Showmaster.

Margarethe von Donnersdorff rannte Michael Kaiser entgegen und packte ihn an der Anzugjacke. »Wo bleiben Sie denn, Herr Doktor?«

»Hatte noch drei Brustverkleinerungen und einen Gebärmuttervorfall.«

»Schnell, schnell, schnell!«

Leicht verschwitzt eilte Dr. Michael Kaiser auf die Bühne und setzte sich auf den letzten freien Stuhl in der Runde der eingeladenen Experten.

»Kinder«, jubelte Ursula Kaiser ganz außer sich und warf ihr Stickzeug zur Seite, »euer Vater ist im Fernsehen!«

Sie sah sich um und bemerkte, dass sie allein war. David zündete gerade auf dem Dachboden den Büstenhalter seiner Schwester an, während Regina versuchte, sich mit einer Glasscherbe ein erigiertes Glied auf den linken Oberarm zu tätowieren, und Florian in einem Bach stehend seinen ersten Versuch machte, fremden Menschen seinen unerigierten Penis zu zeigen.

Seufzend griff Ursula wieder nach ihrer Handarbeit und begutachtete das halbfertige Werk, eine Darstellung des letzten Abendmahls nach der Vorlage von Leonardo da Vinci.

49

»Was glänzt, ist für den Augenblick geboren,
das Echte bleibt der Nachwelt unverloren.«
Johann Wolfgang von Goethe

Lichtwechsel. Die Stimmung auf Hochtouren. Ein traditionelles Potpourri, gespielt vom Schweizer Bergwachtorchester. Michael hob eine Augenbraue und zwinkerte. Jonathan starrte düster zurück. Der bunte Melodienreigen endete in einem dröhnenden *Spiel mir das Lied vom Tod.*

Jonathan zeigte seinem Bruder den Stinkefinger und deutete zum Ausgang.

Michael erhob sich und schlich von der Bühne. Auch Jonathan stand auf. Hasserfüllte Blicke durchbohrten ihn. Die Brüder trafen sich auf dem Flur.

»Was ist?«, zischte Michael aufgebracht.

Jonathan zog ihn in seine Garderobe.

»Hast du nicht alle Tassen im Schrank?«, bellte Michael.

Ein schmales Bett, ein winziger Tisch mit zwei Stühlen, ein Waschbecken und ein sehr großer Schminkspiegel. Sie setzten sich einander gegenüber. Aus den Lautsprechern klangen die Rauhaartaler Kasspatzen mit ihrem Superjodler ´s *Buberl is spitz.*

»Ich weiß nicht, ob ich da noch mitmachen will«, sagte Jonathan. »Diese Veranstaltung geht gegen meine moralischen Vorstellungen.«

»Du musst da durch«, zischte Michael, »du darfst nicht nur an dich denken.«

»Es geht um mein Ansehen!«

Michael sah seinen Bruder fragend an, dann schüttelte er ratlos den Kopf.

»Du hast unterschrieben!«, sagte er streng und holte den Vertrag hervor.

»Ist mir egal.«

Der Doktor starrte Jonathan an. Dann griff er in seine Jackentasche und stellte vorsichtig eine kleine moosgrüne Flasche auf den Tisch.

»Gegen die Glaser'sche Krankheit!« Er senkte die Stimme und schob ihm das Fläschchen hin.

»Hier«, flüsterte er.

Binnen einer Zehntelsekunde verwandelte Michael sich in Jonathans himmlischen Retter. Jonathan begann, mit dem Kopf hin und her zu pendeln.

»Nein, nein, nein, nein, nein, nein, nein, nein, nein …«

»Dieses Elixier reicht nur für einen einzigen Mann, ein Lebensalter lang bei sparsamem, vernünftigem Gebrauch«, erklärte Michael.

»Bist du dir sicher, dass du mich nicht aufs Kreuz legen willst?«

»Dabei löst es die Ausschüttung von Glückshormonen aus«, erläuterte Michael und zog die kleine Flasche wieder an sich.

»*Uniscience* hat die ersten Versuchsstadien hinter sich. Alles noch streng geheim! In spätestens einem Jahr wird das Mittel als Tropfen und Tabletten rezeptpflichtig auf den Markt kommen. Vielleicht fällt dir ja ein griffiger Name dafür ein? Du könntest dir eine kleine Prämie verdienen.«

»Genitol«, sagte Jonathan eifrig. Michael schüttelte den Kopf.

»Oder vielleicht Genitolan Plus?«

»Was ich hier tue, ist ein schwerer Vertrauensbruch gegenüber der Firma. Außerdem ist ein positives Votum der zuständigen Ethikkommission erforderlich.«

»Wie wäre es mit Genospermin retard?«, stieß Jonathan hervor.

»Ich bin in die Entwicklung des Medikaments als Entscheidungsträger mit eingebunden, weil ich in der Ethikkommission sitze.«

»Ich hab's. Spermagenazol!«

Michael öffnete das Fläschchen. Tränen schossen ihm in die Augen.

»Ganz anderer Ansatz: Ejaculaxin?«

»Was so riecht, muss wirken«, versprach Michael.

»Noch ein Versuch: Ejagenospermal.«

»Ein Tropfen?« Michael hielt ihm das Fläschchen hin. Der süßliche Gestank von halbverdautem Hammel ließ Jonathan aufwinseln, als er danach griff. Begann für ihn eine Zukunft im Rausch ungebremster Wollust?

»Du bist der erste und einzige Mann auf Gottes Erdenball, der jetzt schon davon profitieren kann.«

»Manchmal habe ich das Gefühl, dass ich dir nicht trauen sollte.«

»Aus dem Extrakt werden natürlich saubere kleine Pillen gepresst, lindgrün oder altrosa. Was ist deine Lieblingsfarbe?«

Jonathans Unterlippe zitterte.

»Es wirkt nach zehn Minuten. Das Mittel hilft dir ein Leben lang.«

Jonathan hielt sich die Flasche unter die Nase.

»Schwöre, dass das unter uns bleibt. Vor allem bei der Pharmaindustrie absolute Geheimhaltung. Wehe, du nimmst Kontakt mit der Konkurrenz auf.«

Jonathan nickte.

»Es bleibt immer ein unvermeidbarer Rest an Unsicherheit, die Nebenwirkungen sind noch nicht erforscht«, sagte Michael.

»Egal!«

»Entsprechend muss bei den ersten Anwendungen am Menschen sehr vorsichtig vorgegangen werden.«

Jonathans Hände zitterten.

»Du kannst dich auf mich verlassen«, beschwor Michael Jonathan und schlug ihm spitzbübisch auf die Schulter. »Du hast dich doch immer auf mich verlassen können.«

Wie damals, als er Jonathan bei den Eltern verpetzt hatte, weil der ihn dazu gebracht hatte, sich den Pimmel mit Jod einzureiben?

»Schwöre mir, dass du unsere Vereinbarung einhältst!«, zischte Michael.

»Ich schwöre!«

»Bei unserem Vaterunser?«

»Bei unserem Vaterunser!«

50

»Nichts in der Geschichte des Lebens ist beständiger als der Wandel.«
Charles Darwin

»Auf die Bühne!« Irgendjemand riss die Tür zur Garderobe auf. Die Gans stieß Jonathan durch den Flur in die Halle, so dass er zur Bühne taumelte. Dann warf sie ihn nach vorne in Richtung Pult.

»Und hier ist er«, schrie der Showmaster, »der Held des Abends! Sie, liebe Zuschauer, haben ihn zum Paten der Schussopfer gewählt. Begrüßen Sie mit mir ganz herzlich …«

Jonathan fuhr sich mit staubtrockener Zunge über die Lippen.

»… Jonathan Kaiser!«

Jonathan schüttelte den Kopf. In seinen Ohren summte es. Er sah sich oben auf der Großbildleinwand in Großaufnahme und stellte fest, dass er seinen Mund stumm öffnete und schloss. Er hatte sich nicht mehr so unsicher gefühlt, seit er damals im Kinderwagen auf der steilen Bergstraße herumgeschoben wurde.

»Und bitte!« Der Showmaster sprang davon. Die Maske betupfte seine Stirn.

Leichte Halluzinationen und Atemnot. Wo war nur sein Text? In seinem Kopf war er nicht. Und in seinen Taschen auch nicht. Das wenige, woran er sich erinnerte, zerfloss ihm von sinnvollen Zeilen zu dadaistischen Sätzen. Warum saß er nicht an seinem Schreibtisch hinten in der *Paula-*

Redaktion und schrieb hundert Wörter über den Unterschied zwischen sittlichen und unsittlichen Entblößungen? Warum machte er das hier bloß? Warum tat er sich das an? Und immer noch suchte er verzweifelt nach seinem Manuskript, während ihm fremde Menschen seltsame Zeichen gaben, als würden sie ein Flugzeug einwinken.

Die Peitschenschwinger versuchten erfolglos anzuklatschen, doch der Publikumsmotor sprang nicht an. Ein paar der Altersheimbewohner lachten eine Art Almosenlachen.

Jonathan schloss für einen Moment erschöpft die Augen. Die Erde wurde eine flache Scheibe und begann in seinem Kopf zu rotieren. Ihm war, als befände er sich in einem fernen heißen Land und säße mit gespreizten Knien tief in der Hocke in einem Gebüsch. Die vielen Sonnen brannten auf seinem Kopf. Er hörte die Stimmen von Menschen, die sich näherten. Er richtete sich auf, die Hose noch an den Knöcheln, und öffnete die Augen. Mit einem Mal starrte er in Hunderte entrüsteter Gesichter und rief mit gebrochener Stimme in die atemlose Stille:

»Ich habe nicht geschissen!«

Noch nie war ein Publikum so mucksmäuschenstill gewesen. Das also war die Botschaft des respektablen Schussopfers der Nation, angesagt als Höhepunkt der Gala? Unterstützt von Pharmaindustrie, Kirche und Staat? Gelobt, geachtet und garantiert im nächsten Jahr schon Träger des Bundesverdienstkreuzes?

Lea köpfte gerade ihre zweite Flasche Wein, um in der Wanne ein Gläschen zu genießen. Das lange Bad hatte sie schläfrig werden lassen. Da drang Jonathans Stimme in ihr Bewusstsein. Die Flasche fiel ihr aus der Hand und zerschellte auf dem gefliesten Boden. Was hatte er da eben gesagt? Fassungslos starrte sie auf den kleinen Bildschirm im Badezimmer.

Allgemeine Heiterkeit sprengte die Würde des Moments. Es war das lauteste und zwerchfellerschütterndste Gelächter und Getrampel, das man je im Fernsehen vernommen hatte. Der Beifall steigerte sich ins Unermessliche.

»Ist das komisch?«, fragte der Regisseur und fühlte sich geistig beengt.

»Wir sind nicht dafür da, um zu entscheiden, was komisch ist. Komisch ist, was Quote und Marktforschung ansagen«, warf Margarethe von Donnersdorff ein. »Ich jedenfalls finde es urkomisch.«

Jonathan kam wieder zu sich. Er hoppelte zum Rednerpult, während er sich seine Hose übers Geschlechtsteil ziehen wollte. Hatte er eine Hose an? Der Applaus verebbte.

»Entschuldigung, meine Damen und Herren«, rief Jonathan beruhigend ins Mikrofon, »ich war gerade in Gedanken ganz woanders.«

Was für ein Freud'scher Versprecher!, dachte er. Kurz und bündig hatte er sagen wollen: Ich habe keine Schüsse mehr! Zu spät.

»Ich habe nicht geschissen?«, wiederholte der Regisseur zum siebten Mal. »Habe ich das richtig verstanden? Und das soll komisch sein?«

»Er macht das gut«, flüsterte die Redakteurin. »Das könnte ein Skandal werden.«

Margarethe von Donnersdorff reckte ihren langen Hals. Endlich ein Kulturskandal auf dem roten Teppich zum Erfolg.

»Ich bin kein Mann der großen Worte«, rief Jonathan heiser, als er den Text der Rede endlich gefunden hatte, verfasst vom hauseigenen Autor der Benefizveranstaltung. »Deshalb will ich es kurz machen.«

Nein, das war nichts – er redete lieber frei ins Blaue hinein.

»Normalerweise bevorzuge ich als Mann der Feder die leisen Töne«, fuhr er fort und suchte nach dem roten Faden.

»Mindestens tausend Liter Sperma sind hier in dieser Halle versammelt, und laut statistischem Durchschnitt des repräsentativen männlichen Mitbürgers sind das fünf Millionen Schüsse.«

Rasender Beifall. Die Gäste trampelten stolz mit ihren Füßen.

»Auch wenn sie schon verschossen sind.«

Schallendes Gelächter.

»Ein durchschnittlicher Mann kommt in seinem Leben auf insgesamt dreißig bis fünfzig Liter …«

Er hatte die Greise im Griff.

»… was nichts ist gegen einen Hengst, der auf einen Schlag einen halben Liter hervorzubringen in der Lage ist.«

Das saß und ergab einen weiteren Lacher.

Selbstverständlich, er war schon immer ein guter und kraftvoller Redner gewesen. Anfang – Mitte – Schluss. Einleitung, ein paar elegante Sätze, dann das intime Outing, wie er es dem Bruder versprochen hatte. Wo war er stehengeblieben?

»Es ist noch nicht so lange her, da war ich ein wahrer Leichtfuß. Ich habe jede gekriegt, und es waren …«

Die Macht des gesprochenen Wortes war noch süßer als die Dürre der Bleiwüste. Sollte er Namen nennen? Lieber nicht. Noch nicht.

»… und es waren mehr als genug. An zwei Händen konnte ich sie schon nach kurzer Zeit nicht mehr abzählen.«

»Würdelos«, strahlte Michael Kaisers Tochter über beide Ohren, »was Onkel Jonathan da veranstaltet.«

»Die Würde des Menschen ist unantastbar!«, blaffte Ursula sie an. »Was man von dir leider nicht sagen kann.«

Sie erinnerte sich mit einem winzigen Stich im Herzen an ihren Versuch, den Schwager mittels eines großen Stücks Zwetschgenkuchen zu verführen. Lang war's her.

Jonathan arbeitete eine weitere halbe Seite seiner Gedanken ab und schwärmte von den Freuden der körperlichen Liebe. Die Aufzählung sämtlicher Geliebter samt Alter, Gewicht und Körpermaßen ließ er weg.

»Bis ich eines Tages den Befund meines Arztes hörte.«

Jonathan streckte die Brust heraus und griff sich ans Revers. Er warf einen Blick auf das Meer der Gesichter und bemerkte zu seiner eigenen Überraschung, wie ihm die Tränen der Rührung über sich selber kamen. Er wischte sich mit dem Handrücken übers Gesicht und suchte nach einem Taschentuch. Seine Finger verschwanden in der Brusttasche. Sein Fläschchen sprang ihm aus der Brusttasche und rollte über die Bühne. Er stürzte ihm nach, warf sich darüber und barg es an seiner Brust.

»Schnitt! Raus! Werbung!«, schrie der Regisseur.

»Bleib drauf!«, schrie die Redakteurin. »So nah wie möglich. Das ist das echte Leben. Was willst du mehr?«

»Öffentlichen Suizid.«

»Zu teuer.«

Jonathan kam zu sich. Was für ein kindischer Unfug! Kein Wunder, dass er nicht die richtigen Worte fand. Nur weil er zu feige war, Lea unter vier Augen zu gestehen, wie es um ihn stand. All dieser Aufwand! Musste er wirklich Millionen von wildfremden Fernsehzuschauern erklären, dass er nur noch einen Schuss hatte, nur um damit Leas strafendem Blick zu entgehen?

Jonathan betastete die Flasche mit den tausend Schüssen, erhob die Stimme und überschrie den Showmaster mühelos.

»Nein, ich bin noch nicht fertig«, rief er. »Es bricht mir das Herz, dieses ganze sinnlose, schwere und bedrückende Unglück mit anzusehen, aber leider …«, er senkte die Stimme, »aber leider bin ich selbst gar nicht betroffen. Ich bin kein Schussopfer! Ganz und gar nicht. Im Gegenteil!« Und tatsächlich empfand er die Opfer der Glaser'schen Krankheit als ein einziges schwerwiegendes Gewicht, das auf der gesamten Menschheit lastete, während er selber zu schweben begann.

»Siehst du mich, Lea? Lea Liebermann?«, rief er und winkte in eine der Kameras. »Hörst du mich? Bist du da? Hast du den Fernseher angeschaltet?«

Er hüpfte auf der Stelle und holte tief Atem.

»Lea, ich liebe dich!«

51

»Wie artig weiß die Hündin Sinnlichkeit
um ein Stück Geist zu betteln,
wenn ihr ein Stück Fleisch versagt wird!«
Friedrich Nietzsche

Dr. Michael Kaiser wusste immer noch nicht, ob er über seinen Bruder lachen oder weinen sollte, und versuchte sich gelassen zu geben, während es in seinem Inneren gallig rumorte. Inzwischen hatte er noch ganz andere Sorgen. Gerade untersuchte die Staatsanwaltschaft auf Grund einer Patientenklage eine misslungene Klitorisvergrößerung. Der Anwalt forderte Schadenersatz und Schmerzensgeld wegen entgangener Lustbefriedigung in Höhe von 400 000 Euro.

So unverschämt und ungerecht konnte die Menschheit sein. Aber darüber wollte er mit Liliane jetzt nicht reden.

»Dann und wann«, überlegte Liliane laut, »überlege ich mir in meinem fortschreitenden Alterungsprozess und meiner geistigen Reifung, dass wir vielleicht eines Tages ohne den ungleichen Kampf gegen die Allianz von Macht und Geld auskommen werden.«

Michael tupfte ihr mit einem Schweißtuch Sperma vom Ohrläppchen.

»Kommen wir nicht«, widersprach er. »Wir brauchen das: ein Leben auf der Überholspur, keine Zeit zum Stehenbleiben, zum Nachdenken, keine Zeit, auf sein Gewissen zu achten.«

Liliane hob die Schultern.

»Was für ein Zeug hast du um Gottes willen deinem Bruder gegeben?«, fragte sie ihren Liebhaber, während sie in ihren Büstenhalter schlüpfte.

»Ach, das?« Doktor Michael Kaiser gluckste wie ein alter Wasserhahn und lächelte. »Misteln, Senföl, eine Kombination aus Psilicon, Guaranin und Librium, Rizinusöl, Klosterfrau Melissengeist und Katzenpisse. All das mit verdicktem Johannisbeersaft. Die Tinktur, mit der Ursula vor zwanzig Jahren ihren Haarausfall bekämpft hat.«

»Willst du damit sagen, dass der arme Jonathan nur glaubt …«

»Ja«, lachte Michael, »die Schreckensversion für eingebildete Kranke.«

Im Foyer der nächtlichen Privatklinik war das Licht gedämpft. Die großen manisch-expressionistischen Aktbilder leuchteten fahl an den froschgrünen Wänden. Michael und Liliane saßen hinter der Rezeptionstheke, dort, wo tagsüber die Helferinnen waren. Auf einem Bildschirm lief ohne Ton die Wiederholung der Show, in der sich Jonathan entschieden hatte, auf niemand anderen als auf sich und seine Gefühle zu hören. Liliane hatte sich einen weißen Schwesternkittel ausgeliehen, der inzwischen vor ihr auf dem Boden lag. Ob er ihr die Wahrheit gestehen sollte, die ganze Wahrheit und nichts als die Wahrheit?

»Damals, als die ersten Schussopfer bekannt wurden, habe ich Jonathan die Krankheit einfach angedreht«, lächelte Michael. »Abgesehen von erhöhten Leberwerten, Cholesterinspiegel, Harnsäure ist Jonathan kerngesund.«

Liliane war verwirrt.

»Zumindest im Bereich Orgasmusfähigkeit und Munitionsvorrat«, fügte Michael hinzu, »nehme ich mal an.«

»Bist du dir da nicht sicher?«

»Natürlich nicht.« Seine Stimme klang stolz. »Keine

Ahnung. Ich habe ihn nicht untersucht. Das Gerät, mit dem ich sein Sperma analysiert habe, war ein uraltes Stück aus einem Beatmungsgerät. Alles improvisiert.«

Natürlich, da war es wieder, das Kind im Manne, der große Meister der Sandburgen mit der Gier nach Fleißbildchen.

»Ein Patient liebt es, wenn sein Arzt Lösungen für ihn findet«, stellte Michael fest, »und ich bin zufrieden, dass ich ihn fest im Griff habe.«

»Du kannst Jonathan doch nicht weiterhin in dem Gefühl leben lassen, dass er ein Schussopfer ist!«

»Ich habe ihm ja die Tropfen gegeben.«

»Das ist nicht dasselbe.«

»Es gibt wirklich kein Medikament gegen diese Krankheit.«

»Aber …« Sie sah ihn flehend an. Michael erriet ihre Gedanken.

»Mag ja alles sein«, sagte er, »aber was soll ich machen?«

»Sag ihm einfach, dass du dich getäuscht hast«, bat Liliane, »damit wäre die Sache erledigt.«

Michael dachte einen kurzen Moment nach.

»Lieber nicht«, sagte er dann resigniert, »wie stünde ich denn da, nicht nur als Mensch, vor allem als Arzt.«

»Er würde sich sicher freuen.«

Michael winkte ab.

»Und warum hast du das denn überhaupt getan?«

»Eigentlich habe ich mir hoch und heilig geschworen, dieses Thema für immer zu begraben und nie mehr darüber zu reden.«

»Bitte.«

Michael zuckte die Achseln. »Jonathan hat Gerüchte in die Welt gesetzt, die so unglaublich waren, so unaussprechlich sind …« Er schlug mit der Faust auf die Tischplatte. »Wir konnten uns wochenlang nicht auf der Straße blicken lassen. Die Nachbarn mieden uns. Es war die Hölle. Was Jonathan uns angetan hat, war und ist eine Schande für die ganze Familie. Ich will nur, dass dieser Mann bezahlt für das, was er getan hat. Basta!«

52

»Ich fand den Träumer, der zufrieden
durch die Wolken schwebt
und sich dabei aus Illusionen eine Grube gräbt.«
Udo Jürgens

Nun hatte er nicht einmal erfahren, welcher der Prominenten die wenigsten Schüsse aufzuweisen hatte, und es war ihm auch egal. Er hatte ja seine stille Reserve. Lea summte voller Vorfreude, während sie sich auf Jonathans Couch zusammenrollte und in der neuesten *Paula* blätterte. Im Wohnzimmer dröhnte der Fernseher. Die Geschichte zog Kreise. Jonathan war süchtig danach. Die wichtigsten Sender hatten den *Shooting-Star*-Skandal schon zwanzig Minuten nach Ende der Live-Show gebracht. Eine Stunde später war die Meldung Bestandteil jeder noch so mickrigen Nachrichtensendung gewesen. In Sonderberichten verbreiteten immer andere Promi-Nasen verblüffende Neuigkeiten und spekulierten über den Geisteszustand Jonathan Kaisers.

In ARD und ZDF wurde in den Nachrichten über die Schussopfer-Gala berichtet. Das ZDF sendete zusätzlich einen kritischen Kommentar. RTL brachte einen längeren Ausschnitt von Jonathans Rede, der in den bunten Meldungen untergebracht worden war. Möglicherweise würde sein Auftritt noch bis nächste Woche heißes Spitzenthema bleiben, es sei denn, der Papst outete sich selbst als Schussopfer.

Der Lokalsender hatte ihn vor ein paar Stunden befragt und das Interview ungeschnitten nach seinem inzwischen berühmten Einstieg in die »Ich habe nicht geschissen!«-Rede ausgestrahlt. Jonathan hatte jede einzelne Sendung gesehen, und die Kommentare waren wundersamerweise größtenteils positiv. Er hatte sich geweigert, zu gewissen Einzelheiten Stellung zu nehmen, und sich auf ein Missgeschick herausgeredet. Da hat jemand den Überblick verloren, sagte er mit einem geheimnisvollen Augenzwinkern.

Leas Interesse für die Schussopfer-Gala hielt sich hingegen in Grenzen, aber Jonathan versuchte, sich seine Enttäuschung darüber nicht anmerken zu lassen. Er war gespannt. Lea schien der Skandal egal zu sein. Oder tat sie nur so? Bei ihr konnte man nie wissen.

Sie räkelte sich auf der Couch und knöpfte sich den obersten Knopf ihrer Jeans auf.

»Kurz vor jeder Orgasmuswelle, die von der Portio auf den Scheidenbogen überspringt«, las sie aus der *Paula* vor, während Jonathan in der Küche klapperte, »erfolgen bei orgasmusfreudigen Frauen ein ausgeprägtes Aufbäumen, verschiedene Arten muskulärer Tonusvermehrungen, ferner eine weitere fornikale Ausbuchtung, bis sich dann während des Orgasmus die sich brechenden Lustwellen sozusagen vom Schoßinneren aus über das inzwischen stark duchblutete, auf das zwei- bis dreifache Ganze angeschwollene Liebesorgan ausbreiten.«

»Was liest du da?«, fragte Jonathan beiläufig.

»Das ist gut«, rief Lea ihm zu.

»Ist ja von mir.«

»Habe ich auch so etwas wie eine fornikale Ausbuchtung?«

»Was hast du gesagt?«, fragte er geistesabwesend.

»Wenigstens eine ganz kleine?«

»Sicher, Schatz«, erwiderte Jonathan und kam ins Wohnzimmer. Er blieb wie gebannt vor dem Fernsehgerät stehen. Nie hätte er mit dieser Entwicklung gerechnet. Die Nation seufzte auf, statt ihn zu verhöhnen.

»Manchmal erfasst der ekstatische Jubel den gesamten Organismus«, rezitierte Lea jetzt sehr laut, um auf sich aufmerksam zu machen, »im Einzelnen zu konstatieren als Vibrieren, Schweben, Überfließen, schüttelnde Wollustkrämpfe, Pochen, Pulsieren oder rhythmische Zuckungen.«

Sie versuchte sich daran zu erinnern, inwieweit sie diesen Zustand jemals selbst wenigstens bruchstückhaft so erlebt hatte, wie ihn Jonathan hier beschrieb.

»Eigentlich habe ich gar keinen Hunger«, schnurrte sie. »Komm her zu mir!«

»Das Essen ist bald so weit«, sagte Jonathan, »es muss nur noch eine Viertelstunde ziehen.« Dann wurde er unruhig. Erwartete Lea von ihm etwa einen jener Superorgasmen, die er sich in seiner Rubrik *Glücksmomente* für *Paula* ausgedacht hatte?

»Bevor ich es vergesse«, nuschelte Jonathan, »wie fandest du eigentlich meinen Auftritt gestern, Lea?«

»Wirr.«

»Meinen Auftritt?« Jonathan schnaubte erbost. »Wirr?«

»Na ja, mal was anderes.«

»Und sonst ist dir nichts aufgefallen?«

Lea sah ihn mit großen Augen an und hob die Schultern.

Jonathans Liebesschwur. War er nun gut angekommen, wurde er auch wirklich gewürdigt und erwidert? Sie hatten es schon mehrmals durch, aber Jonathan konnte immer noch nicht aufhören.

Am frühen Morgen waren sie sich zufällig in dem kleinen Supermarkt beim Anstehen in der Schlange vor der Wurst- und Käsetheke begegnet. Blicke des Erkennens blieben an dem unausgeschlafenen Mann hängen. Münder öffneten sich, um ihn anzusprechen. Jonathan zog sich den Kragen seines Jacketts hoch und versuchte anders auszusehen. Dann sah er Lea. Vor allem sah er, wie sich ihre Hinterbacken in den zu engen Jeans bewegten. Große feste Hinterbacken zum Reinbeißen.

»Hallo«, sagte Lea fröhlich über drei Köpfe hinweg, »kennen wir uns nicht irgendwoher?« Es fiel ihr schwer, nach einem so öffentlichen Liebesschwur den richtigen Ton zu finden. Irgendwie musste sie noch die Mitte zwischen Lockerheit und Pathos finden. Die Schlange vor der Wurst- und Käsetheke rückte einen Schritt nach vorne.

»Du hast das schön gesagt«, versuchte sie es erneut, »wirklich!«

»Nur schön?«, sagte Jonathan bitter. »Das hatte mehr Tiefe, als du ahnst.«

Anschließend hatte er sich zwischen den klappernden Einkaufswagen hindurch auf sie zu gedrängelt.

»Ich dich auch«, hatte Lea endlich gesagt und ihre Arme um seinen Hals geschlossen.

53

»Wenn du lange genug in einen Abgrund blickst, blickt der Abgrund auch in dich hinein.«

Friedrich Nietzsche

»Was hat unser Jonathan denn so Unzumutbares in die Welt gerufen, dass du dich so grausam rächen musstest?«, fragte Liliane und zeigte Michael ihr busenloses Profil, das sich bleich gegen die schwarz schimmernden Panoramafenster absetzte.

»Ich kann es dir nicht sagen.« Michael sträubte sich. »Es ist so grauenhaft widerlich, geschmacklos und gemein. Ich kann es gar nicht aussprechen.«

Was wussten die anderen schon? Warum verschwendete er überhaupt seine Zeit mit Erklärungen? Aber irgendwie kam es ihm schon darauf an, dass alle Welt seine Motive und Argumente kannte und vielleicht auch lobte. Zumindest Liliane.

»Du behältst es für dich«, flüsterte Michael, und seine Unterlippe bebte. »Schwöre es mir!«

»Ich schwöre.«

»Jonathan hat weitererzählt, dass meine Frau …«, flüsterte er endlich nach einer langen Pause, »den – den Bleistifttest nicht mehr schafft.«

Sie atmeten beide schneller.

»Du weißt, was ein Bleistifttest ist?«, fragte Michael, beunruhigt darüber, dass Liliane keinen spitzen Schrei ausstieß. »Damit kriegst du raus, ob …«

»Ich weiß, was ein Bleistifttest ist!«, unterbrach sie ihn

schroff. »Wegen dieser Banalität machst du deinem Bruder das Leben zur Hölle? Das ist doch völlig absurd!«

»Weißt du, was das für Konsequenzen für mich und meine Familie hatte?«

Liliane schüttelte stumm den Kopf.

In Michaels Schläfen pulsierte das eheliche Pflichtmitleid für seine zutiefst beleidigte Frau. Ein ganzes Jahrhundert lang hatte sich die Aufklärung mit Europa beschäftigt. Nun, im frühen 21. Jahrhundert, war Ursula durch Jonathan als geistiger Nachzügler gebrandmarkt worden und hatte erfahren müssen, wie der Bleistifttest in Wahrheit funktionierte. Und so hatte sein heimtückischer Bruder Ursula darauf aufmerksam gemacht, dass sie Hängebrüste hatte! Niemand konnte ihm einreden, dass es Jonathan so rausgerutscht war. Tag für Tag hetzte er in seiner Frauenzeitschrift die Frauen auf, sich die Brüste verschönern zu lassen. Kein Problem in normalen Zeiten, denn schließlich verdiente Michael damit sein Geld und ernährte seine Familie, wie es sich gehörte. Doch die guten Zeiten in Michaels Haushalt waren vorbei. Jeden, vor allem ihren Schwager Jonathan, verdächtigte Ursula nun, ihr auf die Brüste zu starren, um sich danach über sie lustig zu machen. Und das leider nicht zu Unrecht, wie Michael feststellen musste.

»Man braucht doch kein Drei-Sterne-Koch zu sein, um zu wissen, dass eine Springform kein Büstenhalter ist, und das muss doch auch für Arztgattinnen und Bleistifttests gelten«, hatte Jonathan damals erklärt, um anschließend quasi als sahnige Trostpraline den alten Witz zu erzählen, in dem der Ehemann sich darüber freute, mit den Brüsten seiner Gattin spielen zu können, obwohl sie sich in getrennten Zimmern aufhielten.

Ursula hatte anschließend begonnen, das Nibelungenlied zu lesen, sich in die beleidigte Brunhild versetzt und Michael als ihren guten Hagen um Rache angefleht. Dadurch war sie auch noch in Zwiespalt mit dem Schöpfer und eine schwere Glaubenskrise geraten. Und das alles nur wegen dieses dummen Bleistifttests. Michael seufzte.

Kein Wunder, dass er seitdem an Malaxiophobie litt. Die Angst vor Brustberührung bei Liebesspielen war nur deshalb erträglich, weil Liliane dergleichen nicht zu bieten hatte. Aber das wollte er jetzt nicht auch noch zum Thema machen.

»Danach war ich nicht mehr derselbe«, sagte Michael müde.

»Ach was! Davon hätte ich etwas mitgekriegt.«

»Ich bin nur noch ein Schatten meiner selbst, und Ursula ist fürs Leben gezeichnet, geistig und psychisch gedemütigt.«

Man soll nicht alles auf Geist und Psyche schieben, dachte Liliane, manchmal hilft eine schlichte Nahrungsmittelumstellung.

»Und vor allem: Was hat ein Arzt anderes zu verteidigen als seine Ehre?« Er triefte vor Selbstmitleid. Die schwere Verantwortung in der Klinik. Täglich konfrontiert mit dem Elend verfallenden Fleisches. Eingesperrt in sterilen Räumen zwischen aufgeschnittenen, blutenden Brüsten, die er abwechselnd vergrößerte und verkleinerte. Sein unseliger Drang, die diversen Körperteile nicht nur zu verschönern, sondern auch zu besteigen und zu befruchten. Aufopferung bis zur Selbstaufgabe.

»Wer so etwas tut, kann nur noch ein einziges Gramm gesunden Menschenverstand besitzen. Schließlich bin ich ein angesehener Schönheitschirurg, und der Busen einer Arztgattin steht von jeher für Gediegenheit, Seriosität und Haltbarkeit«, sagte Michael verbittert. »Wenn sich erst rumgesprochen hätte, dass ihre Brüste den Bleistifttest nicht bestehen … Mein lieber Bruder hätte beinahe meinen guten Ruf und damit mein Geschäft ruiniert! Er hielt es nicht einmal für nötig, sich bei uns zu entschuldigen, und ich habe nur die Gelegenheit beim Schopf gepackt, um ihm heimzuzahlen, was er verdient hat.«

»Aber das steht in keinem Verhältnis zueinander!«

»Du weißt doch, wie sensibel Ursula ist.« Wütend zupfte Michael sich ein Nasenhaar aus. »So etwas zu tun ist das Gemeinste, was man sich vorstellen kann. Absolut daneben! Wie würdest du dich fühlen, wenn jemand von dir behaupten würde, dass du beim Bleistifttest …« Michaels Blick wanderte, und er stockte. Dann wehrte er ab: »Du bist in dieser Hinsicht nicht kompetent.«

»Danke!«

Sie grübelte fieberhaft nach einer schlagfertigen Bemerkung. »Sollte das ein Kompliment sein?«, fragte sie schließlich. »Meinst du, irgendetwas ändert sich auf Gottes großer weiter Welt, nur weil du Jonathan dazu gebracht hast, zu glauben, am Ende der Fahnenstange angekommen zu sein?«

»Habe ich mich nicht verständlich ausgedrückt?« Michaels Zunge strich nervös über die ausgetrocknete Oberlippe.

Liliane schwieg.

»Bist du nun für oder gegen mich?«, fragte Michael sauer.

Liliane bückte sich und suchte nach ihrem Slip. Michael sah zu und nickte. Er hätte wissen müssen, dass Frauen wie sie kein Verständnis für sein Problem haben konnten.

»Du strohköpfige, ahnungslose, dürre, hirnlose Vogelscheuche«, bellte er schließlich.

Liliane lächelte beruhigt. Sie hatte gewusst, dass er so reagieren würde. So verhielten sich alle missverstandenen Männer, die sich mit Psychologie beschäftigten. Sie ärgerte sich nur über sich selbst, weil sie sich in einen Streit über Brüste hatte verwickeln lassen.

»Ich werde Jonathan kein Wort von unserem Gespräch erzählen«, versprach sie mildtätig.

Die meisten Psychoverbrechen waren bescheuert, das lag in der Natur der Sache, aber das hier hatte Liliane nicht einmal einem Michael Kaiser zugetraut. Das war der Gipfel des Irrsinns. Nun denn, nach einem Streit wie diesem würde ein wenig Liebesentzug sicher demnächst zu einer großartigen Versöhnung mit einem erstklassigen Geschlechtsverkehr führen. Auch nicht schlecht.

»Also kein Wort mehr darüber«, nickte Michael zufrieden und warf einen Blick auf die Uhr. »Er hat ja meine Tropfen.«

Liliane stieg in ihr Höschen, zerrte es bis knapp über ihre Hüftknochen und japste.

»Wer fest daran glaubt, bei dem wirkt alles«, sagte Michael und suchte seine Unterhose.

Liliane entdeckte mit einem erleichterten Seufzer ihre Schuhe.

»Und was geschieht, wenn er nicht daran glaubt?«

»Das Fleisch ist willig, doch der Geist ist schwach«, stellte Michael fest.

»Ohne Wenn und Aber«, stimmte Liliane zu.

»Wer's glaubt, wird selig.«

»Bis zum nächsten Mal.«

»Yes, Sire.«

»Amen.«

54

»Viele Frauen wissen nicht, was sie wollen,
aber sie sind fest entschlossen, es zu bekommen.«
Peter Ustinov

Jonathan hörte seit einer Weile ein zartes Klingeln von winzigen gläsernen Glöckchen in seinem Inneren. Außer daran, dass immer, wenn einer Gesprächsrunde der Stoff ausging, irgendwo auf der Welt ein Volltrottel gezeugt wurde, glaubte er noch nicht ganz an die spirituelle Qualität seiner Gefühle. Aber er fühlte sich unwillkürlich gelassener und heiterer als sonst.

Das Telefon klingelte. Valentin.

»Hab letzte Nacht versucht, dich anzurufen, alter Schwede, wollte nur wissen, wie es dir geht. Aber was war denn das da im Fernsehen?«, maulte er ihm ins Ohr. »Wie soll ich denn das verstehen? Mit dir muss ich noch ein Hühnchen rupfen. Wie kannst du es wagen, die ganze Welt zu belügen und zu betrügen? Amelie ist derselben Meinung.«

Lea zog Jonathan zu sich auf die Couch hinab, nahm ihm das Telefon aus der Hand und warf es in hohem Bogen durch die Wohnung.

»Komm zu mir«, seufzte sie.

»Wie viele Male kannst du noch, hast du gesagt?«, fragte Lea mit ihrer unschuldigen Jungmädchenstimme. Er schreckte auf.

»17 312«, sagte er schließlich.

Das Telefon verlangte schon wieder nach ihm. Jonathan rannte auf der Suche danach durch die Wohnung.

»Madelaine hat dein Auftritt sehr gefallen«, sagte Konrad Kaiser am anderen Ende der Leitung. »Übrigens, wir werden demnächst heiraten. Du wirst also bald eine neue Mutter haben.«

Eine neunzehnjährige Abiturientin als Stiefmutter?

»Muss ich Mama zu ihr sagen?«

Jonathan freute sich trotzdem über das Lob der Geliebten seines alten Vaters. Er konnte also doch noch junge Menschen in seinen Bann ziehen. Er würde es allen Altersstufen noch zeigen. Nach diesem Auftritt betrachteten ihn alle Menschen mit ganz neuen Augen.

»Wie viele, hast du gesagt?«, fragte Lea wieder. Jonathan zuckte zusammen. Verdammt, wie leichtfertig, dass er sich die Zahl von vorhin nicht gemerkt hatte.

»7321«, vermutete er.

»Nicht 17 312?«

Lea konnte ja so pingelig sein.

»Genug für uns jedenfalls!«, redete sich Jonathan kleinlaut heraus. Lea warf ihm einen rügenden Blick zu, sprang auf und ging in die Küche. Jonathan schlich sich ins Schlafzimmer und schnüffelte am Bettzeug. Ging gerade noch, stellte er fest. Ein Blick auf die Tür zu seiner geheimen Kammer. Wie gut, dass er seine kostbare Sammlung nicht entsorgt hatte. Morgen, sagte sich Jonathan, morgen schließe ich sie für Lea auf. Seine innere Stimme bebte. Ob sie den Schock ertragen würde?

Aber die Wahrheit musste ans Licht. Er musste ihr seine Vergangenheit darbieten. Jonathan öffnete die Tür. Nur ein letzter Blick alleine. Er griff nach seinen Lieblingsbildern.

Zwei nur ein wenig verwackelte Fotos. Die nackte Lea aus alten Zeiten, mit Selbstauslöser geknipst. Auf dem einen stand: »Ich ganz normal nackt.«

Auf dem anderen stand: »Ich als Nacktmonster mit giftiger Würgeschlange auf dem Arm.« Es war dieselbe Frau, nur mit einer Gummischlange um den Hals. Mehr nicht.

Er hungerte nach ihrer nackten Haut, schloss die Kammer leise ab und ging ins Badezimmer. Er schob die Schachtel mit den sinnlos gewordenen Sexspritzen achtlos zur Seite und warf einen langen dankbaren Blick auf das Kostbarste, was es für ihn auf der Welt gab.

Es war seine erste Tat gewesen, als er nach seinem Auftritt in der Schussopfer-Gala nach Hause gekommen war. Zunächst einmal ein Etikett auf das Fläschchen kleben, das jeden – auch Lea – täuschen sollte:

Magen-Galle-Leber-Extrakt. Dann hatte er es im Medizinschränkchen unauffällig hinter die Magensaft-Hartkapseln gestellt.

Jonathan war aufgeregt. Ehrfürchtig griff er nach dem rettenden Elixier.

Nur ein Tropfen. Nun gut – drei, aber nur ausnahmsweise, weil es das erste Mal war. Das erste von tausend Malen. Er schluckte die winzige Menge der stark stinkenden Flüssigkeit. Sein Herz schlug heftig, als er in die Küche kam.

»Lea?«

Wo war sie?

Jonathan öffnete den Backofen, roch an seinem Blumenkohl-Käse-Knoblauch-Auflauf und stellte fest, dass er verkohlt war. Lea hatte die Temperatur hochgestellt.

Jonathan spürte, wie die Wirkung des Brudergeschenks seinen Unterleib durchzog.

»Aaaah!«

Wie mühelos das geheimnisvolle Elixier die Schussnot heilte. Warum sollte er Lea von seinem ehemaligen Leiden berichten, wo doch jetzt alles zum Besten stand?

Jonathan tänzelte aus der Küche auf das Schlafzimmer zu.

»Das wäre nun aber wirklich nicht nötig gewesen«, flüsterte Jonathan verzückt, als er das Gemach betrat.

Lea trug eine Nonnentracht, so schwarz wie die Nacht.

Ein bisschen Sex könnte jetzt nicht schaden, sagten Leas Augen. Sie öffnete die schwarze Kutte und reckte ihm ihre Brüste entgegen. Er schob sein Becken auf sie zu, auch wenn sie beide noch eine ganze Schlafzimmerbreite trennte. Sie fuhr sich mit der Zunge über ihre Julia-Roberts-Oberlippe.

»Ich gehe nicht ins Kloster. Das Kostüm ist nur geliehen«, beruhigte Lea ihn.

»Warum gerade eine Nonne?«

Halluzinatorische Visionen mit Glücksgefühlen und religiöser Tiefe glommen in Jonathan auf.

»Es gab sonst nur noch Krankenschwester und Schornsteinfegerin.«

Mehr Verbalsex wollte sie in diesem feierlichen Moment des Neubeginns nicht wagen. Jetzt musste es endlich klappen!

»Ich möchte das Kostüm sauber zurückgeben«, flüsterte sie noch.

Draußen ging der Mond auf. Lea überlegte einen Augenblick, ob sie das offene Fenster wieder schließen und den Vorhang zuziehen sollte. Der Nachbar von gegenüber starrte zu ihnen herüber. Er schien krank zu sein.

Jonathan dachte einen Moment daran, den Kopf aus dem Fenster zu strecken und ihm zuzurufen: »Ich liebe sie!« Und alle seine Nachbarn würden ihre Fenster aufreißen und ihm glücklich zujubeln. Er fühlte sich stark wie Moses, der gerade eine Schlange in einen Stab verwandelt hatte. Er streifte sich mit weichen Knien die seidene Unterhose ab, warf einen kurzen Blick nach unten und berechnete den Winkel, in dem sein Glied nach oben stand. 5 Uhr 25. Daran musste er noch arbeiten. 1 Uhr 05 wäre eher akzeptabel.

Würdig schreitend, wie es sich gehörte, kamen sie sich näher und näher. Dann endlich waren sie sich so nah, dass es nicht weiterging. Lea reckte ihm noch einmal ihre Brüste entgegen. Diesmal umfasste er sie, während er sein Becken an sie drängte. Vielleicht war das doch besser, als ein echtes Vertrauensverhältnis aufzubauen.

»Ha!«, sagte er und rieb sich die Hände.

»Der Mond ist aufgegangen«, summte Lea feierlich, bereit für die schwarze Messe, getröstet von der üppigen Zurschaustellung männlicher Autorität und begierig auf mehr. Binnen Sekunden hatte sie nichts mehr am Leib außer Netzstrümpfen, Strumpfbändern, einem gerüschten Korsett und Stilettos. Und das alles in edelstem Klosterschwarz.

»So legt euch denn, ihr Brüder«, trällerte Lea, während sie ihn aufs Bettlaken drückte, »in Gottes Namen nieder. Kalt ist der Abendhauch.«

Ihre kühlen Lippen berührten sein Ohrläppchen, und ihr Handrücken streifte leicht die Wölbung seines Geschlechts, das im Stehen jetzt etwa 3 Uhr 15 angezeigt hätte. Aber im Liegen gingen die Uhren anders.

»Verschon uns, Gott, mit Strafen«, sang Lea. Sie schlenderte zum Schlafzimmerfenster, warf einen Blick auf das hell erleuchtete Viereck im Obergeschoss des Hauses gegenüber, in dem sich immer noch die Silhouette des großohrigen Nachbarn abzeichnete. Ein einsames, trauriges blasses Gesicht.

»Und lass uns ruhig schlafen«, sang Lea zu ihm hinüber und schloss das Fenster.

Sie küssten sich, während aus dem Fernseher die Werbemelodie von Müller-Milch herüberklang. Am Ende des Kusses kicherten sie beide haltlos in den Mund des anderen hinein und küssten sich weiter ins Glück.

»... und unsern kranken Nachbar auch«, summte Lea und zog den Vorhang zu.

ENDE

Danksagung:

Allen, die mir in Theorie und Praxis dabei geholfen haben, in die Mysterien der menschlichen Psyche einzudringen, danke ich für ihre unendliche Geduld. Ebenso meiner geliebten Gattin, die mich trotzdem bis jetzt ertragen hat.

Besuchen Sie Christoph Treutwein im Internet unter
www.Treutwein.de

Matthias Sachau

Kaltduscher

Ein Männer-WG-Roman

Originalausgabe

ISBN 978-3-548-28017-2
www.ullstein-buchverlage.de

Können Männer denken, wenn sie unter sich sind? Und wenn ja, wie lange? Fehlt ihnen außer Sex überhaupt irgendwas? Und was passiert, wenn nicht nur wahnsinnige Vermieter, russische Schläger und alte Stasi-Hausgenossen, sondern auch noch Frauen ihre Kreise stören? Oliver und seine Mitbewohner müssen schwere Prüfungen bestehen, doch am Ende des Tages findet sich immer noch ein Bier in der Küche.

Wer eine Männer-WG betritt, ohne vorher dieses Buch gelesen zu haben, ist selber schuld.

»Geil, wild, lustig, abenteuerlich und romantisch. Ich will zurück in eine Männer-WG.«
Simon Gosejohann

UB558

ullstein

Daniel Haas

Desperado

Abenteuer eines Glückssuchers

Originalausgabe

ISBN 978-3-548-26928-3
www.ullstein-buchverlage.de

In einem Jahr 40 – der Countdown des Schreckens läuft. Klar, dass für den urbanen Single und Medienprofi Martin bis zum Stichtag die drängenden Fragen geklärt werden müssen: Wie will ich leben? Welche Werte zählen in Liebe, Freundschaft, Sex, Beruf? Und wie kann ich die heimlich geliebte, tolle Kollegin erobern? Martin stürzt sich ins Leben. Selbst ist der moderne Mann – und zwar immer wieder ein anderer. Von Naturliebhaber bis Zocker, von Purist bis Tierfreund. In einem Modell muss ja der Schlüssel zum Glück liegen.

Das Buch zur neuen Kolumne auf *SPIEGEL ONLINE*!

UB514

ullstein